ANTIOCHIA

PAUL RAINER ZERNIKOW

1. Auflage 2022

ISBN 978-3-947706-27-3 (Taschenbuch)

Bibliografische Information der Deutschen Nationalbibliothek:
Die Deutsche Nationalbibliothek verzeichnet diese Publikation in der Deutschen
Nationalbibliografie, detaillierte bibliografische Daten sind im Internet über
https://portal.dnb.de

Lektorat: Silvia Hildebrandt (Reutlingen)
Korrektorat: Jana Oltersdorff (Dietzenbach)
Umschlaggestaltung: Renee Rott (Eitzweiler)
Layout: Sabine Abels (Hamburg)
Druck: WIRmachenDRUCK GmbH - Backnang
Printed in Germany

Klimaneutral
Druckprodukt
ClimatePartner.com/12518-1907-1001

PAUL RAINER ZERNIKOW

ANTIOCHIA

Zum Buch

Alexander von Grüningen macht sich im Jahr 1189 als Ritter und Söldnerführer im Kreuzfahrerheer des Kaisers Friedrich I. Barbarossa auf, Jerusalem von den Muslimen zurückzuerobern.

Als der geliebte Herrscher unterwegs in den Fluten des Flusses Self verstirbt, erhebt sich dessen Sohn Friedrich VI. von Schwaben zum neuen Oberbefehlshaber.

Von Grüningen weigert sich, den herrschsüchtigen Friedrich mit seinem Bannerheer nach Jerusalem zu begleiten. Daraufhin legen dessen Häscher ihn und seine Waffenbrüder in Ketten. Die Gefangenschaft bedeutet für die Söhne bekannter deutscher Adelsgeschlechter nicht nur eine tiefe Demütigung, sondern auch grausame Folter.

Allein die aufopferungsvolle Liebe einer Muslima aus Antiochia hilft von Grüningen dabei, das Elend und die Bestalität seiner Gefangenschaft zu ertragen. Als Friedrichs Folterknechte sie in ihrer rasenden Wut verschleppen, begibt er sich auf die Spur dieser geheimnisvollen Frau durch das Heilige Land bis vor die Mauern Akkons und Jerusalems.

Mit allen Mitteln kämpft er um Sefura, um die Liebe seines Lebens wieder in seine Arme schließen zu können.

Inhalt

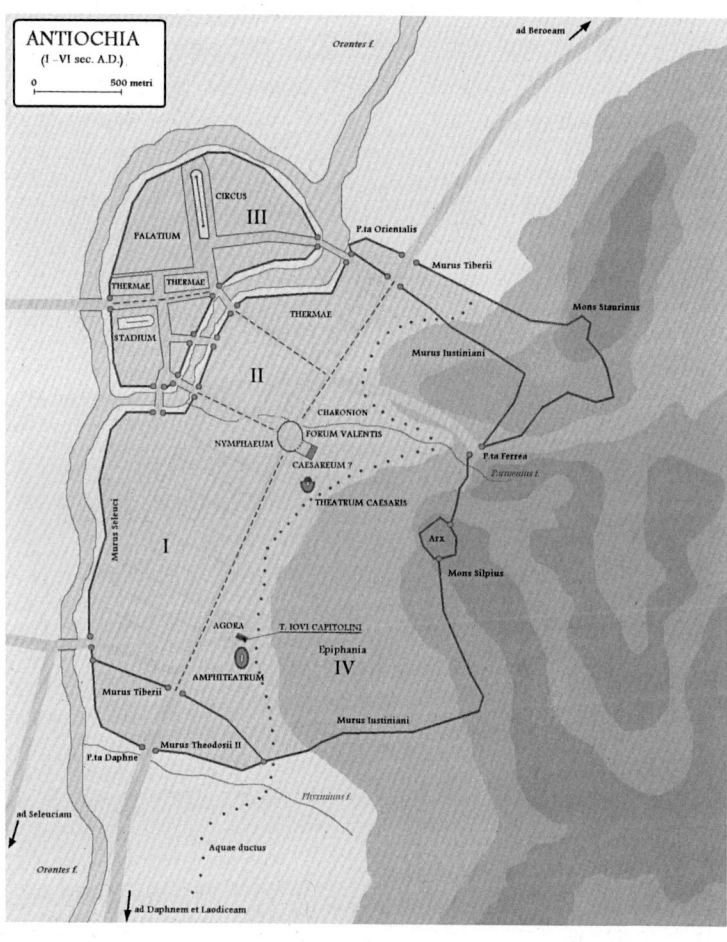

ANTIOCHIA
(I–VI sec. A.D.)

0   500 metri

ad Beroeam

Orontes f.

CIRCUS

III

PALATIUM

P.ta Orientalis

Murus Tiberii

THERMAE   THERMAE

THERMAE

Mons Staurinus

STADIUM

Murus Iustiniani

II

CHARONION

FORUM VALENTIS

NYMPHAEUM

CAESAREUM ?

P.ta Ferrea

Parmenius f.

THEATRUM CAESARIS

Murus Seleuci

I

Arx

Mons Silpius

AGORA   T. IOVI CAPITOLINI

Epiphania

IV

AMPHITEATRUM

Murus Tiberii

Murus Iustiniani

P.ta Daphne

Murus Theodosii II

Phyrminus f.

ad Seleuciam

Orontes f.

Aquae ductus

ad Daphnem et Laodiceam

Vorwort

Mit dem Aufruf Papst Urbans II. am 27. November 1095 beim Konzil von Clermont wurde nicht nur die Befreiung der Pilgerstätten im Heiligen Land von den Muslimen und die Hilfe für die christliche Kirche im Osten eingefordert. Man beschwor zudem insgeheim die Hoffnung des Papsttums, durch die Hilfe des Westens für die Christen des Ostens eine Wiedervereinigung der Ost- mit der Westkirche zu erreichen, um die seit dem Schisma von 1054 erlittene Spaltung unter dem Primat Roms rückgängig zu machen.

Aufgebrachte Massen fielen nach dem Aufruf zur Befreiung Jerusalems in deutschen, französischen und englischen Städten mordend und plündernd über Judenviertel her.

Der größte Erfolg bestand darin, dass es der Kirche meistens gelang, die beteiligten Herrscher zum Frieden im Abendland zu zwingen. Der Klerus wusste jedoch nicht zu verhindern, dass es vor Ort zu Gewaltausbrüchen aufgrund der Verschiedenheit der ethnischen Gruppen untereinander kam.

Die Kämpfe in Palästina im Namen Gottes zeichneten sich durch ungezügelte Aggressionen aus, die mit den Werten des Christentums nicht das Geringste zu tun hatten. Es ging immer nur um Macht, Einfluss und die Anhäufung von Reichtümern. Der Schein des Mäntelchens der Barmherzigkeit war zu kurz, um all die menschlichen Abgründe zu verdecken. Das galt aber in gleichem Sinne auch für die muslimische Seite.

Das Spital von Akkon, das in dieser Geschichte einen Ort der Ruhe, der Besinnlichkeit und der Linderung darstellt, ist in seiner Bedeutung deshalb hervorzuheben, weil es mit der Gründung 1189/1190 durch fromme Bremer und Lübecker Kaufleute zum Grundstein für die Bruderschaft des Deutschen Ritterordens wurde – eines der mächtigsten mittelalterlichen Bündnisse mit wachsenden Privilegien, wie sie auch die Templer und Johanniter besaßen. Das Spital von Akkon ist erstmals bei Heinrich von der Champagne im Oktober 1194 urkundlich erwähnt.

Die historischen Aufzeichnungen haben Lücken hinterlassen, die sich für die Platzierung erdachter Geschehnisse anbieten. Warum hat sich Barbarossas Kreuzfahrerheer tatsächlich in Antiochia aufgelöst? Eine der Fragen, die bis heute unbeantwortet geblieben sind. Warum ist Richard Löwenherz in Istrien gelandet? Was hat ihn dazu bewogen, verkleidet durch Feindesland zu ziehen? Ansatzpunkte für Spekulationen aller Art, die einen Autor beflügeln, seine Phantasien spielen zu lassen. Darüber hinaus zwingt der Stoff in ein Meer von Blut einzutauchen, in Intrigen, Bündnisbrüche, Mordkomplotte, Vorkommnisse, die sich weit außerhalb jeglicher christlicher Moral abspielten. Man steht staunend vor Abgründen der Menschheit, begegnet Individuen, die sich gegenseitig an Brutalität übertreffen.

Inmitten dieser unglaublichen Gewaltausbrüche hat der Autor eine Liebesgeschichte platziert, die so vielleicht hätte passieren können, zumindest, wenn man heutige Maßstäbe und Emotionen unterstellen würde. Ob sich das zu der Zeit tatsächlich hätte ereignen können, begegnet erheblichem Zweifel. Da war für Liebe, wie man sie heute kennt und erlebt, wenig Platz. Frauen wurden auf höherer Ebene für politische Bündnisse benutzt, meist begleitet von Zwangsehen. Beim niederen Volk wurden sie für Arbeiten jeglicher Kategorie missbraucht und erfuhren oftmals Demütigungen jeder Art und Weise. Andererseits gibt es in den historischen Abläufen immer wieder gerade Frauen, die, mit grandiosen Talenten und Fähigkeiten ausgestattet, in der Lage waren, auf weltgeschichtliche Ereignisse Einfluss zu nehmen.

Ähnlichkeiten mit lebenden oder toten Personen sind weder gewollt, noch möglich.

Ich bedanke mich bei meiner Ehefrau Bernadette, sowie bei meinen historischen Beratern Dr. Justus Senska, Dierk Bergen und Stefan Bauer. Ebenso danke ich meinem Sohn Nikolai für seine Ratschläge und dem Verantwortlichen für den Cover-Entwurf, Renee Rott. Für die Kartendarstellungen Yoko Goliath. Ein besonderer Dank gilt meiner Lektorin, Frau Silvia Hildebrandt, die mir in penibler Kleinarbeit wichtige Schritte der Schreibkunst beigebracht hat.

Kapitel I

Deus lo vult
Gott will es.

Mein Name ist Alexander von Grüningen, Kreuzritter und Söldnerführer im Heer des Kaisers Friedrich I, genannt Barbarossa.

Nach dem Tod seines Vorgängers und Onkels Konrad III. im Jahr 1152 hatte er den Thron bestiegen.

Zu diesem Zeitpunkt war ich noch gar nicht auf der Welt. Ich wurde erst etwa zwölf Jahre danach geboren als eines von sieben Kindern des Adelsgeschlechts derer von Grüningen.

Jetzt stand ich hier als junger Mann herum, einer der vielen jungen Ritter des Kaisers, der bei seinen Heeresbesprechungen die Nähe junger, frischer Gesichter suchte.

Der Vorteil meines Adelsgeschlechts, genauer, die Kriegseinsätze meines Vaters, des Markgrafen und meiner älteren Brüder an der Seite des Kaisers in verschiedenen Schlachten in Oberitalien, führten dazu, dass ich meinem Herrscher ganz nah sein durfte.

Der Kaiser war ein mittelgroßer Mann mit blonden, in die Stirn gelockten Haaren, einem rötlichen Backen- und Kinnbart mit Lippenbärtchen. Eine respektvolle Erscheinung, die man immer für etwas Besonderes halten musste. Mir fiel jedes Mal bei seinem Anblick auf, dass er seinen Bart stets ordentlich geschnitten, ja tadellos kurzhielt. Darauf, so schien es mir, legte er ganz besonders viel Wert. Sein Gesicht wurde dominiert von den scharfen, durchdringenden Augen.

Die persönlichen Begrüßungen untereinander waren zum Stillstand gekommen, als der Kaiser sich den Anwesenden zuwandte:

»Edle Ritter und Gefolgsleute, ich habe mich entschlossen, dem Aufruf Papst Gregors VIII. zum Dritten Kreuzzug zu folgen, nachdem er mit der Bulle Audita tremendi zu einem allgemeinen Waffenstillstand in Europa aufgerufen hat.

Nachdem der Aufruf Papst Urbans auf dem Konzil von Clermont die Christenheit bereits 1095 zu den Waffen gerufen hatte, ist eine erhebliche Zeitspanne vergangen, beinahe hundert Jahre. Es ist, so muss man rückblickend sagen, zu einer grandiosen christlichen Bewegung geworden. Deus lo vult, Gott will es! Ihr wisst, wie ich immer zu den mächtigen Päpsten gestanden habe, die mir mein Dasein als Kaiser unbeschreiblich schwer gemacht haben. Trotzdem fühle ich große Verantwortung für die Kirche. Respekt vor den wiederholten Hilferufen der Byzantinischen Herrscher, sich gegen die drängenden Heerscharen der muslimischen Seldschuken zur Wehr zu setzen, insbesondere, weil die zwei Kreuzzüge zuvor nicht den notwendigen Erfolg erzielen konnten.«

Eine leichte Rötung am Hals des Kaisers machte sich bemerkbar, als würde er eine Neigung zu schnell verfliegenden Hitzewellen verspüren.

Er schaute über die Anwesenden hinweg und machte einen Schritt nach vorne. Der Kaiser hatte etwas vorfallende Schultern, einen gewohnt festen Schritt und sehr lange Beine, für jeden eine ritterliche Erscheinung mit königlichem Auftreten und hellem Verstand.

»Ich sehe hier in der Runde nicht nur neue, teils unbekannte Gesichter, sondern auch erfahrene Männer, die mich bereits beim Eroberungsfeldzug nach Oberitalien erfolgreich begleitet haben. Ich verdanke ihnen so manche klugen Ratschläge bei meinen Allianz-Schlüssen, insbesondere bei den Vereinbarungen mit den verschiedenen Päpsten zur Erhaltung Roms und des Heiligen Stuhls. Trotz mancher Kämpfe gegen die Kirche bis zu meiner Exkommunizierung 1160 und meiner Wiederaufnahme in die Kirche nach dem

Waffenstillstand mit Papst Alexander III. Sei es, wie es sei, ganz egal, welche Machtansprüche die Kirche auch stellen mag. Es muss aufhören damit, dass wilde Muslim-Horden Christen, Kirchen und Altäre schänden, wehrlose Pilger ausrauben, sie töten und versklaven.«

Er schüttelte sich und zog die Luft scharf durch die Nase.

»So mancher möge sich daran erinnern, wie mühsam die Rückeroberung von Jerusalem war. Die Belagerung hatte damals Monate gedauert. Nach sage und schreibe vierhundert Jahren muslimischer Herrschaft war die Stadt endlich wieder in christlicher Hand. Auch andere muslimische Gebiete fielen noch in unsere Hände. Fast die gesamte Mittelmeerküste, 1124 die Städte Tyros und 1154 die Hafenstadt Ascalon.«

Er hielt kurz inne und räusperte sich. »Jetzt, meine Ritter, gibt es einen neuen starken Gegner. Saladin. Als 1186 in der Heiligen Stadt der Streit um die Thronfolge ausbrach, nach dem Tod des Königs von Jerusalem, Balduin V., nutzte dieser Mann die bürgerkriegsähnlichen Zustände, um die Stadt wieder zurückzuerobern. Ein Mann, den man niemals unterschätzen darf, ein Neffe des kurdischen Generals Schirkuh. Dieser hatte bereits die Macht in Ägypten an sich gerissen. Als sein Nachfolger Saladin am 2. Oktober 1187 die Heilige Stadt für die muslimische Welt zurückgewann, ging ein Schrei unvorstellbaren Aufmaßes durch das Abendland. Bereits der Fall Edessas 1144, einem der ersten Outremer, hatte schon einen Schock für die Christenheit bedeutet und war der Beginn umwälzender Vorgänge in Palästina.

Ich stehe zu meinem Gelübde, welches ich im März 1188 auf dem Reichstag in Mainz abgegeben habe. Wir werden nach der Schätzung meiner Berater am 11. Mai 1189 von Regensburg aus aufbrechen. Ich habe meinem Sohn Heinrich VI. für die Zeit meiner Abwesenheit im Reich die Regierungsgeschäfte übertragen. Einzelheiten zu unserem geplanten Kreuzzug erklärt Euch nun Ritter Bertold von Brühaven.«

Der Kaiser trat einen Schritt zurück, und es bestätigt sich für mich, was manche von seinem Gesicht sagten. Es schien immer heiter zu sein, als wollte es stetig lachen, von Schmerzen nie verdunkelt, von Zorn nicht gespannt und nicht entspannt von Freude. Andererseits hatte man auch schon erlebt, dass er in Extremsituationen sein Gesicht festmachen konnte wie Stein, völlig unbewegt, wo andere weinten. Es jagte mir einen Schauer über den Rücken, wenn ich neben diesem bedeutenden Mann stand.

Von Brühaven, der den meisten aus diversen Schlachten und Lagebesprechungen hinlänglich bekannt war, erhob jetzt seine Stimme. »Ritter und Edelleute, nun hat nicht nur Papst Gregor zum Kreuzzug aufgerufen, sondern auch sein Nachfolger Papst Clemens. Als erster Herrscher hat sich der normannische König Wilhelm von Sizilien dem angeschlossen. Er sandte bereits fünfzig Galeeren zur Verteidigung der Stadt Tripolis. Auch der englische König Heinrich und der französische König Philipp haben ihren schwebenden Konflikt um die englischen Lehen in Westfrankreich beendet und nahmen im Januar 1188 in Gisors in der Normandie gemeinsam das Kreuz. Männer, es wird ein Unternehmen wie eine große, betäubende Welle, die alle Dämme niederreißen wird. Bereitet Euch sorgfältig auf den Mai 1189 vor. Stellt Eure Bannerheere zusammen. Zur Finanzierung der Unternehmung wird jedem Teilnehmer auferlegt, drei Mark Silber an Ausgaben aufzubringen.«

Eine gewisse Spannung befiel mich. Worauf ließ ich mich da ein? Andererseits spürte ich die Abenteuerlust in mir, mit so einem gewaltigen Heer loszuziehen. Wer würde uns überhaupt die Stirn bieten können?

Ein Raunen ging durch die Reihen der Ritter. Jetzt hatte das Rechnen begonnen.

Kapitel II

Vorbereitungen für den Dritten Kreuzzug

Ich hatte mit einigen Rittern noch zusammengestanden und Einzelheiten besprochen, kurz nachdem der Kaiser mit führenden Männern aus dem Raum gegangen war. »Die Pferde müssen allesamt neu beschlagen werden«, rief einer. Ein anderer, mir bekannter älterer Ritter: »Meine gesamte Ausrüstung muss ersetzt werden, von den Lanzen über die Schwerter bis zu den Schilden. Das wird nicht billig werden.«

Aber bis zum vorgesehenen Abmarsch war noch etwas Zeit.

Zwischenzeitlich besprach ich noch Einzelheiten mit dem Herrn Vater, ein angesehener Markgraf, der als Ratgeber und Finanzier unseres Bannerheeres unersetzlich war. Er war auch damals dabei gewesen, als ich auf einem der bedeutenden Hoftage in Mainz vom Kaiser persönlich die Schwertleite, den Ritterschlag, bekommen hatte. Das Ergebnis einer dreizehnjährigen Ausbildung, die mir alles abverlangt hatte und mich manchmal am Glauben an die Menschheit zweifeln ließ.

»Hat der Kaiser wieder seine leichte Röte am Hals bekommen?«, fragte mich der Vater leicht belustigt.

»Ja«, antwortete ich gedankenverloren, weil ich schon mitten in den Vorbereitungen war.

Der Kaiser hatte übrigens oft auch seinen ausgezeichneten Jagdverstand bewiesen. Er jagte gern zu Pferd mit Hunden und Falken. Er war ein Genießer, hatte Freude an gutem Essen und liebte Spiele jeglicher Art, allesamt nur ohne blutigen Ernst. Es ist kein Geheimnis, dass er mehr als üblich auf das Urteil seiner jungen, schönen und sehr gebildeten Frau, Beatrix von Burgund, hört, die ihm immerhin elf Kinder geschenkt hat. »Gut zu wissen«, antwortete ich etwas gelangweilt.

»Übrigens, mein Sohn, noch etwas von unserem Kaiser, jetzt wirklich nur noch das. Er verfügt über ein präzises, ja geradezu phänomenales Gedächtnis. Ich habe es oft erlebt, dass er bei einer einmal vorgestellten Person auch nach gewissen Zeitabläufen in der Lage war, sie mit deren Namen anzusprechen. Er ist schon jetzt aufgrund seines langen Lebens, seiner Lernfähigkeit und seiner Größe eine legendäre Gestalt, ja, so kann man es wohl sagen.«

»Ja, weiß ich doch.«

»Du kannst froh sein, mit einem derartigen charismatischen und klugen Feldherrn in den Kreuzzug zu ziehen. Er ist übrigens sehr fromm und wusste die Kirche mit Geschenken teilweise für sich zu gewinnen. Es gelang ihm zwar nicht immer, doch seine Handlungen muss man ohne Zweifel als gerecht bezeichnen. Ich war mit ihm im Zweiten Kreuzzug unter Konrad III. schon zusammen. Jetzt ist er immerhin siebzig Jahre alt. Es soll der krönende Abschluss seines Lebenswerks sein.«

»Ja, Vater, bei der nächsten Lagebesprechung soll ein Kreuzritter vorsprechen, der persönlich an der Schlacht von Hattin teilgenommen hat. Ich bin äußerst gespannt.«

Nachdem ich mich in den Stallungen mit der Auswahl der Pferde für den Kreuzzug beschäftigt hatte, musste ich mich noch der Überprüfung der Waffenarsenale widmen.

Ich wurde immer angespannter, je näher ich dem Tag des Aufbruchs kam. Ich fand des Nachts wenig Schlaf und vermochte dann morgens nicht aus meiner Bettstatt zu kommen.

Vater fand es eher belustigend, weil es ihm damals genauso gegangen war.

Ein Schreckensbild, sag ich Euch.

Das Sprachenwirrwar und die Uneinigkeit unserer teilweise rivalisierenden Führer gab es bei denen eben nicht. Ihre Leitung war geschickt und einheitlich.

Unser verdammtes Heer war dagegen schwerfällig. Gegen einen Gegner, der einem direkten Angriff auswich und mit Scheinangriffen immer wieder zuschlug. Die elende Hitze und der unendliche Durst gaben uns den Rest. Weiß jemand von Euch, wie heiß und eng es in so einer schrecklichen Eisenrüstung werden kann?«

Er schaute sich um und sah in den Gesichtern der älteren Ritter ein gewisses überlegenes Schmunzeln.

»Um der Hitze noch größere Wirkung zu geben, ließ Saladin das Strauch- und Buschwerk in der Nähe der Marschroute rigoros abbrennen. Pfeile prasselten von allen Seiten auf uns nieder, immer und immer wieder. Ein dichter Hagel auf Pferde und Reiter.«

Er schüttelte immer noch ergriffen den Kopf und rang nach Luft. Als ihm aus unserer Mitte ein Becher Wein gereicht wurde, nahm er einen tiefen Schluck.

»Saladins Truppen verstellten uns den Zugang zu den Wasserquellen. Die Vorhut befand sich im nur eine Meile vom Seeufer entfernten Maskana, einem Stromknie, ohne die geringste Aussicht, dort an Wasser zu gelangen. Eine verzweifelte lange Nacht lag vor uns, wir kamen fast um vor Durst. Er presste uns die Kehlen zusammen. Bei einem verzweifelten Ausfallversuch Richtung See Genezareth wurden wir von den Truppen aus dem Rauch der brennenden Büsche heraus mit Pfeilen eingedeckt. Danach gerieten wir völlig erschöpft ohne jegliche Orientierung in ihre verfluchten, mörderischen Hände.« Er hielt kurz inne und fuhr dann fort:

»Merkt Euch daher eines, lasst es nie wieder so weit kommen, dass vor aller Augen die Ordensritter abgeschlachtet werden. Gerade die, die Gottes Namen in ihren Herzen tragen. Es sind die,

die besonders tapfer ihr kostbares Blut für ihre Glaubensbrüder hingeben. Ich persönlich musste mit ansehen, wie die meisten geköpft oder in die Sklaverei geschickt wurden.

So eine Schande darf es nie wieder geben. Hütet Euch.« Sein Blick wurde zornig und seine Hände reckte er als drohendes Zeichen gen Himmel.

»Ausgerechnet unser Heerführer, der die Katastrophe, so meine ich, durch seine Leichtfertigkeit verursacht hat, wurde verschont. Denkt bitte in zukünftigen Auseinandersetzungen immer an diese Schmach eines Christenheeres. Zieht mutig gegen die Muslime, um unsere Schmach für immer vergessen zu machen. Der Kampf um Palästina konnte nicht in einer Schlacht entschieden werden. Seitdem die muslimischen Kräfte ihre inneren Streitigkeiten ruhen lassen, sind sie eine ernst zu nehmende Macht im Heiligen Land geworden.

Schirkuh hatte schon Ägypten an sich gerissen. Jetzt ist ihm sein Neffe Saladin gefolgt. Er strebt nach Höherem und ist der neue Schlächter der Kreuzfahrer. Die erfahrenen Ritter und Berater, die schon länger in Palästina weilten, oder sogar dort geboren waren, rieten damals vergeblich, in ihren festen Städten und Burgen erst einmal auszuharren. Nur die verfluchten Falken und Kriegstreiber, die meist nur kurz im Heiligen Land waren, suchten nach schnellen Lösungen, geblendet von religiösem Eifer. Hütet Euch vor dem unseligen Drang, möglichst viel Blut von Ungläubigen zu vergießen.«

»Was, meint Ihr nach Euren Erfahrungen, ist der strategische Schluss aus Euren Überlegungen über dieses Unglück?«, fragte der Ritter von Wallenrode.

»Mit der Niederlage des großen, schlagfertigen Heeres unter dem ehrgeizigen Guido von Lusignan waren die meisten Festungen im Heiligen Land ihrer Besatzungen beraubt, was sich später noch als größter Fehler herausstellen sollte. Panzerreiter«, so endete sein Vortrag, »brauchen ein passendes Gelände für eine derartig groß angelegte Schlachtenbewegung, insbesondere, wenn sie wie hier gegen eine Übermacht geführt werden soll.

Darüber hinaus aus einer territorialen Basis wie die vor Hattin. Eine bessere hat es bis heute nicht gegeben, insbesondere eine, die uns ermöglicht hätte, die christliche Herrschaft im Orient auf Dauer zu gewährleisten. Ich danke Euch für Eure Aufmerksamkeit, edle Ritter.«

Jetzt kam Bewegung in die Runde der interessierten Ritter, die sich fragend an den Redner wandten.

Der Ritter von Brühaven bat um Ruhe. »Wir haben dankbar Euren Vortrag zur Kenntnis genommen und werden auch unter momentaner Abwesenheit des Kaisers unseren gemeinsamen, dringenden Wunsch äußern, dass uns eine derartige deprimierende Niederlage für unsere christlichen Heerscharen erspart bleibe. Gott segne die Kreuzfahrer!«

Mit diesem Gruß löste Ritter von Brühaven die Versammlung auf und ging davon aus, dass alle anwesenden Ritter ihre Lehren daraus ziehen würden.

Nun wurde es an der Zeit, die letzten Vorbereitungen für den Aufbruch des großen Kreuzfahrerheeres in Regensburg zu treffen.

Kapitel IV

Aufbruch
in den Krieg

Es war ein grandioses Schauspiel, als sich die deutschen Ritter des Reiches unter dem Oberbefehl Barbarossas am 11. Mai 1189 in Regensburg versammelten. Die Banner der einzelnen Geschlechter waren aufmarschiert. Die Bannerherren, die sie anführten, standen davor. Die Fahnen mit ihren Wappen flatterten im Wind eines frühen Frühlingsmorgens. Die spannungsreichen Tage einer umfänglichen Vorbereitung waren endlich zu Ende.

Ich befand mich staunend in einem Gewimmel von an die fünfzehntausend Menschen, das größte Heer, das jemals ein Herrscher zu unserer Zeit zum Kreuzzug aufgeboten hatte.

Unter ihnen bekannte Erzbischöfe, Bischöfe, Grafen und Herzöge, bedeutende Vertreter des deutschen Hochadels. Nach einer imposanten Abschiedszeremonie machten wir uns auf durch Bayern, an der Donau entlang, auf Wien zu, in Richtung Ungarn auf den langen Weg nach Palästina.

Meine Knappen legten mir jeden Morgen die Rüstungsteile an, ein Kettenhemd zum Schutz für die Arme und den Leib, das mir bis zum Knie reichte. Ergänzt wurde diese Bekleidung durch Kettengamaschen als Schutz für die Beine. Eine Kettenhaube, eine Art Kapuze schützte meinen Kopf und den Halsbereich. Darüber wurde der Topfhelm gestülpt.

Ich musste so verdammt schwer sein in meiner Rüstung, dass mir mein Schlachtross Rosine fast leidtat.

In Ungarn kam es zum ersten Mal zu Auseinandersetzungen.

In Formation ritten wir auf die Reiterheere der Nomadenvölker zu, bis sie an unseren Lanzen hingen. Bei der Wucht des Anrittes hatten wir die leicht gepanzerten Gegner glatt durchbohrt.

Nach den ersten heftigen Lanzenstößen zog ich mein Schwert aus meiner Rückenscheide und schlug den anreitenden Kämpfern die Köpfe ab. Schweiß tropfte mir in die Augen. Die Bewegungen fielen mir immer schwerer. Die beidseitig geschärfte Schwertklinge mit den Parier-Stangen zischte todbringend durch die Luft. Ich fühlte, wie mir der Schweiß unaufhaltsam auch in die Eisenfaust rann, und war froh, dass der verzierte, raue Knauf sicher in meiner Hand lag. Ich rang mit aufkommender Verzweiflung die letzten, sich aufbäumenden Krieger der ungarischen Reiterscharen nieder, bevor sie sich dann doch entschlossen, die Flucht anzutreten.

Endlich war es soweit. Unter ohrenbetäubenden Schreien stoben sie auseinander und suchten das Weite.

Ich ließ mich erschöpft vom Pferd sinken und war froh, dass mich mein Knappe dabei festzuhalten vermochte. Zumindest gab er die Richtung vor, in die ich rutschte. Ich ließ mich ins Gras fallen und mir die Rüstungteile vom Körper ziehen. »Was für ein elendes Handwerk, was für eine brutale, rücksichtslose Gewalt«, schrie ich mir die Wut aus dem Leib.

Sobald die schweren Rüstungteile abgelegt waren, untersuchte ich mein Pferd Rosine nach äußeren Verletzungen und strich ihr dankbar über die flatternden Nüstern. »Gutes Pferd«, flüsterte ich, nachdem ich mich beruhigt hatte, und streichelte den Kopf meines Schimmels.

Von Wallenrode, der zufällig in der Kampfformation neben mir platziert worden war, schaute herüber und rief: »Na, junger Freund, alles überstanden? Ihr habt Euch tapfer geschlagen, von Grüningen. Euer Einsatz hat mir imponiert.«

»Es ist und bleibt ein Spiel mit dem Tod, edler Ritter von Wallenrode. Mancher Pfeil hat schon die Metallringe der Kettenhemden durchschlagen«, erwiderte ich freundlich. »Sie sind dennoch besser als die Schuppenpanzer, in denen man sich kaum zu bewegen vermag« stellte er mürrisch fest.

»Was ist eigentlich mit dem Schwert auf Eurem Rücken? Eine ungewöhnliche Trage-Art«, stellte er fest und hob erwartungsvoll seine Augenbrauen.

»Mein Langschwert stammt aus Familienbesitz, hat so manche Schlacht geschlagen. Ich trage es in einer Scheide auf dem Rücken, weil ich meine Arme dann besser bewegen kann und es beim Galopp nicht an meiner Hüfte hin und her geschaukelt wird. Ich meine, auf dem Rücken gibt es einfach mehr Halt«, erwiderte ich. »Im Übrigen ist es auch eine Frage von Tradition und Gewohnheit. Mein Vater und auch meine Brüder haben ihre Schwerter allesamt auf dem Rücken getragen, werter von Wallenrode.«

Er brummte irgendetwas Unverständliches vor sich hin und wandte sich seinem Pferd zu.

Meinen Schild mit dem unübersehbaren Familienwappen darauf hatte ich zusammen mit der Lanze zur Entlastung ins Gras geworfen. Auf meinem Waffenrock, der um die Schulter gegürtet war, prangte ebenfalls das Wappen, ein wichtiges Kennzeichen im Kampfgetümmel. Mit Hilfe meines Knappen zog ich auch das schwere Kettenhemd aus, so dass ich nunmehr nur noch in meinem Unterkleid, dem Gambeson, aus dickem Leder da lag. Es diente der Abpolsterung des Kettenhemdes.

Ich schaute zu meinem Knappen hinüber, der emsig dabei war, die Einzelteile meiner Ausrüstung aufzusammeln und rief ihm zu: »Glück gehabt, mein Bursche, das gehört immer dazu, so der Herrgott will.« Wie oft wird sich so ein Kampf wohl in nächster Zeit wiederholen, dachte ich bei mir.

Wir lagerten in der Nähe des Schlachtfeldes, ließen gewohnheitsmäßig die Gefangenen zusammentreiben und versorgten die Verwundeten. Davon gab es diesmal in unseren Reihen nicht viele.

Etwas weiter am Rand hatte man zwischenzeitlich große Kessel auf die Feuer gestellt, die ein wundersames Aroma nach Essen verbreiteten, gepaart mit dem Geruch von süßem Leichenduft und Pisse. Man gewöhnte sich verdammt schnell daran.

Da die Heeresverpflegung nun mal nicht die Beste war, wurde man dieses verfluchte Hungergefühl nie los. Bei dem vorwiegend grützenartigen Essen kein Wunder.

»Erinnert Euch an das phantastische Gesöff, das wir in unserem Feldlager bei Wien genießen durften, paradiesische Zustände wie in besten Friedenszeiten«, rief ich in die Runde der herankommenden Ritter, die sich mit ungelenken Fingern am Trog bedienten. Die Männer mit den großen Kellen am Kessel waren wie immer zu langsam.

»Ein Traum«, schallte es herüber. »Ein Traum, den wir genießen sollten, solche Momente wird es kaum noch lange geben« erwiderte ein anderer Ritter, der eifrig seine Grütze mit gurgelnden, schmatzenden Geräuschen genüsslich zu sich nahm.

An einigen anderen Feuern in der Nähe hatte es sich unser Fußvolk bequem gemacht. Ihre meist leichteren Rüstungen mit ihren Waffen, wie Bögen und Armbrüste lagen in großem Haufen daneben. Die Armbrust, fiel mir plötzlich wieder ein, die Lieblingswaffe des englischen Königs, Richard Löwenherz, wurde nur hier im Morgenland gegen Ungläubige eingesetzt. Der Gebrauch dieser Waffe bei uns im Abendland war gegen Ritter verpönt bis verboten, da sie ohne weiteres die schweren Rüstungen durchschlagen konnte.

Dabei fiel mir wieder die Demütigung unserer christlichen Kämpfer bei Hattin ein, die noch bei der letzten Lagebesprechung vor den Toren von Wien zu der Frage geführt hatte, ob wir wie üblich in offener Feldschlacht in einer geschlossenen Formation auftraten oder in breiter Front die Lanzen einlegen sollten, um wie eine Flut von Eisen und Metall auf die Gegner einzustürmen.

War das noch zeitgemäß gegen eine Vielzahl von leichter ausgerüsteten Gegnern auf ihren schnellen Wüstenpferden? Ich würde es sehen. Ein muslimischer Edelmann hatte mal gesagt: »Die fränkischen Eisenleute scheinen unverwundbar, eine eiserne Masse, von der alle Schläge abgleiten.«

Man war durch die verlorene Schlacht bei Hattin inzwischen eines anderen belehrt worden.

Meine Gedankengänge wurden durch lautes Gelächter von einigen Rittern unterbrochen. »Habt ihr schon gehört«, brüllte einer herüber, »bald gibt es ein rauschendes Fest für den Kaiser in Gran. Dort soll sein Sohn Friedrich von Schwaben mit der ungarischen Königstochter Konstanze verlobt werden.«

Diese Nachricht löste bei den Rittern, ja bei allen, die zufällig hier an diesem Platz versammelt waren, eine gewisse Heiterkeit und Vorfreude aus. Endlich das normale Leben wieder spüren, mit Lust und Laune genießen.

Bereits 1188 hatte Kaiser Barbarossa mit König Bela III. von Ungarn, Kaiser Isaak II. Angelos von Konstantinopel und mit dem Isaak bekannten Sultan Kilic, Arslan von Iconium verhandelt, die ihm den freien Durchzug des Kreuzfahrerheeres zugesagt hatten. Diese Zusage schien bisher tatsächlich zu halten.

Dietrich, mein Verbindungsmann zum Bannerheer, der schon meinem Vater gedient hatte, richtete sich abends vor meinem Zelt an mich mit den Worten: »Mein Befehlshaber, gerüchteweise ist jetzt im Lager durchgesickert, dass ein Weissager Barbarossa den Tod durch Ertrinken vorausgesagt hat. Deswegen ziehen wir die Donau entlang. Ich weiß nicht, was ich davon halten soll. Der Weg über das Meer hätte zwar viel mehr Aufwand bedeutet, wäre aber weitaus schneller gewesen. Wenn ich mich aber an die Überfahrten mit den Pferden im Schiffsbauch erinnere, an all die üblen Gerüchen von Mist und Erbrochenem, so ist der Landweg für mich doch die weitaus bessere Wahl.«

Ich musste laut lachen, als ich das verdrehte Gesicht meines Unterbefehlshabers vor mir sah.

»Am 22. Mai, Dietrich, werden wir mit unserem großen Heer die deutsch-ungarische Grenze überschreiten und das Pfingstfest vor den Toren von Pressburg feiern«, fasste ich zusammen »und jetzt, guter Dietrich, steht das größte Fest an, die Verlobung des Friedrich von Schwaben in Gran.«

Zu Beginn des Sommers war es dann soweit.

Das ungarische Königspaar bot uns einen pompösen, grandiosen Empfang. Die Bevölkerung stand an den Wegen, als wir mit unserem großen Tross unter Fanfarenklängen vorbeizogen.

Sie hatten Holzbänke vor weißen, festlich geschmückten Zelten aufgestellt, worauf wir in langen Reihen Platz nehmen durften. Wann würde ich solch ein Essen nochmal in nächster Zeit serviert bekommen? Es war eine üppige, beeindruckende Bewirtung. Es schmeckte wie Vogelfleisch mit Couscous, wie die das nannten, eine Art Weizenbrei. Eichhörnchen, mein Lieblingsgericht oder Krähen wären zu aufwendig gewesen. Es war jedenfalls ein Hauch von Fleisch im Holznapf.

Die männlichen Bediensteten schufteten bis zum Umfallen. Wir nutzten es weidlich aus. Es lag ein Schmatzen, Lachen, Rülpsen und Furzen in der Luft.

Wir soffen wie die Ketzer, denn anders konnte man unser Gelage nicht bezeichnen. Es war ein Johlen dort und ein lautes Singen da. Eine brodelnde Masse von Pilgern, Kirchenoberen, Kämpfern und Rittern, alles grölte durcheinander

Bei meinem wiederholten Blick durch die Reihen der Feiernden musste ich erstaunt feststellen, dass die Anzahl der Kreuzfahrer durch einen Zustrom von Menschen aus den österreichischen Landen und Ungarn erheblich angestiegen war. Mein Herz ging beim Anblick all dieser Menschen auf, die uns ins Heilige Land begleiten wollten, so unterschiedlich auch ihre Gründe sein mochten.

Bei diesem Fest erlebte ich ein nie zuvor gehörtes Sprachwirrwarr. Es war ein ergreifendes Gefühl von Einstimmigkeit und Hoffnung. Die Menschen hatten sich alle gefunden, so schien es, und dienten nur einem gemeinsamen Ziel. Der Ankunft im Heiligen Land. Ich genoss das alles als Neuling und reagierte noch mit gebotener Zurückhaltung, obwohl es mich seit langem mal wieder reizte, mich dem Alkohol wehrlos hinzugeben. Was sprach gegen ein gediegenes Besäufnis?

Die ungarischen Hochzeitsgäste waren deutlich getrennt von den Kreuzfahrern. Man konnte jetzt schlecht beurteilen, bei wem die Stimmung ausgelassener war.

Aber auch dieser grandiose, vielleicht letzte schöne Tag musste irgendwann einmal zu Ende gehen.

Das Feldlager hatte sich gegen Morgen mit zurückkehrenden, lärmenden Trunkenbolden gefüllt, neben Gruppen von Pilgern, die auf Knien gottesfürchtig zum Herrn beteten. Keiner wusste, was uns tatsächlich erwarten würde.

Wir brachen auf, nachdem das Lager geräumt war und die Ausrüstungsgegenstände wieder in unseren Karren lagen. Ein schier endloser Zug, der sich unaufhaltsam seinen Weg ins Morgenland bahnte.

Schließlich, nach endlosen Märschen, hatten wir Belgrad erreicht. Bei unserem Tross befand sich auch Geza, der Bruder des ungarischen Königs. Bisher blieb es ruhig.

Doch sobald wir mit unserem Heer byzantinisches Gebiet erreicht hatten, fingen die Feindseligkeiten wieder an.

Alle Ritter der führenden Bannerheere wurden in das Zelt des Kaisers beordert.

Diesmal war es Ritter Dietrich von Barnheim, der uns auf die zu erwartenden Kampfhandlungen einstimmen sollte. Er war ein ruhiger, besonnener Mann, schätzungsweise an die vierzig Jahre alt, ausgezeichnet in diversen Schlachten des kaiserlichen Heeres und Beobachter der päpstlichen Welt. Ich kannte ihn noch von meiner Ausbildungszeit, den ersten militärischen Schritten meiner Laufbahn.

Er schaute uns eindringlich an. »Edle Ritter und Kampfgenossen. Mein Kaiser, unser Oberbefehlshaber, hat mich gebeten, Euch bestimmte Perspektiven an die Hand zu geben. Gegenseitiges Misstrauen, insbesondere die Probleme mit einigen Lokalverwaltungen, führten nach Ankunft unseres Kreuzfahrerheeres zu Irritationen. Die Bevölkerung ist überrascht und weiß nichts von unserem Durchmarsch. Einmal freundlich, einmal feindlich gesinnt. Manche sahen es als Bedrohung an, so dass zum Beispiel die Bewohner von Adrianopel aus ihrer Stadt geflohen sind. Thrakien wurde daraufhin von einem Teil des Kreuzfahrerheeres geplündert. Das gilt als ein Zeichen für die spürbare Verunsicherung der Leute in diesem Land und war die Folge größter Anspannung.«

Er hielt kurz inne, bis sich einige wieder beruhigt hatten.

»Bei einem Gespräch unseres Kaisers mit dem byzantinischem Herrscher Isaak zu dem Zweck, die langwierige Auseinandersetzung zwischen den Häusern zu beenden, gab es eine Annäherung. Isaak gestattet Barbarossa, zumindest den Titel Kaiser des Alten Roms zu tragen, was wir akzeptiert haben. Nach weiteren, zähen Verhandlungen, die zunächst zu scheitern schienen, war er bereit, siebzig Lastschiffe, fünfzehn Galeeren und einhundertundfünfzig weitere Schiffe für die Überfahrt unseres Heeres zur Verfügung zu stellen.« Er unterbrach kurz, da Bravorufe ein Reden zunächst nicht mehr möglich machten.

»Ihr als Führer Eurer Bannerheere werdet angewiesen, ab jetzt jede Wegstrecke, sei sie auch noch so kurz, in voller Ausrüstung zu bestreiten. Die Kampfbereitschaft muss jederzeit gewährleistet sein. Wir werden ab jetzt immer wieder mit Angriffen oder Scharmützeln im Feindesland rechnen müssen. Seid deshalb wachsam und verteidigungsbereit. Es ist geplant, in etwa fünf Wochen überzusetzen. Bei der Belegung der Schiffe sollen die Männer eng bei ihren Tieren bleiben. Sie sind mit das kostbarste Gut, das wir haben. Kampfelefanten sind zum Glück nicht dabei. Danke, meine edlen Ritter, bis dahin viel Glück, Gottes Gnade und viel Geschick beim Übersetzen!«

Nach kurzem Gemurmel löste sich die Versammlung auf. Ich blieb noch stehen, um mich mit den verbliebenen Rittern zu unterhalten. Die meisten kannte ich bereits aus den Einsätzen in der Zeit vor meiner Schwertleite, von den Treffen bei meinem Vater auf unserer Burganlage mit dem Gestüt. Viele waren nur zu uns gekommen, um die besten Pferde aus unserer Zucht zu kaufen.

Dietrich von Barnheim machte mich freundlicherweise mit den verbliebenen Männern der direkten Führungsebene um Barbarossa bekannt: »Meine edlen Ritter, schenkt mir noch kurz Eure Aufmerksamkeit. Ich habe die Ehre und möchte die Gelegenheit nutzen, Euch einen aufstrebenden jungen Ritter vorzustellen, dessen Name im Reich und beim Kaiser einen klangvollen Namen erworben hat: Es handelt sich um den Ritter Alexander von Grüningen. Sein Vater, Markgraf Georg II. von Grüningen, sowie seine Brüder und nicht zuletzt seine Pferde dürften in dieser Runde jedem bekannt sein.«

Wendt von Wallenrode, ein Mann wie ein Baum, von ungewöhnlicher Körpergröße, begrüßte mich per Handschlag. Sein Gesicht war mit Narben übersät, Zeichen mancher schmerzhaften Kampfeinsätze. Die abschreckende, respektvolle Erscheinung wurde abgemildert, wenn man die wohlgesetzten, bedächtigen Worte hörte, mit einer sympathischen Stimme vorgetragen. Ich kannte ihn von manchen Lagebesprechungen im Zelt des Kaisers.

»Ein junger Mann mit Zukunft, auf den man achten sollte.«

Ich bedankte mich und sah mich einem weiteren Ritter gegenüber, August von der Schewe, ein Mann von mittlerer Größe, schlank und wendig mit kräftigen Oberarmen, die in der Lage waren, vortrefflich mit dem Zweihandschwert umzugehen, was ich auf dem Schlachtfeld schon oft erleben durfte. Er sah mich mit hintergründigem Grinsen an. »Ich kenne Euch, Ihr seid der Mann mit der Rückenscheide, unverkennbar. Habe Eure Waffenkunst auf dem Feld schon des Öfteren bewundern dürfen. Mein Respekt, junger Mann.«

Dann kam Berthold von Brühaven, ungefähr neununddreißig Jahre alt, ein erfahrener Ritter von hoher, herausragender Intelligenz und Kämpferqualität. Ein ständiger, enger Berater des Kaisers und aktueller Sprecher der führenden Ritterschaft.

»Angenehm, Eure Bekanntschaft zu machen, Ritter von Grüningen, habe mit Ihrem Vater in Oberitalien aufgeräumt und an seiner Seite mit dem Kaiser den zweiten Kreuzzug erlebt. Ich freue mich, dass junge aufstrebende, Kräfte unser Heer beleben.«

Die Herren schienen zu bemerken, wie ihre Lobeshymnen mir schmeichelten.

Mit dem Gruß »Gott segne die Ritterschaft und die Kreuzfahrer«, verließ ich hoffnungsfroh das Oberbefehlshaberzelt des Kaisers.

Nach vierzehn Tagen befand sich unser Heer auf direktem Weg zum Hafen.

Wir marschierten eingerüstet in langer, lockerer Reihe, als ich am Horizont die ersten Staubwolken wahrnahm. Eine Horde von wilden Reitern, die meisten in Kettenhemden, die bis zur Taille gingen und die Oberarme bedeckten, manche trugen auch gar keine Rüstung. Alle mit leichten Lederhelmen bekleidet und ihre kleineren, runden Buckelschilde auf der Innenseite mit Lederriemen gehalten, sehr viel beweglicher als unsere, den klimatischen Verhältnissen viel besser angepasst.

Die Krummsäbel in ihren Fäusten, ihre Scheiden und Rüstungen mit Silber, Gold und Edelsteinen geschmückt, blinkten in der hochstehenden Sonne. Sie waren jetzt so nah, dass ich ihre Ornamente auf Schilden und Rüstungen erkennen konnte, meistens in Form von Tierfiguren oder Inschriften aus dem Koran.

Ich brüllte zu Dietrich hinüber: »Sammle drei Reiterspitzen mit je zwei Hundertschaften und geh auf die Flanken, ich nehme hundert Männer und reite genau durch ihre Mitte.«

Wie oft und lange eingeübt, gab Dietrich die entsprechenden Zeichen und brach in wildem Galopp mit den Kämpfern in weitem Bogen auf, um die überschaubare Horde der Gegner weitläufig zu umgehen.

Ich ritt mit meiner bewaffneten Streitmacht auf die Spitze ihrer Reiter zu.

Meine schwere Lanze lag beweglich in meinen Eisenfäusten, jederzeit bereit, mit aller Wucht des Aufpralls die Gegner auseinanderwirbeln zu lassen. Mit berstendem Krach knallten unsere mit Teilpanzern geschützten Tiere auf die kleineren unscheinbaren Wüstenpferde. Menschen und Material wurden wuchtig auseinandergesprengt und Gliedmaßen und Köpfe flogen wie dicke Schneeflocken durch die heiße, stickige Luft. Als mich ein gegnerischer Lanzenangriff aus dem Sattel von Rosine hob, fiel ich scheppernd mit der verdammten Rüstung auf das dürre Gras und wälzte mich, so gut ich konnte, über einer Schulter ab. Ich befreite mich von der schweren Lanze und zog, so schnell es ging, mein Schwert aus der Rückenscheide. Ich stellte mich sofort den anrennenden Gegnern. Schlag um Schlag haute ich blutige Schneisen in die Ansammlung von Angreifern, bis ich nicht mehr zu atmen vermochte. Ich riss meinen verfluchten Topfhelm vom Kopf, der die Sicht rundherum nur erschwert hatte, und schlug einen Feind nach dem anderen von den Beinen. Wie ein blutgieriger Wüterich arbeitete ich mich durch ihre Reihen, bis ich den mir bekannten Helm von Dietrich erkannte, der mit seinen Männern endlich für die ersehnte Entlastung sorgte. Die Leichenhaufen waren unübersehbar, und es dauerte nicht lange, bis die restlichen Angreifer auch darauf lagen.

Als wir mit den ersten Aufräumarbeiten fertig waren, kamen einige der älteren Ritter zu mir und klopften mir auf die Schultern. »Ein hervorragender, beispielhafter Waffengang, Ritter von Grüningen«, murmelte Wendt von Wallenrode mit anerkennendem Blick.

»Ihr habt die Schweine allein durch den exzellent geführten Angriff Eures Bannerheeres zerrieben. Das war gehobene Strategie«, meinte von Barnheim und gab mir die Hand.

Ritter August von der Schewe ließ mich hochleben. »Wir waren gerade Zeugen einer meisterhaften, gelungenen Zangenbewegung und das in atemloser Schnelligkeit. Absolute Bewunderung, junger Mann.«

»Meine edlen Ritter, die Ehrbekundungen sollten nicht mir, sondern in erster Linie meinen tapferen, geschulten Männern gelten, die hervorragende Arbeit geleistet haben, danke für Euer ehrenhaftes Lob.«

Als wir danach wieder auf dem Weg zur Küste waren, erreichten wir endlich unseren Zielhafen, wo das Überfahrtmanöver stattfinden sollte.

Es gestaltete sich so, wie Dietrich erzählt hatte. Ich schlief im Schiffsbauch mit unserer wertvollen Pferdeladung. Dietrich ließ es sich nicht nehmen, bei mir aufzutauchen. »Gibt es neue Befehle, edler Ritter von Grüningen?« Ich meinte, sein breites, hinterhältiges Grinsen dabei erkannt zu haben. »So eine überflüssige Frage kannst du dir verkneifen. Du wolltest nur in mein bleiches, kotzbereites Gesicht schauen, du gemeiner Hundsfott.«

Ich war heilfroh, nach der Überfahrt wieder Licht zu sehen und saubere Luft zu atmen. Mir drehte es den Magen um, als ich mit ansehen musste, wie die torkelnden Pferde nach und nach von den schaukelnden Schiffen geführt werden mussten.

Als wir an Land gegangen waren, griff ich mir wieder Dietrich, meinen Unterführer. Er schaute schräg auf den Boden, weil er eine Schelte von mir erwartete. »Dietrich, alter Haudegen, du warst und bist immer noch ein überragender Kämpfer und Stratege. Vater hatte dich schon immer in brenzligen Situationen um Rat gefragt. Du hast naturgegebenes strategisches Geschick und bist, trotz zunehmenden Alters, von einer körperlichen Robustheit, die ich selten bei einem Kämpfer gesehen habe. Ich danke dir für deinen unerschrockenen Einsatz. Treib die Männer gleich kurz zusammen und dann ziehen wir weiter. «Jetzt sah er mich schuldbewusst mit breitem Grinsen an und trollte sich. Ich wusste, er freute sich diebisch, dass mein Zustand nach der Überfahrt seine Erwartungen noch übertroffen hatte. Er hatte wohl selten so ein fahles Gesicht gesehen.

Als sie im imposanten Halbrund um mich herum versammelt waren, sagte ich: »Männer, Ihr seid bisher mit bewunderungswürdiger Tapferkeit mit mir und dem kaiserlichen Heer durch die halbe Welt gezogen. Ihr habt nicht nur bei der letzten Schlacht Eure militärischen Fähigkeiten bewiesen, sondern seid auch jetzt bei der Überfahrt besonders sorgsam mit den Pferden umgegangen. Ich danke Euch für so eine bewundernswerte Umsicht. Die Pferde, besonders die, die unserem Gestüt entstammen, sind unsere wichtigsten Kriegsgeräte. Ihre bedeutende Schnelligkeit, Wendigkeit und Robustheit sind Charaktereigenschaften, die den entscheidenden Unterschied zu den Pferden des Feindes ausmachen dürften. Meine Gefolgsleute, gleich auf welchem Posten, egal in welcher Position, alle, die sich unter meinem Banner versammelt haben, können sich meiner Fürsorge gewiss sein. Euch gelten weiterhin meine höchste Aufmerksamkeit und Anerkennung. Ich bin für Euch da und ihr hoffentlich für mich. Der Herrgott sei mit Euch.«

Sie brachen in Jubel aus, und ein Kribbeln lief mir durch den Körper.

Ich meinte, bemerkt zu haben, dass manche Augen nass geworden waren, genau wie bei mir. Ich schämte mich deshalb nicht im Geringsten.

Dietrich ließ sie abtreten und jeder widmete sich wieder seiner eingeübten, gewohnten Aufgabe.

Ja, sie begleiteten mich in meinen Kampfeinsätzen, Seite an Seite, und sorgten noch des Nachts für die Bereitstellung des Befehlshaberzeltes mit meinem Geschlechtsbanner und einer aufmerksamen Wachmannschaft. Sie wussten um meine Eigenarten, kannten meinen Geschmack beim Saufen. Und bei der Auswahl der Lagerhuren.

Kapitel V

Vormarsch über Kleinasien
nach Palästina

Bei den wöchentlichen Zusammenkünften im Zelt des Oberbefehlshabers hatte ich die Ehre, meinem Kaiser sehr nahe zu sein. Dies war einerseits dem Namen meines Geschlechts zu verdanken, andererseits wohl meinem Ruf aufgrund der bisherigen Erfolge bei den Schlachten.

Dort stand er nun im Kreise seiner führenden Ritter und ich etwas am Rande, aber mit erheblichem Stolz, den Schritt auf die Führungsebene geschafft zu haben.

Ich wusste genau, dass ich meine bisherigen Erfolge in erster Linie den tapferen Einsätzen meiner fast zweitausendfünfhundert Männern zu verdanken hatte.

Das wiederum lag an den guten und vielseitigen Übungen an den Waffen mit den vielgestaltigen Manövern, die mein Vater fast wöchentlich zu Hause hatte durchführen lassen. Die Qualität unserer Pferde für den Einsatz verdankten wir ebenfalls der guten Aufzucht auf unserem Rittergestüt, das seinesgleichen suchte. Ich ahnte aber auch, dass die besondere, wachsende Sympathie des Kaisers mir gegenüber von manchen mit Argusaugen beobachtet wurde, ein allgegenwärtiger Neid, der von Kampf zu Kampf spürbarer wurde, besonders bei den Rittern, die wie Schmeißfliegen um den Sohn von Barbarossa, Friedrich von Schwaben, herumschwirrten. Ein elender, größer werdender Haufen, dessen Gestank jeden Tag deutlicher wurde und die Rittergruppierung um Barbarossa zu spalten drohte. Von Schwaben fühlte sich als echter Sohn von

Barbarossa nicht vom Vater anerkannt und gönnte niemandem, besonders mir nicht, dessen Nähe. Ich musste auf der Hut sein.

Wir marschierten weiter auf dem langen Weg nach Jerusalem. Nichts schien uns aufhalten zu können. Ich stand in der Kampfformation vor der Stadt Philadelphia in ersten Kämpfen mit den Turkmenen.

Mit der Kampfmoral meiner Männer würde ich auch die ersten Seldschuken und andere Nomadenvölker in die Flucht schlagen, da war ich mir mit Dietrich vollkommen sicher.

Unser Leben bestand aus einem Hin und Her von guten Marktangeboten, Entbehrungen und loyaler Hilfe der Einheimischen, aber auch aus schweren Kämpfen, die unser Heer im griechischen und seldschukischen Kleinasien Tag für Tag erleben musste. Diese Gefühlsschwankungen waren allein der Tatsache geschuldet, dass weder die seldschukische Verwaltung noch die griechische ihre nomadisierenden Volksteile beherrschten. Es gab einfach keine einheitliche Linie zwischen den beteiligten Volksstämmen.

Eines Abends kamen die Ritter der wiederholten Aufforderung nach, umgehend im Zelt des Oberbefehlshabers zu erscheinen. Dort wartete von Barnheim als Heeressprecher und nahm sofort seine Aufgabe wahr: »Wir haben aktuell Scherereien mit dem Sultan von Ikonium, der es offensichtlich auf einen Vertragsbruch anlegt. Er soll zwischenzeitlich Schwiegersohn Saladins geworden sein, mit der Folge, dass der ursprünglich vereinbarte freie Durchzug sich nun als trügerisch erweist. Der Sultan von Konya hatte zwischenzeitlich sein Reich unter seinen elf Söhnen aufgeteilt. Der älteste der Söhne schert sich nun nicht mehr um die Vereinbarungen, die sein Vater mit uns getroffen hatte.«

Im aufbrausenden Stimmengewirr wurde eines sofort klar. »Die Männer lassen sich so etwas nicht bieten.«

Vor Ikonium zeigten wir mit unseren Schlachtenreihen, was die Nichteinhaltung von Verträgen für Folgen haben kann. Ich kämpfte gemeinsam mit den anderen Rittern des Reiches. Schlag für Schlag, Lanzenstich für Lanzenstich zeigten wir die verheerende Wirkung eines offensichtlichen Vertragsbruches.

Als wir im Blut stehend Jubelgesänge anstimmten, stellte sich der Kaiser in die Steigbügel seines stattlichen Pferdes, wie gewohnt in vorderster Reihe, und schrie, deutlich hörbar für Freund und Feind: »Wir dulden keinen Vertragsbruch. Ich gebe diese Stadt zur Plünderung frei.« Ich wusste, das war das Schlimmste, was der Bevölkerung Ikoniums passieren konnte. Massaker und Massenvergewaltigungen spülte das ausgehungerte Heer in die Gassen. Ich hasste das wilde, zügellose Treiben. Das Abschlachten der Männer und die Vergewaltigung ihrer Weiber. Ich hielt mich möglichst davon fern, zog mich in mein Zelt zurück.

Dann ging es ein paar Tage später in raschem Marsch ins christliche Armenien. Hier am Mittellauf des Selef von Leon II. von Mopsuesta herzlich aufgenommen, ließ ich mich mit dem Heer die steilen Taurus-Hänge vom Fluss Selef abwärts nach Seleukia ziehen.

Ich ritt wie gewohnt an der Seite meines Kaisers. Jeden, der es wagte, sich uns in den Weg zu stellen, ritten wir in schwerer Rüstung und strotzend vor Waffen mit unseren Pferden nieder. Die Blutspritzer an meinem weißen Gewand mit dem roten Kreuz zeugten von meinen harten, unerbittlichen Kämpfen im Hohen Taurus.

Kapitel VI

Das Schicksal schlägt zu

Zwischenzeitlich hatten wir bei der Überquerung zahlreicher Berghänge große Teile unserer Ausrüstung verloren.

Verdammt, war das unerträglich heiß. Ich schnappte nach Luft unter meiner Rüstung wie ein Fisch auf dem Trockenen. Die Leute fielen plötzlich und unerwartet vom Pferd. Ich rief verzweifelt nach vorne zu den Helfern. »Kommt ran, hier gibt es wieder etwas zu tun, reißt ihm die Rüstung vom Leib und tragt ihn sofort in den Schatten. Mir ist es jetzt gleich, ob der Zug ins Stocken gerät.« Wir hatten im Heer besondere Helfer abgestellt, die nur dafür zuständig waren, Gestrauchelte hastig in den Schatten zu schleppen, ihnen die Kleider vom Leib abzulösen und sie mit Wasser zu übergießen. Sie konnten oft selbst nicht mehr marschieren. Die Wege durch das Gebirge waren steinig und rutschig. Loses Geröll brachte die Pferde zum Straucheln und ließ die Reiter wie reife Früchte in den Abgrund fallen. Es war ein grausames, abstoßendes Durcheinander. Ein Chaos von stürzenden Tieren und schreienden Menschen.

Ich drehte mich betroffen und angewidert zur Seite.

Wer jetzt nicht körperlich geübt war, konnte oft nicht mehr dem Tod entkommen. Krankheiten grassierten und mehrere Bischöfe starben vor Erschöpfung. Hitze und Wassermangel zerstörten unsere Marschordnung. »Holt Ledereimer mit Wasser vom Fluss«, schrie ich immer wieder verzweifelt dazwischen, wenn wieder einer der Soldaten vor mir zusammenbrach. Es war aber verdammt schwer. Der Fluss war zwar in Sichtweite, aber tief unten im Tal. Wie zum Trotz schimmerte er als fließender Wurm in meiner ständigen Begleitung.

41

Zum ersten Mal wurde mir klar, wie es den Rittern und dem Fußvolk bei der vernichtenden Niederlage gegen Sultan Saladin in Hattin ergangen war.

Nun saß ich hier endlich am Flussufer des Selef. Die schnaufenden, rasselnden Geräusche meines Pferdes beim Saufen drangen an mein Ohr. Alles andere ging in dem Tosen des reißenden Gewässers unter. Ich war erschöpft. Meine Augen fielen mir immer wieder zu.

Meine Rüstung, Stück für Stück um mich herum verstreut, glänzte mit ihren Metallteilen unerträglich in der hochstehenden Mittagssonne. Ich schaute nach unten, um das Brennen in meinen Augen zu vermeiden. Mir ging spontan die Kühle des Winterquartiers im südlichen Bulgarien durch den Kopf, die ich so verflucht hatte. Jetzt würde ich gern noch einmal tauschen. Körperlich erschöpft und in Gedanken verloren am Ufer sitzend, hörte ich plötzlich ein wildes, brachiales Geschrei ganz in meiner Nähe. Was war das? Ich konnte es mir im ersten Moment nicht erklären.

Ich taumelte unsicher auf meine schweren, bleiernen Füße. Mit letzter Kraft riss ich mich zusammen und versuchte, den steinigen Weg am Ufer entlangzulaufen. Als ich mit unsicheren Tritten zu einer Flussbiegung gelangte, sah ich eine Gruppe von Männern dort am Wasser stehen, hilflos brüllend und wild gestikulierend. »Was ist hier los?«, rief ich verzweifelt mit einem aufsteigenden, bangen Gefühl in mir, dass hier etwas ganz Schreckliches passiert sein musste.

Ich bahnte mir schubsend und fluchend den Weg durch die Männer. Sie standen so dicht beieinander, dass es mir kaum gelang, durchzukommen. Ich schrie völlig verzweifelt: »Verdammt, was ist denn da los?« Endlich konnte ich mir eine Gasse durch dieses verfluchte Menschenknäuel bahnen. Die Leute standen sichtlich unter Schock. Das war das, was ich auf den ersten Blick erkennen konnte. Als ich mir endlich den Weg in die vordere Reihe freigekämpft hatte, entdeckte ich, wie einer unserer Ritter den Körper des Kaisers von seiner Kleidung befreite und unter Tränen und lautem Fluchen seine Hände gegen dessen Brust drückte. »Lass mich durch«, schrie ich ihn an und bearbeitete wie in Trance den Körper des Kaisers immer wieder, unaufhörlich, bis mich einer der herumstehenden Männer unterbrach: »Hör jetzt auf, da gibt es nichts mehr zu retten, Rittersmann.«

Ich sackte schluchzend zusammen und schlug mit dem Kopf auf das steinige Flussufer. Mein Kopf war leer. Ich spürte nur noch tiefen Schmerz und unendliche Trauer.

Alle Bemühungen erwiesen sich als vergeblich. Man zog Barbarossa weiter zum Flusshang und bettete ihn auf seinen Umhang.

»Er hat nicht auf unseren Rat hören wollen«, schrie einer der Panzerreiter in wütender Ohnmacht. »Verdammt, verdammt. Ich begreife das nicht. Gott, was hast Du uns angetan! Unser geliebter Kaiser.« Mit schaurigem Klang hallte dieser Ruf durch das ganze Flusstal. Ein Aufschrei tiefen Entsetzens.

Die Männer stammelten zur eigenen Beruhigung immer wieder gleichlautende Erklärungen:

»Der Kaiser wollte sich nach einem opulenten Mahl in der glühenden Mittagshitze am Flussufer etwas abkühlen und hat dabei offensichtlich einen Herzschlag erlitten. Die reißenden Fluten des Selef haben ihn dann kurz abgetrieben. Unsere Ermahnungen hat er einfach in den Wind geschlagen, immer wieder hat er beteuert, dass er des Schwimmens fähig sei. Warum tut er so etwas, warum lässt er uns im Stich, Großer Gott was hast Du da zugelassen?«

Immer die gleichen Sätze der Verzweiflung.

Trauer und Schmerz legten sich wie ein bleierner Mantel über mich. Ich war noch nicht in der Lage, klar zu denken. Man wusste überhaupt nicht, was der Tod Barbarossas für unsere Unternehmung bedeuten konnte. Ich bemerkte, wie die Menschen in gedämpften Gesprächen versuchten, ihre Betroffenheit über das plötzliche Schicksal des geliebten Kaisers zu verarbeiten.

Das leise Wimmern oder auch das laute, hemmungslose Schluchzen in den Reihen des Heeres gingen mir ans Herz und trübten mir mehr und mehr die Sinne.

Es war unfassbar, wie so ein bedeutender Mann, ein Vorbild als Kämpfer, von uns gehen konnte. Er war es, der mit seinem Einsatz in den ersten Linien für die tägliche Moral im Heer gesorgt hatte.

Ab jetzt, so wurde mir schlagartig klar, waren wir ein verlorener Haufen. Die Qualen und Entbehrungen, die jeder bis dato klaglos auf sich genommen hatte, kamen in ganzer Wucht hervor und lähmten jede Betriebsamkeit im Lager.

Die Leute begannen, sich in die Vorbereitungen für die Totenfeier zu stürzen, nur um sich vom Schmerz abzulenken.

In aller Eile errichteten wir einen provisorischen Versammlungsort, der einigermaßen Platz für die Trauernden bot.

In der Führung des Heeres zeigte man sich unentschlossen, was genau mit dem Leichnam passieren sollte. Deshalb wurde der Körper lediglich aufgebahrt, damit man während eines feierlichen Gottesdienstes vom Kaiser Abschied nehmen konnte.

Die Planungen hierzu liefen überraschend störungsfrei, berichtete mir Dietrich: »Weil sich bei der großen Anzahl von Kirchenvertretern und Würdenträgern jeder darum reißt, seinen Teil zum Abschied beizusteuern, laufen die Planungen wie die Räder einer Mühle. Da die Zeremonie nicht Hals über Kopf stattfinden kann, haben wir mit der Hilfe unserer Männer noch an Ort und Stelle ein Lager aufgeschlagen, damit die Vorbereitungen den geordneten Rahmen erhalten konnten.«

Dietrich verabschiedete sich kurz und zog sich wieder zurück.

Wir saßen noch draußen vor meinem Zelt und genossen die leichte, kühle Brise, die aus dem Flusstal zu uns emporstieg.

Um mich herum die führenden Ritter, die dem Kaiser sehr nahegestanden hatten und, das war das Wichtigste, Männer, zu denen ich schon seit Beginn des Kreuzzugs ein besonderes Vertrauensverhältnis aufzubauen vermochte.

Es waren hochwohlgeborene Edelleute, die nicht wie ich erst seit kurzem in Diensten des Kaisers standen. Nein, es waren auch Ritter dabei, die sich schon in den Feldzügen nach Oberitalien an der Seite des Kaisers ihre ersten Meriten verdient hatten.

Sie trugen wohlklingende Namen. Geschlechter, die in der einen oder anderen Weise in der Geschichte des Reiches eine Rolle gespielt hatten und immer noch spielten.

Das Entscheidende, hier waren die Führer der Bannerheere deutscher Adelsgeschlechter versammelt, Befehlshaber von fast sechstausend kampferfahrenen Soldaten, mehr als ein Drittel des gesamten Kreuzfahrerheeres, eine Macht, die vereint viel zu bewirken vermochte.

Direkt an meiner Seite Wendt von Wallenrode.

Er war seinem Kaiser loyal gegenüber gewesen und hatte jedes Hindernis weggeräumt, das der Durchsetzung seiner Ideen im Wege gestanden hatte.

Er sprach nicht sehr viel, doch seine Lageeinschätzung traf meistens den Punkt.

Mir gegenüber August von der Schewe. Auch er dem Kaiser für ewig ergeben, listig und für jeden Rat gut.

Auf der anderen Seite Berthold von Brühaven. Ein erfahrener Mann, der bereits Berater des Kaisers bei den Auseinandersetzungen in Oberitalien war.

Zuletzt Dietrich von Barnheim, ein ruhiger, besonnener Kämpfer, ebenfalls ein unverzichtbarer Ratgeber.

Alle Ritter erfahren und unerschrocken. Und doch bemerkte ich an ihren gequälten Gesichtern, wie schwer sie der Verlust des Kaisers erschüttert hatte.

In dieser Runde war ich der Unerfahrenste.

Ich fasste spontan den Entschluss vorzutreten, um einige Worte an diese Männer zu richten.

Ich spürte, man vertraute mir und meinem Instinkt, den ich in den letzten Jahren meiner Kampfeinsätze gut zu entwickeln vermocht hatte.

»Wohlgeborene Ritter und Freunde«, verschaffte ich mir Gehör in dieser Runde.

»Hier und jetzt scheint eine große Idee ihr Ende erfahren zu haben. Wir haben an der Seite unseres Kaisers für dessen Träume und Ideale ruhmvoll gekämpft, haben Schmerzen und Mühen auf uns genommen, haben gehungert, gefroren, und unsere Körper sind von Blessuren übersät. Manch eine Krankheit konnten wir überstehen und haben unser Gelübde bis hierhin mehr als erfüllt. Das ist aber nur ein Teil des heiligen Weges, den wir gemeinsam mit dem Kaiser beschreiten wollten. Sein plötzlicher Tod wirft alle unsere Planungen und Absichten über den Haufen.« »Das kann man wohl sagen«, stieß von der Schewe tiefseufzend aus.

»Wir haben zu entscheiden, ob mit dem Tod des Kaisers dieser gemeinsame Weg auch für uns enden soll oder ob es ein Weiter gibt, weiter im Marsch auf Jerusalem durch das Heilige Land Palästina.«

Es war still geworden in dieser Runde, aber ich fuhr unbeirrt fort: »Niemals zuvor war der Gegner so gerissen und abgebrüht, nie vorher von solch einer brillanten Führungs- und Schlagkraft. Die Schlacht zu Hattin, ein Triumph für Saladin, eine Schmach für das gesamte Abendland und das Christentum. Ein Heerführer, der diesem Mann ebenbürtig war und für den es sich gelohnt hätte, gegen den Sultan anzutreten, ist für immer von uns gegangen.«

»Ja, es ist nicht zu glauben«, sprach von Brühaven wie abwesend dazwischen. Ich redete mit eindringlicher, lauter werdender Stimme: »Mehr als fünfzehntausend Menschen warten jetzt auf eine Entscheidung, brennen darauf zu wissen, wie es weitergeht. Wem sind wir Gehorsam schuldig? Der christlichen Kirche, dem Papst und seinen Machtgelüsten, einer Institution, an der sich zu Lebzeiten schon unser Kaiser aufgerieben hatte. Oder sind wir entbunden, weil wir des Kaisers waren und nur mit ihm gemeinsam im Gehorsam zu Gott Taten vollbringen dürfen?«

Einen Moment hielt ich inne. »Ich weiß, wir alle tragen noch eine tiefe Trauer in uns, versteht mich richtig, trotzdem ist Eile geboten. Die Gegner in der Führung werden sich schnell zusammentun, wenn sie es nicht bereits getan haben.«

Mein Mund war trocken geworden. Mein Kopf dröhnte von der Anspannung. Ich setzte mich auf ein provisorisches Fellkissen in Erwartung dessen, was die anderen Ritter ausführen würden.

Der Älteste, Bertold von Brühaven, hob an und erwiderte: »Mein junger Freund, hier stellt sich wie angesprochen die Frage, sind wir an das Gelübde des Kaisers gebunden oder sind wir der Kirche, ja der ganzen Christenheit, schuldig, den eingeschlagenen Weg ins Heilige Land weiterzugehen? Zeigte uns nicht Gott den richtigen Weg, war er es nicht, der schicksalshaft jetzt eingegriffen hat? Soll das ein Zeichen sein, wenn ja, wie ist es richtig zu deuten?«

»Ich glaube nicht, dass der Tod als Zeichen Gottes gewertet werden muss«, sprach Ritter Wendt von Wallenrode mit ruhiger, angenehmer Stimme.

»Es ist und bleibt unsere persönliche Entscheidung, ja, die von jedem Einzelnen. Fühlt er sich Gott verpflichtet, dem Papst, der Kirche, der gesamten Christenheit, oder entbindet uns der plötzliche Tod des Kaisers von unserem Kreuzfahrereid?«

August von der Schewe, auch ein sehr besonnener Mann, seufzte und hob mahnend seinen Finger: »Jeder muss sein Gewissen befragen, ob er sich weiterhin gebunden fühlt. Für mich gibt es nur eine Lösung, keine, die irgendwelchen Idealen folgt. Gibt es einen neuen Befehlshaber, eine Persönlichkeit, die in der Lage ist, als legitimierter Nachfolger des Kaisers solch ein großes Heer zu führen? Ich frage Euch, seht Ihr solch eine Persönlichkeit, zwischen all den weltlichen und auch kirchlichen Würdenträgern, seht Ihr einen auf den der Schein Gottes fällt?«

»Vielleicht sein Sohn?«, fragte Dietrich von Barnheim. »Dieser eingebildete Narr? Ein Heerführer kraft eigener gewaltsamer Entscheidung!«, kam gleich die Erwiderung von Brühaven. »Und das, wo jeder Kämpfer hier im Feldlager weiß, dass der Kaiser als legitimen Nachfolger im Reich bereits seinen Sohn Heinrich VI. eingesetzt hat. Er führt die Regierungsgeschäfte. Er allein hätte das Recht zu entscheiden.«

»Ich glaube«, dachte von der Schewe laut nach, »der hält sich daraus.«

»Beruhigt Euch«, versuchte ich mich wieder einzumischen.

»Wir sollten nichts überstürzen. Eine Woche der Trauer sollten wir uns nehmen. Ich schlage vor, die ersten Besprechungen nach der Gedenkwoche abzuwarten und unsere Entscheidung von der weiteren Entwicklung im Führungsstab abhängig zu machen, wobei Zurückhaltung geboten ist. Keiner von uns sollte sich vordrängen oder gar anbieten.«

»Der Junge hat recht«, murmelten mehrere Stimmen durcheinander. »Wir sollten wirklich die Dinge auf uns zukommen lassen, solange der Feind überhaupt mitspielt«, beendete August von Barnheim die Lagebesprechung unter Vertrauten.

»Werter von Grüningen«, richtete sich Bertold von Brühaven an mich. »Wo habt Ihr die Kunst des Streitens erlernt?«

»Eure bemerkenswerte Tapferkeit an der Seite unseres verstorbenen Kaisers in den letzten Monaten hat Euch zu einem wichtigen Teil unserer Rittergemeinschaft werden lassen«, lobte mich August von der Schewe. »Ihr seid ein Mann des Wortes und der Tat. Ich möchte nicht mehr auf Eure Ratschläge verzichten wollen.«

Ich blickte erstaunt in die Ritterrunde, die mir als Jüngstem so ohne Weiteres erlaubt hatte, mich in die Runde der führenden Ritter dieses Kreuzzuges einzubringen. Deshalb fühlte ich mich verpflichtet, auf die Frage des von Brühaven zu antworten.

»Mein Vater, der zum engsten Kreise der Berater des Kaisers gehörte, nahm mich auf seine langen Reisen mit, damit ich nicht nur das kriegerische Waffenhandwerk erlernen konnte, sondern auch eine gewisse Redegewandtheit, die in diesen Kreisen gepflegt wurde. Neben meinen Brüdern, die allesamt für den Kaiser gekämpft hatten, wuchs ich in direkter Umgebung des fahrenden Hofstaates des Kaisers auf.«

»Ja, ich kenne das, von Kaiserpfalz zu Kaiserpfalz«, rief von Wallenrode lächelnd.

»Ich hoffe«, warf Dietrich von Barnheim ein, »nicht nur bei Euren Familienmitgliedern, das wäre dann doch zu einfach.«

»Da kann ich Euch beruhigen« erklärte ich. »Es war mir eine besondere Ehre, den Ritter Edmund von Ehrenfels auf den Feldzügen des Kaisers in Oberitalien begleiten zu dürfen. Ich war ihm jahrelang zu Diensten, musste Schild und Lanze tragen und ihm bei Bedarf in die Rüstung helfen.«

»Wann erfolgte dann die Schwertleite, der Ritterschlag?«, wollte Wendt von Wallenrode wissen. »Auf einem der bedeutenden Hoftage in Mainz wurde ich im Beisein meiner Brüder und meines Vaters dann vom Kaiser höchstpersönlich zum Ritter erhoben«, erklärte ich nicht ohne Stolz. »Das war im Alter von dreiundzwanzig Jahren. Das Ergebnis einer dreizehnjährigen, umfangreichen Ausbildung. Es war eine ganz besondere Ehre, vom Kaiser höchstpersönlich das Schwert umgegürtet zu bekommen.«

»Ja«, warf von Brühaven mit ernster Miene ein. »Wir bitten dich, oh Herr, erhöre unsere Gebete und heilige dieses Schwert, mit dem dein Diener sich zu umgürten wünscht. Segne es mit deiner rechten Hand, auf dass es zum Schutze von Kirchen, Witwen, Waisen und allen Gläubigen diene. Möge es uns gegen die Wut der Heiden schützen und allen unseren Feinden Angst, Schrecken und Entsetzen einjagen. Was könnte jetzt besser zur allgemeinen Situation passen!«

»Das Ergebnis kann sich doch sehen lassen«, bemerkte Wendt von Wallenrode voller ehrlicher Freude mit einem vielsagenden Blick in meine Richtung. »Noch einmal willkommen in unserer Runde«, rief mir von Barnheim zu und drückte mich fast väterlich an seine Eisenbrust. »Lasst uns nun unsere Nachtlager aufsuchen«, beendete Dietrich von Barnheim die Gesprächsrunde, und jeder Ritter ging in sich gekehrt schweigsam seines Weges. Ich sah ihnen noch lange nach, mit dem guten Gefühl, endlich angekommen zu sein.

Angesichts der plötzlichen, tragischen Ereignisse fühlte ich mich jedoch im höchsten Grade unwohl.

Als ich wieder allein vor meinem Zelt saß, rief ich einem meiner Burschen zu: »Hol mir mal frisches Wasser aus dem nahen Fluss.« Ich musste mich jetzt erst einmal beruhigen, wieder einen klaren Kopf bekommen, so sehr hatte mich das Geschehen mitgenommen.

Ich konnte mich des Gefühls nicht erwehren, aber es schien mir so, als hätte sich ein böser Fluch auf unseren Kreuzzug gelegt.

50

ging. Alle bedeutenden Herrscher seiner Zeit haben mit ihm das Kreuz genommen und waren bereit, im Namen unseres Gottes die Heiligen Stätten von den Muslimen zu befreien. Ihm war es leider nicht mehr vergönnt, die Erfolge seiner umfänglichen Planungen zu erleben. Gott sei seiner Seele gnädig.«

Als aus tausenden von Kehlen die altbekannten Kirchenlieder erklangen, war ich so gerührt, dass mir Tränen die Wangen herunterliefen. Ja, verdammt, ich schämte mich meiner Tränen nicht. Ich sah in so manche Gesichter von kampferprobten harten Männern, denen es bei Gott genauso erging wie mir. Es war ein Singen im ganzen Heer, und selbst unsere Reiterbuben sangen auch. Die Andacht dauerte fast die gesamte Nacht.

Immer wieder sah ich, wie die Männer neue, große Holzscheite in das lodernde Feuer warfen, um dem Ganzen einen gebotenen äußeren Rahmen zu geben. Eine Totenfeier, die ihresgleichen suchte. Jeder war tief berührt, genauso wie ich, Momente, die ich in meinem Leben nie wieder vergessen würde.

Wir feierten drei Nächte, um in gebührender, ehrerbietiger Geste Abschied von unserem geliebten Kaiser zu nehmen.

Als man am vierten Abend nach Beendigung der Totenfeierlichkeiten in einer kleineren, führenden Ritterrunde zusammentraf, fragten einige höchst verwundert nach dem Leichnam ihres Kaisers. Er war vor aller unserer Augen plötzlich verschwunden.

Entsetzen und Aufregung loderten durch unser Lager, als sich diese Nachricht verbreitete.

»Das erfordert eine genauere Aufklärung«, richtete ich mich an von Brühaven, der auch andere Ritter informieren wollte.

Herzog Friedrich von Schwaben sah sich sofort zum Handeln gezwungen. Noch am frühen Abend gab er als Barbarossas Sohn folgendes kund: »Ich habe beschlossen, dass die Eingeweide des Kaisers in Tarsos beigesetzt werden, wobei das Fleisch entsprechend dem Verfahren des Mos teutonicus durch Kochen von den Knochen abgelöst und Anfang Juli in Antiochia niedergelegt werden soll. »Seine Gebeine«, so führte Friedrich weiter aus, »werden wahrscheinlich ihre letzte Ruhestätte in der Kathedrale von Tyrus finden.«

Ein aufkommendes Murren unter den anwesenden Rittern zeigte den Unmut ob dieses einseitigen, nicht abgesprochenen Vorgehens.

Der Ritter von Barnheim gab seiner Meinung mit höchstem Erzürnen Ausdruck, indem er ausrief: »Die Gebeine unseres Kaisers und unseres großen Feldherrn gehören dem Volk, welches ihn über Jahrzehnte liebevoll mit Respekt begleitet hat. Er hat es verdient, in seiner Heimaterde begraben zu werden. In einer Kirche, wo jeder von ihm Abschied nehmen und seiner für immer gedenken kann. Er hat es bei Gott nicht verdient, im Sand einer fremden, feindseligen Gegend verscharrt zu werden.«

Dass viele der Anwesenden genau so dachten, bestätigten ein lautes Bejahen und das Klopfen der Hände auf die Brustpanzer.

Friedrich von Schwaben seinerseits erwiderte umgehend mit anschwellender Stimme: »Ich bin als leiblicher Sohn sein legitimer Nachfolger, Ich allein bestimme, was mit meinem Vater geschehen soll.« Seine Augen funkelten und Zornesröte stieg in sein fratzenhaft verzogenes Gesicht. »Was ist mit Eurem Bruder, Heinrich«, hat der gar nichts zu entscheiden?«

Ein allgemeines Aufbegehren erfüllte die Versammlung.

Wir schauten uns entsetzt an. Es stand doch hier außer Frage, dass andere anwesende deutsche Fürsten und Markgrafen aufgrund ihrer Verdienste und Erfahrungen als Heerführer viel eher in Betracht gekommen wären. Da gab es auch genug Männer mit Kampferfahrung und der Kunst, Menschen zu führen.

Wir begriffen die Welt nicht mehr. Es kam einem Schlag ins Gesicht gleich mitzuerleben, wie sich hier ein Mensch nur Kraft seiner Geburt eine Stellung anmaßte, derer er nie und nimmer gerecht wurde. Es ging doch hier nicht darum, den Nachfolger des Kaisers in seiner Eigenschaft als zukünftigen Regenten zu bestimmen, sondern man brauchte hier und jetzt dringend einen erfahrenen Feldherrn, der in der Lage war, mit annähernden Qualitäten das große Heer auf dem Weg durch das Heilige Land in die Schlachten nach Jerusalem zu führen.

Das allein war hier von entscheidender Bedeutung, nichts Anderes. Mir wurde übel vor unbändiger Wut. Was bildete sich dieser Mensch eigentlich ein? Vom Vater fast gezwungen, mit zu marschieren und hier den neuen Führer spielen. Das durfte nicht wahr sein. Ich stellte mit einem Blick in die Gesichter meiner Ritter fest, dass sie genauso dachten und ähnlich außer sich waren wie ich. Es brodelte in mir. Ich musste mich jetzt zusammenreißen, gehörte ich doch hier in der Runde zu den Unerfahrensten, zu den Neulingen. Ich konnte mir einen großen Mund noch nicht erlauben.

Der neue Oberbefehlshaber musste eine Vertrauensperson sein und gleichzeitig ein Vorbild für die zigtausend Gläubigen, die an einen Sieg der Christenheit glaubten.

So ein Mann war von Schwaben nicht.

Was hatte er denn an Kampferfahrung zu bieten? Nichts, während sein Vater die ersten Reihen heroisch angeführt hatte, drückte er sich auf einem dieser Karren herum, hatte aber dafür ein loses Mundwerk, was viele der führenden Ritter im Heer schon am eigen Leib erfahren durften.

Die Macht des Vaters hatte ihn geschützt.

Aufbrausend, unentschlossen und hinterhältig, das war er, gewohnt, seinen Willen mit Gewalt durchzusetzen. Der Einzige, dem er mit Respekt begegnet war, war sein verstorbener Vater gewesen.

Seine Fürsprecher hatten ebenfalls klangvolle Namen, versuchten in seinem Schatten aber nur an Macht und Einfluss zu gewinnen.

Die nächsten wöchentlichen Besprechungen im Lager, die auf zwei Mal pro Woche angesetzt wurden, zeigten schnell, worauf sich die anwesenden Ritter einzustellen hatten.

Kapitel VIII

Aufkommende Verunsicherung im Kreuzfahrerheer

Meine Verlorenheit vergrößerte sich von Tag zu Tag.

Hinzu kam meine Beobachtung, gestützt durch Dietrichs Wahrnehmungen, dass die anwesenden Menschen immer unruhiger wurden und Zweifel aufkamen, ob wir das Begonnene weiterführen sollten. Ich teilte meine Gedanken oft mit meinem Unterbefehlshaber Dietrich: »Es fehlt einfach an einem Menschen und Führer, der uns Kreuzfahrer aufrüttelt und uns wieder Mut einflößt. Ein Mann, den die Bannerherren und Mitkämpfer respektieren und der ihnen den Weg weist. Es ist eine Schande, dass sich von Schwaben so aufspielt, Dietrich.«

Dann kam der Tag, als die Situation eskalierte.

Kurz vor der Stadt Antiochia bei seiner letzten Versammlung im Lager der Totenfeier richtete Friedrich seine bebende Stimme an die erschienene Kreuzfahrergemeinde:

»Christen, Krieger, Ritter und Kreuzfahrer. Nach dem Tod meines geliebten Vaters und unseres Kaisers ist es nun an mir, Euch als legitimer Nachfolger in die Schlachten um das Heilige Land und um unsere heiligen, christlichen Pilgerstätten zu führen. Der alte Sternendeuter, der schon den Tod des Kaisers durch Ertrinken vorausgesagt hatte, hatte mir ebenso geweissagt, dass ein Kreuzfahrerheer durch meine Führung zur Erleuchtung gelangen wird. Ich bin der Auserwählte, der die heiligen Stätten, ja das gesamte Heilige Land, durch Tatkraft und Kampfesmut von Schlacht zu Schlacht, von Erfolg zu Erfolg führt und von den muslimischen Ungläubigen endgültig säubern wird.«

Was für ein Schwachsinn, dachte ich im Stillen. Gut, dass niemand meine Gedanken lesen konnte.

In diesem Moment verharrte Friedrich kurz und räusperte sich, als würde er selbst an seinen Worten gewisse Zweifel hegen, um dann mit aufbrausender Stimme fortzufahren:

»Auch wenn eine gewisse Ritterclique daran Zweifel geäußert hat, so stehe ich hier vor Euch, unerschütterlich im Glauben an eine gute und gerechte Sache und werde beweisen, dass ich allein es bin, der diese Herausforderung mit Gottes Hilfe bestehen wird. Ich werde jeden der führenden Ritter, der an meiner Unternehmung zweifelt, in Ketten legen lassen, insbesondere diejenigen, die umstürzlerisches Gedankengut verbreiten und versuchen, im Kreuzzug Unruhe zu stiften. Hört meine Worte, prägt sie Euch deutlich ein. Verflucht sei derjenige, der anders denkt und der das abgegebene Kreuzfahrergelübde wissentlich bricht.«

Unruhe brach nach dieser Rede aus. Wir begannen, laut zu debattieren. Ich sagte in meiner unbändigen Wut mit unterdrückter Stimme zu von Wallenrode: »Was bildet sich dieser Narr eigentlich ein? Das ist kein Mann, der vorangeht, der alle mitreißt, der die Scharen der Gläubigen und Unentschlossenen hinter sich bringt.«

»Das glaube ich auch nicht«, antwortete er. Von der Schewe murmelte: »Den pusten wir weg, der kommt ins Laufen, wenn er das Klingen der Waffen unserer sechstausend Männer nur von Weitem hört.« Allen, wirklich allen, war klar, dass die Gefühle der anwesenden Kreuzfahrer nicht gerade von Überzeugung und Respekt geprägt waren. Es zeigte sich jetzt deutlich, dass das Bild des von Schwaben bis heute und bereits zu Lebzeiten seines Vaters nicht die Ausstrahlung besessen hatte, die man von einem großen Führer und Lenker erwarten durfte. Das stimmte.

Er war eher Spielball seiner Ritter, die mit ihrer Einflussnahme auf von Schwaben den Hebel zur Macht sahen.

Ich erlaubte mir in der entstandenen kurzen Pause, mich mit den anderen weiter auszutauschen: »Auf dem großartigen Hoffest zu Mainz hatte Friedrich gemeinsam mit seinem Bruder Heinrich VI. den Ritterschlag erhalten. Bereits kurz danach musste er sich verpflichten, seinen Vater auf dem kommenden Kreuzzug zu begleiten.«

Ich schaute hoch und nahm wahr, dass sich von Schwaben in einer Ecke seinerseits mit seiner Rittergruppierung abstimmte, so dass ich ungestört fortfahren konnte: »Er, der vom Vater eher gedrängt, ja fast gezwungen wurde, ihn beim Kreuzzug zu begleiten und der immer ein Anhängsel und geförderter Sohn des mächtigen Vaters zu sein schien, will nun der Welt klar machen, dass er es ist, der als Auserwählter Gottes den Kreuzzug in den heroischen Erfolg führen wird.« Die herumstehenden Ritter schüttelten alle die Köpfe. Keiner glaubte daran.

Wir gingen auseinander, ohne dass sich von Schwaben noch einmal zu Wort meldete. Es schien so, als müsste er sich zuvor mit seiner Ritterrunde noch näher abstimmen.

Ich beobachtete Tag für Tag, dass sich ein gewisses Unbehagen im ganzen Lager breit machte.

Ich fühlte mich im Stich gelassen und ging nicht gerade hoffnungsvoll in eine ungewiss gewordene Zukunft.

Ich empfand es angenehm, die Vorbereitungen für den Abmarsch treffen zu können. Ich wollte auf jeden Fall weg, weg von diesem unglückseligen Ort.

Gemeinsam mit meinen Knappen belud ich die Karren mit den Ausrüstungsgegenständen. Die Waffen waren in Öltüchern eingewickelt und lagen getrennt von den anderen Utensilien wie Rüstungsteilen, Sätteln, Umhängen und Zeltstangen im Wagen. Die Zeltplanen wurden gesondert zu extra dafür gekennzeichneten Karren gebracht. Die Pferde mussten mit Hafer versorgt, beschlagen und getränkt, Zaumzeug und Sättel wiederhergerichtet werden.

Wenn wir uns entschließen sollten, den Kreuzzug wirklich zu verlassen, so ging dieses erst in Antiochia, einer Hafenstadt, weil es sich dort anbot.

Es herrschte große Aufbruchsstimmung im Heer.

Da auf dem Weg Richtung Antiochia ständig mit Scharmützeln gerechnet werden musste, war es selbstverständlich, dass die Burschen mich in meine Rüstung heben mussten.

Es kostete unendlich Zeit, die schwere Rüstung anzulegen, die ich sehr ungeduldig ertrug, wobei ich mich auch aufzuregen vermochte: »Los, ihr faulen Leute, erst das gepolsterte Unterkleid, dann schnallt mir die Rüstungsteile um und zuletzt die schweren Beinglieder. Ich fass es nicht, was seid ihr wieder langsam, Gnade euch Gott. Ich hoffe, dass diese Drecksarbeit irgendwann mal auch ohne fremde Hilfe möglich sein wird. Ich bin die letzten Tage im Lager nur mit leichter Kleidung und Lederstiefeln herumgelaufen, das war eine Entspannung, sag ich euch. Umso schwerer kommt mir jetzt die Rüstung vor.«

Doch diese Vorbereitungsmaßnahmen waren unerlässlich. Unser Ritterheer musste jederzeit in der Lage sein, schnell eine Formation zu bilden, um in gezielter Stoßkraft gegen den Feind vorzugehen. Wir hätten uns ansonsten grundlos unserer besonderen Schlagkraft entledigt. Es konnte zu jeder Zeit, an jedem Ort ein Angriff erfolgen.

Als ich vor das Zelt trat, welches nun zum Abbau freigegeben war, fiel mein Blick auf meinen Ritterfreund von Barnhelm, der in gebotener Entfernung mit Hilfe seiner Knappen auf das unruhig gewordene Pferd gehoben wurde.

Es schien, als könnte ich durch die Sehschlitze seines Helmes seine mürrischen Blicke erkennen.

Schon hörte ich hinter mir die abfälligen Kommentare der Herren von der Schewe, von Brühaven und von Wallenrode.

Seit der seltsamen Rede Friedrichs waren wir näher aneinandergerückt. Ein untrügliches Zeichen für unsere Verunsicherung und aufkommende Verteidigungsbereitschaft.

Aber unseren Humor schienen wir noch nicht verloren zu haben. Wir wussten oder ahnten es zumindest alle, dass etwas in der Luft lag.

Wir vermochten zwar zu erkennen, dass die Stellung Friedrichs eher schlecht war, doch wir durften nicht die Gewaltbereitschaft und den Machtanspruch seiner Ritter in engster Umgebung unterschätzen, deren Spielball er scheinbar geworden war.

In erster Linie schienen es drei Ritter zu sein, an erster Stelle von Saasheim. Die anderen Namen würden sich mit der Zeit noch herauskristallisieren. Sie hatten wohl die Absicht, mit ihrem Gefolge die innere Führung des Kreuzfahrerheeres an sich zu reißen. Friedrich zeigte sich dabei, schien beherrschbar wie ein Vögelchen in ihren Händen zu sein.

Die genaueren Zusammenhänge mussten wir so schnell wie möglich zu unserer eigenen Sicherheit herausfinden.

Wir waren übereingekommen, dass unser Ritterkreis sich ab sofort nur noch in ganz geheimen Gesprächen abstimmen konnte. Die Macht der führenden Geschlechter mit ihren Bannerheeren würde nur bei entschlossener Übereinstimmung Wirkung entfalten.

Daher machte sich neben unserer Verunsicherung noch Unbehagen breit, ständig von Dritten beobachtet oder gar belauscht zu werden.

Doch eines war uns bewusst, wir mussten jede offizielle Besprechungsrunde in der Heeresführung wahrnehmen, um so nah wie möglich bei den zukünftigen Entscheidungen dabei zu sein. Solange wir unsere Entschlossenheit nicht zeigten und offiziell noch nicht vereinbart hatten, dem Heer Lebewohl zu sagen, mussten wir sicher sein, nicht bedrängt zu werden.

Friedrich würde es niemals hinnehmen, wenn fünf Ritter seiner Führungsebene sich entfernen würden, im Gefolge mindestens sechstausend untergebene Männer, die sie begleiteten, geschweige denn die Menschen, die sich uns unmittelbar in ihrer Ratlosigkeit anschließen würden. Das, davon war auszugehen, würden weder Friedrich noch seine gewaltbereiten Ritter untätig hinnehmen.

Ein lauter Ruf und schallender Hörnerklang durchkreuzten meine Gedankengänge.

Die Ritter hatten sich zu gruppieren und in Schlachtformation aufzustellen.

Eine leicht bewaffnete Reiterschar, eine Nomadengruppierung, war dabei, uns anzugreifen.

Dieses Mal kämpften wir Mann neben Mann. Die Annäherung in unserer Rittergemeinschaft wirkte sich auch auf dem Schlachtfeld aus. Ich achtete mehr auf den Nebenmann als früher.

Die Eigenarten jedes Einzelnen könnten wir in Zukunft zur eigenen Sicherheit beim Kampf ausnutzen. Wenn ich mir ansah, wie von der Schewe mit seinem Zweihandschwert Lichtungen durch die Angreifer schlug, fühlte ich mich sicherer.

Zum Nachdenken blieb keine Zeit. Die Angriffe gestalteten sich immer heftiger. Selbst Rosine kam in Bedrängnis.

Plötzlich riss mich ein Säbelhieb vom Pferd. Ich musste alle meine Kräfte aufbringen, um zwei Angreifer mit meinem Schwert abzuhalten. Als ein Dritter hinzukam, drohte es wirklich eng zu werden. Wieder und wieder hieb ich auf die wendigen Gegner. Dann hörte ich neben mir den Schrei des Ritters von der Schewe. Mit einem mächtigen Schwerthieb schlug er eine blutige Bresche, so dass ich in der Lage war, die Gegner zurückzudrängen. Blut spritzte in meine Sehschlitze. Der verdammte Helm, ich hasste ihn. Als ich ihn vom Kopf reißen wollte, erwischte mich von hinten ein hochsteigendes Wüstenpferd. Ich strauchelte und fiel mit dem Helm in der Hand nach vorn in den Dreck des Schlachtfeldes. Dann wurde es dunkel um mich.

Als ich wieder wach wurde, sah ich Dietrich über mir: »Glück gehabt, von Grüningen«, beruhigte er mich, »keine äußerlichen Verletzungen. Scheint nur eine Prellung zu sein. Die Knappen bergen gerade den Helm und Eure Waffen. Sie lagen rundherum verstreut, und Rosine stand ungerührt mittendrin.« Mein Schädel brummte, und ich konnte gerade nur noch stammeln: »Danke Dietrich.« Danach verlor ich wieder mein Bewusstsein.

Abends vor meinem Zelt am Feuer wachte ich auf. Dietrich war wie immer da und berichtete: »Unsere Männer haben Euch vom Schlachtfeld getragen und in Sicherheit gebracht. Ritter von der Schewe hielt uns den Rücken frei. Als unsere Ritter die gewohnten Schlachtenreihen aufgenommen und in Stoßrichtung auf den Feind stürmten, das ebenfalls bewaffnete Fußvolk mit Bögen und Armbrüsten hinter sich, weiter vorgingen, hörte ich erschreckend deutlich, wie das Material und die Körper aufeinandertrafen. Bald darauf vernahm ich das Bersten der Schilde. Für mich Musik in den Ohren.« Dietrich lächelte, er war ein echter Draufgänger. »Es wurde alles gemetzelt und niedergeritten, was sich uns in den Weg zu stellen wagte. Es dauerte nicht lange, und die Schlacht war geschlagen. Die Leichenberge wuchsen unter den Geschlechterfahnen an. Das Rufen und Schreien der Verwundeten hörte man überall.« Dietrich wandte sich ab und ließ mich mit meinem Brummschädel allein. Es war an sich wie immer, doch ich konnte mich einfach nicht an das viele Blut gewöhnen.

Mein ständiger Begleiter war die Angst – nicht nur die Angst, selbst getroffen zu werden, sondern auch nahestehende Kameraden der Ritterschaft zu verlieren.

Ich untersuchte mich nach Beendigung der Gefechte immer sehr genau. Der Körper stand oftmals unter Schock, und man nahm erst sehr spät Verletzungen wahr, meistens eben dann, wenn man zur Ruhe gekommen war. Jetzt hatte ich gezwungenermaßen meine Ruhe. Ich untersuchte sofort meine Beine, da es im Kampfgetümmel zu Verwundungen kommen konnte, die man erst nach der Schlacht wirklich bemerkte. Es machte mich regelmäßig traurig, wenn die Pferde, die teilweise schutzlos den Angriffen des Fußvolkes ausgeliefert waren, so schwer verwundet wurden, dass sie noch auf dem Schlachtfeld getötet werden mussten.

Ich war gerade mit der näheren Untersuchung meiner Hände und Beine fertiggeworden, als Dietrich noch einmal vorbeischaute: »Wie geht es Euch jetzt?«, fragte er ehrlich interessiert. »Diesmal ist bis auf den Schlag auf den Kopf nichts passiert.« »Ja«, antwortete er, »der Angriff war zu ungeordnet, die Kämpfer schlecht oder gar nicht ausgebildet.«

Dietrich, der Unterführer meines Bannerheeres, kämpfte wie stets an meiner Seite. Er war für mich unverzichtbar geworden.

Es war ein gewisses Ritual entstanden, dass wir uns direkt nach dem Kampf noch vor Ort auf dem Schlachtfeld trafen und die Lage besprachen. Diesmal lag ich schon im Feldlager in Sicherheit, und der Schädel brummte immer noch.

»Dietrich«, sprach ich, »du wirst in den nächsten Tagen das engste und vielleicht auch einzige Bindeglied zwischen mir und unserem Bannerheer sein. Ich befürchte, dass sich das Kreuzfahrerheer aufspalten wird in diejenigen, die nach dem Tod unseres Kaisers noch an die Sache glauben, und solche Ritter, die sich bei Gott nie an den Gedanken gewöhnen werden, unter einem Mann wie von Schwaben gen Jerusalem ins Heilige Land zu ziehen. Es scheint sich die Spreu vom Weizen zu trennen. Doch nicht alles liegt in unseren Händen.«

Ich fasste mir an den verletzten Schädel und runzelte leicht die Stirn.

»Lass dich in den nächsten Tagen durch nichts verunsichern, Dietrich, glaube fest daran, dass ich dich und die Männer unseres Kontingents niemals im Stich lassen würde.«

Dietrich sah mir lange in die Augen und bemerkte: »Werter Ritter von Grüningen, mein Heerführer, ich kenne Euch schon zu lange, um Angst zu haben, Ihr könntet das persönliche Wohl über die Interessen des Bannerheeres stellen. Ihr seid Eurem Geschlecht, Eurem Vater und Euren anerkannten, kampferprobten Brüdern gegenüber verpflichtet, die Tugenden eines ehrenhaften Ritters zu leben.« Ich nickte mit meinem schmerzenden Kopf und wir umarmten uns. Dietrich streckte sich und sagte: »Ich sehe später nochmal nach Euch, gönnt Euch jetzt erst einmal Ruhe.«

Eine geschlagene Schlacht bedeutete immer den sofortigen Halt des Zuges. Die Zelte wurden noch auf dem Schlachtfeld aufgestellt. Es galt, die eigenen Verletzten zu bergen und zu pflegen, die gefallenen Feinde auszuplündern. Jede Panzerung, jeder Stiefel, jeder Helm war zu gebrauchen. Pferde wurden zusammengetrieben, Gefangene getötet oder in Ketten gelegt. Letztere behinderten den Zug, also wurden nur die Führer gefangen gesetzt, in der Hoffnung, sie einzutauschen oder Lösegeld zu erpressen.

Doch das Geschäft mit den Gefangenen, so hatten ältere Kämpfer wiederholt berichtet, verstanden die Muslime besser. Wer bei ihnen kein Lösegeld einbrachte, dem drohte die Versklavung.

Der Weitermarsch des Heeres erhielt durch den Waffengang eine erhebliche Unterbrechung, die unter Umständen durch den Feind gewollt gewesen war. Das Plündern der Leichen mit dem anschließenden Verbrennen nahm viel Zeit in Anspruch, zu viel. Obwohl man die Haufen weit weg vom Lagerplatz zu organisieren versuchte, war es unvermeidbar, beim Drehen des Windes den leicht süßlichen Geruch wahrzunehmen.

Mein Knappe erschien am Zelteingang und nahm mir mit zwischenzeitlich geübten Händen die schweren Rüstungsteile vom Körper, die ich nach meiner Verletzung immer noch am Körper trug.

Ich brummte vor mich hin und widmete mich sofort meinem Schwert. Es war wohl unbestritten mein wertvollster Besitz.

Deshalb musste ich ihm besondere Pflege zukommen lassen. Andere überließen die Ausrüstung meistens ihren Knappen zur Reinigung, doch für mich war es wie eine heilige Handlung, mich nach einer Schlacht meiner Waffe widmen zu können. Sie hatte wieder einmal mein Überleben gesichert. Ich ließ sachte die breite, gerade und zweischneidige Klinge durch meine Hände gleiten und betrachtete den blutverschmierten Hohlschliff. Eine richtig gute Schmiedearbeit, hatte der Vater immer gemeint. Ich griff nach dem mit meinem Familienwappen verzierten Knauf und fuhr über die kurze Parierstange, die mich in ihrer Gesamtheit immer eindringlicher an das Aussehen eines Kreuzes erinnerte. Seltsam, dass mich das plötzlich so berührte. Hatte der Schlag auf meinen Kopf etwas Seltsames in mir ausgelöst? Ich hoffte nicht.

Ich griff zum Tonkrug und wischte mit einem alkoholgetränkten Leinentuch die letzten Schlachtenspuren vom glänzenden Stahl.

Mein Knappe löschte alsbald die Kerzen, und ermattet fand ich endlich Schlaf in meinem Zelt.

Kapitel IX

Lagerhuren

Für persönliche Wünsche blieb mir während dieser Einsätze nicht viel Zeit.

Einzig und allein die Nächte boten Entspannung durch Würfelspiele oder durch die zahlreichen Lagerhuren.

Meine Burschen kannten inzwischen meinen Geschmack.

Da ich mit Lob und Interesse nicht hinter dem Berg hielt, bekamen die Männer mit, wer es von den Frauen verdient hatte, sich noch einmal in meinem Zelt vorzustellen.

Bei den dünnwandigen Behausungen war es unvermeidbar, dass die Lust hinaus in die Nacht geschrien wurde, wobei ich keinerlei Bedenken dabei hatte, andere an meiner Freude teilhaben zu lassen.

Wein bedeutete süße Träume und gute Stimmung, deshalb reichte ich den Frauen, die mich in meinem Zelt besuchten, immer reichlich von meinem Lieblingstrunk.

Mir gefiel es, die Rundungen meiner Liebesdienerinnen zu betrachten, und ich konnte mich selten satt sehen.

Wenn sie dazu noch meine Sprache verstanden, genoss ich es, mit ihnen umfänglich zu plaudern. Die, die mir gefielen, durften ihre Sorgen mit mir teilen und konnten sicher sein, dass ich ihnen auch zuhörte. Das hatte die Folge, dass mir ein guter Ruf vorauseilte, mit dem ich es schaffte, die schönsten Frauen im Lager um mich zu scharen.

Der Tod lauerte so nah bei uns allen, dass ich es als echtes Glück empfand, mich des Nachts etwas abzulenken.

Im flackernden Schein der Kerzen liebte ich es zu beobachten, wie sich die kleinen Härchen am Körper der Frauen leicht bewegten, wie sie sich nackt in Ektase in meine Felldecke verbissen.

Heute Abend war es eine dunkle Schönheit, die sich in meinem Zelt vorstellte.

Ihre stechend schwarzen Augen musterten mich eindringlich von oben bis unten. Sie war stolz und hatte keinerlei Scheu. Ihr war wohl bewusst, dass sie Männer um den kleinen Finger wickeln konnte. Ich mochte das sehr.

Ein Diadem hielt ihre pechschwarzen Haare im Zaum, und ihre Kleidung bestand aus wunderschöner Seide.

»Komm zu mir« bat ich sie, »leiste mir etwas Gesellschaft.« Ich bot ihr einen Becher eines dunklen Rotweines an. Sie erzählte mir, dass sie armenische Christin sei und aus der Grafschaft Edessa stamme, einem Herrschaftsgebilde aus der Levante. Sie plapperte munter drauf los: »Mir war es mit den Eltern gelungen, aus dieser von Muslimen zurückeroberten Ortschaft zu fliehen.«

Sie erzählte ohne Unterbrechung, so dass ich es entzückend fand, ihr zuzuhören.

Sie betonte: »Edessa ist dem Umfang nach die größte der Outremer-Gründungen. Sie konnte aber mit der geringen Einwohnerzahl von rund zehntausend nie mit den anderen dreien, dem Königreich Jerusalem, der Grafschaft Tripolis und dem Fürstentum Antiochia, mithalten. Die Bevölkerung besteht aus Syrern, Jakobiten und armenischen Christen. Ungeachtet dessen leben dort auch Minderheiten wie griechisch-orthodoxe Christen und Muslime. Trotz der geringen Anzahl von Lateinern existierte sogar ein katholischer Patriarch.«

Ich schaute sie verdutzt an, weil ich völlig überrascht war, aus diesem wunderschönen, anmutigen Mund so viel anschauliches Wissen zu erfahren.

»Du bist wohlerzogen, klug, kurzum ein Bild von einer Frau«, unterbrach ich sie.

»Warum überrascht dich das?« Sie lächelte mich an, in ihren Augen funkelte nicht die Spur einer Unsicherheit.

»Ich könnte dir die ganze Nacht zuhören und würde dabei sogar ins Träumen geraten. Du hast eine so schöne, beruhigende Stimme, so viel Wärme und Vertrautheit. Ich gehe davon aus, dass du sehr wohlbehütet in einem angenehmen Elternhaus großgezogen wurdest.«

»Ja, mein Herr«, antwortete sie, »bis zu unserer Flucht hatte ich eine unbekümmerte Kindheit. Als kurz danach mein Vater starb, ging unser Erspartes irgendwann zur Neige, und meine Mutter musste sich als Haushälterin verdingen. Ich war dem Patriarchen des Hauses zu Diensten, der mir nicht nur sein Herz zu Füßen legte, sondern auch Massen von kostbaren Geschenken.« Sie schaute dabei zu Boden, als würde sie sich für das eben Gesagte schämen, um dann sofort fortzufahren: »Seine Frau war schwer krank geworden, so dass sie den ehelichen Pflichten nicht mehr nachkommen konnte. Er war eben großzügig und nicht unangenehm, da er sich nie aufdrängte und mir meine weiblichen Freiheiten beließ. Er war kein roher Klotz, sondern ein Mann des Geistes, religiös und weltlich sehr gebildet.«

Ein gewisser Stolz in ihrem Blick war nicht zu übersehen. Sie wusste offenbar zu genau, dass sie nicht so war wie viele andere Huren in unserem Feldlager. Das machte sie nur noch begehrenswerter für mich. Ich ließ spontan meine Hand an ihren Hüften entlang wandern, was ihr offensichtlich gefiel. Sie reckte sich, straffte ihren Körper und erzählte weiter: »Da es keinerlei Heimlichkeiten im Hause gab – die kranke Frau wusste und duldete unsere Beziehung – lebten wir in einer Art Großfamilie, was meiner Mutter ebenfalls sehr angenehm war.«

Sie gefiel mir so verflucht gut, dieses Weib, ich konnte mich einfach nicht sattsehen, als sie mir bei ihren Erzählungen immer näherkam. Ich schaute auf ihre festen Brüste und ihren kleinen

Po, der mir für den Abend sehr viel Spaß versprach. Ich wurde immer unruhiger. Sie schien es zwar zu spüren, doch sie berichtete ungestört weiter. Unsere Blicke kreuzten sich, und mein offensichtliches Staunen zauberte ein mitreißendes Lächeln auf ihren süßen Mund. »Als mein älterer Hausherr plötzlich ebenfalls erkrankte, waren meine Liebesdienste nicht mehr gefragt. Trotzdem zeigte er sich dankbar, dass meine Mutter und ich ihm seine letzten, kürzer werdenden Tage, mit unserer Anwesenheit bereicherten, sodass es uns an nichts fehlte. Mit seinem Versterben endete unsere Glückssträhne. Meine Mutter suchte sich eine Anstellung in einem anderen Christenhaushalt und ich suchte kurzweilige Vergnügungen im durchziehenden Kreuzfahrerheer.«

»Du bist eine außergewöhnliche, kostbare Perle«, sprach ich zu ihr. »Du hast deinen Stolz als Frau nie verloren, und ich neige mein Haupt und beuge meine Knie, wenn ich dich überzeugen könnte, mit mir die Nacht zu verbringen. Wie ist dein Name?«

Sie legte ihren schönen Kopf in den Nacken und lachte dabei leise, blickte mir tief in die Augen und erwiderte: »Man ruft mich Samelia. Du bist im Gegensatz zu deinen Kameraden wirklich ritterlich und äußerst angenehm. Ich vertraue dir und möchte deine angebotene Gastfreundschaft nun in vollen Zügen genießen.«

Dabei wandte sie sich ganz zu mir, öffnete ihre raffiniert verschnürten Kleider. Sie glitten raschelnd zu Boden. Ihre feingliedrigen Hände enthüllten ihren gebräunten Körper, und ihre wunderschönen vollen Brüste berührten mich an Stellen, die mich vor Wonne erschauern ließen. Ich hatte in den letzten Jahren selten eine so anziehende, liebenswerte Frau gehabt, sodass ich mein Glück hier vor Ort in diesem rauen Feldlager kaum fassen konnte. Wir liebkosten uns die ganze Nacht, und ich wünschte mir, es sollte niemals ein Ende finden.

Ich hatte den Eindruck, dass es ihr in meiner Gegenwart gut gefallen hatte, zumindest hoffte ich das. Bei meinem Wachwerden war ich zutiefst enttäuscht, dass ich sie nicht mehr neben mir auf meiner Liegestatt fand.

Eine gewisse Unruhe ergriff mich. So etwas hatte ich bisher noch nicht erlebt. Was passierte hier gerade mit mir?

Die notwendigen Aufräumarbeiten beim Abreißen des Lagers nahmen dann wieder meine ganze Aufmerksamkeit in Anspruch. Doch im tiefen Inneren spürte ich, meine Gedanken wanderten immer wieder zu Samelia.

Kapitel X

Outremer

Ich dachte an die Schilderungen dieser armenischen Schönheit, die in einem der vier Outremer groß geworden war. Die nach ihrer Gründung eingewanderten Menschen aus dem Abendland, die sich dort ansiedelten und die man wirklich nicht alle als Kreuzfahrer bezeichnen konnte, wurden einfach Franken genannt. Sie stellten eine privilegierte Minderheit dar, denn die Mehrheit der Bevölkerung bestand aus nicht-katholischen Christen, Juden und Muslimen. Zwar wurde in den jeweiligen Regionen armenisch, syrisch und griechisch gesprochen, doch die einheimische Bevölkerung bevorzugte als Verkehrssprache Arabisch. Die fränkischen Siedler hingegen sprachen weitgehend Französisch.

Immer öfter saß ich mit den Rittern meiner Runde zusammen, wenn sie von ihren früheren Reisen berichteten.

»Entsprechend dem französischen Einfluss übernahm man den Ausdruck Outremer aus dem Altfranzösischen, der jenseits des Meeres oder auch Übersee bedeutet. Daneben wurde aber auch für die vier neugegründeten Staaten der aus der römischen Zeit stammende Begriff Syria verwendet«, stellte von der Schewe fest.

Von Barnheim unterbrach und merkte an: »Mir ist aus Überlieferungen bekannt, dass die Grafschaft Edessa als erster Staat gegründet wurde. Er fiel etwa fünfzig Jahre danach wieder an die islamischen Herrscher der Städte Mossul und Aleppo.«

Wendt von Wallenrode ergänzte:

»Das Fürstentum Antiochia wurde unter den ersten normannischen Herrschern Bohemund von Tarent und dessen Neffen

Tankred von Tiberias durch weitere Eroberungen gegen die Muslime und Byzanz systematisch vergrößert und zu einem gefestigten Staat ausgebaut. Tripolis wurde als letzter errichtet. Der bedeutendste aber ist das Königreich Jerusalem, das anfangs gebietsmäßig erweitert und gegen die Sarazenen verteidigt wurde, aber nach der unseligen Schlacht bei Hattin an die Muslimen zurückgefallen war. Dieser Sultan, der das alles erobert hat, ist eine bedeutende Persönlichkeit, die letztlich durch ihren Eroberungsdrang Anlass für diesen, unseren dritten Kreuzzug gegeben hat.«

Von Brühaven erläuterte:

»Für mich war es erstaunlich, dass nach all den Berichten der Leute, auf die ich hier im Gefolge des Kreuzzuges traf, unter der Herrschaft der Franken, trotz der religiösen, ethnischen und kulturellen Unterschiede zwischen den lateinisch-christlichen Kreuzfahrern, die dageblieben waren und den einheimischen Muslimen und den Ostchristen, sich eine Art Stillhalteabkommen entwickelt hatte. Deren positive Folge war eine praktische Zusammenarbeit der verschiedenen Gruppierungen, vor allem was die wirtschaftliche Situation vor Ort anbelangte. Die muslimische Bevölkerung wurde geduldet, wobei ihnen bei üblicher Besteuerung Rechte gewährt wurden. Mangels fehlender Siedler aus Europa, die für eine Aufrechterhaltung der Wirtschaft hätten sorgen müssen, wurde umfänglich mit Muslimen Handel betrieben. Sie bestückten ihre Karawanen mit mannigfaltigen Gütern und führten sie durch christliche Gebiete.«

Die Runde hörte interessiert zu, da uns dieses Wissen in Zukunft in diesem fremden Land noch weiterhelfen würde.

Von der Schewe fuhr fort:

»Die Waren wurden seitens der Franken mit Zöllen belegt, wobei es gang und gäbe war, christliche Beamte einzusetzen, die sich auf Arabisch verständigen konnten. Den muslimischen Bauern auf dem Lande war es ziemlich egal, wem sie Steuern zu zahlen hatten. Hauptsache, man ließ ihnen genug Freiräume zum Leben. Der Handel in dieser Machart versprach der ansässigen Bevölkerung, zumindest für die Zukunft der Schlüssel zu aufkommendem Wohlstand zu sein. Das waren für die aufgerufenen Kreuzfahrer eben auch Motive, ihre überbevölkerte Heimat zu verlassen und im gelobten Land neue, wirtschaftliche Chancen zu suchen. Das, so wurde mir ebenfalls klar, war aber nur gewährleistet, wenn ihnen die christlichen Mächte Schutz in diesen Gebieten gewähren konnten. Es kam nicht von ungefähr, dass sowohl der Herrscher Siziliens als auch die Stadtstaaten Oberitaliens erhöhtes politisches Interesse zeigten.«

Es waren genau diese Abende, die uns von Mal zu Mal näherbrachten. Ich fand es wichtig, nur stumm den politischen Ausführungen meiner Mitstreiter zu lauschen. Dieser Bericht brachte mir Palästina näher. Ich lernte, und begriff immer mehr, was Morgenland überhaupt bedeutete. Zwischendurch schweiften meine Gedanken immer mal wieder zu Samelia ab. Ich wurde zusehends trauriger, dass sich diese Frau nicht mehr blicken ließ. Hatte ich irgendetwas falsch gemacht? Ich hatte wirklich keine Erklärung dafür.

Kapitel XI

Aufbruch nach Antiochia

Ich stand schweigend dabei, als mein Pferd gesattelt wurde. Kurz darauf hatten mich meine Knappen wieder eingerüstet, so dass ich Rosine besteigen konnte, bereit, meine Verteidigungsaufgaben im Heer erst einmal bis Antiochia wiederaufzunehmen.

Ich fühlte mich immer noch matt nach dem heftigen Kopfstoß und wäre froh, wenn man uns bis zu dieser Hafenstadt unbehelligt ziehen lassen würde. Oder kam dieses unsichere Gefühl von den unentwegten Gedanken an Samelia? Verdammt, ich wusste es einfach nicht.

Der lange Zug setzte sich in Bewegung, und ich war einer der Teilnehmer.

Ich fühlte mich zum ersten Mal traurig und erschöpft. Die Gedanken gingen immer wieder zu Samelia und ließen mir keine Ruhe. Vergleichbare Gefühlsausbrüche kannte ich bisher nicht von mir. Ihr Gesicht sah ich immer wieder vor mir, die pechschwarzen Haare, ihre tiefgründigen, so wunderbar dunklen Augen mit den feinen, langen Wimpern, ja, ihre gesamte Erscheinung hatte einen großen Eindruck bei mir hinterlassen. Ich musste mich ablenken, sonst würde meine geforderte Konzentration, die ich jetzt unbedingt brauchte, verhängnisvoll nachlassen. Ich riss mich zusammen.

Je intensiver ich an die Zielrichtung des Kreuzzuges in das Heilige Land dachte, umso mehr kam mir die Herrschaft des Sultans Saladin in den Kopf, der mit der Schlacht bei Hattin den Kreuzfahrern einen herben Schlag versetzt und seine Wirkung bei den bisherigen abendländischen Heerführern nachhaltig hinterlassen hatte.

Verglich man diesen Heerführer mit dem Nachfolger unseres Kaisers, Friedrich von Schwaben, so wurde mir übel. Wenn auch der Hochmut des Königs von Jerusalem, Guido von Lusignan, in erster Linie Auslöser der Katastrophe gewesen war, so galt für mich unbestritten, dass Sultan Saladin seit langem mal wieder ein sehr ernst zu nehmender muslimischer Gegner geworden war.

Was es hieß, seine Truppen zur heißesten Zeit des Jahres durch wasserarme, öde Regionen zu führen, war mir nachhaltig bei einigen Marschabschnitten mit Barbarossa im Hohen TaurusGebirge im Gedächtnis geblieben. Doch dort waren wir auf keinen verteidigungsbereiten Gegner wie bei der Schlacht um Hattin getroffen. Das durfte in dieser Form einem Kreuzfahrerheer nie wieder passieren. Würden wir bei diesem jetzigen, unerfahrenen Heerführer sicher sein können, dass so ein eklatanter Fehler sich nicht wiederholte?

Mir war immer noch bewusst, dass sich die Unruhe im Heer nach dem Versterben unseres Kaisers verstärkt hatte.

Die öffentlich inszenierten Auftritte seines Nachfolgers hatten, weder mich noch irgendeinen meiner Bannerherren überzeugt.

Meine Kameraden behielten recht: Friedrich zeigte weder Tatkraft, noch strahlte seine Person eine würdige Aura aus. Das betraf nicht nur seine Versuche, das Kreuzfahrergelübde neu zu beschwören, oder die religiösen Appelle, die er an die Verunsicherten richtete.

Das äußere Erscheinungsbild glich eher einem schmalen, verschüchterten und unsicheren Mann, der sich bevorzugt in der Karre ziehen ließ, als einem echten, gewöhnlichen Heerführer. Kein Vergleich zu unserem Kaiser, der trotz seines hohen Alters von fast siebzig Jahren, noch hoch zu Ross seinen Truppen vorausgeeilt war.

Nur bei den jetzt wieder häufiger stattfindenden Lagebesprechungen zeigte er nicht unerhebliches Verhandlungsgeschick. Das war deshalb nicht ungewöhnlich, hatte er doch in diesem Kreis seine eigene Ritterschaft dabei, insbesondere die Gruppierung, die ihn immer beriet und unmittelbar Einfluss auf seine Entscheidungen nahm.

So zeigte er sich meist gut vorbereitet und wusste jeder Frage geschickt zu begegnen. Man spürte die zunehmende Spannung zwischen den verschiedenen Ritterlagern und nahm wiederholt wahr, dass sich die Ansichten weit auseinanderbewegten. Unser Heer schien sich aufzuspalten.

An einem dieser Abende kam es im Zelt des neuen Heerführers dann zum offenen Bruch. Von Schwaben hatte gerade mit dem Ritter von Barnheim einen äußerst hitzigen Disput.

Die Worte »Und was ist mit Eurem Bruder Heinrich?« waren gerade verklungen, als Ritter Eberhard von Saasheim seinem Anführer beisprang und ausrief:

»Wagt es nicht, in dieser Art weiter mit meinem Heerführer zu sprechen, sonst seid gewiss, dass man noch hier im Zelt Eure morschen Knochen brechen hören wird. Ihr seid Abschaum für mich, Abschaum wie jeder hier, der sich nicht mehr an das Kreuzfahrergelübde binden lassen will.«

Er schaute sich in der Runde um und brüllte: »Von Schwaben wird zu verhindern wissen, dass Eure Gruppierung«, dabei sah er mich und meine Waffenbrüder herausfordernd an, »unser Heer spaltet.«

Die Zornesröte stieg ihm in das wutverzerrte Gesicht. »Wir, und da spreche ich insbesondere mit den Worten meines Heerführers, werden es nicht zulassen, dass Ihr die Krieger, die mit uns ziehenden Pilger, ja jeden gläubigen und willigen Menschen, der sich uns angeschlossen hat, so verunsichert, dass sich der so hoffnungsvoll begonnene Kreuzzug plötzlich auflöst.«

Dann wies er mit gestikulierenden Händen auf von Schwaben und rief wie von Sinnen. »Dieser mutige und entschlossene Führer des dritten Kreuzzugs, von Gott gesegneter und auserwählter Nachfolger des Kaisers, Friedrich von Schwaben, wird durch mein Schwert jeden bestrafen, der es wagt, sich von unserem Gelübde zu lösen und der Versuchung nachgibt, diesen Kreuzzug zu verlassen.«

Mit diesen Worten zog er spontan sein Schwert und hielt mir die Spitze unversehens an meine ungeschützte Kehle.

Aus der Gruppe der anwesenden Ritter sprang ein mir bisher unbekannter, anscheinend sehr junger Ritter hervor. Er war von ziemlich schmaler Gestalt, das Gesicht mit einem bunten Tuch verhüllt, und beschwichtigte: »Bei all den gewichtigen Entscheidungen, die jetzt anstehen, sollten wir darauf achten, dass Disziplin und gegenseitiger Respekt nicht verloren gehen. Wie sollen wir es bis zu den Heiligen Stätten schaffen, wenn wir uns bereits hier misstrauen und gegenseitig anfeinden?«

Die Schwertspitze bewegte sich nicht, um keinen Deut, im Gegenteil, sie drang so weit vor, dass sie eine Wunde bei mir hinterließ.

Das war der Augenblick, der für meine Freunde das Fass der Demütigungen zum Überlaufen brachte. Es gelang mir, einen Schritt zur Seite zu springen, wobei mich Wendt von Wallenrode geschickt in einer Drehung auffing und seine Person samt gezogenem Schwert dazwischenwarf. Auch die anderen befreundeten Ritter hatten ihre Waffen gezogen und machten keinen Hehl daraus, sich vehement verteidigen zu wollen.

Dietrich von Barnheim war es, der die Spitze seines Dolches an den Rücken von Friedrich platzierte und damit für unsere Seite vorübergehend einen Vorteil erzielte. »Es würde mir sehr leidtun, meine Herren, dem neuen Heerführer Schaden zufügen zu müssen, bevor er in der Lage ist, seine Qualitäten vor dem Feind zu beweisen«, zischte er.

Von Barnheim beendete mit einem energischen Zeichen an unsere Ritter die Gesprächsrunde, und wir verließen gemeinsam mit dem Regenten das Zelt, ohne noch ein weiteres Wort mit ihm zu wechseln.

»Jetzt heißt es, schnell zu handeln«, schrie von Barnhelm aufgebracht.

»Wir müssen uns sofort in Sicherheit bringen! Verständigt die Truppführer und organisiert eine Informationskette. Sattelt die Pferde, rüstet euch ein. Wir treffen uns außerhalb des Lagers an der Straße nach Antiochia, ungefähr fünftausend Schritte vom Lager entfernt.«

Die Ritter von Wallenrode, von der Schewe, von Brühaven stimmten seinen Ausführungen mit einem Kopfnicken zu, und wir entfernten uns zu unseren Zelten.

Ich ließ meinen Unterführer Dietrich von einem meiner Laufburschen verständigen und befahl ihm: »Dietrich, lass sofort die Leute zusammenrufen. Sie sollen sich aufrüsten und abmarschbereit halten. Ich muss mich mit den anderen Rittern sofort in Sicherheit bringen. Mein Packpferd soll sofort mit der schweren Rüstung bereitgestellt werden, denn es bleibt keine Zeit mehr, meine Rüstung anzuziehen. Außerdem würde sie mich bei der Flucht zu sehr hindern.« Als Dietrich damit fertig war, befahl ich: »Dietrich, wir treffen uns ungefähr tausend Schritt vor den Stadtmauern von Antiochia, um sicherzustellen, dass eine Befehlskette aufrechterhalten bleibt.«

Ich gab meinem Pferd sanft die Sporen und versuchte, in der Dunkelheit zwischen den Zelten einen schnellen Weg hinaus aus dem Lager zu finden.

Als ich schweißnass vor Aufregung an dem verabredeten Ort eintraf, befanden sich dort bereits zwei Ritter unserer Fünfergruppe.

In ihren Gesichtern war trotz der Dunkelheit die starke Anspannung zu erkennen.

»Unser Aufbruch mit dem Lärm und der Unruhe ist mit Sicherheit nicht unentdeckt geblieben«, sprach von der Schewe leise. »Ich würde wetten, dass man uns bereits auf der Spur ist. Friedrichs Männer sind zwar dreist, aber dumm bestimmt nicht.«

Es dauerte nicht lange, und die restlichen zwei Ritter schlossen sich uns an.

»Wir haben alle, so hoffe ich, unseren Unterführern entsprechende Befehle und Informationen gegeben. Ein Schlachthaufen von immerhin fast sechstausend Leuten braucht eine gewisse Vorlaufzeit, um einen Aufbruch vorzubereiten«, resümierte von Barnheim.

»Wenn diese erfahrenen Panzerreiter und Krieger fehlen, bedeutet das einen herben Verlust für die Schlagkraft des Heeres, insbesondere bei der bekannten Zuverlässigkeit unserer Leute«, erklärte von Wallenrode. »Es ist euch damit klar, warum Friedrich und seine Befürworter einen derartigen Abgang nicht hinnehmen werden.«

»Wenn sie uns als Geiseln festsetzen, würde das bedeuten, dass das Heer in einen Zwist geraten oder rebellieren wird«, stellte ich nüchtern fest. »Die Leute würden unser Leben nicht gefährden wollen.«

»Deshalb ist die Verbindung zu unseren Gefolgsleuten und Kriegern auch unverzichtbar«, zischte von Brühaven entnervt.

»Wir sollten uns abseits der Hauptroute nach Antiochia absetzen, um erst einmal dort in der Stadt unterzutauchen«, schlug ich vor.

»Keine schlechte Idee«, bejahte Ritter von Barnheim.

Da die anderen ebenfalls nicht in Rüstung gekleidet waren und die Waffen und ihre Rüstungsteile auf ihren Packpferden hatten und sich zu uns gesellten, waren wir kein kleiner, unscheinbarer Haufen mehr.

Wir waren darauf bedacht, eine Ausrichtung und Staffelung zu finden, wobei von Barnheim mit mir die Spitze übernahm, von

Schewe und von Brühaven die Flanken sicherten und Ritter Wendt von Wallenrode für die Rückendeckung zuständig zeichnete.

So versuchten wir, uns über die restlichen Stunden der Nacht entlang der Hauptroute in sicherem Abstand einen Weg zu bahnen. Es war bei dem hohen Gestrüpp in dieser Vegetation nicht einfach.

Als die ersten hohen Türme Antiochias mit den frühen Strahlen der aufgehenden Sonne sichtbar wurden, machten wir Rast. Wir versorgten die Pferde und ließen sie in einer schnell errichteten Koppel grasen.

»Die Stadt ist mit ihren mehr als vierhundert Türmen fast uneinnehmbar«, begann ich. Die Ritter hatten sich gebückt in einer Runde zusammengefunden. Auf ein Feuer, trotz dieser morgendlichen Frische, hatten wir bewusst verzichtet. Es wäre einfach zu auffällig und damit höchst gefährlich gewesen.

»Bei ihrer Belagerung durch die ersten Kreuzfahrer brach der Winter gnadenlos herein, sodass eine Hungersnot ausbrach und die Belagerer sogar ihre Pferde essen mussten«, führte ich grimmig fort.

»Erst durch Verrat fiel diese Stadt in die Hände der Kreuzritter indem es gelang, einen früheren Christen auf einem der Türme zu bestechen, der ihnen eine Lederleiter zuwarf, um sie in die Stadt zu lassen.« »Das ist ja nicht zu glauben«, rief von Barnheim aus, »so einfach kann das manchmal sein.«

»Überzeugung schafft manchmal ganz neue Zustände. Daraufhin stürmten sie die Stadt. Es folgte ein unvorstellbares Massaker an der muslimischen Bevölkerung. Nur kurze Zeit später traf aus Mossul kommend ein muslimisches Heer mit Verbündeten ein. Als der byzantinische Kaiser ausrückte, um die Kreuzfahrer zu unterstützen, machte er sofort kehrt als man ihn benachrichtigte, die Stadt sei wieder gefallen.«

Ich wischte mir mit der linken Hand den kalten Schweiß von der Stirn und erzählte weiter: »Die Kreuzritter hielten der Belagerung jedoch stand. Dabei halfen Visionen eines Mystikers, der behauptete, die Lanze, die einst Jesus durchbohrt habe, befände sich in der Stadt. Obwohl dieser Prediger wohl die Waffe, die dann wirklich dort gefunden wurde, selbst versteckt hatte, verursachte das einen derartigen moralischen Schub, dass die Kampfbereitschaft neu aufflammte.« »Der richtige Antrieb gehört dazu«, meinte von Wallenrode kopfschüttelnd. »Durch gleichzeitig aufkommende Streitigkeiten im muslimischen Heer weiter bevorteilt, stellten sich die Kreuzfahrer vor der Stadt zum Kampf auf und schlugen die in Gruppen zerfallenden Muslimen in die Flucht.« Von der Schewe bemerkte: »Ein großer Vorteil, dass auch die Muslimen nicht immer gleicher Meinung sind.«

»In Folge kam es immer wieder zu Streitigkeiten, wer die Stadt regieren sollte. Ein ständiger Disput mit den Herrschern von Byzanz. Nach dem Fall Edessas wechselten sich byzantinische und armenische Regentschaften ab«, beendete ich meinen Bericht.

Meine Ritter hatten mich während der Ausführungen offenbar beobachtet und waren erstaunt über mein umfängliches Wissen um die Kreuzfahrergeschichten. Als ich ihre Blicke bemerkte, räusperte ich mich und sagte: »Seht ihr, ich habe mich wenigstens gut vorbereitet für diesen Kriegszug.«

Nachdem ihr gedämpftes Gelächter verklungen war, führte ich fort: »Nur mit Hilfe von Flotten aus den italienischen Stadtstaaten vermochte Antiochia den Angriffen Saladins bei seinem Marsch auf das Königreich Jerusalem standzuhalten. Weder Antiochia noch die Grafschaft Tripolis haben ihre Teilnahme am dritten Kreuzzug bestätigt, haben zwischenzeitlich aber durch Boten verkünden lassen, die Armee von Friedrich Barbarossa unterstützen zu wollen.«

Als ich den Bericht beendet hatte, klopften mir alle Ritter anerkennend auf den Rücken.

»Trotzdem«, trug von Barnheim seine Bedenken vor, »werden wir Schwierigkeiten haben, mit unseren Pferden samt Ausrüstung durch das Stadttor zu kommen. Jeder wird bemerken, dass wir offensichtlich kein Bestandteil von Barbarossas Heer sind, und uns den Zutritt verweigern.«

»Das sehe ich ganz genauso«, warf von der Schewe ein. »Man wird genaue, nachvollziehbare Begründungen verlangen.«

»Mit der Behauptung, eine Art von Vorhut zu sein, werden wir mit Sicherheit nicht überzeugen können«, lachte von Barnheim.

»Wie wäre es einfach mit der Wahrheit?«, gab von Brühaven seine Gedankengänge preis. »Bohemund III. ist ein weiser Regent. Er hat erheblichen Einfluss. Der Fluss Orontes wurde in seiner Zeit zum Grenzfluss zwischen Antiochia und Aleppo. Das nur aufgrund seines Verhandlungsgeschicks. Sein zweiter Sohn wurde nach der Schlacht bei Hattin Graf von Tripolis. Wenn wir uns als ein führender Teil des Kreuzfahrerheeres von Barbarossa vorstellen und unsere Lage schildern, hat er unter Umständen Verständnis für unsere Situation. Er wird die Streitmacht vor den Toren lediglich lagern lassen, ohne sie zu öffnen. Ihm kommt es unter Umständen sehr gelegen, dass nach dem Tod Barbarossas, unserem Kaiser, keine Einigkeit zwischen den Kreuzfahrern mehr besteht.«

Die Überlegung traf bei den meisten der Ritter auf breite Zustimmung.

Von der Schewe meinte: »Gut, Kameraden, versuchen wir es.«

Auch von Wallenrode nickte mit seinem weisen Haupt.

Wir wählten den ältesten und erfahrensten, nämlich Dietrich von Barnheim, zu unserem Verhandlungsführer. Er sollte Kontakt zu Bohemund aufnehmen und unsere aktuelle Zerrissenheit im Kreuzfahrerheer nach dem Tod unseres geliebten Kaisers schildern.

Ich spürte plötzlich die tiefe Erleichterung in unseren Reihen, da wir endlich einen gangbaren Lösungsansatz gefunden hatten.

Was mich nach Stunden der gefundenen Entscheidung unruhig machte, war die Tatsache, dass keiner der Ritter in unserer Runde bisher Kontakt zu seinem jeweiligen Unterführer aufnehmen konnte.

Zum vereinbarten Treffpunkt war keiner meiner Männer erschienen. Es war verwunderlich, weil jeder der Eingeweihten Kenntnis von der prekären Situation hatte. Die Soldaten hatten nach meinen Befehlen auf Abruf bereitstehen sollen. Wir waren am späten Abend aufgebrochen und standen jetzt in der brennenden Mittagssonne fast vor der Stadtmauer von Antiochia.

»Was ist da los?«, fragte ich mich.

Auch die anderen Ritter machten aus ihrer Unruhe keinen Hehl. Hatte man unsere Leute etwa schon festgesetzt?

Die Sonne stach brennend vom blauen Himmel, als wir eines der gigantischen, mit Eisen beschlagenen Tore von Antiochia erreichten.

Wir hatten die Kettenhemden mit den Kreuzfahrermänteln angelegt, um klar und deutlich Zeichen zu geben, woher wir kamen und zu wem wir gehörten.

Ich lauschte, wie Dietrich von Barnheim sich bei den Wachen vorstellte:

»Wir kommen als Vorhut von Kaiser Barbarossas Kreuzfahrerheer, das in einigen Tagen ebenfalls die Stadttore erreichen wird. Wir gehören der Führungselite des Heeres an mit einem großen Kontingent von Gefolgsleuten, die unserem alleinigen Befehl unterstellt sind. Wir hatten alle gegenüber dem Kaiser das Kreuzfahrergelübde abgelegt, ihm bedingungslos bis in den Tod zu folgen. Das Schicksal wollte es, dass er Jerusalem mit den heiligen Stätten nicht mehr erreichen wird. Ich bitte Euch, gebt Kunde von unserem Erscheinen und bittet Euren Regenten Bohemund, uns mit aller gebotenen Ehrerbietung zu empfangen.«

Er unterbrach kurz, um tief Luft zu holen, da ihm in der Schwere der Rüstung jetzt sichtbar heiß geworden war.

»Mein Name lautet Dietrich von Barnheim, enger Gefolgsmann und Getreuer des verstorbenen Friedrich I., Kaiser des Heiligen Römischen Reiches«, stellte er sich vor. »Ich erscheine in Begleitung der edlen Ritter von Wallenrode, von der Schewe, von Brühaven und von Grüningen. Unsere Panzerreiter und Krieger befinden sich noch im Tross des großen Hauptheeres, geführt von Friedrich von Schwaben.«

Von der hohen Zinne schallte es zu uns herunter: »Seid gegrüßt, ihr edlen Ritter. Geduldet Euch ein wenig. Ich werde bei meinem Gebieter um Befehle ersuchen, wie genau verfahren werden soll.«

Da standen wir nun, abhängig von den Plänen eines unbekannten Regenten, dem Herrn über wohl an die zwanzigtausend Einwohner dieser imposanten Hafenstadt.

Was, wenn er bereits durch Boten Friedrichs von unserer Lossagung unterrichtet worden war?

Nachdem wir uns entschlossen hatten, unsere heimliche Flucht zuzugeben, waren wir ihnen auf Gedeih und Verderb ausgeliefert.

Es hatte zwar zu Beginn des Dritten Kreuzzuges Abmachungen zwischen Barbarossa und Bohemund gegeben, doch mit dem plötzlichen Tod des Kaisers hatten sich die Zielsetzungen geändert.

Hier standen wir nun, ein kleiner Haufen abtrünniger Ritter ohne ihr Gefolge, abgeschnitten von jeder Befehlsgewalt.

Dort das gewaltige Kreuzzugheer von Friedrich von Schwaben, kampferprobt und waffen- strotzend. Ein Faktor, den Bohemund abzuwägen hatte. Sollte er sich gegen die Interessen der Kreuzfahrer stellen, könnte eine unmittelbare Belagerung die Folge sein.

Die Zweifel in uns wurden immer größer. Hätten wir die Entscheidung noch mehr bedenken müssen? Jetzt war es zu spät.

Ich machte es mir in der Nähe dieser gewaltigen Stadtmauer bequem und holte mein Schwert aus der ornamentierten Scheide. Wenn ich sehr angespannt war, pflegte ich mich mit der Reinigung meiner Waffen zu beschäftigen, was mir etwas Ablenkung brachte. Das, was ich hier in meinen Händen hielt, war meine Überlebenschance. Solange ich es vermochte, mit meinen Waffen zu kämpfen, konnte ich mir die Feinde vom Leib halten. Ich durfte nie vergessen, täglich mit ihnen zu üben, denn die körperliche Robustheit und die Übung mit der Waffe waren eine Gewähr, sich in dieser unwirtlichen, unbekannten Gegend Respekt zu verschaffen.

Ein lauter Ruf unterbrach meine Tätigkeit.

»Meine edlen Ritter, Ihr werdet gebeten, das Stadttor zu passieren. Ich bitte Euch, vorher Eure Waffen auf den Packpferden verschnürt den bereitstehenden Stadtwächtern zu übergeben, mit dem Versprechen, sie nach der Sitzung beim Regenten unberührt und wohlbehalten zurück zu bekommen«, rief man uns von weit oben zu.

Wir taten, wie uns geheißen wurde – diese Freundlichkeit konnte ich nicht anders als einen Befehl auffassen. Nach Übergabe unserer Pferde schritt ich mit meinen Rittern durch das hohe Stadttor der beeindruckenden, starken Wehranlage.

Es dauerte nicht lange, und wir fünf Kreuzfahrer wurden durch prachtvolle Gänge in einen Palast geführt, der offensichtlich als Residenz diente. Wir gingen durch halboffene Säulengänge, die von Licht durchflutet und von Wein überwachsen, unseren Weg begleiteten. Es war wahrlich ein erhebendes Gefühl.

»Seid gegrüßt, edle Kreuzfahrer«, empfing uns die herrische Stimme des Anführers einer gut bewaffneten Stadtwache.

»Ich führe Euch unmittelbar zu unserem Regenten, der bereit ist, Euch anzuhören.«

Eine Erleichterung wollte sich bei mir nicht einstellen. Ohne Verbindung zu meinen Männern fühlte ich mich nackt.

Wir begaben uns in die Hände dieses Statthalters von Antiochia. Diese Ungewissheit schnürte mir die Kehle zu. Wie sah unsere Zukunft aus?

Sollte Bohemund aus taktischen Gründen oder aus Angst zu Friedrich halten, waren wir diesem Mann ausgeliefert.

Kurz vor dem Eintritt in den geschmückten Ratssaal fand ich noch etwas Zeit, mich an meine Kameraden zu wenden.

»Hört, meine Ritter«, appellierte ich an sie. »Wir sollten nicht die Wahrheit sagen. Bleiben wir einfach dabei, eine Art Vorhut zu sein, um die Lage zu sondieren, bevor der große Tross uns nachfolgt. Gerade wie das Gespräch verläuft, gelingt es uns vielleicht, es in eine bestimmte, für uns günstige Richtung zu lenken.«

Die Ritter stutzten, überlegten sichtbar noch einmal und bejahten meinen Vorschlag.

Bohemund III. war eine respektvolle Persönlichkeit. Er grüßte jeden von uns und schaute dabei lange und forschend in meine Augen. Er hatte eine bräunliche Gesichtsfarbe, und unter buschigen Augenbrauen beobachteten mich strenge, forschende Blicke.

»Ihr seid also die Vorhut des großen Kreuzzugheeres des Kaisers Friedrich I. Barbarossa. Man hat mir berichtet, dass sich sein Sohn zu seinem legitimen Nachfolger als Heerführer hat wählen lassen. Doch bei der letzten Lagebesprechung soll es erhebliche Differenzen gegeben haben, wurde mir von meinem Abgesandten berichtet. Er ist wieder zu mir zurückgekehrt, nachdem er seine Mission, so meine ich, ordentlich erfüllt hat. Ich bin es gewohnt, voll im Bilde zu sein, wenn derartige Massen von Menschen – und dann noch bis an die Zähne bewaffnet– sich auf unsere Stadt zu bewegen.«

Er sah uns herausfordernd an, mit einem Blick, der mehr Überheblichkeit als Wissen vermittelte. Ich konnte mich dabei auch täuschen, doch der Eindruck blieb. Er strahlte den Respekt eines überlegenen Herrschers aus, ohne Zweifel, doch das machte unsere üble Lage noch hoffnungsloser.

Eine Nebentür öffnete sich und ein schmaler Ritter, ausgesprochen pompös und prunkvoll gekleidet, betrat den Saal.

Er sprach mit leiser, aber fester Stimme: »Meine Herren Ritter, Ich durfte vor kurzem Eurem Disput in dem Heereslager beiwohnen. Ich bin, so muss ich vorausschicken, stets bemüht, Ruhe zu bewahren und ausgleichend zu wirken. Es ist mir leider an dem besagten Abend völlig misslungen, dafür entschuldige ich mich ausdrücklich bei Euch.«

Seine stechend schwarzen Augen waren imponierend, wobei er den Rest des Gesichtes hinter einem Tuch versteckt hielt, als leide er an einer undefinierbaren Hautkrankheit. Aber das tat der Ernsthaftigkeit seiner Ausführungen keinen Abbruch. Er schien darüber hinaus noch sehr jung zu sein. Sehr ungewöhnlich, einen Mann wie ihn bereits in einer derartigen Stellung zu sehen.

Meine Gedankengänge wurden durch die Worte des Regenten Bohemund unterbrochen: »Meine Herren Ritter, ich sage Euch, ganz gleich, welchem Lager Ihr angehört: »Ich habe mir geschworen, neutral zu bleiben.« Er lächelte dazu mit einer Geste der Entschlossenheit, was sich insbesondere an seinen überzeugten Blicken festmachen ließ.

Gestikulierend reckte er seine Arme empor.

»Unserem Fürstentum ist es mit Hilfe der Flotten italienischer Stadtstaaten gelungen, nach dem Großangriff Saladins auf das Königreich Jerusalem, auch den auf unsere Stadt abzuwehren. Demzufolge habe ich mich entschlossen, mich wie die Grafschaft Tripolis aus dem dritten Kreuzzug herauszuhalten. Auch wenn man von Sieg zu Sieg eilen sollte, so ist für die Outremer ganz entscheidend, insbesondere dann zu bestehen, wenn die Heere wieder weit weg sind. Die Geschichte nach dem Fall Edessas sollte uns eine ewige Lehre sein.«

Seine Blicke schienen über unsere Köpfe hinweg in die Vergangenheit einzutauchen. Nur ein kurzer Moment der Unterbrechung, bevor er mit seinen Ausführungen fortfuhr: »Ich sage Euch, meine edlen Herren Ritter, nichts Neues, wenn ich darauf verweise, dass die Kreuzzugbewegung neben religiösen Aspekten auch soziale, politische, demografische und wirtschaftliche Ursachen aufweist. Wir wissen, dass durch die Verdichtung der Dörfer und Städte in ihrem Bereich der christliche Glaube inzwischen das tägliche Leben der Menschen bestimmt. Darüber hinaus verursacht auch das Lehnwesen in vielen Regionen des westlichen Abendlandes soziale Spannungen. Das rasante Anwachsen der Bevölkerung führte ebenso dazu, dass nicht nur zahlreiche Bauern, nein, auch Teile des niederen Adels ohne Land dastehen und es zu einer grandiosen Auswanderungswelle gekommen ist.«

Er schaute sich dabei in der Runde um und setzte dann seinen Vortrag unbeirrt fort: »Hinzu kommt, insbesondere für uns, die Verpflichtung, an immer neuen Handelswegen zu arbeiten. Nur der Handel kann uns in Zukunft ein Überleben sichern. Wir kämpfen nicht mehr. Hätten wir damals nach dem Fall von Edessa nicht die Handelswege nach Italien genutzt und damit nicht den Schutz ihrer Flotten, wäre Saladin ohne Gnade auf seinem Weg nach Jerusalem auch über uns hergefallen«, belehrte er uns. »Nur wenn wir uns strikt neutral verhalten, vermögen wir zu überleben. Deshalb seid versichert, dass wir uns aus der Problematik Eurer internen Auseinandersetzungen um die Heeresführung heraushalten werden. Ich werde mein Versprechen, welches ich Eurem gefallenen Kaiser Barbarossa einst gegeben habe, nicht brechen.«

Sein Körper schien sich bei dieser Aussage zu straffen, um dem Ganzen eine besondere, ja außerordentliche, Bedeutung zu geben. Er schaute dabei jedem von uns intensiv in die Augen und sprach: »Das Heer darf vor den Toren unserer Stadt lagern, es kann sich, soweit der Vorrat reicht, eine Versorgung sichern, selbstverständlich nur gegen Bezahlung.«

Auch da war er wieder, der respekteinflößende Blick des weitsichtigen Herrschers.

»Wir werden, solange ebenfalls eine Entlohnung gesichert ist, Euch mit unserer Flotte die Gelegenheit bieten, in das Abendland zurückzukehren, ganz egal, ob es sich dabei um Ritter,

Krieger, Pilger oder andere Rückkehrwillige handelt« formulierte er großzügig ein Angebot. Dabei zeigte er eine ganz andere hilfsbereite und großzügige Seite seines Charakters. Ich nahm es schweigsam mit Erstaunen zur Kenntnis.

Er sah noch einmal mit ernster, entschlossener Miene über unsere Köpfe hinweg, um nach einer kleineren Redepause unmissverständlich zu bekräftigen: »Ich habe großes Verständnis dafür, dass nach dem Versterben eines solchen Feldherrn eine völlig neue Situation entstanden ist. Solltet Ihr jedoch den Versuch unternehmen wollen, in unserer Stadt Zuflucht zu nehmen oder gar um Asyl zu bitten, so muss ich dieses aus beschriebenen Gründen leider ablehnen. Macht erst gar nicht den Versuch, Gründe für eine Zuflucht zu suchen, ich versichere Euch, Ihr habt nicht das Recht, mich zu überzeugen.«

Es war ein letzter Versuch, den ich unternahm, ihn doch noch umzustimmen: »Edler Herrscher Bohemund, nach Euren Ausführungen bleibt mir nur noch, an Euer Herz zu appellieren, uns für diesen außergewöhnlichen Ausnahmefall Asyl zu gewähren.« Das Ansinnen endete mit einer abwehrenden Geste des Regenten, der damit das Gespräch für abgeschlossen erklärte. Ich hätte es mir fast denken können.

Der schmale, für mich höchst geheimnisvolle Ritter an der Seite Bohemunds machte noch eine entschuldigende Handbewegung, bevor er endgültig mit dem Regenten den Ratssaal verließ.

Wir standen als unglückseliger Haufen herum, hatten wir doch nicht den Hauch einer Chance gehabt.

Ich war bestürzt und außerordentlich erstaunt darüber, dass der Regent über eine Art Späher von den Vorgängen im Lager genaue Kenntnis erlangt hatte.

Wir blickten uns kurz an, als wir von der Stadtwache der Stadt Antiochia an das Tor begleitet wurden. Ich hatte das Gefühl, dass wir in diesem Moment alle das Gleiche dachten.

Eine erdrückende Hoffnungslosigkeit erfasste mich. Was hatten wir gerade auf die Hilfsbereitschaft dieses neutralen Ortes gesetzt. Doch davon konnte bei Gott keine Rede sein. Bei all den nachvollziehbaren Ausführungen wurde ich das Gefühl nicht los, dass Angst Bohemunds Entschlüsse beherrschte, Angst, von dem großen Kreuzfahrerheer geschluckt zu werden.

Hätten wir lieber einen anderen Plan schmieden sollen? Aber welchen? Es blieb keine Zeit mehr für eine Besprechung. Die Männer der Stadtwache gaben uns in aller Eile die Pferde an die Hand und trieben uns höflich, aber bestimmt zum Ausgang.

Als das hohe, hölzerne Stadttor hinter uns kettenrasselnd zu Boden schlug, herrschte eine unheimliche Stille, die einen frösteln ließ. Noch bevor wir uns einrichten und uns die Waffengürtel umlegen konnten, schossen etwa dreißig Bewaffnete auf uns zu und umzingelten uns. Gegenwehr war zwecklos.

Kapitel XII

Von Schwaben schlägt zurück

Plötzlich drängte sich ein Ritter zwischen die Krieger.

»Wir kommen gerade zur rechten Zeit, um Schlimmeres zu verhüten, scheint mir«, schrie Ritter von Saasheim hasserfüllt, indem er sich den Helm mit den Sehschlitzen vom Kopf riss.

»Im Namen des Heerführers Friedrich VI. werdet Ihr hiermit festgesetzt. Ihr seid der Rebellion und des Verrats schuldig. Ihr habt ohne Einverständnis Verhandlungen mit einer fremden Macht aufgenommen, nicht wissend, ob diese freundschaftliche oder feindliche Gesinnung zeigt. Das gilt für alle fünf Bannerritter. Darüber hinaus habt Ihr mit Eurem Fehlverhalten von Anfang an Aufruhr im Kreuzfahrerheer verbreitet, deren Folgen bis jetzt noch gar nicht absehbar sind. Wir werden Euch zurück in das Lager begleiten. Dort werdet Ihr unter meiner Aufsicht in Ketten gelegt.«

Es trat genau das ein, was ich befürchtet hatte.

Ohne Wissen unserer Gefolgsleute und Kämpfer hatte man uns festgesetzt. Solange wir uns in ihren Händen befanden, würden unsere Haufen nicht das Heer verlassen können.

Ich ging davon aus, dass man Wert darauflegen würde, den Kontakt zwischen uns Kreuzfahrern zur Außenwelt für immer zu unterbrechen. Ich würde mich mit niemandem mehr verständigen können. Dieses Gespenst einer Isolation kam mit Eiseskälte in mir hoch.

Damit hätte von Schwaben die Sicherheit, dass es von unserer Seite in Zukunft keinerlei Einflussnahme auf die Entscheidungen der Heeresführung mehr gab.

Hier und jetzt gab es nur die Chance, mit Hilfestellung des Fürstentums Antiochia auf dem Seeweg in die Heimat zurückzukehren. Diese einmalige Gelegenheit hatten wir erbärmlich verspielt. Eine unbändige Wut und ein verzweifeltes Gefühl von Hilflosigkeit kamen in mir hoch. Es gab nichts Schlimmeres für mich, als die kalte Hand der Ohnmacht zu spüren.

Mit Sicherheit gab es eine Menge Pilger, Gläubige oder auch freiwillige Kämpfer, die diesen Weg nutzen würden, unabhängig von dem Schicksal der jetzt festgesetzten Ritter. Ich wusste von den Erzählungen im Lager und von Unterhaltungen mit Beteiligten, dass es genug Kreuzfahrer gab, die sich nach dem Tod unseres geliebten Kaisers nicht mehr an das Gelübde gebunden fühlten.

Jedem von uns wurden noch vor Ort schwere Ketten an Hand und Fußgelenken angelegt. Die Schergen von Friedrich führten mich getrennt von den anderen Gefangenen ab. Das erfolgte nicht auf den Pferden, sondern in hölzernen Karren wie Tiere. Eiskalte Wut übermannte mich, doch ich war völlig machtlos. Es galt als eine besondere Demütigung, wenn einem Gefangenen in Haft Ketten umgelegt wurden, hinzu kam, dass wir allesamt Führer von Bannerheeren waren, die mit ritterlichem Stolz ihre Adelsgeschlechter vertraten. Schon jetzt spürte ich die Schwere meiner Hände. Die Ketten rieben mir mit ihren scharfen, rostigen Kanten die Haut auf. Ab jetzt war ich wie betäubt und bewegungslos.

Endlos schien die Fahrt auf dem unbequemen Karren. Ein Wachposten war an meiner Seite, der mürrisch neben mir auf einem Holzbalken Platz genommen hatte.

Der Versuch, ein Gespräch mit diesem Mann zu führen, endete mit brüsker Zurückweisung: »Haltet gefälligst Euren Mund, Gefangener.« Es gehörte offensichtlich ab sofort zur Einschüchterungsstrategie dieser elenden Verbrecher.

Wie lange würde die Gefangenschaft geheim gehalten werden können? Unseren Männern in den Bannerheeren würde sehr schnell klar sein, dass die Art der Befehlskette sich abrupt geändert hatte. Oder würde man durch Repressalien versuchen, die Üblichkeit der Befehlsanordnung aufrechtzuerhalten? Also war von der Seite keine Hilfe für mich zu erwarten. Dietrich waren die Hände gebunden. Er würde meine Männer nicht in eine Katastrophe schicken bei dieser Ungewissheit. Es oblag jetzt allein seinem Geschick, die Panzerreiter, Feld-und Hauptleute, Bogen- und Armbrustschützen so zu führen, dass es nicht zu einem unbeherrschbaren Aufstand kam.

War es auch für von Schwaben absehbar, oder gar berechenbar, ob die Krieger unserer Bannerheere beim Erfahren der wahren Hintergründe bewaffnete Maßnahmen ergreifen würden? Unter Umständen waren sie so erbost, dass sie ihre Waffen niederlegten. Wie lange würde die Haft in Isolation überhaupt andauern?

Ich kauerte wie ein Schwein, das zum Schlachtfest geführt wird, in dieser als Gewahrsam umgebauten Karre ohne Kenntnis über den Verbleib meiner Ritterkameraden.

Die verfluchte Kiste war derart beklemmend eng, dass mir jede, noch so kleine Bewegung zur Qual wurde. Die Bretter im Boden ließen nur schmale Lichtstreifen durch, ohne dass ich gewisse Umrisse von außen wahrnehmen konnte.

Ich vermochte mich kaum auszustrecken, ohne dass ich von heftigen Rückenschmerzen gepeinigt wurde. Selbst mit Tieren ging man sorgsamer um. Dazu kam, dass ich mich nicht aufrichten konnte. Ein dunkles, unheimliches Gefährt, welches speziell für körperliche Qualen konzipiert schien. Nie hatte ich mich so elend gefühlt, nie hatte einer gewagt, in dieser Weise mit mir umzuspringen. Sobald ich wiederholt ausrastete, erinnerten mich die verfluchten Ketten, dass es ab jetzt nur noch Qualen für mich gab. Oder wollte man uns sterben lassen? Diese Ungewissheit setzte mir noch mehr zu als die körperlichen Schmerzen.

Als der Haupttross des Heeres nach Antiochia aufbrach, zeigte mir nur das ständige Rütteln des Fahrzeugs an, dass wir wohl unterwegs sein mussten. Ich konnte nur Umrisse erkennen. Der Lärm um mich herum, insbesondere das Wiehern der Pferde und das Fluchen der Kämpfer waren meine ständigen Begleiter.

Ich bekam zu festgelegten Zeitabständen,– ich erkannte es an der hochstehen Sonne, die auf den Karren brannte –, karge Mahlzeiten, wobei man nicht gerade höflich mit mir umsprang. Als ein Wächter, der das Essen in den Wagen reichte, mir den Napf fast an den Kopf warf, schlug ich mit der Kette um mich. Er nahm einen zweiten Holznapf und zog mir ihn als Antwort über den Schädel. Dreckspack!

Sprachfetzen von Unterhaltungen der Wachsoldaten waren das Einzige, was ich von meiner Umgebung aufzufangen vermochte.

Nach gefühlten drei Tagen kamen das Kreuzfahrerheer und damit auch meine elende Karre endlich zum Stehen.

Dieses Mal musste ich meine Nahrung in den kühlen Abendstunden zu mir nehmen und erkannte dabei die Umrisse von weiteren Karren in meiner unmittelbaren Umgebung. Das mussten die Gefangenen-Behältnisse meiner Ritterkameraden sein.

Im Hintergrund meinte ich, die hohen Stadtmauern von Antiochia wahrnehmen zu können. Genau vermochte ich es im Abenddunst nicht zu erkennen. Unterhaltungsversuche mit den Wachleuten scheiterten wiederholt kläglich. Ich war mir zwischenzeitlich sicher, dass die Wächter sich bewusst abzuwechseln schienen, da immer neue Gesichter an meiner Karre auftauchten.

Gegenüber auf einer größeren, freien Fläche waren Handwerker dabei, eine Art Hütte zu errichten, entweder für die Unterkunft der Gefangenen oder für Versammlungszwecke der Lagerleitung.

Erst als ich am nächsten Tag einen Blick auf die Umgebung werfen konnte, erkannte ich, dass man die ganze Nacht hindurch an zwei Hütten mit Verbindungsgang gebaut hatte, – ein langgezogenes Gebäude und ein Rundbau–, die man wohl in aller Eile im Schein eines Feuers gezimmert hatte.

Ich vermochte mir vorzustellen, dass die aus runden Palisaden geformten Hütten für die Gefangenen und der Rundbau wohl für Versammlungen gedacht waren.

Je länger die Gefangenschaft dauerte, umso niederträchtiger ging man mit mir um.

Es kam des Öfteren vor, dass man mein Gesicht in den Fresstopf drückte, bevor ich meinen undefinierbaren Brei zu mir nehmen konnte. Manche hatten wohl eine Freude daran, die Ketten nach unten zu ziehen, bis ich mit dem Gesicht in der Grütze landete. Manche Wächter stiegen dazu mit besonderer Lust in meine Karre, im Gegensatz zu den anderen, die mir das Essgeschirr nur am Einstieg hinhielten.

Das war ich bei Gott nicht gewohnt. Mit den schweren Ketten an den Händen und Füßen waren meine Bewegungen beschränkt, und mein Leib war den Angriffen der Wächter hilflos ausgesetzt. Manchmal schien ich meinen Körper gar nicht mehr zu spüren. Ein Gefühl, als bestünde ich nur noch aus unnützer Masse.

An den Stellen des Körpers, an denen die Eisenringe der Ketten saßen, bildeten sich blutverschmierte, krustige Wunden.

Ich versuchte deshalb, meine Bewegungen möglichst einzuschränken, weil das Scheuern der Ketten unerträgliche Schmerzen an Händen und Füßen verursachte.

Mit lautem Fluchen gab ich meinem Missmut und meiner grenzenlosen Wut Ausdruck. »Wo seid ihr Dreckschweine und Hurensöhne! Wer gibt Euch das Recht, mich so zu quälen?« Wen kümmerte es?

Zwei Tage später war es endlich so weit. Die Gefangenen wurden einzeln in den neuen festen Trakt der Hütte überführt.

In einem engen Raum mit Strohballen durfte ich mein Haupt niederlegen. Meine Kleidung klebte an meinem verschwitzten, dreckigen Körper. Mein Mund war ausgetrocknet und die Lippen rissig. Wenn ich mit zittrigen Fingern dahin fasste, klebte unvermittelt eine rote Schicht an meinen Nägeln. Alte verkrustete Reste vermischten sich mit frischem Blut.

Überall war mein Körper mit roten Druckstellen übersät, die höllisch juckten. Ich wusste nicht mehr, wie ich mich drehen und wenden sollte. Ich war eingepfercht wie ein wehrloses Tier ohne große Bewegungsmöglichkeiten. Den Fraß, den man mir vorsetzte, hätte jeder sofort erbrochen.

Als ich bei der Essensausgabe hinter meiner Zellentür die Schritte eines Wächters bemerkte, bekam ich einen Wutausbruch. Er trat ein, und sogleich warf ich ihm mit Schwung die Handkette um den Nacken und zog ihn mit aller Kraft zu mir herunter, bis der eklige Fraß aus dem Napf auf den Boden platschte. »Ich will endlich baden, ich will meinen Körper waschen, bevor ich die Flöhe husten höre«, brüllte ich und kam mir im nächsten Moment sogleich wieder lächerlich vor. Der Wächter rappelte sich fluchend auf. Es war wie ein Schlag mit der Streitaxt, als er mich mit der flachen Hand ins Gesicht schlug. Seine Augen funkelten in blankem Hass, als er die Zellentür verschloss.

Doch mein Wutanfall hatte etwas bewirkt.

Am nächsten Tag schleppten zwei Wächter eine Art Waschzuber in die Zelle, in dem ich mich endlich ausgiebig reinigen durfte. Ich glaube, selbst diesen Schurken war der Gestank unerträglich geworden.

In den Abendstunden wurde abrupt die Zellentür geöffnet, und zwei Wächter zogen mich an den Ketten nach draußen in den Gang.

Ich spürte, wie sie mir in der Dunkelheit ein Tuch oder etwas Ähnliches über den Kopf stülpten und mich weiter voranstießen.

Irgendwann ließen sie mich stehen. Durch die Geräusche anderer Ketten aufgeschreckt, vermutete ich, dass ich mich nun mit den anderen Ritterkameraden in einem Raum befand. Deutlich vernahm ich, wie sich die Wächter Befehle zuriefen. Am teilweisen Schnauben und Husten meinte ich, die Stimmen meiner Mitgefangenen zu erkennen.

Dann vernahm ich hastige, schwere Schritte und das Rasseln von Kettenhemden.

»Schön, meine Herren, Euch so einvernehmlich an meiner Seite zu sehen«, erkannte ich die Stimme des neuen Heerführers: Friedrich von Schwaben. »Meine Berater meinten, ich solle einmal das Gespräch mit Euch suchen und Euch über Eure aussichtslose Lage in Kenntnis setzen.« In seiner Stimme schwang ein dreckiges Grinsen mit. »Vorab, weder einer Eurer Gefolgsleute noch irgendwer sonst hier im Kreuzfahrerheer weiß, dass Ihr Euch in meiner freundlichen Obhut befindet. Es wurde gezielt die Nachricht verbreitet, dass Ihr Euch als Vorhut, wie Ihr Euch ja auch selbst empfunden habt, bei dem Regenten Bohemund III. aufhaltet und Verhandlungen führt. Es ist für jeden verständlich, dass wir sowohl über den Ort unseres Quartiers als auch insbesondere über die Versorgung so vieler Menschen mit den Stadtoberen von Antiochia Verabredungen treffen müssen.

So ist das eben bei der Größe eines solchen Heeres.« Er schien in Stolz zu vergehen. Dann fuhr er fort: »Wer könnte das besser als so verdiente Ritter wie Ihr, meine edlen Herren? Hinzu kommt, dass mit dem Versterben unseres geliebten Kaisers die Probleme eher größer als kleiner geworden sind. Ich mache keinen Hehl daraus, dass ich im Heer verbreiten ließ, dass eine Belagerung dieser Stadt drohte, wenn man uns nicht zwingende Hilfe anbieten würde. Ich bin gewohnt, so genau wie möglich bei der Wahrheit zu bleiben.«

Von Schwaben lachte hämisch, als hätte er sich gerade etwas besonders Kluges ausgedacht.

Die Kapuze um meinen Kopf wurde immer lästiger. Sie war offensichtlich dazu gedacht, unsere Blicke voreinander zu verbergen, um jede Verständigung, selbst mit den Augen, zu unterbinden. Sogar davor fürchteten sich diese Verbrecher.

»Unterbrecht mich bitte jetzt nicht, meine edlen Herren«, referierte er weiter.

»Es stellt sich die Frage, wie lange dieses Spielchen noch gut gehen wird. Eure Leute sind ohne Zweifel reizbar und ungeduldig geworden. Noch glauben sie diese wunderschöne, ja fast wahre Geschichte. Jetzt kommt Ihr ins Spiel. Wenn die Verhandlungen in Kürze zu Ende geführt sein werden, seid Ihr es, die Euren Leuten etwas klar machen werden. Man darf diesen Kreuzzug niemals verlassen. Jeder, ja, jeder hat befehlsgemäß weiterzumarschieren.«

Er beschwor das Kreuzfahrergelübde: »Das Ziel hat sich nicht geändert. Jerusalem gilt es zu befreien. Wer sich uns in den Weg stellt, wird vernichtet.

Auch wenn ich nichts zu sehen vermochte, konnte ich mir diese widerliche Gestalt genau vorstellen. Ich kannte sein Grinsen, seine gekünstelten Bewegungen. Wie oft hatte ich seine Auftritte haargenau studieren können. Bereits die Höhenlage seiner Stimme lösten bei mir Bilder aus, die ihn vor meinem inneren Auge erscheinen ließen.

»Für Euch, meine edlen Ritter, gelten ab jetzt der Einsatz und die wunderbare Begleitung meiner Folterknechte. Sie werden Euch einmal in der Woche besuchen und Dinge mit Euch tun, die Euch zum Staunen bringen.«

Er hielt kurz inne, und ich ahnte, ja, ich wusste, ein Lächeln würde jetzt seine Lippen umspielen, als sähe er die angedeuteten Folterungen vor seinem geistigen Auge vorbeiziehen.

»Eure Schmerzschreie, die ich mir abwechselnd mit viel Freude anhören werde, verhallen ungehört hinter den starken Wänden Eurer neuen Kerkerzellen.«

Wieder lachte er hämisch und erinnerte sich: » Noch etwas. Ihr habt es selbst in Euren Händen, Eure Qualen abzumildern oder gar zu beenden, wenn Ihr meinen Befehlen unmittelbar Folge leistet. Der edle Ritter Eberhard von Saasheim, der Euch bereits ab Antiochia begleiten durfte, sowie mein ergebener Berater Gregor von Rüden als auch der Söldnerführer Clemens von Schlieben tragen gemeinsam mit ihren Männern und insbesondere mit ihren hervorragenden Folterknechten Sorge dafür, dass Ihr allesamt mit Eurem Gefolge dem Kreuzzug erhalten bleibt. Ich darf mich damit verabschieden. Mehr gibt es momentan nicht zu sagen. Aber merkt Euch eines. Jeder Kreuzzug hatte stets große Verluste zu beklagen, da kommt es auf einige bekannte Ritter mehr oder weniger nicht an.«

Die eiskalte Stille ließ mich frösteln. Jeder von uns wusste ab jetzt, was ihn zu erwarten hatte. Die Situation war elend, hoffnungslos und absolut bedrohlich.

Ab jetzt ging es nur noch ums nackte Überleben.

»Ach, noch etwas, meine Herren Ritter.« Noch einmal schien er sich umzudrehen, denn seine Stimme kam wieder näher.» Nach Ablauf einer Probezeit werdet Ihr einzeln ohne Ketten den Besprechungen wieder offiziell beiwohnen. Aber selbstverständlich unter ständiger Bewachung zur Beruhigung der anderen. Diejenigen, die sich weigern, sind unmittelbar des Todes, solltet Ihr um Hilfe ersuchen. Für nicht angebrachte Zeichen Eurerseits gegenüber Euren Männern gilt das Gleiche.

Ich wünsche Euch eine gesegnete Nacht.«

Die Kapuze um meinen Kopf fing an zu stinken. Bevor ich länger darüber nachdenken konnte, rissen mich zwei Wärter mit und brachten mich zurück in die Zelle.

Warum hatte Friedrich ohne Zwang alle diese Namen genannt? Hatte er Angst vor der alleinigen Verantwortung bekommen? Wollte er damit andeuten, nur ein Werkzeug der Ideen seiner führenden Ritter zu sein? Könnte es auch ein Hilferuf gewesen sein?

Die Hintergründe seines Verhaltens zu verstehen, fiel mir in dieser Lage ausgesprochen schwer. Vielleicht würde sich bei der Entwicklung der Ereignisse eine Erklärung ergeben.

Für mich stellte sich nur eine einzige Frage: Würde ich die nächsten Tage überhaupt überleben?

Ich war immerhin der jüngste der festgesetzten Ritter. Unter Umständen auch der Unerfahrenste und damit der Entbehrlichste.

Als sich der Kaiser im Mai in Regensburg mit einem der größten Heere, welches jemals für einen Kreuzzug aufgestellt worden war, auf den Weg gemacht hatte, wurde er nicht nur von seinem Sohn Friedrich VI. von Schwaben begleitet, sondern darüber hinaus auch von acht Bischöfen, drei Markgrafen und neunundzwanzig Grafen. Es war erschreckend, wenn man feststellen musste, wie viele bereits auf dem Marsch bis hierhin ihr Leben verloren hatten.

Jetzt lagen wir wohl am linken Ufer des Orontes und schätzungsweise zwei Tagesritte vom Meer und Antiochias Hafenstadt Seleukia Pieria entfernt. Ich hatte in den Kreuzfahrerniederschriften des ersten Kreuzzuges gelesen, dass die Stadt im Osten von vier niedrigen Bergen umgeben war, darunter einer mit dem Namen Silpios, der immerhin etwa tausendzweihundert Schritte hoch war. Im Westen der Stadt befand sich der Fluss. Mitten hindurch sollte ein Bach fließen, der dort seine Fließrichtung änderte. Die Kreuzfahrer des ersten Kreuzzugs hatten berichtet, dass die Stadtmauern nur das im Osten gelegene Zentrum umfassten, der Rest daher ziemlich ungeschützt dort lag.

Antiochia war zwischenzeitlich der Schnittpunkt verschiedener Handelsstraßen geworden, was den Aufschwung dieser Stadt sehr beschleunigt hatte. Nicht umsonst waren ihnen damals die Flotten der italienischen Stadtstaaten zur Hilfe geeilt. Ich wusste auch, dass nun eine Straße vom Hafen Seleukia Pieria den Orontes mit einer Brücke überquerte, die direkt nach Antiochia hineinführte.

Wann sollte sich das Heer auflösen, wenn nicht hier mit der unmittelbaren Nähe zum Hafen? Ohne starke Führung mit den Bindungen zu den Männern war uns eine Flucht unmöglich.

Ich war verzweifelt, da eine Einflussnahme durch meine Person in dieser Lage vollkommen aussichtslos erschien.

Fliegen tummelten sich auf meinem schweißdurchtränkten Hemd. Immer wieder schlug ich vergeblich nach diesen kleinen Quälgeistern. Mein Mund war trocken. Die Zunge klebte wie ein Lappen an meinen aufgerissenen, spröden Lippen.

In dieser Nacht schlief ich sehr unruhig. Unzählige, wiederkehrende Gedanken an abwegige Fluchtpläne, die im Traum zerknüllt und zertreten auf dem Boden lagen.

Es geschah noch in den Morgenstunden, dass die Tür hastig aufgerissen wurde.

Ein mir bereits bekannter Wächter trat ein. In seiner Begleitung befanden sich ein grobschlächtiger, breitschultriger Mann und der mir ebenfalls bekannte Clemens von Schlieben. Ein hinterhältiger Raufbold und Söldnerführer, der weder sich selbst, geschweige denn seine blutrünstigen Krieger in den Griff bekam.

Ich wurde an den Ketten hochgezerrt, auf einen Schemel neben einem Tisch gezwungen, das einzige Mobiliar, das sich in dem Raum befand.

Von Schlieben atmete heftig als er mich grinsend ansah und sprach: »So, mein Bürschchen. Hier vermag dir dein Vater, der Herr Markgraf, nicht mehr zu helfen. Er sitzt zu Hause und strickt Häubchen für seine Pferde. Er verfügt ja bekanntermaßen über viele lausige Söhne, sodass es auf einen mehr oder weniger nicht ankommt. Der Kreuzzug kostet eben Opfer.«

Er lachte laut und hämisch. »Wir werden jetzt ein Experiment machen, um sicherzustellen, dass du in Zukunft wortlos an der offiziellen Runde der führenden Ritter teilnehmen wirst. Der Tod hat dich schon auf dem Zettel, aber noch wirst du dem Regenten

Friedrich von Schwaben zu Diensten sein.« Wieder lachte er unbeherrscht. »Du wirst in der Runde Gelegenheit haben, mit deinem direkten Befehlsempfänger zu reden. Du wirst selbstverständlich nur die Befehle weitergeben, die wir dir vorgeben werden. Das geht am besten, wenn wir jetzt ein Zeichen der Erinnerung für dich schaffen, um auf ewig diese Verpflichtung anzumahnen.«

Mit diesen Worten hielt mich der grobe Kerl mit seinen Bärenpranken fest. Von Schlieben griff unversehens nach meiner linken Hand, und mit dem Dolch, den er hinter seinem Rücken versteckt gehalten hatte, schnitt er den kleinen Finger meiner linken Hand ab.

Das Blut bildete in Kürze mit pulsierenden Stößen eine Blutlache auf dem Tisch. Mir schwanden meine Sinne, und ich sackte der Körperlänge nach auf den Boden.

Als ich langsam aus meiner Ohnmacht erwachte, war mein Finger mit einem Tuch festumwickelt und der Arm an meine Brust gebunden. Höllische Schmerzen trieben mir immer wieder Tränen in die Augen. »Du elendes Schwein«, hörte ich mich schimpfen. Doch die Worte verhallten in der kargen Zelle. Von Schlieben hatte bereits schnellen Schrittes diesen schändlichen Ort der Folter verlassen.

Ich sah auf die umwickelte Wunde und schaffte es gerade mit der anderen, in Ketten liegenden Hand, die verletzte Seite zu berühren. Die Schmerzen waren unerträglich. Nur der Hass auf die Peiniger und der Ruf nach Rache vermochten es, mich bei Bewusstsein zu halten. Ich wimmerte vor Schmerzen, die in Schüben meinen Körper durchschüttelten. Ich war tief erschrocken über den Grad der erlebten, gnadenlosen Brutalität, die hier immerhin einem Ritter und Mann des deutschen Hochadels gegolten hatte. Ein erbärmliches, unglaubliches Verbrechen, rücksichtslos, würdelos und ohne gebotenen ritterlichen Respekt.

Gleichzeitig fraß die Angst an mir, in welcher Form man mit den anderen Rittern an meiner Seite umgesprungen war.

Die Tage vergingen. Mein zerschundener Körper war mit Schnitten und Krusten übersät. Er schien an sämtlichen Stellen zu schmerzen und zu jucken. Die schweren Ketten lähmten und quälten mich, Tag für Tag. Es nahm einfach kein Ende. Ich zermarterte mein Hirn, wie ich diesem Desaster entkommen konnte. Was blieb, war eine unerträgliche Leere in meinem Kopf.

Nur die notwendigen Mahlzeiten unterbrachen meinen üblichen Tagesablauf. Insbesondere die schwere Verletzung an der Hand hatte meinen Körper stark geschwächt. Der Sabber aus meinem Mund floss nach der Nahrungsaufnahme ohne Unterbrechung auf Hemd und Hosen. Die Kleidung, wenn man es überhaupt so nennen konnte, war zerrissen und fleckig. Essensreste klebten wie harte Pfropfen an den rauen Bartstoppeln. Es schien, als wäre ich das Schreckgespenst meiner selbst. Ich müsste mich bestimmt übergeben, wenn ich mich jetzt sehen würde. Der Geruch von Kot und altem Urin hing über allem. In der Dunkelheit meiner Zelle war der ganze widerliche Dreck nur zu erahnen.

Ich schlief nicht mehr, ich dämmerte nur vor mich hin.

Am dritten Tag erschien so etwas wie ein Prediger.

Er murmelte unverständliche Bibelverse und befahl schließlich: »Legt Eure verletzte Hand hier auf den Tisch.« Ich hatte den Eindruck, mich dieser Aufforderung nicht entziehen zu können.

Mit eigenen Augen sah ich zum ersten Mal, dass die zwei letzten Glieder meines kleinen Fingers abgetrennt waren. Die Wunde war zwischenzeitlich gut verheilt, doch die seelische brannte umso mehr.

Der Prediger besah sich die Hand mit dem abgetrennten Finger von allen Seiten, prüfte die Wundränder und beendete die eingehende Untersuchung mit einem zufriedenen Kopfnicken.

Er beugte sich zu mir herab über den Schemel und sprach ruhig und sachlich: »Mein Sohn, du hast die Verwundung gut überstanden. Vergiss deinen Zorn und schließe dich frohen Herzens wieder unserer Bewegung an. Wir sind gesandt, die christlichen Stätten zu befreien. An dieser heiligen Aufgabe im Namen der Kirche und der gesamten Christenheit hat sich nichts geändert. Ich verfluche die heidnische Bande, die zurzeit bemüht ist, die Hafenstadt Seleukia Pieria zu erreichen und mit geliehenen Schiffen von Antiochia aus wieder ins Abendland zu ziehen. Ich verachte diese ketzerischen Gelübdebrecher. Du, mein Sohn, wirst, so sagte man mir, nicht dazu gehören, denn du bist ein wahrer, ein verantwortungsvoller Christ.«

Er gab mir das Zeichen des Segens und verließ ohne weiteren Gruß die Zelle.

Ich war froh, durch diesen Mann zumindest einen aktuellen Stand der Situation erfahren zu haben. Es schien so, als würde sich tatsächlich ein Teil des Kreuzzugheeres absetzen und dem Nachfolger von Schwaben die Stirn bieten. Gut zu wissen. In all der Zeit, so bemerkte ich jetzt erst bewusst, war ich gar nicht anwesend gewesen. Es schien, als wären die Ereignisse an mir vorbeigelaufen, hätten mich liegengelassen in meinem Elend und sich für immer unaufhaltsam verselbstständigt.

Ich lag am nächsten Morgen wie immer schläfrig und erschöpft auf dem harten Boden meiner Dreckszelle, als die Tür aufgerissen wurde.

»Von Grüningen«, sprach eine Stimme in ruhigem Ton zu mir, »heute, gegen Mittag erhaltet Ihr einen Teil Eurer Rüstung zurück. Ihr werdet mit den anderen der festgesetzten Ritter zum Hafen geführt werden. Von dort am Kai werdet Ihr den letzten Schiffen zuwinken, die mit Teilen des Kreuzfahrerheeres in das Abendland zurückkehren. Wir konnten sie nicht mehr aufhalten. Wir haben es bei Gott nicht geschafft, sie zu überzeugen, sich an das abgegebene Gelübde zu halten. Es wäre, um mit den Worten Friedrichs zu sprechen, eine Katastrophe, mit Euch und den anderen Rittern weitere, insbesondere kampferprobte, mutige Männer zu verlieren. Hätte man dieses gestattet, wären uns noch mehr Menschen verloren gegangen. Sie alle wären diesem fatalen Beispiel gefolgt.«

Von der Rüden wurde nachdenklich und erklärte:

»Es war nicht von ungefähr, dass sich Friedrich dem Rat seiner Ritter gebeugt hatte, die sterblichen Überreste des großen Kaisers mitzuführen. Es besteht die Absicht, sie nicht nach Brauch der Väter mit dem Empfang vorheriger Sterbesakramente im Beisein der engsten Verwandten und Vertrauten im berühmten Dom zu Speyer mit der Domkirche St. Maria und St. Stephan zu bestatten. Diese steht, wie keine andere sakrale Örtlichkeit, für die Macht und Blüte der salisch-staufischen Dynastien.«

Ich wurde den Gedanken nicht los, dass es gerade dieser Mann war, der von Schwaben überzeugt hatte, genauso vorzugehen, wie er das beschrieb. Er schien bei seinen Ausführungen aber besonderen Wert darauf zu legen, dass es als eine alleinige Entscheidung des Heerführers angesehen werden sollte, warum auch immer.

»Von Schwaben will unbedingt dem immer wieder durch ihn propagierten Gedanken gehorchen, die sterblichen Reste des Kaisers als ewiges Zeichen für die Christenheit im Königreich Jerusalem zu begraben«, resümierte von der Rüden weiter. »Das sollte als flammendes Merkmal die Kreuzfahrer überzeugen, den neuen Heerführer auf seinem Weg dorthin treu ergeben zu begleiten. Daraus, so muss man jetzt konstatieren, ist wohl nichts geworden. Man muss nun sehr schnell umdenken, wie mit dem Leichnam des Kaisers weiter zu verfahren sein wird.«

Mit diesen Einblicken in die Pläne und Absichten des Oberbefehlshabers des Kreuzfahrerheeres verließ der Ritter Gregor von Rüden die Zelle.

Wie vorhergesagt, wurde ich gegen Mittag ohne die verfluchten Ketten nach draußen geleitet. Die Sonne stand brennend hoch am Himmel. Meine Augen schmerzten, die Helligkeit war ich nicht mehr gewohnt. Doch ich genoss jeden einzelnen der Strahlen, wie sie nach und nach meinen zerschundenen Körper erwärmten. Ein gewaltiges, erhabenes, großartiges Gefühl. Endlich ohne diese rostigen schweren Ketten. Eine Wohltat. Ich hätte auf der Stelle einen Luftsprung gemacht, wäre ich mir nicht sicher gewesen, dass mein gefolterter Körper mir jede Bewegung versagen würde. Nach unendlich langen Wochen war ich endlich ohne diese Ketten. Was für eine elendig lange Zeit. Ich hatte völlig vergessen, wie sich Freiheit anfühlte.

Hinter den Holzbauten standen Krieger, die unsere Pferde gesattelt hatten. Sie warteten darauf, dass allen Rittern, von dem Wachpersonal begleitet, ihre Rüstungen angezogen wurden. Sie wurden ordnungsgemäß, selbstverständlich ohne Waffen, auf ihre Pferde gesetzt. Mit aufgerissenen Augen starrte ich auf die menschlichen Reste meiner Ritterkameraden. Sie standen dort mit eingefallenen, ja teilweise todkranken Gesichtern und blickten ins Leere. Sie schienen wie gebrochen zu sein. Auffällig war, dass jeder von ihnen, genauso wie ich, einen Verband trug, entweder an den linken Händen oder auch um ihre Köpfe. Was für ein erbärmlicher, jämmerlicher Haufen.

Damit die Art und die Tatsache der erlittenen Verletzungen Unbeteiligten nicht auffielen, so vermutete ich, hatten sie befehlsgemäß ihre Topfhelme mit den Sehschlitzen zu tragen. Je näher ich ihnen auf meinem Pferd kam, desto deutlicher vermochte ich dahinter ihre todtraurigen Augen zu erkennen. Ihre ureigenen Körperhaltungen hatten sich für immer in mir eingebrannt.

Ritter Eberhard von Saasheim, der diesen trübsinnigen, verlorenen Haufen anführte, gab ein Handzeichen, so dass sich die Ritter mit hängenden Schultern in Richtung Hafenstadt Seleukia Pieria in Bewegung setzten.

In engster Begleitung befanden wir uns mit bewaffneten Reitern, die unter dem Kommando des Clemens von Schlieben standen.

Gegen Abend erreichte unsere Schar endlich die Hafenanlagen von Seleukia Pieria.

Unterwegs wurde kein Wort gesprochen. Wir waren eine schweigsame, gefallene, ja verlorene Gruppe von Menschen.

Am Kai wurden wir von Friedrich von Schwaben offiziell begrüßt. Man drängte uns zu den anderen Rittern, die sich entlang der Hafenanlagen in Reihe und mit Sicht auf das Meer aufgestellt hatten.

Mit ernsten Gesichtern beobachtete die Phalanx der Kreuzfahrer die letzten Ablegemanöver der zahlreichen Schiffe, mit zum Teil jubelnden und feiernden Menschengruppen. Darunter viele Pilger und unbekannte Gläubige, als auch bewaffnete Kreuzritter, die mit lauten Befehlen ihre Leute auf den Schiffen dirigierten.

Es war ein berauschendes, eindrucksvolles Bild. Menschen aller Schattierungen, eins in ihrem Willen, das Morgenland nach dem schicksalshaften Tod ihres Kaisers ganz schnell zu verlassen. Wir könnten mit unseren Männern mitten darunter sein, schoss es mir durch den Kopf, verbunden mit all den Rückkehrern, die sich auf die Heimat freuten.

Doch hier standen wir mit dem restlichen Kreuzfahrerheer, ein Abklatsch von dem, was der Kaiser einst führte, Männer mit mutigen Gesichtern, dem Gelübde freiwillig unterworfen und dem Willen, der alle einte, die besetzten Gebiete den Muslimen für immer zu entreißen.

Friedrich von Schwaben ritt nach vorne, in Begleitung von Gregor von Rüden und, –ja, ich traute meinen Augen kaum–, an der Seite des schlanken Ritters von Antiochia, der wieder dieses seltsame Tuch trug. Von Schwaben richtete einige Worte an uns:

»Edle Ritter, getreue Gefolgsleute und Christen.« Er machte eine Bewegung als müsste er sich schütteln. »Wir nehmen jetzt und hier schweren Herzens Abschied von unseren Glaubensbrüdern und Kampfgenossen. Von all denjenigen, die meinen, sie seien nach dem Tod des Kaisers nicht mehr an das Kreuzfahrergelübde gebunden. Ich war stets bemüht, dieses einmalige Kreuzfahrerheer mit all meinen Kräften zusammenzuhalten, um es weisungsgemäß in das Königreich Jerusalem zu führen.«

Sein Gesicht nahm strenge, fast heroische Züge an, als er ausrief: »Im Zeichen und mit der Macht Gottes, die christlichen Gedenkstätten von den Ungläubigen für immer zu säubern. Als Oberbefehlshaber des Heeres habe ich die Überreste des Kaisers bis hierher geleitet. Sie sollen uns die Kraft geben, mit seinem Willen Jerusalem zurückzuerobern, um seine sterblichen Überreste im heiligen Dom zu begraben. In dieser herausragenden Gedenkstätte der Christenheit, die in ihrer Einmaligkeit und Bedeutung ein ehrenvoller Ort für den Kaiser und dessen christlichen Machtanspruch sein wird. Welche größere und ehrenvollere Stelle auf dieser unserer Erde hätte es für einen Christen je geben können? Doch trotz dieses flammenden, ehrfurchtsvollen Zeichens ist es mir nicht gelungen, einen Teil der Kreuzfahrer zu überzeugen, den mit meinem Vater einst eingeschlagenen Pfad ohne ihn und unter meinem Oberbefehl zu Ende zu gehen. Ich danke Euch, seid gesegnet. Den Kreuzfahrern auf den Schiffen rufe ich zu: »Auf ein Wiedersehen in der Heimat!«

An die herumstehenden Ritter in seiner unmittelbaren Umgebung gewandt, sprach er: »Die in einem Ledersack mitgeführten sterblichen Überreste des Kaisers, die zwar sorgsam vorbereitet worden sind, müssen nun angesichts der klimatischen Verhältnisse schnell konserviert werden. Der Leichnam des Kaisers wurde zur Vorbeugung gegen die Verwesung zwar in Tarsus ausgenommen und mit Salz eingerieben und die Eingeweide in aller Stille in der Pauluskirche bestattet. Doch der Gesandte des Regenten von Antiochia Bohemund, hier zu meiner Rechten, hat die frohe Botschaft überreicht, im Schutz und im Beisein der christlichen Gläubigerschaft dem Brauch mos teutonicus entsprechend zu verfahren. Dort soll der tote Leib des Kaisers in Stücke geschnitten und in Wasser mit Essig gekocht werden, bis sich das Fleisch von den Knochen löst. Diese Präparation, ein Prozedere, das Kreuzfahrer anderer Länder wohl abwertend als deutschen Brauch bezeichnen, ist dem Privileg der deutschen, englischen und auch französischen Herrschern geschuldet. Er ist eindeutig von dem vorherigen Einvernehmen des Kaisers gedeckt, da es üblicherweise beim Versterben eines Herrschers in der Fremde so angewandt, ja sogar der Würde und Erhaltung des Leichnams wegen, unumstößlich verlangt wird.«

Er richtete sich im Sattel seines Pferdes auf, um seinen Worten besonderen Nachdruck zu verleihen.

Der Gesandte Bohemunds sagte anschließend: »Es ist der Wunsch meines Regenten, zu Ehren des Kaisers des Heiligen Römischen Reiches und in Gedenken der großen Taten der Kreuzfahrer die sterblichen Überreste in der St. Petrus Kirche zu Antiochia beizusetzen. Den Überlegungen des Oberbefehlshabers und kaiserlichen Sohnes Friedrich von Schwaben folgend, ist damit letztendlich nicht ausgeschlossen, dass der Leichnam in unserer Obhut aufbewahrt wird. Er könnte dann später, zu gegebener Zeit, nach Rückeroberung in die Grabeskirche zu Jerusalem umgebettet werden.«

Nach diesen Erklärungen sah ich zu dem Ritter mit der schlanken Gestalt hinüber, sah in ein paar funkelnde, leuchtende, schwarze Augen, die mich unvermittelt und ohne jede Scheu mit einem Zeichen des Wiedererkennens anschauten. Sie beobachteten mich unverhohlen und interessiert. Der Blick erfasste meine gesamte Gestalt und blieb mit erkennbarem Erstaunen in den Gesichtszügen an dem Verband an meiner linken Hand haften.

Ich erkannte deutlich, wie er die Augenbrauen erschrocken, ja vielleicht sogar bestürzt, hochzog. Ich sah irritiert und berührt in diese Augen und meinte, einen Hauch von Mitleid und Traurigkeit wahrzunehmen.

Ich versuchte, Bekümmertheit und Verzweiflung auszudrücken, war mir aber im Klaren darüber, dass dieser Gefühlsausbruch vielleicht nicht in gebotener Deutlichkeit zu ihm drang.

Trotzdem verfehlte der Blick des Ritters nicht eine gewisse Wirkung bei mir. Ich vermochte mit dem spontan bei mir aufkommenden Gefühl nichts anzufangen. War es der Ausdruck einer außergewöhnlichen Empathie oder was hatte das zu bedeuten? Ich muss sagen, ich war mehr als irritiert. Schien er sich für mein Schicksal besonders zu interessieren, oder war es ein allgemeines Mitgefühl?

Ich hatte diesen Menschen jetzt zum dritten Mal in meiner nächsten Umgebung wahrgenommen. Er war mir in erster Linie, so grübelte ich, wegen der schlanken Gestalt und der Zierlichkeit seiner Gesamterscheinung aufgefallen. Er hatte so gar nichts mit der geballten Kraft eines gewöhnlichen Ritters gemein. Auch die Stimme hatte nichts mit dem üblichen aggressiven Ton meiner Kameraden zu tun. Die Ruhe und Sachlichkeit in seiner Art waren zwar äußerst befremdlich, erzeugten aber, zumindest für mich, eine derartige Entspannung und Besinnlichkeit, die ein tiefes Gefühl von Vertrauen in meinem Inneren auslösten.

Mit einem angedeuteten Kopfnicken und einem versteckten Lächeln verabschiedete er sich von mir, eine Geste, so schien mir, die nur mir allein galt.

Dann ging alles sehr schnell. Nach dem Rufen von Befehlen wurde der Haufen der Verlorenen von den Wächtern separiert und getrennt von den anderen Rittern und Kämpfern zurück ins Lager gezwungen.

Meine Männer und auch die der anderen Bannerheere hatte man an einer ganz anderen Stelle im Hafen antreten lassen. Auch von meinem Unterführer Dietrich nicht die geringste Spur.

Ich wurde von einem tiefen Gefühl der Einsamkeit und Verlorenheit ergriffen. Ich befand mich zwar inmitten vieler Menschen, doch niemand durfte ein Wort mit mir wechseln. Lediglich das Klappern der Hufe und das Schnauben der Pferde waren vernehmbar. Selbst die Kämpfer waren anscheinend angewiesen worden, auf dem Ritt zurück Gespräche miteinander möglichst zu vermeiden. Das gehörte bei dieser planvollen Foltermethode wohl dazu.

Die Blicke, die ich mit meinen Kameraden versuchte, auszutauschen, blieben im Nichts hängen. Mir schien, als hätten sie sich inzwischen aufgegeben. Nach der erlittenen Schmach einer Gefangennahme und Folterung würde es, so glaubte ich fest, eine gewisse Zeit dauern, um das zu verarbeiten und in dieser aussichtslosen Situation wieder Mut zu fassen.

Wenn man uns in die normalen Abläufe der Lagebesprechungen wieder einzubinden beabsichtigte, so tat man gut daran, uns auch äußerlich neues Leben und Zuversicht einzuhauchen. In der Art und Weise, wie wir uns zurzeit zeigten, würde keiner, der klar denken konnte, davon ausgehen, dass wir freie, selbstständige und unabhängige Menschen wären.

Unsere Gesichter und körperlichen Eindrücke, so war ich mir bewusst, vermittelten allzu deutlich, dass hier etwas nicht stimmen konnte.

Es stellte sich nur die Frage, ob unsere Folterknechte in der Lage waren, es richtig einzuschätzen. Diese besondere Art des Einfühlens traute ich ihnen bei Gott gerade nicht zu.

Das schien mir bei dem Gesandten eher umgekehrt zu sein. Dieser Mann hatte uns bereits mehrmals in der Umgebung der Lagerbesprechungen und höchst persönlich anlässlich der Vorsprache beim Regenten Bohemund erleben dürfen. Er spürte offensichtlich, dass sich an der Situation unserer Rittergruppierung etwas Gravierendes geändert hatte. Gerade bei der Besprechung mit dem Regenten schien klar geworden zu sein, dass wir gar keine echte Vorhut des Heeres waren, sondern eine Gruppe von Rittern, die erschienen waren, um Asyl zu suchen, weil sie unterdrückt wurden. Anders hätte ich seine Körpersprache an der Hafenmole gar nicht verstehen können.

Wie bitter stieß mir das Gefühl der Hoffnungslosigkeit auf, als man mir wieder die schweren Eisenketten anlegte.

Fast geräuschlos wurde ich in die Enge meiner Zelle getrieben und mir allein überlassen. Hier wurde für mich deutlich, wie schrecklich eine erzwungene Schweigsamkeit für eine menschliche Kreatur sein konnte.

Gerade ich war es gewohnt, menschliche Kontakte zu genießen. Hier geschah nichts, tagelang nichts.

Eines Abends erschien der Ritter Gregor von Rüden wieder in meiner Zelle. Etwas unwirsch in Haltung und Sprache schaute er mich ernst an. »Der Gesandte des Regenten von Antiochia wünscht, dass Ihr bei dem Prozedere des mos teutonicus, des Pökelns der Überreste Barbarossas, dabei seid«, meinte er verächtlich.

»Man kennt Euch angeblich schon von einer Besprechung im Stadtpalast mit Bohemund und seinem Vasallen. Ich warne Euch, dieser für Euch gestattete offizielle Auftritt in Antiochia erfolgt nur unter der Bedingung, dass Ihr Euch kooperativ zeigt. Benehmt Euch so, wie es dem Sinn unserer Sache dient. Solltet Ihr nur einen Moment überlegen, der jetzigen Situation entkommen zu wollen, indem Ihr um Hilfe bittet, sei es nur durch stumme Zeichen oder ähnliches, seid Ihr des Todes. Ein ausgesuchter Ritterkamerad, der für Euch bürgen muss, ebenfalls. Ihr wisst, dass wir bei Verrätern an der Sache wie Euch keine Gnade kennen, also benehmt Euch gefälligst entsprechend.«

Mit diesen eindeutigen Todesdrohungen wandte er sich ab und ließ mich mit tausend Gedanken zurück.

Ich fand die ganze Nacht keinen Schlaf, hinzu kam die Ungewissheit, wann genau die Zeremonie in Antiochia stattfinden würde. Ich sollte mich keinesfalls auf irgendwelche Gelegenheiten einstellen dürfen.

Kapitel XIII

Die Hoffnung,
ein Blatt im Winde

Eines Abends, als ich, von Ekel geschüttelt, meine Fressschüssel weggestellt hatte, wurde ich plötzlich aus meinem Dämmerzustand gerissen.

Zwei Wächter erschienen, um mich mit der Rüstung einzukleiden.

Das Schwert, das einfach bei dieser Veranstaltung bei einem Ritter vorhanden sein musste, sollte ich erst vor den Toren Antiochias erhalten, so wurde mir klargemacht.

Was hätte mir in der Gesellschaft bis an die Zähne bewaffneter Ritter einfallen sollen, um einen sinnvollen Befreiungsversuch zu unternehmen? Darüber hinaus war ich viel zu schwach, solchen unnützen Gedanken nachzuhängen.

Wenigstens wurde mir mittags jetzt Gelegenheit gegeben, mich im Waschzuber zu säubern. So fühlte ich mich wieder als Mensch und nicht als Tier.

Als ich eingerüstet war, stieß unterwegs die Abordnung der führenden Ritterschaft des Heeres zu meinen Wächtern, die sich wortlos anschlossen.

Zu den Edelleuten der Abordnung gehörten Friedrich von Schwaben, die Ritter Eberhard von Saasheim, Gregor von Rüden, der Söldnerführer Clemens von Schlieben sowie vier Bischöfe und zwei Grafen, begleitet von einigen Bannerträgern und dem bekannten Karren, in dem die sterblichen Überreste von Barbarossa, unserem geliebten Kaiser, mitgeführt wurden.

Unter den letzten wärmenden Strahlen der untergehenden Sonne standen wir vor dem großen Stadttor, mit den geschmiedeten Eisenbändern wehrhaft und imposant anzusehen. Es war unbeschreiblich, dieses Gefühl, die Sonnenstrahlen auf dem Körper zu spüren. Ich genoss es, als gäbe es nichts Schöneres auf der Welt. Ich hätte dort stundenlang stehen können, bis sie glutrot untergegangen wäre. Was fehlte mir das alles, die Nähe zur Natur und all die Dinge, die mir im Leben zur Gewohnheit geworden waren. Ich verfluchte diese üble stinkende, Verbrecherbande, die Ritter um Friedrich von Schwaben.

Hoch vom Turm ertönte ein Hörnerschall, der mir durch Mark und Bein ging. Etwa fünfzig Bläser hatten sich dort über uns auf der Zinne versammelt, um den Edelleuten des dritten Kreuzzuges einen angemessenen Willkommensgruß zu entbieten.

Kurz darauf öffnete sich mit lautem, unangenehmem Dröhnen das schwere, hölzerne Stadttor.

Auf der anderen Seite begrüßte uns ebenfalls ein Empfangskomitee in vollem Ornat und führte uns unmittelbar zu der St. Petrus Kirche von Antiochia. Im langen Schatten der glutrot untergehenden Sonne erklommen wir, von den Pferden abgestiegen, die lange steinerne Treppe zum Kirchenportal hinauf. Das Scheppern unserer Rüstungen und das Rasseln der Kettenhemden spielte dazu eine bekannte Melodie. Bohemund III. erwartete uns oben am Kircheneingang in Begleitung seiner Edelleute.

Ein angenehmes, unbeschreibliches Gefühl ergriff mich plötzlich, als ich den schlanken feingliedrigen Ritter sah, der mir mit einem Nicken seines behelmten Kopfes einen Willkommensgruß schenkte.

Ja, nur ihm hatte ich es zu verdanken, dass ich hier stehen durfte. Immerhin als Teil der Heeresführung, die offiziell die Kreuzfahrer vertrat und damit im Namen des Heiligen Römischen Reiches die angeborenen Rechte des verstorbenen Kaisers Friedrich I., Barbarossa verhandelte.

Die Runde der Offiziellen blieb vor dem Altar stehen.

Wie üblich hatte man schon die besonderen Vorbereitungen der Prozedur mit dem kaiserlichen Körper geleistet, da die sterblichen Überreste in einer Art Leichenhalle in der Nähe der Kirche abgegeben worden waren. Dort musste, so hatte ich es mir erklären lassen, der Körper heiß gekocht werden, damit sich das Fleisch vom Knochen lösen ließ, wo dann stückweise die zerlegten Teile in einer Mixtur von Salz und Kräutern für immer haltbar gemacht wurden. Es kam darauf an, die Unversehrtheit der Knochen zu erreichen. Diese besondere Art der Behandlung erfolgte nur bei besonders hochgestellten Persönlichkeiten, die man auch an einem bestimmten Ort begraben wollte. Man nannte es auch getrennte Bestattung. Es war dem christlichen Glauben geschuldet, dass zum jüngsten Gericht die Gebeine der Verstorbenen mit auferstehen und deshalb vollständig zu erhalten waren. Diese Art der Haltbarmachung konnte bis zu fünf Stunden dauern.

Hier in der Kirche galt es, nur den offiziellen Abschluss zu feiern.

Unmittelbar darauf nahmen die Anwesenden die Plätze in dem imposanten Gebäude ein und feierten gemeinsam einen Gottesdienst in Erinnerung und zu Ehren des verstorbenen Herrschers. Die religiösen Gesänge in der bedeutenden Kirche nahmen mich derart gefangen, dass ich nicht zu verhindern wusste, dass mir Tränen die Wangen hinunterliefen. Ein Zeichen, dass ich mit meinen Kräften inzwischen auch seelisch am Ende war.

Nachdem der etwa zweistündige Gottesdienst beendet war, lud man unsere Delegation in den Stadtpalast, der ein opulentes Mahl für die hochrangigen Staatsgäste bot.

Ich versuchte, so vorsichtig wie möglich Kontakt zu meinem ritterlichen Gönner aufzunehmen. Es war nicht einfach, da mich meine Häscher keinen Augenblick aus den Augen ließen. Hinzu kam, dass es mir als Person natürlich verwehrt war, aktiv in das Geschehen einzugreifen. Es verblieb als einzige Chance, durch

Blickkontakt eventuell auf mich aufmerksam zu machen, so dass sich eine Gelegenheit für den Gesandten ergeben könnte, von sich aus ein Gespräch mit mir zu suchen.

Ich überlegte verzweifelt, wie ich mich dann verständigen könnte, ohne die Aufmerksamkeit der abgestellten Wächter auf mich zu lenken.

Ich müsste vorsichtshalber eine Sprache wählen, der die Häscher nicht kundig waren. Dass mein Vater lange als Botschafter des Kaisers und als sein Begleiter zu der Zeit des Zweiten Kreuzzuges unter Konrad III. Arabisch gelernt hatte, um Verhandlungen mit den muslimischen Gesandten zu führen, kam mir sehr gelegen. Das war ein Vorteil, den ich mit Sicherheit dem ererbten Geschick des Vaters zu verdanken hatte.

Im Laufe des Festmahls – die Stimmung wurde dank des guten Weines immer ausgelassener – ergab sich die Gelegenheit, in einer Nische des geschmückten Palastes überraschend meinem Gönner gegenüberzustehen. Ich beobachtete aus den Augenwinkeln heraus meine zwei Wachleute, die dank des Weines offensichtlich in intensive Gespräche verwickelt waren.

Ich fühlte mich wie vom Blitz getroffen, als ich wahrnahm, wie der Gesandte heimlich ein Zeichen mit seiner linken Hand gab. Etwas unsicher bewegte ich mich in seine Richtung, da ich immer noch Zweifel hegte, ob ich es wirklich war, den er meinte. Ich nahm all meinen Mut zusammen und machte einen Schritt auf ihn zu. Endlich hatte ich es geschafft, das so sehr gesuchte Gespräch aufzunehmen.

»Ich fühle mich geehrt, edler Gesandter«, sagte ich zu ihm, »dass ich in einer Sprache, die hoffentlich für Euch verständlich ist, mit Euch sprechen darf. Mein Vater war Dolmetscher und reiste einst durch die Outremer, um die Handelsgespräche im Rahmen der Beziehungen zu den oberitalienischen Stadtstaaten zu vertiefen.«

Mein Gegenüber, der wie bereits gewohnt, sein Gesicht geheimnisvoll mit einem Tuch halb verdeckt hielt, schaute mich mit seinen stechend schwarzen Augen an und sprach: »Edler Ritter, es freut mich sehr, dass ich bereits sehr frühzeitig Eure Bekanntschaft machen durfte. Euer Instinkt hat Euch nicht getäuscht, als Ihr annahmt, ich sei des Arabischen mächtig. Ich stamme aus dem Königreich Israel und hatte auch das Glück, vielsprachig erzogen worden zu sein. Das Talent, nämlich die Auffassungsgabe, fremde Laute und Zeichen recht schnell zu verstehen, verschaffte mir die Gelegenheit, bereits in sehr jungen Jahren an verschiedenen Höfen im Morgenland tätig zu werden.«

Er sah mich forschend an und berichtete weiter: »Die Völkervielfalt, die sich mit den verschiedenen Kreuzzügen eingestellt hatte, brachte die Verpflichtung mit, für das bessere Verständnis der Völker untereinander deren Sprachen zu meistern. Es war für mich, als in Kreisen der Politik und Diplomatie durch die Eltern großgezogen, eine unabdingbare Lebensaufgabe.«

Er machte eine längere Pause, griff zu einem Weinglas in seiner Nähe, um das Gespräch dann gleich wieder aufzunehmen. »Doch reden wir nicht so viel über die Befindlichkeiten meiner Person. Ihr dürft mir eine gewisse Sensibilität unterstellen, wenn ich ohne Umschweife bemerke, dass Ihr Euch elend und schlecht fühlt. Obwohl ich an Lebensjahren noch nicht so viel zu bieten habe, so verschaffte mir meine Reisetätigkeit in verschiedene Länder mit Kontakten zu Menschen jeder Schattierung und jedes Alters die Gabe, an Euren Augen und an der Haltung Eures Körpers abzulesen, wie Ihr Euch fühlt.«

Ich war völlig überrascht, auf welchen einfühlsamen Menschen ich hier offensichtlich getroffen war.

»Ich habe Euch als jungen, wohlerzogenen Ritter bei den Besprechungen im Lager des Kreuzfahrerheeres kennenlernen dürfen«, erzählte er weiter.

»Ich war als Abgesandter des Hauses Bohemund bereits zurzeit Eures Herrschers Kaiser Barbarossa abwechselnd anwesend, ohne dass Ihr mich sehenden Auges wahrgenommen hättet.«

Ich stutzte und überlegte angestrengt, ob ich in der Vergangenheit irgendetwas übersehen hatte. Etwas zögerlich warf ich ein: »Ich kann mich beim besten Willen nicht daran entsinnen.« »Vielleicht« überlegte er, »habt Ihr mich damals schlichtweg übersehen.« Dabei schien er unter seinem Tuch zu lächeln. Dann nahm sein Gesicht plötzlich ernstere und nachdenkliche Züge an und er erläuterte: »Ich erkannte vor Ort den Wechsel der Stimmungen nach dem plötzlichen Tod des Kaisers, erkannte, wie der anfängliche Kampfgeist bei all den Rittern, Pilgern und Christen im Heer in eine spontan aufkommende Mut- und Hoffnungslosigkeit umschlug.«

Er dämpfte seine Stimme, schaute forschend in die Runde und fuhr dann erleichtert fort: »Als Ihr mich zum ersten Mal dann wirklich wahrnahmt, in dem Moment, als ich schlichtend eingreifen wollte, vermochte ich, in Euch zu lesen wie in einem Buch. Im Vergleich zu diesen Augenblicken, insbesondere, als Ihr bei meinem Herrscher Bohemund vorstellig wurdet, seid Ihr jetzt ein klägliches Abbild Eurer selbst. Ein gebrochener, mutloser, verzweifelter Mann, dem man Ehre und Tapferkeit mit einem Schlag entrissen hat. Mit tiefem Erschrecken musste ich diesen neuen Zustand am Kai der Hafenstadt Seleukia erkennen, und zwar nicht nur bei Euch, sondern bei all den Rittern, die sich voller Tatendrang bei uns in Antiochia vorgestellt hatten.«

Ich schaute mich aufmerksam und höchst angespannt um, ob irgendjemand der anwesenden Häscher unser Gespräch mitbekommen hatte.

Berührt sah ich in die Augen dieser Person, erkannte plötzlich die feinen Züge eines Gesichtes ganz nah vor mir, was durch das Verrutschen des Tuches erst möglich geworden war. Die kleine

Nase und die für einen Mann außergewöhnlich langen Augenwimpern. Es berührte mich auf ganz unbeschreibliche, bisher nicht gekannte Art und Weise. Ich hatte den Eindruck, dass er das Tuch bewusst für mich wegließ, um sich mir zu offenbaren. Ich sah zweifelnd in die wunderschönen Augen, die mich völlig verwirrt zurückließen. Mein Gesichtsausdruck schien sich derartig verändert zu haben, dass es für diese Person einfach nicht anders möglich war, als sofort zu reagieren.

»Ich habe gerade bemerkt, edler Ritter«, fuhr er fast belustigt fort, dass auch Ihr über eine besondere Einfühlsamkeit verfügt. Dank der dazu ausgeprägten Beobachtungsgabe, scheint Ihr in der Lage, die Dinge plötzlich so zu sehen, wie sie wirklich sind. Ich glaube, Eure Männlichkeit hat gerade Eure restlichen Zweifel vollends beseitigt. Ich kenne das und liebe es, wenn ich in den Augen einer Person mir gegenüber sehe, dass dieser plötzlich Merkmale in meinem Antlitz auffallen, die sie erstaunen lassen, erkennen sie doch klar und deutlich, dass sie es hier mit einem femininen Teil unseres menschlichen Geschlechts zu tun haben.«

Ich war wie vom Blitz getroffen, wie Schuppen fiel es mir von den Augen. Hier stand eine Frau vor mir! In ihrer ganzen, versteckten Schönheit. Ich bemerkte, wie ein breites, offenes Lachen über ihr Gesicht huschte, das sie nun schnell wieder mit dem Tuch verdeckte.

Sie schien zu bemerken, wie ich ratlos mit dem Kopf nickte, als hätte ich verstanden. Ich hörte sie wie im Nebel meiner aufkommenden Gefühle weiterreden:

»Ihr braucht Euch keine Sorgen zu machen, edler Ritter von Grüningen. Solltet Ihr in irgendwelchen Schwierigkeiten stecken, ganz gleich welcher Art. Ich, Safura, Marjam Djafari, Gesandte des Hauses Bohemund III. von Antiochia werde alles in meiner Macht Stehende versuchen, um Euch, sollte es tatsächlich so sein, wie ich es vermute, aus Eurer verzweifelten Situation zu befreien.

Bitte geht jetzt mit den besten Wünschen und mit der Hoffnung, dass ich es schaffe, mit der Hilfe meines Herrschers etwas an Eurer Lage zu verändern.«

Sie huschte wie ein Schatten aus der Nische und war für diesen Abend für meine Augen nicht mehr sichtbar.

Ich gesellte mich widerwillig zu den Wachleuten, gehorsam wie ein Hündchen, mit der festen Überzeugung, niemandem aufgefallen zu sein.

Mit Dankesreden der führenden Edelleute endete ein Abend, der mich gefesselt hielt mit neuen Erkenntnissen. Frischen Mut und neue Zuversicht fühlte ich in mir aufsteigen, dass es für mich doch noch ein gutes Ende nehmen würde.

Das Stadttor fiel krachend auf den Boden. Es war stockdunkle, tiefe Nacht geworden. Meine Wachmänner legten mich, sobald wir den äußeren Ring des Feldlagers erreichten, wieder in Ketten.

Im Lager angekommen, nahm man mir die Rüstung ab. Bis ich in den Schlaf fand, war ich Spielball eines angetrunkenen Haufens von Wachleuten und Verbrechern. Sie waren in der Laune, mit Menschen zu spielen, holten mich in den Hof vor dem Zellentrakt und ließen mich unter ihrem Gespött tanzen.

»Zieht Euch aus«, herrschte mich einer an. Gerade als ich den Drecklumpen von Hemd vom Oberkörper riss, schlugen sie mich mit den flachen Seiten ihrer Schwerter immer wieder auf meinen entblößten Rücken. Sie gaben nicht eher Ruhe, bis ich erschöpft vor ihnen zusammen- brach.

Rülpsend und lachend brachten sie mich irgendwann tief in der Nacht in meine Zelle.

Kapitel XIV

Ein völlig neues Gefühl

Als ich wach wurde, hatte ich das Gefühl, eine ganze Herde von Pferden sei über mich weggetrampelt. Ich vermochte es nicht zu ändern. Mein Körper schien mir zäher als gedacht. Doch seit langem hatte ich mal wieder geträumt. Das Gesicht der schönen Lagerhure aus Armenien verschwamm mit dem des Gesandten von Antiochia.

Eine Frau! Ich konnte es immer noch nicht fassen.

Ein Gesicht, welches von diesen schwarzen Pupillen voll und ganz beherrscht wurde. Sie waren so wunderschön. Ich bemerkte mit aufsteigender Verwunderung, dass sie begann, plötzlich meine Gedankenwelt zu kontrollieren. Sie hatte mir ihr großes Geheimnis offenbart, mir, allein mir. Das machte mich ungemein stolz. Der Jüngling mit der schmalen Figur, den ich für einen unerfahrenen Ritter gehalten hatte, war eine Frau! Ich konnte es immer noch nicht glauben.

Mir war das Herz stehengeblieben, als sie das Tuch von ihrem Gesicht nahm und ich ihre weichen, femininen Züge wahrnehmen durfte. Ein Gesicht, beherrscht von schönen, durchdringenden Augen. Die Nase, die vollen Lippen, zum Verlieben. Ich glaube, ich war auf dem besten Weg, es wirklich zu tun. Ich bekam sie einfach nicht mehr aus dem Sinn. Für mein Gefangenendasein war es wie ein frischer Quell, aus dem ich neue Kraft zu schöpfen vermochte. Das Antlitz dieser schönen, geheimnisvollen Frau schien von nun an mein ständiger Begleiter zu sein. Es machte etwas mit mir, was ich vorher nie für möglich gehalten hätte.

Das Leben erhielt schlagartig einen neuen Sinn. Es gab da jemanden, der sich für mich interessierte, der mir helfen wollte, der diese verfluchte Verzweiflung nachempfunden hatte. Ein Mensch für den es zu überleben lohnte. Ich spürte, dass aus diesem Gefühl viel mehr werden könnte. Ich befand mich auf dem besten Wege dorthin. Die Gesichtszüge wurden immer klarer.

Kein Zweifel, ich hatte diese Person unrettbar in mein Herz geschlossen.

Meine Träume wurden jäh unterbrochen. Wachsoldaten stürmten in meine Zelle und schleppten mich nach draußen, in das grelle Tageslicht.

Mir war so, als würde ich noch träumen. Hinter dem Gefangenenblock reihte man alle Ritter auf. Ihre schweren Ketten schimmerten in der Sonne. Je zwei Wachsoldaten hatten einen Gefangenen in ihre Mitte genommen. Auch an meinen Armen hielten mich zwei Männer fest.

Sie standen im Halbkreis, und ich sah zum ersten Mal seit langer Zeit, was für traurige Gestalten aus den einst so stolzen Rittern geworden waren. Jetzt erkannte man auch deutlich die Verletzungen, die man ihnen, so wie mir, während der Folter zugefügt hatte.

Wendt von Wallenrode hatte man das Ohrläppchen abgeschnitten. August von Schewe fehlten, ebenso wie mir, die letzten zwei Glieder des kleinen Fingers an der linken Hand.

Berthold von Brühaven hatte man den Mittelfinger von der linken Hand abgetrennt, und Dietrich von Barnheim hatte ebenfalls eine Verletzung am linken Ohr.

Auffällig schien mir bei der Art der Verstümmelungen, dass man offensichtlich akkurat darauf geachtet hatte, die Kampfkraft der Ritter nicht zu sehr zu beeinträchtigen.

Ich sah mich verunsichert in der Runde um. Sie standen dort mit hängenden Köpfen, lustlos, ja verzweifelt in sich gewandt, ein verlorener Haufen, der Tatkraft und Hoffnung sichtbar verloren hatte.

Die Stimme von Eberhard von Saasheim zerschnitt die Stille dieser schrecklichen Szenerie.

Er räusperte sich und sprach: »Einer von Euren Rittern in dieser Runde wurde ausnahmsweise gestern zur Totenfeier unseres geliebten Kaisers Friedrich Barbarossa zugelassen, auf ausdrücklichen Wunsch des Gesandten des Bohemund von Antiochia. Die wahren Hintergründe dieser Einladung kenne ich nicht. Ich weiß aber, dass dem Ritter von Grüningen untersagt wurde, jeglichen Kontakt zu Außenstehenden aufzunehmen.«

Er runzelte die Stirn und urteilte: »Das galt auch für den Kontakt zu dem besagten Gesandten. Wir hatten vorab deutlich eine Warnung ausgesprochen. Der dafür ausgesuchte Bürge sollte, das hatten wir doch sehr deutlich gemacht, betraft werden, oder, das dürfte Euch unmissverständlich bewusst sein, der Betroffene selbst zu Tode kommen.«

Er schaute in die schweigende Runde, die bei seinen letzten Worten erkennbar zusammengezuckt war, und brüllte: »Wir haben lange beraten, was geschehen soll, da der Ritter von Grüningen sich nicht an diese Absprache gehalten hat. Er redete mit dem Gesandten Bohemunds, hat sich ungeniert unterhalten. Dafür gibt es mehrere Zeugen. Unser Entschluss steht fest. Wenn nicht der angesprochene Bürge oder ein anderer seine linke Hand hergibt, wird die Todesstrafe hier und sofort vor Ort vollstreckt.«

Zwei weitere Wachsoldaten schleppten einen Baumstumpf in die Mitte der Personengruppe, Ritter von Saasheim zog sein Schwert aus der Scheide, um deutlich zu machen, dass er es in Person sein würde, der das Urteil vollstreckte.

Meine Beine schienen mir unter dem Körper wegzubrechen. Bilder meines Lebens liefen in abwechselnden Gedankenreihen durch meinen Kopf. Diese erbärmlichen Dreckschweine machten, was ihnen gefiel! Recht und Ordnung waren in diesem Kreuzfahrerheer nicht mehr gefragt.

Ihre unseligen, selbsternannten Führer setzten sich darüber gnadenlos hinweg.

Es sollte ein tief beeindruckendes Ereignis sein, welches ich in der Stadt Antiochia erleben durfte. Ich hatte vielleicht die Frau meines Lebens kennengelernt und würde mit den letzten Erinnerungen an dieses Weib zu Tode kommen.

Von jeweils zwei Händen auf jeder Seite jäh hochgerissen, führte man mich zum Schafott.

Als mein Kopf mit roher Gewalt auf den Hauklotz gedrückt wurde, schritt der Ritter von Saasheim als Vollstrecker nach vorn.

Ich hörte sein schweres Atmen über mir. Ich war bereit, mit meinem Leben abzuschließen. Selbst zum Gebet ließ man mir keine Zeit mehr. Der Gott, für den man angeblich kämpfte, war vergessen.

Ich versuchte, mich loszureißen. Doch die Griffe der Männer an meinen Armen, unerbittlich fest wie Stahlketten, zwangen mich immer weiter in die Knie. Meine Ohren rauschten. Ich war wie betäubt. In meiner grenzenlosen Wut hörte ich eine Stimme schreien: »Haltet sofort ein! Ich, Ritter Dietrich von Barnheim, erkläre mich bereit, für meinen Kameraden von Grüningen die linke Hand zu geben.«

Ich war zutiefst ergriffen und ich verstand sehr schnell. Hier gab einer dieser Menschen seine linke Hand für mein Leben.

Unfassbar. Ritter von Saasheim hielt sofort inne. »Was zum Teufel ist das hier?«, schrie er verblüfft in die Runde. »So etwas hab ich noch nie erlebt. Du meinst es ernst? Du gibst einen Teil für ihn, für diesen Verräter?« Er schien es nicht zu verstehen.

»Stellt ihn wieder an seinen Platz!« brüllte er seine Männer an.

Von Saasheim schien Zeit gewinnen zu wollen, weil er es nicht begriff.

Ich war unfähig, mich aufrechtzuhalten.

Nachdem sich Ritter von Saasheim wieder gesammelt hatte, rief er: »Bringt den Mann hierher. Er soll die linke Hand auf den

Klotz strecken und die Strafe an Stelle des Ritters von Grüningen entgegennehmen.« Widerwillig ließ sich mein Freund nach vorne schleppen. Mit einer Geste tiefster Verachtung streckte er die linke Hand aus. Sein Ohrläppchen hatten die Verbrecher ihm schon genommen. Und dann schlug Eberhard von Saasheim zu.

Etwas flog durch die Luft. In meiner Benommenheit konnte ich es nicht gleich erkennen. Nein, es war nicht die ganze Hand gewesen. Das hatte der Hundsfott dann doch nicht gewagt. Es war der kleine Finger der linken Hand, der vor uns auf dem Boden lag. Es lag ein grässlicher Aufschrei in der Luft. Von Schmerzen gepeinigt, sackte Ritter von Barnheim zu Boden. Wie ohnmächtig starrte ich auf den Finger am Boden. Ich stand auf ewig in seiner Schuld. Doch offensichtlich beeindruckt von der Tapferkeit und dem Großmut dieses Mannes hatte der Vollstrecker ihm nicht die ganze Hand abgeschlagen.

Es durfte keinen Moment der Dankbarkeit diesen Verbrechern gegenüber geben. Wer zum Teufel hatte ihnen das Recht gegeben, herausragende Edelleute und Ritter deutschen Geschlechts zu Krüppeln zu machen?

Ein Verbrechen, uns in Haft zu nehmen für den Entschluss, nach dem Tode unseres Kaisers das Kreuzfahrerheer zu verlassen.

Ich blickte voller Dankbarkeit auf meinen Ritterkameraden, der das mit zerknirschtem, schmerzverzerrtem Gesichtsausdruck quittierte. Hier wurde ein Bund der Freundschaft und der Treue fürs Leben geschlossen. Niemals würde ich vergessen, dass ein Freund bereit gewesen war, seine Hand für mein Leben zu lassen.

Wir schauten uns gegenseitig noch einmal tief in die Augen. Aus diesem Augenblick, so schien mir, würden alle Beteiligten frische Kraft schöpfen.

Es hatte einen Neuanfang gegeben, einen Neuanfang für die Geburtsstunde ewiger Rache. Nie würden wir diesen Moment der Schmach, des Ausgesetztseins vergessen. Alle Ritter spürten offenbar, es gab ab jetzt einen Bund auf ewig, der uns im Schmerz und damit auch im Gefühl der Rache vereinte.

Es würde der Tag kommen, an dem sowohl die Folterknechte, und Wachmänner als auch die ausführenden Ritter unsere Schwerter spüren würden. Alle, die uns so viel Leid zugefügt hatten, würden des Todes sein, egal an welchem Ort wir auf sie träfen.

Ich fühlte es tief in mir. Die Zeit der hängenden Schultern war vorbei. Wir waren ab jetzt bereit, aufrecht für unsere Rechte und um unser Überleben zu kämpfen.

Keine Frage, ich hatte neuen Mut geschöpft, in erster Linie daraus, weil uns ein so großes, nicht nachvollziehbares Unrecht widerfahren war.

Das Rasseln der Ketten begleitete mich, als ich wieder mit Flüchen und Schlägen in die Zelle geführt wurde.

Ich vermochte mich über die Ehrentat des von Barnheims gar nicht zu beruhigen. Hätte ich das auch für ihn getan?

Es berührte mich so ungemein, dass mir Tränen ungehemmt die Wangen hinunter rannen und heftiges Schluchzen meinen Körper schüttelte.

Ich könnte jetzt tot sein, durchzuckte es mich. Doch für Selbstmitleid gab es jetzt keinen Anlass.

Ich schwor mir, dass ich in ewiger Treue zu meinem Kumpan dieses Unrecht rächen und diese Wohltat für immer unvergessen bleiben würde. Ich würde versuchen, es tausendfach wieder gut zu machen.

Die Tage vergingen in immer gleichem, stoischem Rhythmus. Gewohnt schlecht schmeckende Mahlzeiten, Wachsoldaten, die sich nicht gesprächsbereit zeigten oder sich verächtlich abwandten.

Seelische Folter ohne die unzähligen körperlichen Übergriffe, durch Schlagen, Treten oder das Verweigern von Essen.

Doch die körperlichen Verletzungen waren die eine Seite. Es gab plötzlich Lichtblicke. In mir regte sich neuer Mut.

Sie wollten uns gefügig machen.

Man übersah dabei, dass ich und die anderen anscheinend auch, anfänglich immer gleichgültiger geworden waren, weil es ja schlimmer gar nicht kommen konnte.

Unsere Körper waren zwar zerschunden, übersät mit verkrusteten oder blutigen Wunden, doch in unseren Augen, so sah ich es deutlich, loderte plötzlich wieder ein Feuer, das Feuer der Rache und Entschlusskraft.

Als meine Männer draußen immer unruhiger zu werden schienen, besann man sich darauf, dass man zumindest unsere Befehlsgewalt als auch unsere Kampfbereitschaft irgendwann mal brauchen würde.

Das führte anscheinend dazu, dass sie mich in den Versammlungsraum schleppen ließen, um neue Verhaltensregeln auszurufen.

Eine offensichtliche Veränderung erkannte ich daran, dass mir am Versammlungsort zum ersten Mal nach langer Zeit die Ketten abgenommen wurden.

Das war der erste Augenblick nach Wochen, dass ich meine Ritter wiedersah. Torkelnd, mit schweren, schleppenden Schritten kamen wir wieder direkt nebeneinander zu stehen.

Ich sah in all diese jämmerlichen, gequälten, ja hageren Gesichter. Ich sah aber auch im Vergleich zum letzten Aufeinandertreffen, diese Glut in ihren Augen, die zurückgekehrt war. Für mich eine Hoffnung für die nahe Zukunft. Auch den Anflug eines kurzen Lächelns beim Wiedersehen meinte ich zu erkennen.

Es dauerte nicht lange, und Eberhard von Saasheim betrat den Raum. In seiner Begleitung befanden sich von Rüden und Clemens von Schlieben.

Von Saasheim sah uns der Reihe nach aufmerksam an und sagte: »Wir sind zu der Auffassung gelangt, dass es an der Zeit ist, zu einer Art Gewohnheit zurückzufinden. Ihr werdet Euch wieder frei bewegen können. Jedem von Euch wird ein Ritter zur Seite gestellt, der Euch nicht aus den Augen lässt. Es herrscht nach wie vor ein Redeverbot für Euch untereinander. Ausgenommen sind die zwingenden Kontakte zur Befehlsausgabe an Eure Männer und zu den Euch direkt untergeordneten Führungskräften. Jeder Versuch einer Rebellion wird im Keim erstickt werden. Er führt unabdingbar zu unmittelbaren Strafmaßnahmen. Das gilt nicht nur für den direkt Betroffenen, sondern für das ganze Rittergesindel.«

Er wurde von einem Hustenanfall geschüttelt, bekam ihn aber sehr schnell wieder unter Kontrolle.

»Was dem einen geschieht, soll auch dem anderen passieren. Wie eine Art Erbschuld, Ihr versteht, was ich meine. Die körperlichen Merkmale, die Ihr von uns zu Recht als Strafe erhieltet, werden Euch daran erinnern, dem Oberbefehlshaber des Kreuzzuges, Friedrich von Schwaben, zu dienen. Bisher waren es nur geringe Zeichen körperlicher Gewalt, die bei jedem gewöhnlichen Feldzug im Kampf anfallen können. Solltet Ihr Euch jedoch nicht an die Gehorsams- und Befehlsregularien halten, so garantiere ich, dass Verstümmelungen grausamster Art oder sogar der Tod die Folge sein werden.«

Er überzeugte durch seine finstere Miene und setzte noch einen drauf: »Damit Ihr die Dinge richtig versteht, seid Ihr in Zukunft wieder Teilnehmer der Lagebesprechungen, wobei eine Redeerlaubnis nur im Einzelfall gegeben ist. Diese muss vorher von uns verfügt werden.«

Er richtete seine Blicke auf jeden einzelnen von uns und hob drohend seinen rechten Zeigefinger, mit dem er in Reihenfolge auf uns zeigte.

»Noch eines«, ergänzte er. »Ihr werdet morgen gesammelt aus Richtung Antiochia, unter strengster Begleitung unserer Wachmänner, offiziell wieder zurückkommen. Ihr werdet verlautbaren lassen, dass Ihr zur Vorbereitung der Todeszeremonie bis heute als eine Vorhut in Antiochia wart, und zwar bis nach Abschluss aller Maßnahmen, die mit der Aufbewahrung der sterblichen Überreste des Kaisers Friedrich I. zu tun hatten. Ihr werdet in Eure Führungszelte zurückkehren, mit der Verpflichtung, dass neben Euren Zelten jeweils ein Zelt für die Unterbringung eines Wachhabenden bereitgehalten wird. Ihr werdet es Euren Gefolgsleuten als eine neue Regelung des Oberbefehlshabers Friedrich von Schwaben verkaufen. Sagt ihnen, dass dies zwingend für jedes bewaffnete Kontingent und Bannerheer vorgeschrieben ist. Damit Ihr unter Bewaffnung nicht auf dumme Ideen kommt, wird abwechselnd jeweils für eine Woche einer aus Eurer Ritterschaft als Geisel gefangen gehalten. Die Bequemlichkeit unserer Karren dürfte Euch hinlänglich bekannt sein. Die Reihenfolge dürft Ihr gnädigerweise untereinander abstimmen. Wir bereiten früh am Morgen mit Sonnenaufgang alles Notwendige vor, um den Abmarsch Richtung Tripolis und Akkon, unsere nächsten Ziele, zu garantieren. Ihr, meine Herren Ritter, werdet direkt aus Antiochia kommend, mit Sicherheit an der Heerstraße auf uns stoßen.«

Er nickte zur Bekräftigung des Gesagten und verließ, ohne Nachfragen zu dulden, den Raum.

Die Wächter begleiteten uns zurück zu den Zellen mit der Weisung, sich bereitzuhalten, noch in den ganz frühen Morgenstunden, bevor das Heerlager geweckt werden würde, die Rüstungen anzukleiden und auf die vorbereiteten Pferde zu steigen.

Wir waren über Nacht also wieder zu Rittern geworden. Ab jetzt lebten wir aber in ständiger Abhängigkeit und mit der verzehrenden Angst, die Geisel für unser Fehlverhalten sterben zu sehen. Wir wussten jetzt nur zu genau, zu welchen Schandtaten sie fähig waren.

Ich lag auf meinem Strohlager mit der festen Überzeugung, es nie wieder betreten zu müssen. Die Häscher um von Schwaben hatten es geschafft, die Unterbringung der Gefangenen so örtlich abzuschirmen, dass anscheinend keiner auf die Idee kommen war, dumme Fragen zu stellen. Das schien mir eine herausragende, verflucht gute Leistung gewesen zu sein.

Die Versuche, Schlaf zu finden, scheiterten kläglich.

Vor mir sah ich das Gesicht des Gesandten, der einmal als Ritter, dann wieder als schöne Frau meine Gedanken beherrschte.

Vor meinen Augen tanzte immer wieder der eine Moment.

Die Geste meines Gegenübers, das mit einem Huschen seiner Hand das Gesicht einer traumhaft schönen Frau freigab.

Der Augenblick, der meine Überraschung offenbarte, als ich immer mehr zur Gewissheit gelangte, dass die Person vor mir kein Mann, sondern eine begehrenswerte Frau war.

Ich versuchte immer noch, diese Geschehnisse zu begreifen, die damit verbundenen Folgen zu verstehen. Nie zuvor hatte ich solche Sehnsucht verspürt, einen Menschen wiederzusehen und in seiner Nähe zu sein.

Mein Herz brannte lichterloh. Eine bis dato nie gekannte Unruhe, eine drängende Rastlosigkeit, hatte von mir Besitz ergriffen.

Würde ich sie jemals noch einmal wiedersehen, die wunderschöne Sefura?

Kapitel XV

Der nächste Marschbefehl: Grafschaft Tripolis

Wie geplant trafen wir am Mittag des folgenden Tages auf der Heerstraße in vollem offiziellem Ornat auf die ersten Kämpfer des Kreuzfahrerheeres. Die Wachleute wichen uns nicht von der Seite. Ich schaffte es, in einem plötzlich aufkommenden Gedränge auf meinem Pferd näher an Dietrich heranzureiten.

Ich beobachtete sehr genau, wie die Reaktionen der Männer ausfielen. Da mir Dietrich am nächsten war, konzentrierte ich mich ausschließlich auf ihn. In seinen Augen meinte ich, so etwas wie Freude, gepaart mit ungläubigem Erstaunen, feststellen zu können. Das bestätigte sich auch in seiner Reaktion: »Es ist nicht zu glauben, dass solch eine Operation wie die Verhandlungen in Antiochia sich derartig lange hingezogen haben, mein Befehlshaber. Die Männer sind langsam unruhig geworden, Ihr könnt mir das glauben. Ich musste sie immer wieder besänftigen.« Ich nickte ihm verständnisvoll zu und schwieg. Es war nach wie vor Vorsicht geboten. Für mich war es erstaunlich, dass die Heeresführung es offensichtlich geschafft hatte, bei unseren Männern die Überzeugung wachsen zu lassen, wir seien wirklich als Vorhut in Antiochia gewesen. Das nicht nur, um die Einzelheiten der Verpflegung und Unterbringung des Heeres vorzubereiten, sondern insbesondere um mit dem Regenten von Antiochia und dessen Gefolge die Todeszeremonie des Kaisers zu begleiten.

Unsere gesamten Utensilien wie Befehlshaberzelte, Waffen, Ersatzzaumzeug für die Pferde fanden wir verpackt auf unseren Karren.

Ansonsten machten die Männer einen normalen, nicht eingeschüchterten Eindruck auf mich. Sie schienen wirklich von unserem Martyrium bisher nichts mitbekommen zu haben.

Ich entschloss mich, im Moment auf jede weitere Aufklärung zu verzichten. Ich schwor mir, kein Wort über die erlittene Inhaftierung und die Folter zu verlieren. Es war auch zu gefährlich, mein Schweigen zu brechen und damit das Leben meiner Männer aufs Spiel zu setzen. Nur ein äußerst planvolles, rücksichtsvolles Vorgehen war angebracht.

Wenn mein neuer Zielpunkt Akkon hieß, so mussten wir dorthin über die Grafschaft Tripolis marschieren. Sie gehörte ebenfalls zu einer der vier Outremer. Auch dieser nahm bewusst nicht am Kreuzzug teil. Sie waren gerade noch, wie auch das Fürstentum Antiochia, dank der Unterstützung durch die Flotten der oberitalienischen Stadtstaaten vor dem Zugriff Saladins auf dem Weg nach Jerusalem verschont geblieben. Eine kurz zuvor eingetroffene Flotte aus Sizilien war ebenfalls zu Hilfe geeilt.

Aufgrund der Tatsache, dass es die Söhne Bohemunds III. waren, die die politischen Geschicke dieser Grafschaft bestimmten, bestand wohl Einigkeit, sich ebenfalls aus dem dritten Kreuzzug herauszuhalten.

Da Bohemund den Durchzug des Kreuzfahrerheeres Barbarossas geduldet hatte, wähnte man sich auch bei der Grafschaft Tripolis nicht unter Feinden.

In den Anfängen der Grafschaft hatte Graf Raimund von Toulouse, einer der Anführer des ersten Kreuzzuges, nach der Belagerung auf dem Mons Peregrinus zur Kontrolle des Gebietes um Tripolis eine mächtige Burganlage als Hauptstützpunkt gebaut. Nach Raimunds Tod, kurz nach der Schlacht bei Hattin, war die Regierungsgewalt den Söhnen des Fürsten von Antiochia zugefallen.

Es würde noch Monate dauern, bis wir Akkon und damit andere Kreuzfahrerkontingente erreichten.

Plötzlich sah ich das Gesicht der wunderschönen Sefura, der geheimnisumwitterten Gesandten Bohemunds, vor mir. Ein Schreck durchfuhr meine Glieder, als der Gedanke hochkam, dass an sich mit Verlassen der Staatsgrenzen von Antiochia ihre Mission erfüllt war. Würde sie unter Umständen ihre weitere Begleitung bis nach Tripolis anbieten?

Ich versuchte, mich zu beruhigen. Es gab doch enge, verwandtschaftliche Beziehungen zu den Häusern des Fürstentums Antiochia und der Grafschaft Tripolis. Würden diese ausreichen, um Sefura weiterhin in das Kreuzfahrerheer einzubinden? Es wäre mein Herzenswunsch, sie endlich wiederzusehen, ganz unabhängig davon, dass ich mir eine Befreiung aus dieser anhaltenden, unrechtmäßigen Geiselhaft ausmalte.

Die Tage vergingen. Ich hatte mich sehr schnell wieder an den neuen Rhythmus gewöhnt:

Tagsüber gen Tripolis marschieren, abends in den Befehlshaberzelten Nachtquartier nehmen. Ich versuchte, mich dabei abzulenken, weil meine Erinnerungen immer wieder zu ihrem Gesicht wanderten. Ein beeindruckendes Gesicht, das meine Gedankenwelt immer mehr in Besitz genommen hatte.

Im Unterschied zu den Zeiten in der Gefangenschaft, als die Leichtigkeit einer selbstbestimmten Planung fehlte und der Kontakt zu den Kameraden völlig abgerissen war, hatte sich nur eine geringfügige Besserung eingestellt.

Ich konnte mich nur kurz mit den Befehlsempfängern austauschen, um darauf wieder schweigend den Tagesgeschäften nachzugehen.

Die angenehmen Plaudereien am abendlichen Lagerfeuer fielen aus. Der im Zelt nebenan untergebrachte Wachhabende achtete höllisch auf jede Kontaktaufnahme, ja, besaß sogar die Frechheit, sich dazu zu gesellen, wenn er meinte, Informationsbedarf haben zu müssen.

Obwohl man ständige Berührung zu diesem einen Wächter hatte, wurde jede persönliche Annäherung sofort verhindert. Die Heeresführung achtete peinlichst auf dieses Zusammenspiel zwischen Beobachtung und Berichterstattung. Hinzu kam die hinterhältige Idee, nach jeweils einer Woche den Mann auszutauschen. Der Versuch, sich diesem Wächter in irgendeiner Form zu nähern, wurde dadurch sofort sinnentleert. Eine nähere Bindung aufzubauen, kam nicht in Frage.

Da die Führung die angestrebte, unmittelbare abwechselnde Geiselhaft bei den Marschformationen gar nicht durchzuhalten vermochte, war man übereingekommen, einen der hierfür vorgesehenen Ritter zumindest in den Ruhezeiten einer engeren Kontrolle zu unterziehen. Das hieß, in den Ruhezeiten wurde das Befehlshaberzelt mit mindestens fünf Sonderbewachern umstellt, bis die Marschformation wieder aufgenommen worden war.

Den Leuten wurde eine plausible Erklärung geboten, als Heeresführung bedeutete, dies geschehe einzig und allein aus besonderen Sicherheitsgründen heraus, da man zwischenzeitlich erhebliche Spionagetätigkeiten im Kreuzfahrerheer festgestellt habe.

Je größer die Lüge, umso eher wurde sie geglaubt. Hinzu kam die Tatsache, dass nach der Beinahe- Auflösung des Heeres vor Antiochia es nunmehr wenig Zweck für mich hatte, in dieser unwirtlichen Gegend das Kreuzfahrerheer mit meinen Männern zu verlassen. Wir marschierten von Tag zu Tag, von Stunde zu Stunde immer mehr in das islamische Feindesland. Notwendige Befehle durfte ich nur an meinen Unterführer Dietrich weitergeben, der sie an meine Männer weiterreichte.

Für andere Gespräche mit Dietrich ließ man mir keine Zeit. Mir war klar, dass das auf ihn auch sehr seltsam wirken musste.

Die Lagebesprechungen liefen ab wie gewohnt, mit dem kleinen Unterschied, dass ich weniger als früher in diesem erlauchten Kreis zu Wort kam. Das galt auch für meine Kameraden. Für unangenehme Fragen in dieser Hinsicht fand man passende Antworten. Außenstehende bemühten sich erst gar nicht, Näheres zu erfahren, da man unmittelbare Nachfragen blockierte, so dass auch der Dümmste mitbekam, dass Aufklärung hierzu nicht erwünscht war. Als von Brühaven in gewohnter Manier einmal fragte: »Wie ist die Reihenfolge der marschierenden Bannerheere im Heeresgefüge geplant, wenn wir uns Akkon nähern?«, schmetterte von Saasheim es nur mit abfälliger Geste ab: »Ihr werdet es schon erkennen können, wenn sich die anderen formiert haben. Haltet Euch gefälligst daran.«

Weitere Ausführungen wurden gar nicht erst zur Kenntnis genommen oder bei Beginn schon abgewürgt, meistens mit den Worten: »Das dürfte bekannt sein oder macht Eure Augen auf, dann merkt Ihr es schon.«

Auch unsere Versuche, uns wie früher wieder mehr in die Gespräche und Entscheidungen einzubringen, wurden sofort unterbrochen. Es hieß dann: »Hättet Ihr aufgepasst, dann wüsstet Ihr es, Eure Meinung ist zurzeit nicht gefragt.«

Eines vermochte man jedoch nicht. Man konnte das Gefühl einer wachsenden Verunsicherung in der Heeresführung, was unsere Rittergruppierung anbetraf, nicht unterbinden. Die Angst, uns durch mehr Redefreiheit wieder mehr Einflussnahme zukommen zu lassen, war immer gegenwärtig und spürbar.

Dann kam der Tag, der schon so lange von mir herbeigesehnt worden war.

Bei der wöchentlichen Lagebesprechung erschien ein mir bereits bekannter Gast.

Der Gesandte des Fürstentums Antiochia.

Er sah sich in unserem Kreis um und richtete folgende Worte an den Oberbefehlshaber von Schwaben und seine führenden Ritter.

»Ich grüße Euch, meine edlen Herren, Herzog Friedrich von Schwaben, verehrte Fürsten, Markgrafen und Grafen, Bischöfe und Vertreter der gläubigen Christengemeinschaft. Ich darf Euch im Namen meines Regenten Bohemund herzlich grüßen. Ich richte auch die besten Wünsche seiner Söhne aus, den Grafen von Tripolis. Ich bin ebenfalls von den Regenten von Tripolis ausgewählt worden, Euch bei Eurem Marsch in den Herrschaftsbereich der Grafschaft Tripolis zu begleiten. Es soll weiterhin die unmittelbare Verbindung der Führungsebenen gewährleistet sein. Obwohl wir bekanntermaßen nicht an diesem Kreuzzug teilnehmen, wird Tripolis, wie es das Fürstentum Antiochia bereits vorbildlich getan hat, Euch und Eure Idee, so gut wir es eben können, unterstützen.«

Sie hob den Kopf, schaute jeden in der Runde mit den strahlenden Augen an und trat zurück in die Gesprächsrunde.

Friedrich von Schwaben seinerseits bedankte sich und erwiderte: »Ich bin angenehm überrascht, dass wir Euch, verehrter Herr Gesandter, edler Ritter, in unserem Kreis nochmals begrüßen dürfen. Unsere Zusammenarbeit war bis hierhin äußerst erfolgreich, und ich erhoffe mir, dass die zukünftige Kooperation genauso von Erfolgen gekrönt sein wird wie die vorherige. Ich richte im Namen aller hier Anwesenden die besten Grüße an Fürst Bohemund und seine gräflichen Söhne aus und heiße Euch in Person herzlich willkommen.«

Der schmale Ritter trat wieder vor, bedankte sich artig und unterhielt sich angeregt mit einem Bischof an seiner Seite.

Es galt jetzt für mich, keinen Fehler zu machen. Ich musste mit gebotener Zurückhaltung vorgehen. Dabei war ich einzig und allein auf Initiativen von Seiten der Gesandten angewiesen. Ich hasste Abhängigkeiten. Doch ich musste mich zusammenreißen.

Ich versuchte, so unauffällig wie möglich, das Verhalten der Gesandten im Auge zu behalten. Solange, bis sich unter Umständen ein Kontakt ergab. Das müsste sich auf Augen und Körpersprache beschränken. Fehler in der Anfangsphase unserer Verbindung könnten in unserer Situation tödlich sein. Niemand durfte in dieser Umgebung mitbekommen, dass es etwas Besonderes zwischen uns gab. Ich durfte unsere beginnende, heimliche Beziehung keineswegs gefährden. Ich war drauf und dran, mich zu verraten durch meine Gesten und die Art meines Umgangs mit dieser Person. Das war mir klar.

Das Warten wurde mir zur Qual. Endlich hob sie ihren Kopf. Ihre Augen suchten in der Runde, bis sie mich entdeckt hatten. Sie hob leicht ihre Augenbrauen, und mit ihrem Lächeln leuchteten ihre Augen. Ein Glanz, der mich mitten ins Herz traf.

Begann ich zu fantasieren? Ich musste mich beruhigen. Was machte mich so sicher, dass sie auch Gefühle für mich hegte? Ihr Interesse konnte unter Umständen politischer oder noch anderer Natur sein.

Eine nie gekannte Unruhe ergriff mich. Am liebsten wäre ich weggerannt.

Doch dann bemerkte ich, wie sie sich zielgerichtet den Weg zu mir bahnte. Ja, es war tatsächlich ich, den sie suchte.

Sie sah mich mitfühlend und aufrichtig an und fragte offenkundig besorgt im Flüsterton: »Edler Ritter von Grüningen, ich bin hocherfreut, Euch hier wiederzusehen. Ich war das letzte Mal sehr besorgt um Eure Gesundheit. Wie ist jetzt Euer Befinden?« Ich schaute mich vorsichtig in der Runde um. Es war eindeutig, dass uns viele Blicke verfolgten und jede Bemerkung, ja jede Körperhaltung wahrnahmen.

Ich sah sie mit gebotener Zurückhaltung an, obwohl nur sie das Strahlen in meinen Augen bemerken musste, und sprach: »Ich danke Euch für das Interesse an meiner Person, edler Ritter, Gesandter des Fürstentums Antiochia und wie ich gehört habe, Interessenvertreter der Grafschaft Tripolis. Es geht mir etwas besser. Aber beileibe nicht so gut wie beim ersten Empfang.«

Ich musste meine Worte sehr sorgsam wählen. Doch ich spürte, dass mein Gegenüber genau wusste, was ich meinte. Sie nickte verständnisvoll und schenkte mir ein wunderschönes Lächeln.

Aber auch sie schien zu spüren, mit welcher enormen Neugier die Umstehenden unser Gespräch verfolgten. Zu meiner vollkommenen Überraschung sagte sie an die Runde gerichtet: »Unser gegenseitiges Interesse ist rein familiärer Natur. Unsere Geschlechter, so haben wir bei unserem letzten Gespräch recherchieren können, weisen verwandtschaftliche Bindungen auf.«

Ich war völlig verblüfft von dieser Aussage, weil sie mich verunsicherte. Befasste sie sich wirklich mit mir, oder waren es andere Gründe, die nur zufällig mit meiner Person zu tun hatten? Das Erstaunen und das eintretende Unbehagen blieben bei ihr nicht unbemerkt. Ich erkannte, wie die Traurigkeit in ihren Augen zurückkam, die mir damals aufgefallen war, als sie meinen schlechten körperlichen und seelischen Zustand wahrgenommen hatte.

Ich fühlte mich in meine Kindheit zurückversetzt, als ich für meine Verletzlichkeit den Schutz und die Liebe einer treusorgenden Mutter suchte. War an ihrer Aussage irgendetwas dran, oder war es der Versuch, unsere Kontaktaufnahme zu normalisieren, sie erst gar nicht in die Nähe von politischen oder umstürzlerischen Motiven zu rücken?

»Gibt es da wissenswerte Hintergründe?«, fragte ein Bischoff in ihrer direkten Nähe und ein anderer war ebenfalls dabei, eine Frage zu formulieren. Sie begegnete den interessierten Fragern in ihrer engeren Umgebung mit den Worten: »Es würde einfach zu weit in die Vergangenheit führen, wenn man versuchen würde, sie hier näher aufzuschlüsseln. Ich nehme an, meine Herren, es gibt etwas Wichtigeres zu besprechen als solche familiären Verbindungen.«

War da was dran oder war es der wunderbare Versuch, von uns abzulenken?

Sah sie immer noch die Verlorenheit und die Zweifel in meinem Blick? Sie schaute mich unentwegt mit ihren großen schwarzen Augen an und ich hatte das Gefühl, dass sie versuchte, mir Vertrauen einzuflößen, mir die Gewissheit zu vermitteln, ich könne mich auf sie verlassen, ganz egal, was sie gerade auch immer tat. Sie lächelte etwas verunsichert und gab mir durch ihre Körperhaltung zu verstehen, dass ich mich auf sie verlassen solle. Es war zum Verzweifeln, dass wir keine Gelegenheit hatten, uns auszusprechen. Dieser Moment war vorerst verpasst. Zu viele neugierige Augen verfolgten unser weiteres Verhalten.

Sie flüsterte mir Abschiedsgrüße ins Ohr und verließ mit ihren Gefolgsleuten den Versammlungsraum.

»Ein Männlein als Ritter«, äffte von Rüden ihr nach, »körperlich nicht sehr robust aber eine Person mit klarem Verstand und höchstem Verhandlungsgeschick.«

Das waren gleichzeitig die Schlussworte in der Gesprächsrunde und von Schwaben gab das Zeichen zum Aufbruch.

Als ich auf meiner Schlafstätte lag, fand ich keine Ruhe.

Eine Art Wüstenwind rüttelte an den Zeltstangen. So unruhig, wie es draußen zu sein schien, so zerfahren war mein Gemütszustand.

Ich vermochte es nicht zu glauben, dass ein Mensch in so einer kurzen Zeit so eine wichtige Bedeutung für mein Leben gewinnen konnte.

Meine Gefühle waren durcheinandergeraten. Selbst die Lagerhuren interessierten mich nicht mehr.

Besonders hart traf mich die Tatsache, dass ich niemanden an meiner Seite hatte, mit dem ich reden konnte, dem ich meine Gefühle mitzuteilen vermochte.

Meine vertrauenswürdigen Kameraden standen nicht zur Verfügung. Nicht ein Mensch weit und breit, der mir sein Ohr lieh.

Ich litt unter dieser verfluchten Einsamkeit.

Der Mensch, den ich so sehr an meiner Seite wünschte, war nicht greifbar. Es wäre verdammt noch mal an der Zeit zu erfahren, ob es ihr so ging wie mir. Ob sie sich zu mir hingezogen fühlte, gleiche Gefühle hegte wie ich.

Ich bemerkte mit Schaudern, ich litt unter Liebeskummer, unter der Sehnsucht nach der Frau, die mir in kürzester Zeit den Kopf verdreht hatte.

Ich wälzte mich bis in die Morgenstunden auf meinem Lager hin und her.

Der Hörnerschall, der Weckruf für das Kreuzfahrerheer, traf mich wie ein Keulenschlag.

In Kürze waren alle Ritter wieder in Formation, saßen in Kampfausrüstung auf ihren Pferden.

Bis auf kleine Scharmützel mit angriffslustigen Nomadenvölkern, blieben uns größere Schlachten erspart. Das konnte vielleicht auch daran liegen, dass sich ein Teil der bereits gelandeten Kreuzfahrer anderer Nationen vor Akkon befand.

Die Tage verliefen im immer gleichen Rhythmus: schlafen, Zelte ab- und aufbauen, Nahrung zu sich nehmen, Lagebesprechungen abhalten. So ging es über weitere drei Wochen Richtung Tripolis.

Wenn nichts Bedeutendes dazwischenkam, sollten wir im Oktober in Akkon sein.

Als wir uns den Wehranlagen von Tripolis näherten, sollte vorbereitend eine weitere Versammlung auf Führungsebene stattfinden.

Im letzten Schein der glutrot untergehenden Sonne standen wir an einem schnell errichteten Versammlungsplatz schweigend zusammen und schauten andächtig auf dieses immer von Neuem ergreifende Naturereignis.

Als die Kühle des Abends emporzog, züngelten die Flammen von drei Lagerfeuern hoch und warfen abwechselnd Licht und Schatten auf die hageren Gesichter der Kreuzfahrer.

Im Hintergrund sah man schon die Wehrtürme der Grafschaft Tripolis.

Es war ein imposantes Bild, was sich mir hier bot. Ich sog es mit all meinen Sinnen ein.

Ich kniff mich in den Oberarm, um zu prüfen, ob ich wirklich noch lebte.

Dort vorne an einem der Feuer hatte sich die schmale Gesandte der Grafschaft Tripolis mit ihren Gefolgsleuten postiert.

Sie hatte uns lange nicht die Ehre gegeben, und wir waren sehr gespannt, was sie uns zu berichten hatte.

Fröstelnd begann sie:

»Edle Ritter, Bischöfe und Teilnehmer des Dritten Kreuzzuges. Heute bin ich gekommen, um einen Kreuzfahrer vorzustellen, der sich bis hierhin durchschlagen konnte. Bis vor kurzem gehörte er noch zum Belagerungskreis von Akkon. Er bittet inständig darum, von Euch angehört zu werden.«

Ein Mann mittleren Alters in zerrissener Kampfausrüstung und mit zerschundenem Gesicht trat hervor und begann zögernd:

»Seid gegrüßt Kreuzfahrer. Ihr werdet dringend in Akkon erwartet. Als es uns gelang, einen Ring um Akkon zu legen, schaffte es Saladin kurze Zeit später, uns seinerseits zu umzingeln. Die Versorgung der Stadt erfolgt einzig und allein über den Seeweg, momentan die einzige Verbindung zur Außenwelt. Ein Ort der Qualen und Entbehrungen.«

Er blickte mit niedergeschlagenen, getriebenen Blicken in die Runde und fuhr außer Atem fort: »Im letzten Winter haben wir wie üblich die Waffen ruhen lassen. Es war eine verdammt harte Zeit, die Lebensmittel gingen zur Neige. Waffen und andere Güter kamen nicht mehr an. Die hygienischen Verhältnisse wurden Tag für Tag schlechter. Selbst Wasser wurde knapp. Krankheiten und Seuchen brachen aus.« Er schüttelte sich, als würde ihn die Erinnerung übermannen.

Aus einem Weinkrug, der ihm aus der Menge gereicht wurde, nahm er hastig einige Züge und erzählte weiter: »Als es im März endlich gelang, Waffen und Lebensmittel per Schiff anzulanden, ging es aufwärts. Das Gefecht der Kreuzfahrerflotte gegen Saladins Leute lief erfolgreicher.

Den Winter hatten wir sehr sinnvoll genutzt. Drei riesige Belagerungstürme aus Holz bauten wir, jeden mit fünf Stockwerken. Das griechische Feuer, von allen, sowohl von Arabern als auch von uns, gefürchtet, sollte ihnen nichts anhaben können. Sie mischen es aus am Erdboden befindlichem Öl, aus Asphalt oder auch Baumharz, Schwefel und gebranntem Kalk oder auch Salpeter. Wir hatten zum Schutz mit Essig getränkte Felle angebracht. Auf der unteren Ebene des Turmes befanden sich Wurfmaschinen und Mauerbrecher. Die anderen Etagen waren für Kämpfer vorgesehen. Dort, wo die Belagerungstürme an die Mauer sollten, hatten wir die Gräben mit Material aufgefüllt.«

Er atmete heftig durch und berichtete stolz weiter:

»Neun ganze Monate haben wir an diesen Gerätschaften gebaut. Anfang Mai sollten sie endlich eingesetzt werden. Die Gegner schütteten scheinbar stark entflammbare Stoffe über die Stadtmauer, nichts passierte. Die Türme hielten stand. Ich sah, wie unsere Kämpfer übermütig und hocherfreut auf den oberen Stockwerken auf ihren Einsatz warteten.«

Der Kämpfer stockte, Tränen schossen ihm in die Augen, als er fortfuhr: »Doch es war eine verfluchte List. Diese Hurensöhne. Als sie sich auf die Türme mit unwirksamem Material, mit einem Wassergemisch, endlich eingeschossen hatten, versicherte sich der Feuerschütze, dass sich die Behälter nun mit dem richtigen, entflammbaren Zeug über die Türme ergossen hatten, und schleuderte dann, einen Behälter herüber, dessen Flüssigkeit er zuvor angezündet hatte.«

Der Kreuzfahrer geriet wieder ins Stocken und hustete. Nach einer kurzen Pause riss er sich erneut zusammen und rief:

»Es war verheerend. Die Gegner schleuderten Behälter um Behälter. Der Turm begann sofort zu brennen. Das Brüllen der Kämpfer höre ich jetzt noch. Keiner konnte sich mehr retten. Alles ging in Flammen auf. Auch die anderen Türme wurden auf diese Weise zerstört. Es war, als hätten wir eine Schlacht für immer verloren. Neun Monate harte Arbeit auf einen Schlag vernichtet.«

Der Redner sah auf betretene Gesichter in der Runde und fuhr fort: »Doch auch die Unterversorgung mit Gütern blieb. Hunger und Seuchen mit den abscheulichsten Folgen waren an der Tagesordnung. Das Schlimmste, wir mussten unsere Pferde, das beste Kriegsgerät, essen, um zu überleben. Die da drüben schleppten christliche Sklaven, für sie alles unnütze Esser, auf die Stadtmauern und warfen sie herunter. Saladin unternahm dann einen schweren Entlastungsangriff auf unser Kreuzfahrerlager. Der Kampf dauerte acht Tage, dann musste er sich zurückziehen.«

Mit einem Hemdsärmel fuhr er sich durch das Gesicht, um den Schweiß und die Tränen aus seinen Augen zu wischen. Dann erhob er seine Stimme und berichtete weiter: »Die Verhältnisse in unserem Lager wurden immer schlimmer. Einigen Anführern wurde Feigheit nachgesagt, und Meutereien brachen los. Die Disziplin im Lager war dahin. Im Juli kam es dazu, dass ein bewaffneter Haufen von Tausenden Kreuzfahrern ohne jede Führung, nur der eigenen Wut gehorchend und dem Hass auf den Feind ausgeliefert, Saladins Lager plünderte und verwüstete. Saladins Truppen gelang es, sie in kürzester Zeit zusammenzuschlagen. Im Sommer sind dann endlich Verstärkungen aus dem französischen und burgundischen Hochadel eingetroffen. Gute Kämpfer, sag ich Euch. Es wird höchste Zeit, dass Ihr bald zu uns stoßt. Es muss erfolgreich weitergehen.«

Ich war nach diesem Bericht zutiefst betroffen, ja außer mir vor Wut. Was hatten die Schweine mit unseren Männern gemacht? Abgefackelt, gnadenlos verbrannt!

Die Kreuzfahrer um mich herum richteten ihre Blicke betreten zu Boden. Wir hatten hautnah von einem Zeugen erfahren, wie angespannt sich die Situation in den vordersten Reihen vor Ort darstellte.

Während der ausführlichen Rede, der alle sehr konzentriert und angestrengt zugehört hatten, versuchte ich, immer näher an Sefura heranzukommen.

Unbemerkt von anderen, so meinte ich, gelang es mir, direkt hinter dem schmalen Ritter zum Stehen zu kommen. Ich verfiel dem Eindruck, dass ihre Leute um sie herum in unsere besondere Beziehung eingeweiht waren. Es durchfuhr mich ein höllisches Glücksgefühl, als ich durch mein Kettenhemd den zierlichen Körper dieser schönen Frau spürte. Sie drehte sich kurz um, als sie die Berührung hinter sich wahrnahm, sah mich mit ihren dunklen, glänzenden Augen an und das schönste Lächeln der Welt traf mich wie ein Sonnenstrahl. Ich flüsterte ihr zärtlich ins Ohr: »Mein edler Ritter, ich freue mich ungemein, Euch nach so einer langen Zeit wieder unter uns zu sehen.« Auch mein Gesicht musste einen strahlenden Eindruck hinterlassen haben, dass sie sich leicht streckte, so dass ihre Schultern meinen Brustkorb berührten. Ich spürte ihren rasenden Pulsschlag und nahm es als eine Art wachsende Zuneigung glückselig zur Kenntnis.

Bevor sie sich wieder dem Geschehen zuwandte, flüsterte sie: »Mein edler Ritter, Euer Anblick hat mir gefehlt, ich spüre, dass uns innerlich etwas ganz Besonderes verbindet.«

Mit diesen Worten, die mir ausgesprochen guttaten, machte sie einige Schritte in die Menge hinein, und ihr Interesse kehrte wieder zu den Ausführungen des Kreuzfahrers aus Akkon zurück.

Auch ich bewegte mich vorsichtshalber hin zu meinem Ausgangspunkt, um mich wieder unter die vielen Zuhörer zu mischen, einem Konglomerat von rot-weißen Gewändern und Kettenhemden. Im Grunde genommen war es mir in diesem Moment egal, ob das einer mitbekommen hatte oder nicht.

Der kurze Moment des Körperkontaktes erfüllte mich mit tiefer Zufriedenheit. Die kleinen Annäherungen und leichten Berührungen hatten mein Herz erreicht. Es fühlte sich richtig gut an und gab mir meine seelische Kraft zurück.

Unser Kreuzfahrerheer verblieb noch einige Wochen an den Stadtmauern von Tripolis, bevor wir gestärkt den restlichen Weg nach Akkon antraten, diese heißumkämpfte Hafenstadt am Mittelmeer.

Voller ungezügelter Sehnsucht wartete ich Tag für Tag auf ein Zeichen von Sefura.

Für ein weiteres Zusammentreffen mit der Gesandten hatte es zu meiner Bestürzung keine Gelegenheit mehr gegeben.

Würde sie uns weiter begleiten können, oder blieb sie endgültig zurück? Denn Ihre Machtbefugnisse als Gesandte der Kreuzfahrerstaaten Antiochia und Tripolis endeten an der Grenze zu Akkon.

Es blieb nicht mehr viel Zeit für mich, solchen Gedanken nachzuhängen, denn der Aufbruch des Kreuzfahrerheeres nahm meine ganze Aufmerksamkeit als Ritter in Anspruch.

Dort vor den Toren von Akkon wurden wir dringend gebraucht.

Das Verhältnis zu unseren Häschern hatte sich ein wenig normalisiert. Solange wir im Rhythmus der Heeresabläufe mitliefen, waren wir geduldet, denn man brauchte jetzt unsere militärische Aufmerksamkeit und die Schlagkraft unserer Krieger umso mehr.

Das Redeverbot bestand fort und wurde peinlichst genau kontrolliert. Abwechselnd, wie gewohnt, marschierten die besonderen Bewacher auf, die das Kommandozelt desjenigen umstellten, der als aktuelle Geisel vorgesehen war. Auch eine Annäherung zu den persönlich zugeteilten Wachleuten war nicht möglich, ja sogar nahezu ausgeschlossen.

Die gesamte Situation erfüllte mich nach wie vor mit großem Unbehagen. Es blieben Verbrechen, Folterung und Nötigung. Die Rachegelüste waren nicht erloschen. Im Gegenteil - durch diesen hinterhältigen Umgang mit unserer Gruppierung wuchs der Hass auf die Häscher des Friedrich von Schwaben.

Kapitel XVI

Akkon, ein Bollwerk gegen die Christenheit

Akkon, - wehrhafter als jemals zuvor-, zeigte sich diese Stadt mit neuen Gräben, Wällen, Türmen und Bastionen. Eine Garnison mit kampferprobten Männern, von Saladin behütet und gestützt.

Die Hafenstadt lag auf einer dreieckigen Landzunge, die sich rund tausend Schritte ins Meer erstreckte. Zur Landseite hin war sie durch eine starke Mauer mit Türmen abgeschlossen. Der Hafen selbst war von einer in West-Ost-Richtung laufenden Mole geschützt, deren Kopf, nämlich ein Felsen im Wasser, den Turm der Fliegen trug. Da die Hafenbucht wegen der zahlreichen Klippen schwer zu befahren war, waren früher zur heidnischen Zeit Opfer nötig gewesen, um die Götter wohlwollend zu stimmen. Wo sich Opfer befanden, floss Blut in Strömen und wo Kadaver in der Sonne faulten, gab es Wolken von Fliegen. Heute bot der Turm ein starkes Festungswerk, das den Hafen seeseitig absicherte.

Als unser Kreuzfahrerheer im Herbst endlich unter der Führung von Friedrich von Schwaben eintraf, waren wir nur noch ein sehr kläglicher Haufen. Auch uns hatten auf dem letzten Stück Weges hierhin die Hitze, fehlende Wasservorräte, demzufolge Krankheiten und Seuchen schwer zu schaffen gemacht. Als wir mit unseren Männern in das Lager einritten, sah ich in erwartungsfrohe Gesichter, die aber genauso verhärmt und hager aussahen wie die unsrigen. Keinen Deut besser. Je mehr die Bewohner Akkons von unseren Männern, von ihren Waffen und der heruntergekommenen Ausrüstung mitbekamen, desto finsterer wurden ihre Mienen. Sie hatten Anderes erwartet. Gute, ausgeruhte Krieger, die mit Kampfmoral und waffentechnischer Verstärkung frischen

Wind in Ihre Reihen gebracht hätten. Sie bemühten sich, ihre Enttäuschung darüber zu verbergen. Doch Willkommensfreude sah wirklich anders aus. »Stellt Eure Zelte auf und seid gegrüßt. Willkommen am Ende einer verfluchten Welt«, schallte es aus einigen zerknirschten Kehlen.

Dietrich kam mit eiligen Schritten auf mich zu. »Ich versuche, auf den weiten verdorrten Flächen dort«, er zeigte mit seinem Finger auf die Ebene, »genug Platz für die Zelte zu finden.« Ich besänftigte ihn und wies auf die gerade herankommenden Karren mit den Ausrüstungsteilen »Lass dir von diesem verwilderten Landstrich nicht die Laune verderben, Dietrich. Ich reite zu den Wagen herüber und dirigiere sie in die von dir markierten, vorgegebenen Regionen.«

Als wir dabei waren, die Aufbauarbeiten aufzunehmen, kamen immer mehr von den ortsansässigen Kreuzfahrern zu uns herüber, die bereits seit Monaten im Belagerungsring gelebt hatten. Mit der Ankunft und dem Bau des neuen Feldlagers war meine tägliche Bewachung lockerer geworden. Sie brauchten die Leute wohl jetzt woanders dringender.

Ich erinnerte mich beim Anblick des Lagers sofort an die militärischen Regeln, die ich seit Beginn der Kreuzfahrergeschichte gelernt hatte.

Ein Kreuzritter aus Burgund hatte sich mir neugierig genähert und wartete nur darauf, mir seine Erfahrungen vor Ort mitzuteilen. Ich hatte den Eindruck, dass er hocherfreut war, einem Fremden gegenüber von seinen Erlebnissen zu berichten.

»Die Muslime sind unbestritten Meister im Bauen von Burgen und Festungsanlagen. Auch die meisten ihrer Städte sind ja befestigt«, begann er.

»Anfänglich, als sie bei ihren Waffengängen bemerkten, dass unsere abendländischen Heere in offener Feldschlacht überlegen waren, zogen sie sich immer wieder hinter ihre Festungen zurück.

Er schien freudig zu schmunzeln, als er bemerkte, wie interessiert ich ihm zuhörte.

»Dann begann das Spielchen wie hier in Akkon. Man muss bereit sein, sich auf eine lange Belagerung einzulassen, mein edler Ritter. Im Laufe der Zeit haben wir bei dieser militärischen Option zahlreiche Strategien und Taktiken kennengelernt, um so eine Festung einzunehmen. Als erstes mussten wir Akkon umzingeln, um es von der Außenwelt abzuschneiden. Die umliegenden Dörfer und Ansiedlungen wurden von uns niedergebrannt.« »Erzählt weiter, wie es Euch hier ergangen ist«, stachelte ich ihn an.

»Wenn es nicht gelingt, mit dem Großeinsatz von Sturmleitern die Mauern zu überrennen, dann kommt es eben wie hier vor Akkon zu einer längeren Belagerung.« Er zuckte freudlos mit den Achseln. »Das ist der Augenblick, wo auch hier Kriegsgeräte wie Prätaria oder Katapulte zum Einsatz kommen. Damit werden Breschen in die Mauern geschlagen.«

Ich kannte das zwar, aber ich wollte ihm die Freude, sich zu unterhalten, nicht nehmen.

Er drehte sich um und bemerkte, dass ihn zwischenzeitlich eine ganze Schar von Neuankömmlingen umringt hatte.

»Zu den speziellen Grausamkeiten hier bei uns vor Akkon gehört es, abgeschlagene Köpfe von Getöteten über die Mauern zurückzuwerfen, um die Verteidiger zu demoralisieren. Auch das Verschießen von Tierkadavern gilt hier vor Akkon als eine gängige Methode, um Seuchen zu verursachen. Brandgeschosse zum Ausräuchern gehören ebenfalls zu den Besonderheiten unserer Belagerung.« Er grinste dazu, als hätte er sich längst an solche besonderen Grausamkeiten gewöhnt.

»Außerdem muss man stets darauf achten, dass die eigenen Waffen nicht durch Ausbrüche des Gegners zerstört werden.«

Einer meiner Männer trat vor und erzählte von seinen langjährigen Kampferfahrungen.

»Das Wichtigste ist es, in die Mauern Breschen zu schlagen. Dafür nutzt man zumindest bei uns, im Schutze fahrbarer Holzdächer, den Katzen, schwere Gerätschaften, womit man die Mauern unterminiert, um sie zum Einsturz zu bringen, oder man treibt Stollen, um in das Innere der Festungsanlagen zu gelangen. Oft erlebte ich, dass auch der Gegner Tunnel anlegte, wenn dies bemerkt worden war, um von deren Seite aus, die Kämpfer zu erschlagen. Um Tore oder Mauern zu brechen, kennen wir auch Ramm- oder Sturmböcke. Sie werden meist an Tauen befestigt und im Schutze der Katze an die Mauern geschwungen.«

»Das ist hier nicht anders«, meldete sich unser alter Kreuzfahrer von Akkon wieder. »Unsere Spezialität, die wir hier neu zum Einsatz bringen wollen, ist das Abfeuern von Bögen und Armbrüsten, geschützt hinter beweglichen, riesigen Holzschilden, den Pavesen. Es hat sich, sag ich Euch, auch eine Riesenarmbrust entwickelt, mit der wir speer- artige Bolzen und Steinkugeln auf die Krieger in den Wehrgängen abzufeuern vermögen, eine Waffe, die wir den nicht deutschen Einheiten des Heeres verdanken.«

Er schaute sich um und genoss es sichtlich, dass die Zuhörerschaft um ihn herum immer größer geworden war.

»Trotz all dieser verschiedenartigen Kriegsgeräte bleibt es an uns, die Festung mit Sturmleitern einzunehmen, die der Feind oftmals mit Stangen wegstößt oder sonstwie zum Umkippen bringt. Da ist die Unterstützung von Belagerungstürmen unerlässlich. Mit diesem fahrbaren Holzturm, mit nassen Fellen und Leder umspannt, fahren wir an die Festungsmauer über Gräben, die wir meist in der Nacht zuvor zugeschüttet haben. Mit Hilfe von Fallbrücken und Leitern gelangt man dann auf die Mauerkrone. Das ist kriegsentscheidendes, schweres Gerät, von den Besetzten gefürchtet, das sie im Grunde nur mit gezieltem Feuer verteidigen können. Was glaubt ihr denn, was wir in den letzten Monaten davon verloren haben, vernichtet in den Flammen der griechischen Feuer.

Ich kenne niemanden, ob Ritter oder Soldaten des Fußvolks, der wirklich Freude an Belagerungen findet.«

Mit diesen Worten wandte er sich ab und ging gemächlichen Schrittes auf sein altes Feldlager zu, wo er bereits über Monate ausgeharrt hatte.

»Das haben wir schon alles mitbekommen«, brummten die Männer in meiner Nähe, die ihre Aufbauarbeiten teilweise unterbrochen hatten, um dem Kreuzritter zuzuhören, und schlurften zurück an ihre Arbeit.

Ich war froh, als ich Stunden später mein gewohntes Befehlshaberzelt endlich beziehen konnte.

Der ersten Lagebesprechung vor Ort, gleich nach Aufbau unserer Zeltstadt, ging höchste, fast unerträgliche, Anspannung voraus.

Gab es die Gesandte noch? War sie zwischenzeitlich im Kampf gefallen? Oder war sie von Bohemund und seinen Söhnen zurückbeordert worden? Das waren für mich drängende Fragen, die meine Gedanken schon lange beherrscht hatten und mich tief unglücklich zurückließen.

Was wäre, wenn ich diese Frau schon verloren hätte, bevor ich ihr meine Liebe gestehen, ja, meine Gefühle für sie zeigen konnte? Ich fühlte mich bedrückt und innerlich aufgewühlt wie nie zuvor.

Jeder Nachricht im Heereslager begegnete ich mit Argwohn und unglaublicher Verletzlichkeit. So hatte ich mir in der Nähe von Friedrichs Oberbefehlshaberzelt eine Stelle gemerkt, die die Boten passieren mussten, bevor sie offiziell vorsprachen. Ich hatte es dank meiner Freundlichkeit geschafft, Kontakt zu zwei Boten aufzubauen, die ich früh am Morgen abfing, mit den einfachen, aber immer gleichen, drängenden Worten: »Bitte Männer, gibt es irgendetwas Neues, was ich unbedingt wissen müsste?« Sie winkten meistens schon von weitem auf ihren Pferden mit einem Lächeln, wenn sie mich sahen.

Die Ritter, die Befehlshaber unserer Bannerheere, die in dem neuen Führungszelt zusammengekommen waren, standen wie gewohnt in einem Halbrund. Friedrich von Schwaben trat vor, um mit Worten noch einmal deutlich zu machen, wer der Oberbefehlshaber dieser Streitmacht war.

Er blickte jedem der Anwesenden ins Gesicht und sprach mit eindringlicher Stimme: »Zuerst möchte ich mich bei allen hier im neuen Kreuzfahrerlager für den Mut und die Entschlossenheit nach Verlust des geliebten Kaisers bedanken, mir bis hierher gefolgt zu sein. Wir haben uns bis nach Akkon durchgekämpft. Haben gute Männer in Schlachten und durch Krankheiten verloren, sind gezeichnet durch Entkräftung und Seuchen. Doch nun sind wir hier im Gelobten Land. Sind an der Seite Gottes im Kampf gegen die Ungläubigen, sind wild entschlossen, den Gläubigen den Zutritt zu den ehrwürdigen Gedenkstätten der Christenheit wieder zu gewähren, sie zurückzuerobern und sie in Zukunft sorgsam zu beschützen.«

Er hob beschwörend beide Hände und rief aus: »Ich stehe hier für Manneskraft und Entschlossenheit. Viele, die bereits gescheitert sind, werden mit Ehrfurcht auf uns blicken. Denn wir werden es sein, die unter meiner Führung nach langer Zeit diese Hafenstadt auf ewig zurückgewinnen werden.«

Die große Ritterrunde zeigte sich ergriffen und klopfte zum Zeichen der Zustimmung auf ihre Kettenhemden.

Ein Gebrüll schallte Friedrich entgegen, und es verbreitete sich von Mund zu Mund. Ein unbändiger, zügelloser Aufschrei, gemischt mit Wut, Verzweiflung und Siegeswillen.

Als die Rede durch ein Handzeichen beendet wurde und alle in das Lager zurücktrotteten, zuckte ich zusammen. Wo war sie? Ich hatte sie nicht gesehen, die Gesandte meines Herzens, die Frau, die meine Gedanken beherrschte.

Würde sie für immer verschwunden bleiben?

Eine unendliche Traurigkeit überfiel mich. Ich fühlte mich wie ein geprügelter Hund, verweigerte Essen und Aufmerksamkeit.

Wie eine schleichende Krankheit hatte es mich befallen. Eine ungeheure Sehnsucht, die mich endgültig ergriffen hatte.

Ich wusste nichts mehr mit mir anzufangen.

Ich lag abends unendlich traurig auf meiner Lagerstatt, als ich von meinem persönlichen Wachsoldaten, einem Mann meiner gnadenlosen Häscher, angesprochen wurde:

»Ritter von Grüningen, Ihr werdet vom Oberbefehlshaber aufgefordert, mir unmittelbar in sein Zelt zu folgen.«

Ich legte meine leichte Lagerkleidung mit den langen Lederstiefeln an und machte mich auf den Weg.

Als ich die schwere Zeltplane zum Führungszelt zurückschlug, sah ich meine Kameraden, die allesamt schon dort versammelt waren. Auf Friedrichs Seite befanden sich die Ritter von Rüden, von Saasheim, von Schlieben, ihm gegenüber die Ritter unseres Bannerbundes.

»Ihr wisst seit gestern«, begann von Schwaben mit schneidender Stimme, »dass ich gewillt bin, einen Angriff gegen Akkon zu führen. Einen Angriff, der in dieser Art ein großer, wirkungsvoller Schlag sein, der die Mauern von Akkon endlich zum Einstürzen bringen wird. Mit Unterstützung der Kreuzfahrerhundertschaften aus Burgund und anderen der bereits vor uns zum Belagerungsring gehörenden Kreuzrittern, wird es ein Überfall sein, den diese Stadt Saladins bisher noch nicht gesehen hat.«

Seine Stimme wurde immer lauter, als würde er damit die Nachhaltigkeit und Glaubwürdigkeit seiner Worte unterstützen wollen.

»Euch, meine Herren Ritter«, so erläuterte er, »wird unter dem Befehl der Herren an meiner Seite, unter der Führung von Saasheims eine besondere Aufgabe zu teil. Wie man mir berichtete, sind inzwischen zwei neue Belagerungstürme von den Besatzern gebaut worden. Sie sollen widerstandsfähiger und robuster sein, als die vorherigen, die durch Brandschatzung verlustig gingen. Nun, Ritter von Saasheim, schildert Ihr bitte den genauen Einsatzplan.«

Mit dieser Empfehlung verneigte er sich und übergab das Wort an von Saasheim.

»Die zwei Türme werden in erster Linie von einer Spezialeinheit besetzt, die unter dem Befehl des Gesandten von Antiochia und Tripolis unserer Verstärkung dienen. Es ist ein großzügiger Dankesbeweis aus den Outremern Antiochia und Tripolis. Das wird unter strengster Geheimhaltung ausgeführt. Der Angriff wird unter Eurer taktischen, militärischen Begleitung erfolgen, wobei Ihr sicherheitshalber, der Hintergrund dürfte Euch hinlänglich bekannt sein, mit langen Ketten an den hinteren Planken im unteren Teil der Belagerungstürme gesichert werdet. Der erste Belagerungsturm wird mit den Rittern von Grüningen und von Barnheim besetzt. Der zweite mit den Herren von der Schewe, von Brühaven und von Wallenrode. Ihr werdet lediglich mit der linken Hand angekettet, so dass Ihr Euch mit Eurer Schwerthand, wie gewohnt, zur Wehr setzen könnt. Und noch etwas, meine Herren. Die Ketten sind von einer derartig ausgesuchten stählernen Härte, dass sie Euren Schwertern standhalten werden. Auch daran haben wir gedacht. Lasst Euch also von derart abwegigen Gedankengängen nicht beeinflussen. Nehmt in demütiger Pflichterfüllung Euren Kampf gegen die Islamisten auf.«

»Ein grandioser, wohldurchdachter Plan«, rief von Schwaben begeistert aus.

»Da dieser Einsatz der höchsten Geheimhaltung unterliegt, werden wir so frei sein, den Gesandten bei uns zu behalten. Als Befehlshaber der angekündigten Hilfskräfte wird er unser spezieller Gast bleiben. Ihm wird es an nichts fehlen. Nur so ist gewährleistet, dass kein Dritter auf die abstruse Idee kommt, Euch während der laufenden Schlacht zu befreien. Da die Männer der Outremer keine

Ahnung von unserer speziellen Beziehung haben, werdet Ihr, solange sich ihr Gesandter in unserer freundlichen Obhut befindet, nicht die geringste Lust verspüren, irgendwelche Befreiungsaktionen durchzuführen. Darüberhinaus könnt Ihr gewiss sein, dass die gesamte Unternehmung von unseren Männern begleitet und überwacht werden wird.«

Ein gewisser Zug von Überheblichkeit stand in seinem Gesicht.

»Ich schlage vor, dass Ihr Euch in leichter Rüstung bereithaltet. Auf und an den Türmen ist Beweglichkeit und Geschicklichkeit gefragt. Aus dem Inneren meines Herzens und mit vollster Überzeugung, dass Euch Erfolg beschieden sein wird, wünsche ich Euch für diesen Einsatz nur das Allerbeste.«

Es traf mich wie ein Schwerthieb. Die verzweifelte Situation trieb mir Tränen in die Augen. Wie sollten wir angekettet so einen gefährlichen Einsatz überstehen? Mein Kopf hämmerte voller abwegiger Gedanken. Gleichzeitig durchflutete mich eine wohlige Wärme, als ich an die Hilfe des Gesandten dachte. Diese Aktion konnte nur unter ihrer Führung und mit ihrem Ideenreichtum initiiert worden sein. Wer käme sonst auf den Gedanken, eigene Männer in einen Geheimeinsatz zu schicken, wo man sich doch offiziell aus dem Kreuzzug heraushielt? Das ergab keinen Sinn.

Das würde gleichzeitig bedeuten, dass sie mit höchstem persönlichem Risiko einen Befreiungseinsatz geplant hatte. Mit einem Plan, der hoffentlich alle Eventualitäten enthielt. Wenn es wirklich so wäre, war es ein Liebesbeweis, der stärker nicht hätte sein können.

Ich war leicht verwirrt. Fragende Blicke der anderen Ritter trafen mich. Ich vermochte nur, mit den Schultern zu zucken, da ich selbstverständlich Genaueres auch nicht wusste.

Ich war einerseits von höchsten Ängsten erfüllt, andererseits von wonnigen Gefühlen, wenn ich an den schmalen Ritter dachte, der sich mit seiner ganzen Persönlichkeit für die Befreiung meiner Person einsetzte.

Dass der Plan die Befreiung meiner Kameraden miteinschloss und dass sie genau wusste, um wen es sich dabei konkret handelte, hatte sie in der Unterredung damals bei ihrem Herrscher Bohemund in Antiochia erkennen können.

Ich versuchte, mich zu beruhigen, da eine Befreiung nur meine Zustimmung gefunden hätte, wenn sie alle Personen unserer Rittergruppierung miteingeschlossen hätte. Ich war mir sicher, dass auch ihr das bewusst war.

Ich hatte diesen Edelleuten viel zu verdanken, unter anderem mein Leben. Das stand so und war für mich in naher Erinnerung.

Gott, dachte ich unverrückbar, würde uns Kreuzfahrern die Kraft geben, insbesondere, wenn es um die Beseitigung schreienden Unrechts ging.

Es wäre in diesem Augenblick so wichtig gewesen, uns untereinander abzustimmen, unsere Männer zu instruieren. Das ging nicht mehr, die Bande um von Schwaben ließ es nicht zu.

Nie war die Bewachung enger, nie die Bedrängnis größer.

Ich verließ diese verfluchte Besprechung, die unter Umständen einem Todesurteil gleichkam, mit trüben Gedanken.

Es war natürlich im teilweise, unübersichtlichen Schlachtengetümmel einiges möglich. So mochte auch die Überlegung der Gesandten gewesen sein. Doch dass sie als Geisel genommen werden sollte und nicht persönlich eingreifen durfte, ahnte sie bestimmt nicht. Sie war den Häschern absolut ausgeliefert. Dass dies ein Affront gegen die Befehle der beteiligten Outremer bedeuten würde, war den skrupellosen Häschern egal. Bei einer Unternehmung, die einer derartigen Geheimhaltung bedurfte, konnten sich Fehler und Ungereimtheiten einschleichen.

Das war von vornherein so einkalkuliert. Einen hinterhältigen, listigen Plan dahinter zu vermuten, lag zu fern. Konkrete Einzelheiten würden die Herrscher der Staaten aus der Levante, Antiochia und Tripolis, weder erfahren noch aufdecken können.

Dass die Kämpfer aus diesen Staaten eingeweiht waren, davon ging ich zwingend aus. Es musste auch auf der anderen Seite einen Plan geben, das hoffte ich inständig.

Vielleicht wäre es während der Schlacht auch möglich, unsere Männer und Kampfkohorten zu instruieren, um auch von dortiger Seite Hilfe zu erwarten. Aber niemals konnte man riskieren, sie bei einem Angriff auf Akkon plötzlich gegen die anderen Kämpfer ins Feld zu schicken. Das wäre einer Befehlsverweigerung gleichgekommen.

Es war schlimm genug, dass die gemeinsamen Banner unserer Rittergruppe sich durch Gefallene, Verwundete, Kranke, Seuchentote erheblich auf weniger als insgesamt viertausend Männer reduziert hatten.

Nur dem Geschick und der Abgebrühtheit der Gegenseite war es zu verdanken, dass unser Mysterium der Inhaftierung und Folterung, unentdeckt geblieben war. Es könnte aber auch an unserer Dummheit oder fehlenden Risikobereitschaft gelegen haben. Doch wir trugen nicht nur für uns, sondern gerade für unsere Männer die volle Verantwortung. Wir konnten sie schlecht aufklären und in dieser Einöde gegen das restliche Heer zu Felde ziehen lassen.

Dafür war die Kampfkraft wieder zu gering. Überlegungen in dieser Hinsicht hatte es tausendfach bei mir und auch bei den anderen Rittern gegeben. Da war ich mir vollkommen sicher.

Friedrich von Schwaben war als Neuankömmling wild versessen darauf, es den anderen zu zeigen.

Ein emsiges Treiben im Heerlager ermutigte auch die bereits dort gewesenen Kreuzfahrer dazu, wieder hoffnungsvoll in die Zukunft zu blicken. So wurde die gesamte Angriffsgewalt in Bewegung gesetzt. An die zwei neu errichteten großen Belagerungstürme wurden besondere Anforderungen gestellt. Man wollte unbedingt verhindern, dass diese mehrmonatige harte Arbeit wieder gleich in Flammen aufging.

Friedrich legte höchsten Wert darauf, dass auch meine Ritter in die Vorbereitungsmaßnahmen mit eingebunden wurden.

Es war erforderlich, sowohl die Mechanik als auch die unterschiedlichen Angriffsebenen genauer kennenzulernen. Unsere Wachhunde ließen uns dabei keinen Schritt aus den Augen.

Die zur Unterstützung aus Antiochia und Tripolis abgesandten Krieger waren zwischenzeitlich auch eingetroffen und warfen sich sofort voller Enthusiasmus in die Übungen an den Belagerungstürmen und Bewaffnungen. Dass dabei unsere eigenen Männer planvoll ferngehalten wurden, vermochte sich jeder leicht zu erklären.

Die Männer um Friedrich wollten nichts dem Zufall überlassen. Umso mehr wunderte man sich darüber, dass uns mit dem Anketten eines Handgelenkes die Kampfkraft wissentlich reduziert wurde. Man scheute sich davor, uns frei kämpfen zu lassen und damit das Risiko einzugehen, dass wir uns an die Spitze unserer Männer setzten und einen eigenen Befreiungskrieg führen würden. Der Gedankengang war zwar abstrus, wie ich es ja bereits überdacht hatte, aber unmöglich schien ein derartiges Geschehen nun nicht. Schon oft genug war es zwischen den verschiedenen Gruppierungen der Kreuzfahrer zu internen, heftigen Kämpfen gekommen. Bei der Vielfalt der verschiedenen beteiligten abendländischen Völker weiß Gott keine Seltenheit.

Nur der Befehlshaber der Hilfstruppen selbst, die kluge Gesandte, hatte sich immer noch nicht blicken lassen.

Je näher der Zeitpunkt des Angriffes rückte, desto größer schien die Unruhe, die alle Kreuzfahrer plötzlich ergriff.

Es war grotesk und infam, dass gerade die Ritter, die für den Einsatzbefehl der Türme verantwortlich waren, sich nicht frei bewegen durften.

Dann war es endlich so weit. Die Angriffsvorbereitungen begannen mit dem nächtlichen Einsatz. Jeweils zehn Kämpfer waren heimlich in der Dunkelheit an die Stadtmauer von Akkon geschlichen und hatten an zwei Stellen massenhaft Erde und Materialien angehäuft.

Ich stand mit meinen Kameraden an den Angriffslinien und beobachtete genau die Vorarbeiten.

»Es könnte für uns nützlich sein«, rief von Wallenrode in den Nachtwind. »Da wo die Männer aufschütten, sollen die Türme stehen, die uns als Kettenhunde tragen.«

Wir konnten schattenhaft erkennen wie die Männer sehr vorsichtig und fast geräuschlos vorgingen, um nicht von den Gegnern auf der Mauer entdeckt zu werden. Die Materialien wurden nach und nach von den verschwitzten Kämpfern in die Gräben geschüttet, an denen die Belagerungstürme zum Einsatz kommen sollten. Zur Verschleierung der konkreten Örtlichkeiten an der Mauer wurden die Schüttungen breitflächiger angelegt.

»Los«, meinte von der Schewe, »lasst uns noch eine Runde Schlaf nehmen, bevor es gleich ernst wird.«

In den frühen Morgenstunden wurden wir entlang der Angriffslinien aufgestellt. Von Saasheim ging höchstpersönlich durch die Reihen der Kämpfer und feuerte sie an: »Männer, jetzt ist es an uns zu zeigen, dass wir nicht umsonst bis hierher marschiert sind. Beweist den eingesessenen Kämpfern, dass wir es mit neuem Mut und Kampfkraft schaffen, die Mauern dieser Stadt niederzureißen. Vorwärts mit Euch.«

Ich wartete in Bereitschaft mit meinen anderen Rittern auf die Besetzung der Türme.

Auch die Gesandte von Antiochia und Tripolis war zwischenzeitlich eingetroffen. Im Gefolge von etwa zweihundert Kämpfern unter dem Banner der erwähnten Reiche ritt sie in unser Feldlager und machte sich ebenfalls bereit, die vorgesehene Kampfformation einzunehmen.

In dem Getümmel der angriffsbereiten Krieger gab es für mich nicht die geringste Chance, noch mit ihr Kontakt aufzunehmen.

Ich war mir aber sicher, dass sie von ihren Männern bereits umfänglich aufgeklärt worden war, wo genau sich die Einsatzorte unserer Angriffsunternehmungen befanden.

Ich rückte Schritt für Schritt näher auf die Türme zu. Sie standen etwa tausend Fuß auseinander. Wir näherten uns immer mehr den gewaltigen Belagerungstürmen, die von ihrer Höhe her die Stadtmauern überragten und jetzt nach und nach mit Material und Kämpfern bestückt wurden.

»Los Männer, hoch auf die zwei letzten Ebenen, verteilt Euch und haltet Eure Waffen griffbereit«, wurden von Friedrichs Leuten Befehle geschrien.

»Männer an der Katze in der unteren Ebene, nehmt Eure Kampfplätze ein.«

Dann waren wir an der Reihe.

Vier Krieger schleppten von Barnheim und mich zum Belagerungsturm 1 und befestigten jeweils unsere linken Handgelenke mit einem Armring an die hinteren Außenpfosten des Turmes an schwere eiserne Ketten. Schlag um Schlag trieben zwei Soldaten die Eisenbolzen der Kettenhalter ins Holz.

Ich bemerkte, wie mir das warme Blut auf den Arm und den Oberschenkel tropfte. »Verdammt, haltet Eure Hände ruhig, sonst bekommt ihr unsere Hämmer zu spüren«, zischten die Schweine. Wir trugen nur die Kettenhemden mit Kapuze und das Gewand mit dem roten Kreuz auf weißem Grund. Als der letzte Schlag verhallt war und die Männer übereinstimmend feststellten: »Die Ketten sitzen, gebt ihnen die Schwerter in die Hand«, reichte man uns die Waffen in die kampfbereiten rechten Hände.

Ich vermutete, dass das mit den Ritterkameraden am Nachbarturm 2 auch gerade geschah. Ich konnte von meiner Position aus nichts, aber auch gar nichts erkennen. Zu viele Kämpfer hatten sich um den Turm herum versammelt. Jeweils zwanzig schoben rechts wie links an Querholmen die Türme an, immer weiter vor die bezeichneten Stellen an die Stadtmauern von Akkon.

Es war aufgrund der Leichtigkeit meiner Bewaffnung – ich trug einen Lederhelm aus Seldschuken-Bestand – bisher ganz gut möglich, mich unter der Deckung des Turmgebälks vor feindlichen Pfeilen zu schützen. Sie zischten um mich herum, schlugen entweder in das Holz der Türme oder fraßen sich in die Kettenhemden der Kämpfer direkt neben mir. Die Türme wurden ganz langsam, Schritt um Schritt nach vorne geschoben. Wie Galeerensklaven hingen sie zwanzig an jeder Seite an den Querstangen im unteren Teil, um sie nach vorne zu schieben. Die Männer schrien und brüllten in ihrer Anstrengung. Immer wieder sackten einige ächzend oder auch schreiend in sich zusammen, wenn sich ein verfluchter Pfeil todbringend in ihr Fleisch bohrte. Als eine Lanze in das Gesicht eines Kämpfers neben mir eindrang und ihm sämtliche Zähne aus dem Maul schlug, musste ich vor Entsetzen würgen.

Sobald uns die Verteidiger auf den Mauern entdeckten, hagelte es einen erneuten Pfeilschauer auf meinen Turm herab. Es war unbeschreiblich. Er prasselte auf uns nieder wie dicke Hagelkörner mit tödlichem Zirpen und Zischen. Ich musste immer wieder zur Seite springen, wollte ich am Leben bleiben. Ich sah meinen Kameraden von Barnheim, wie er angekettet, schwitzend und ächzend, den Pfeilen auszuweichen versuchte. Jeder Muskel angespannt. Das Gesicht zu einer hässlichen Grimasse verzerrt. Er starrte zu mir herüber und brüllte: »Diese verfluchten Schweine, kämpfen ja, aber nicht zu diesen unwürdigen, erbärmlichen Bedingungen.«

Als wir etwa fünfhundert Schritte vor den Mauern zum Stehen kamen, rutschten plötzlich einige der Kämpfer aus Antioachia aus der ersten Turmebene zu mir herunter. Sie schlugen in aller Eile

die Holzteile des Turmes auseinander, an denen meine Ketten befestigt waren. Schlag um Schlag prallte auf das Holz. Die Schläge
ließen meine Hand erzittern. Ein höllischer Schmerz durchzuckte
meinen Körper.

Unter den großen, scharfen Streitäxten splitterte das Holz zusehends auseinander. Plötzlich erschienen aus allen Ecken des
Schlachtfeldes Männer des Wachpersonals, die jetzt einzugreifen
versuchten. Als sie mit blinkenden Schwertern angriffen, schrie
ich gemeinsam mit den Kriegern aus Antiochia.

»Bleibt von mir und diesen Männern weg, oder Ihr seid des
Todes.«

Waren sie in der Lage, diese Befreiung durchzustehen, oder
hielten die verdammten Häscher von Friedrich die Oberhand?
Doch die Retter gingen gnadenlos vor, um jedem zu zeigen, dass
es wenig Sinn hatte, ihre Befreiungsversuche zu stören. Sie hieben und stachen auf alles, was sich in unsere Nähe wagte. Nur
die Törichten unter den Wachleuten griffen noch ein. Sie waren
chancenlos. Sie gaben auf und stoben in die vorderen Reihen auf
die Mauern von Akkon zu. Sie liefen wie die Hasen.

Bei dem Befreiungsmanöver im Schutz der Türme wurden diese von den Männern an den Querholmen ununterbrochen weiter,
immer weiter an die Mauer geschoben. Die Gegenwehr der Muselmänner auf der Mauer wurde immer heftiger. Die ersten brennenden Pfeile, Steine und ähnliche entflammte Geschosse erreichten
den Turm.

Zwischenzeitlich hatte ich das linke Handgelenk freibekommen
und versuchte, die restlichen Kettenteile am Armring um meinen
Körper zu wickeln. Sie behinderten mich beim Kämpfen und beim
Laufen, ja, bei jeder verdammten Bewegung. Bei meinem Ritterkameraden von Barnheim, der direkt rechter Hand von mir, an
dem äußeren Pfosten hing, dauerte die Befreiung etwas länger. Ich
beteiligte mich sofort an seiner Rettung. Ich nahm seine rechte

Hand in die meine, um sie in dem gewaltigen Rhythmus der harten Schläge etwas abzufedern und fernzuhalten. Das Schwert riss ich ihm aus der Hand und schrie: »Ich lege das vorerst zur Seite, bis wir Euch vom Pfosten gelöst haben. Das ist jetzt wichtiger.«

Die Männer bildeten mit ihren hochgehaltenen Schilden ein Schutzdach, welches die Arbeiten am Pfosten erleichterte.

Auch hier prasselten die Pfeile herunter wie ein Regenguss, blieben teilweise in den Schilden stecken oder fuhren mit ekligem Zischen in den Boden.

Inzwischen war der Turm so nah an die Stadtmauer herangebracht worden, dass die Gegenwehr immer heftiger wurde.

Als auch von Barnheim befreit war, kämpften wir mit unseren Schwertern in den Händen an der Mauer mit. Als ich mich gerade noch wegducken konnte, bohrte sich meine Schwertspitze instinktiv in den Hals eines muslimischen Kämpfers. Ich spürte das Pochen meines Blutes in den Halsschlagadern. An Flucht war zu diesem Zeitpunkt gar nicht zu denken, da wir mehr und mehr von Feinden aus Akkon umzingelt waren.

Es war ein Krachen, Schlagen und Stöhnen. Immer wieder musste ich den schnellen Hieben der muslimischen Säbel ausweichen. Die Behälter mit brennbaren Flüssigkeiten erreichten nun zielgenau den Turm, der vor uns stand.

Ich versuchte gemeinsam mit anderen Kämpfern, die brennenden Stellen so schnell wie möglich auszuschlagen. Doch der Ansturm der Belagerten war so bestialisch, dass der Turm in allen Ebenen Feuer gefangen hatte und lichterloh brannte. Meine Hand wurde verflucht heiß, weil ich immer wieder auf die entflammten Stellen schlug. Auch die verdammte Kette, die ich immer noch um meinen Körper geschlungen hielt, wurde schwerer und schwerer. Aber so erging es wohl allen meinen Kameraden.

Durch den außerordentlich tapferen Einsatz der Söldner aus Antiochia und Tripolis dort über mir auf dem Turm gelang es, die

Brücke auf die Mauer herunterzulassen. Trotz heftigster Gegenwehr schafften es unsere Krieger, auf die Stadtmauer zu springen.

Das Gefecht Mann gegen Mann hatte begonnen. Ich sah mit Schrecken, wie die Gegner nun ihrerseits auf den Turm sprangen und versuchten, die Angreifer herunter zu drängen. Es wurde auf allen Ebenen des Belagerungsturmes mit vereinten Kräften gekämpft.

Ich schlug neben meinem Freund von Barnheim wieder und wieder auf die herunterspringenden Feinde ein.

Mein weißes Kreuzfahrergewand glänzte rot in der Sonne. Klebrig wie Schleim tropfte mir das Blut auf die Schenkel. Schwarze, dichte Wolken umgaben den brennenden Turm, der mitten im Getöse der Kämpfenden immer weniger den Angriffen mit den Feuerkübeln standhalten konnte.

Nachdem ich einen Angreifer zu Boden ringen konnte, gab ich von Barnheim ein Zeichen, uns in dem beißenden, undurchsichtigen Rauch davon zu stehlen. Ich brüllte.

»Los, wir versuchen uns zum anderen Turm durchzuschlagen. Vielleicht gibt es jetzt die Möglichkeit dazu.«

Ich erkannte wie von Barnheim sich genauso mit den Ketten am Körper schwertat wie ich, und zeigte ihm, wie ich sie zur Erleichterung um den Leib geschlungen hatte.

Von Barnheim nickte und wühlte sich durch die kämpfenden Leiber zum Nachbarturm. Endlich erreichten wir den anderen Belagerungsturm. Er war in gleicher Weise von schwarzem, undurchdringlichem Rauch umhüllt. In den Rauchschwaden vermochte ich gerade noch zu erkennen, wie von der Schewe und Wallenrode sich gemeinsam bemühten, von Brühaven zu befreien. Er war noch immer an der Kette mit dem Turmpfosten verbunden. Auch hier fraßen sich die Flammen laut knisternd durch alle Ebenen des Turmes. Ich hustete und wischte mir mit einer Hand durch meine geröteten Augen. Ein beißender, unerträglicher Qualm.

Als wir kurz davor waren, die schwere Kette vom Holz zu lösen, zischte ein Brandpfeil an mir vorbei, der unseren Freund Brühaven hart in der Schulter traf. Er sackte schwer getroffen zu Boden, die linke Hand weiter fest umkettet. Es war zum Verzweifeln. In endloser Wut riss ich an der verdammten Kette an dem splitternden Holz, bis im letzten Moment ein Axthieb sie mit der Verankerung von der Holzplanke riss und die Kette mit lautem, befreiendem Rasseln auf den Boden schlug. Von der Schewe packte sich sofort den Schwerverletzten auf die Schultern, und wir schlugen uns im dichten Qualm, im Schatten der Stadtmauer, bis an den Rand des Kampfgeschehens durch. Zehn Kämpfer aus Antiochia bildeten vor und hinter uns einen weiten Schutz aus bunten Schilden.

Als sich die Geschosse von der Stadtmauer nur noch vereinzelt zu uns verirrten, sprach mich einer der Anführer der Söldner aus Antiochia schwer atmend an: »Sammelt Eure Männer, von Grüningen. Wir bringen Euch jetzt unmittelbar zu unserem Außenlager in Sicherheit. Die Pferde haben wir ganz in der Nähe unter Bewachung gesichert. Es ist alles gut vorbereitet.«

Auf dem Weg zu dieser unbekannten Sammelstelle traf ich zufällig auf meinen Unterführer, der die Befreiung mitbekommen und sich mir angeschlossen hatte.

»Dietrich«, befahl ich, »geh sofort zu unseren Männern zurück und kläre alle Leute, auch die Krieger der anderen Ritter darüber auf, dass man uns seit der Auflösung des Heeres in Antiochia gegen unseren Willen hier festgehalten hat. Alles nur, um die Kampfkraft des Heeres nicht zu schwächen.«

Tränen stiegen mir in die Augen, und das hatte nicht nur mit dem Qualm zu tun. Lautes Husten, gepaart mit schwerem Atmen, nahm mir dazu die Worte. Der unerbittlich ätzende Rauch war mir bis in den Rachen gezogen und erschwerte das Reden ungemein. Ich kämpfte, soweit dies überhaupt möglich war, dagegen an und flüsterte: »Sag ihnen, wir sind mit der Hilfe des Gesandten aus Antiochia und dessen Gefolgsleuten befreit worden. Bleibt im Lager, als wäre nichts geschehen und folgt vorerst noch den Befehlen des hinterhältigen Friedrich von Schwaben. Die Zeit der Aufklärung und endgültigen Befreiung wird kommen. Ihr hört von uns, haltet durch im Namen unserer Adelsgeschlechter.«

Mit diesen Worten verabschiedete ich mich von meinem treuen Dietrich. Die ungläubigen Augen des Mannes würde ich in meinem Leben niemals vergessen. Dass sich von Schwaben erdreistet hatte, uns vor Antiochia festzusetzen, zu foltern und zu nötigen, wäre ihm nicht so schnell in den Sinn gekommen.

Er drehte sich mit einem Zeichen des Verstehens ab und wollte sich zurück zum Heerlager der Kreuzfahrer schlagen. Ich war ausgelaugt. Ein Windhauch hätte jetzt genügt, mich auf den Boden zu wehen.

Auf dem Weg vom Schlachtfeld gesellten sich immer mehr der Söldner aus Antiochia und Tripolis zu uns. »Der Angriff ist gescheitert. Er ist wieder gescheitert«, riefen sie abwechselnd.

Es war ein unbeschreibliches Glücksgefühl, endlich auf dem Pferd zu sitzen und wieder frei zu sein. Ich folgte wie in Trance den wegweisenden Rufen meiner Befreier und war mit mir und meinen Verwundungen beschäftigt. Ich hatte mich in meiner körperlichen Erschöpfung gerade noch vergewissern können, dass alle Ritter vollzählig neben mir auf den Pferden saßen. »Wir reiten jetzt durch den Belagerungsring von Saladin in unser Zwischenlager am Mittelmeer. Dort sind wir erst einmal sicher«, erklärte einer der Befreier vor mir.

In dem überschaubaren Lager angekommen, fragte ich sofort nach dem Befehlshaber unserer Befreier, dem Gesandten. Ein Vertreter erklärte: »Mein Name ist Selcuke Lütfi Bey, ich muss Euch sagen, niemand kennt zurzeit seinen Aufenthalt, niemand. Er war zu Beginn der Schlacht um Akkon mit unseren zwei Hundertschaften und den Bannerträgern wie verabredet zum Oberbefehlshaber Friedrich geritten. Weiteres weiß man momentan nicht. Er ist noch nicht zurückgekehrt. Bitte folgt mir in die vorbereiteten Unterkünfte«, richtete er sich auch an die anderen.

Zuvor brachten wir den schwer verletzten von Brühaven in ein Lazarett im Lager. Wir waren dabei, den Eisenring mit den letzten Kettenresten an seinen Handgelenken zu zerschlagen. Das gleiche machte man mit uns. Die verfluchten Ringe, mit den Resten der abgeschlagenen Ketten, die wir alle noch trugen, hatten blutige, schmerzende Risse in der Haut hinterlassen. Was war ich glücklich, diesen Ballast endlich los zu sein.

»Jetzt sind die verdammten Drecksdinger endlich ab, ich hasse sie!«, stöhnte ich verzweifelt. Sie erinnerten mich an die verfluchte Gefangenschaft bei Friedrich. Die Erschöpfung drückte mir die Augenlider nieder.

»Jetzt heißt es nur noch, schlafen, schlafen.«

Zwei Tage waren zwischenzeitlich vergangen. Ich hatte mich, soweit dies überhaupt möglich war, einigermaßen ausgeruht.

Es war wie im Traum, wieder am Lagerfeuer im Kreis der alten Kämpfer zu sitzen und befreit durchzuatmen. Wir klopften uns gegenseitig immer wieder auf den Rücken und schämten uns unserer Tränen nicht. Unsere rauchgeschwärzten Gesichter im flackernden Schein des Feuers gaben ein unvergessliches Bild ab. Wir röchelten und husteten im Chor. Es war zum Gott Erbarmen.

Etwas später am Abend, als unsere Wunden versorgt waren, trat Selcuke Lütfi Bey zu uns an das Feuer.

»Edle Ritter, ich war einst Dolmetscher in den Diensten Saladins, heute bin ich die rechte Hand des Gesandten von Antiochia und Tripolis. Wir haben diese Rettung auch den Unterführern von Saladin zu verdanken, der ein Nadelöhr in seinem Belagerungsring offenließ, um dieses Vorhaben erfolgreich durchführen zu können. Es war dem Verhandlungsgeschick des Gesandten geschuldet, der ihnen beibringen konnte, dass durch den Abgang einiger verärgerter, genötigter Ritter eine Schwächung des Heeres eintreten würde. Aufgrund der Umstände, die er besonders und ausführlich erläuterte, sei darin kein Akt der Fahnenflucht zu sehen.«

Wie zur Bestätigung nickte er mit dem Kopf.

»Dieser Belagerungsring Saladins hält uns die Verfolgungsversuche von Friedrichs Häschern erst einmal vom Leibe. Ich wünsche Euch eine gute Nacht. Eure Zelte, Euer vorläufiges Quartier, hier bei uns im Lager, stehen zu Eurer Verfügung. Zur Beruhigung sei Euch noch versichert, dass im Gegensatz zum Belagerungsring vor Akkon, die Versorgung über das Meer für uns gesichert ist.«

Kapitel XVII

Wo ist der Gesandte?

Ich fand keinen Schlaf, und das lag bestimmt nicht an der ungewohnten Umgebung.

Meine Gedanken kreisten ständig um die Gesandte von Antiochia. Es gab nur diesen einen Menschen, der für mich und mein Leben eine Bedeutung gewonnen hatte wie nie ein anderer vor ihr. Sie hatte bereits in der Anfangsphase bei der Besprechung im Lager weit vor Antiochia schützend ihre Hände über mich halten wollen. Sie war es gewesen, die Einfluss auf ihren Herrscher Bohemund genommen hatte, um mich weiterhin, über die Grenzen ihres Territoriums hinaus, begleiten zu dürfen. Sie hatte sich in Antiochia nach der Todeszeremonie im Ratssaal nur mir offenbart. Hatte mir gezeigt, wer sich hinter diesem schmalen Ritter wirklich versteckte. Ich blickte zum ersten Mal bewusst in diese Augen, die mich seitdem nicht mehr losließen, mich zum Spielball meiner Gefühlswelt machten. Ich vermeinte dieses Brennen, diese Leidenschaft zu erkennen, die mich bis heute fesselte. Sie war es, die mir bedingungslos versprach, sich um meine Rettung zu bemühen. Ich hatte sie berührt, hatte ihr Herzklopfen gespürt, hatte mir ihre Körperhaltung genauestens eingeprägt, hatte tief in meinem Inneren ihre Blicke bemerkt, wenn sie mich suchten. Das Leuchten in ihren Augen gesehen, jedes Mal, wenn sie mich entdeckt hatte. Sie hatte bei Gott ihr Versprechen eingehalten, hatte mich und meine Ritterkameraden mit Hilfe ihrer Leute gerettet, unter Einsatz ihres eigenen Lebens.

Wenn das alles nicht von einer besonderen Zuneigung und Wahrhaftigkeit zeugte, wollte ich auf der Stelle sterben. Ich wusste es, ja, ich wusste es genau, ich hatte mich in diese Frau verliebt!

Hatte man sie im Kreuzfahrerlager festgesetzt, oder war sie noch in die Kämpfe vor Akkon gezwungen worden? Wer konnte mir die Antwort geben?

Die Schlacht schien verloren, und ein Durchkommen durch den Belagerungsring von Saladins Truppen war unmöglich. Ich wähnte mich hier im Zwischenlager der Gesandten vorerst in Sicherheit. Wir lagerten genau am Mittelmeer, einige Tagesritte von Akkon entfernt, jedoch der undurchdringbare Belagerungsring von Saladin um das Feldlager der Kreuzfahrer lag jetzt genau zwischen Akkon und uns. Hinzu kam der Vorteil, dass wir freien Zutritt zur Küste hatten, wo uns die Versorgungsgaleeren von Tripolis oder Antiochia jederzeit erreichen konnten.

Die aufkommende Unruhe machte mir sehr zu schaffen. Ich fürchtete immer mehr um das Leben der Gesandten.

Wenn sie noch lebte, wie lange würde man sie festhalten? Oder ging es unter Umständen um die Erpressung von Lösegeld? Ich konnte mir nicht vorstellen, dass Friedrich eine Abgesandte gegen ihren Willen festhalten konnte, ohne Scherereien mit Fürst Bohemund zu bekommen. Er und seine Söhne hatten eine ruhmreiche und unbestechliche Herrschermoral. Ein Affront gegen sie wäre riskant. Weder Friedrich noch Bohemund konnten sich einen Zwist mit drohender Spaltung der Kreuzfahrergemeinde leisten.

Friedrichs Versuch, allen zu beweisen, dass er ein erfolgreicher Heerführer wie sein Vater war, war schlichtweg gescheitert.

Ihm erging es nicht anders als vielen anderen Kreuzfahrern davor. Sie hatten es nicht geschafft, die Belagerung von Akkon mit einem Sieg und der Einnahme der Hafenstadt enden zu lassen.

Von unserem Lager aus war vor allem der Weg auf das offene Meer geblieben. Akkon hingegen erhielt seine Güter, wenn auch nur sporadisch, über den Seeweg. Der Belagerungsring der Kreuzfahrer ließ eine Versorgung über Land nicht mehr zu. Um die Kreuzfahrer wiederum hatte sich der Ring der Muselmänner Saladins immer enger gezogen.

Für mich stellte sich die Frage, wie wir weiter vorgehen sollten.

»Zuerst muss sich von Brühaven vollständig erholen«, erklärte ich.

»Wenn bis dahin der Gesandte nicht zurückgekehrt sein sollte, müssten wir einen Plan schmieden, wie wir ihn befreien sollen.«

»Ja, du hast vollkommen recht«, warf von Wallenrode ein.

»Wir sind es ihm tausend Mal schuldig.«

Dann meldete sich von der Schewe: »Ich konnte über einen der Männer im Lager eine Zeichnung bekommen, die einiges von der genauen Lage wiedergibt.«

Er breitete sie auf dem Boden vor uns aus und wir beugten uns darüber.

»Die Hafenstadt von Akkon«, erklärte er, »liegt auf einer nach Süden gerichteten Halbinsel, wie ihr hier genau seht.«

Hochkonzentriert folgten wir seinem Fingerzeig.

»Östlich der Altstadt befindet sich der vor dem offenen Meer geschützte Hafen. Im Westen und Süden die Küste mit einer sehr starken Deichmauer, genau hier.«

Sein Finger zeichnete einen Kreis.

»Gegen das Festland zeigt sich Akkon durch einen doppelten mit Türmen bewehrten Wall abgeriegelt. Es ist der einzige Hafen an dieser Küste, der bei jedem Wetter das Be- und Entladen von Schiffen zulässt. Allein deshalb ist die Stadt für die Kreuzfahrer aus strategischen Gründen äußerst wichtig.«

»Hier allein«, warf ich ungeduldig ein, »kann für mich nur der Schlüssel für eine Befreiung des Gesandten liegen. Da wir mit unserem Lager außerhalb der Belagerungsgürtel von Friedrich und Saladin liegen, ist es uns nach Versicherung unserer Gastgeber möglich, sowohl über Land als auch über Wasser Nahrungsreserven und Waffen heranzuschaffen. Diese Überlegungen werden uns in nächster Zeit des Öfteren beschäftigen«, beendete ich das Gespräch.

Die verbliebenen Männer aus Antiochia, etwa zweihundert aus der Schlacht um Akkon, einschließlich der Verwundeten, waren eine kleine, aber hochbewaffnete Streitmacht.

Da einige der Krieger Kontakt zu den muslimischen Truppen Saladins hatten, weil sie sich ja untereinander in keinem Kriegszustand befanden, drangen Nachrichten, die den Zustand des Kreuzfahrerheeres betrafen, relativ schnell zu uns ins Lager durch.

Der uns zwischenzeitlich gut bekannte Dolmetscher Selcuke Lütfi Bey stieß oftmals zu unserem Kreis. Dieses Mal berichtete er: »Nach Wochen des Stillstands, so wurde uns von Saladins Leuten mitgeteilt, ist den Christen nach der verlorenen Schlacht noch mal ein Durchbruch zum Hafen von Akkon gelungen, der Nahrung und andere Güter in das Heerlager spülte. Von unserem Gesandten gibt es keine Nachricht, nicht die geringste Spur. Die Situation scheint immer bedrohlicher, meine Ritter.«

Nach kurzer Überlegung erwiderte ich: »Die Männer gehen einig mit meiner Meinung, dass wir dem Gesandten die Befreiung schuldig sind.«

Lütfi Bey nickte, wie es mir schien, hocherfreut, weil wir wohl insoweit mit ihm einer Meinung waren.

Wir machten uns nun gemeinsam daran, das Lager winterfest zu machen. Solange die Arbeit uns ablenkte, war die Stimmung erträglich.

Die Abende, die ständig kühler wurden, erlebten wir plaudernd am großen Lagerfeuer.

»Nehmt Tierfladen als Verbrennungsmaterial, die sind gut brauchbar, hat mir Lütfi Bey empfohlen«, erklärte ich.

»Und die stinken auch nicht«, rief von Wallenrode in die Runde, »eben alle Gegenstände, die irgendwie Brennwert haben, kommen ins Feuer. Holz ist in dieser freudlosen Umgebung ein hohes Gut!«

»Übrigens«, meinte von Brühaven, »hinzukommt, dass mich die kulinarischen Freuden hier begeistern. Unter den Männern von Antiochia gibt es hervorragende Köche. Wir scheinen für die harten Zeiten der Folter Friedrichs jetzt entschädigt zu werden.«
»Diese Vorteile«, bemerkte ich, »verdanken wir eben der Tatsache, dass uns Schiffe aus der Grafschaft Tripolis in Abständen versorgen können. Sowohl das Kreuzfahrerheer als auch die Truppen Saladins scheinen zu sehr mit sich selbst beschäftigt zu sein.«

Eines Abends, als mich der gewohnte Rundgang mal wieder durch das Lager führte, blieb ich verwundert an einem Gatter stehen. Es war mir in den Tagen zuvor nie aufgefallen. Als ich es näher untersuchen wollte, liefen mir aus verschiedenen Holzhütten große, wunderschöne Rassenhunde entgegen. Sie fielen mir wegen ihrer weißen, gut geschnittenen Köpfe und aufgrund ihrer schlanken, muskulösen Statur auf. Ein Wächter, der wohl für die Versorgung dieser Hunde zuständig war, trat zu mir und begrüßte mich freundlich.

»Seid gegrüßt, edler Ritter«, um dann auf Arabisch fortzufahren.

»Die Hunde scheinen Euch zu interessieren? Das sind alles Akbas, Weißköpfe, weil sie über eine fast weiße Schnauze verfügen. Neben ihrem Einsatz als Hirtenhunde werden sie auch zur Jagd abgerichtet. Sie gehören zur großen Familie der weißen Hirtenhunde.«

»Sind sie auch von militärischem Nutzen?«, fragte ich interessiert.

Das Gesicht des Wächters strahlte, weil er sichtbar Freude verspürte, dass ich mich so für seine Tiere begeisterte.

»Die Samsun-Hunde zum Beispiel begleiten die osmanischen Heere und werden für die Rinderherden als Wachhunde eingesetzt. Sie können groß wie Löwen und im Krieg als wertvolle

Kampfhunde eingesetzt werden. Daneben haben sie die Hinterhand einer Antilope und werden nicht nur zum Schutz der Herden gehalten. Es gelingt ihnen sogar, galoppierende Reiter zu begleiten, um fliehende Beute niederzustrecken. Die Tiere sind sehr misstrauisch gegenüber Fremden, aber sonst mutig und ausgeglichen. Mit ihrem Mut bestehen sie selbst gegen Wölfe.«

»Danke, das ist ja hochinteressant«, bemerkte ich und machte mich wieder auf den Rückweg zu meinem Zelt.

Ab genau diesem Abend führte mich der Weg immer wieder an dem Gatter dieser bemerkenswerten Hunde vorbei. Mit der Zeit wurden sie immer zutraulicher. Nach einer Woche stürzten sie schon aus ihren Hütten, sobald sie mich bemerkten, schnupperten an meinen Händen und leckten mir die Finger, wenn ich etwas Essbares dabeihatte. Irgendwie hatte ich das nicht erklärbare Gefühl, dass mir diese Bekanntschaft noch einmal nützlich sein würde.

Es lenkte mich zugegebenermaßen ein wenig von meiner inneren Unruhe ab, weil meine Sehnsucht immer quälender und größer wurde. Ich machte mir von Tag zu Tag zunehmend mehr Sorgen um das Leben der Gesandten. Durch die Reihen der Belagerungsringe kamen weder Zeichen, noch Boten.

Das Leben in der Stadt Akkon und im Lager der Christen, so hörten wir über den Dolmetscher Lütfi Bey wurde immer schwieriger.

»Lebensmittel bleiben knapp, Wasser gibt es kaum noch und die Hygiene scheint zusammenzubrechen. Die Preise für Lebensmittel im Christenlager, für gehortete Lebensmittel der Händler, steigen ins Unermessliche. Die Zustände nehmen immer groteskere Formen an. An Knochen, die Hunde liegen gelassen haben, machen sich plötzlich verzweifelte Menschen heran. Wer etwas besitzt, versteckt es vor den argwöhnischen Augen der Mitstreiter. Raub und Diebstahl sind an der Tagesordnung.«

Wir schauten uns gegenseitig an, alle waren blass vor Schreck geworden. Ich hätte unter ihnen sein können, nicht weit von hier. Es war verflucht nochmal unser Lager, wo diese Grausamkeiten passierten.

»Die Moral der Kreuzfahrer ist so weit gesunken«, führte er weiter aus, »dass Christen um Essen bei ihrem Feind, bei Saladins Leuten, betteln und dafür ihrem christlichen Glauben sogar abschwören. Die Kreuzfahrer sollen an einer seltenen Krankheit leiden, die Glieder anschwellen, Haare, Zähne und Nägel ausfallen lässt. Es sind nahezu sichere Todeskandidaten.«

»Verdammt«, schrie ich dazwischen, »das sind alles unsere Leute, die da Tag ein, Tag aus verrecken. Überlegt doch, wie erbärmlich es ihnen geht. Wir sitzen hier in Saus und Braus, schlagen uns die Bäuche voll, und dort krepieren sie elendig. Wir tragen für sie die Verantwortung.«

Von der Schewe stand auf, kam zu mir herüber, legte mir einen Arm um die Schultern und versuchte, mich zu beruhigen.

»Ja, von Grüningen, Ihr habt ja recht, doch uns sind die Hände gebunden. Was können wir von hier aus denn ausrichten? Nichts, rein gar nichts, solange wir hier regungslos ausharren müssen.«

»Ihr habt ja nicht unrecht«, ließ ich mich für den Moment überzeugen.

Und dann kam die Nachricht von einem aufgegriffenen Christen, den sie in unser Lager schleppten. Mir stockte der Atem bei seinem Anblick. Er war nur noch Haut und Knochen, sah verkommen und verwahrlost aus. Die Kleidung hing in Fetzen herunter. Aus seinem Kopf schauten große Augen, die von Hunger und Elend zeugten.

Wir kamen sofort zusammen, um ihn zu begrüßen: »Da seid Ihr der Katastrophe gerade noch entkommen«, stellte ich nüchtern fest.

»Das kann man wohl sagen«, krächzte er mit heiserer Stimme und erklärte: »Ludwig von Thüringen musste sich bereits mit einer heftigen Malariaerkrankung auf den Rückweg machen. Theobald von Blois und Stephan von Sancerre mussten, durch grassierende Seuchen geschwächt, sterben.«

Die Namen waren uns gut bekannt, wir hatten oft genug mit ihnen im Lager persönlich zu tun gehabt.

»Und wie geht's unserem Heerführer Friedrich«? schallte es ihm wie aus einer Kehle entgegen.

»Gestern, so hörte ich, starb auch er, der Kaisersohn und Oberbefehlshaber Friedrich VI. von Schwaben.«

Ich stand wie vom Blitz getroffen auf, und auch meine Kameraden riss es hoch.

»Habt ihr das gehört?«, rief von der Schewe ungläubig. »Der verfluchte Hurensohn ist tot?«

»Ich glaube es nicht«, schrie von Wallenrode, »nein, das glaube ich einfach nicht.«

Von Brühaven umarmte mich. Tränen liefen ihm die Wangen herunter. Auch mein Freund von Barnheim schluchzte laut und hemmungslos.

Alle standen im Halbkreis um den Berichterstatter herum, der uns anstarrte, als wären wir von Sinnen. Das störte uns jetzt am wenigsten. Wir umarmten uns und hüpften wie die Kinder.

»Los, holt den Wein«, brüllte ich jetzt, »es ist Zeit, sich zu besaufen.«

Ich schaute den Männern immer wieder tief erschüttert in die Augen und fühlte eine unbeschreibliche Genugtuung beim Empfang dieser wunderbaren Nachricht.

Der Berichterstatter aus dem verfluchten Kreuzfahrerlager hatte es zwischenzeitlich vorgezogen, sich verwundert und schweigend in sein Zelt zurückzuziehen.

Am nächsten Morgen sahen wir nichts von unserem Gast. Er schien in seinem Zelt zu ruhen.

Erst am Abend, als er verschlafen durch das Lager wankte, rief ich ihn heran: »Setzt Euch bitte zu uns an das Feuer, wärmt Euch etwas auf und erzählt uns mehr über das Lager der Kreuzfahrer.

»Also von Schwaben ist wirklich tot?«, hinterfragte ich noch einmal zweifelnd.

»Gibt es denn Nachrichten von seinen engsten Vertrauten von Saasheim, von Rüden und Clemens von Schlieben?«, setzte ich drängend nach.

»Von Schwaben ist wahrhaftig tot, so wahr ich hier sitze. Die anderen, die Ihr aufgezählt habt, sind alle noch am Leben, das weiß ich genau, weil ich im Lager zuletzt als Bote für diese Ritter tätig war!«, antwortete der Mann.

»Die abscheulichen Bilder aus dem Heerlager verfolgen mich Tag und Nacht. Ich werde sie verflucht einfach nicht los. Es herrscht dort völliges Chaos«, schüttelte er sich.

»Nachdem sie anfangs die Lust am Fressen, Saufen und Huren einte, so bekämpfen sich die verschiedenen Gruppen nun untereinander bis aufs Messer. Sie glauben im Sinne der Sache sei ihnen alles erlaubt und sie könnten sündigen, nur weil sie für Gott in den Kampf ziehen. Die christliche Führung scheint planlos, ja ohne jegliches Konzept. Es herrschen Disziplinlosigkeit der Kreuzfahrer untereinander, Eifersucht und Neid.«

Ich sah ihm die Erschütterung deutlich an, und er ereiferte sich immer mehr: »Jede Nation fühlt sich der anderen überlegen. Die Engländer gelten als Säufer und Hurenböcke, die Lateiner in Syrien als blasiert, verzärtelt und weibisch, die Deutschen als Wüteriche, unflätig und grenzenlos bei ihren Saufgelagen, die Normannen als langweilige Prahler, die Aquitanier als Verräter und käufliche Hundesöhne, die Burgunder als stumpfsinnig und beschränkt.«

»Eine grenzenlose Übertreibung, ohne Zweifel«, bemerkte von der Schewe. Der Gast schimpfte einfach weiter, als hätte er ihn nicht vernommen.

»Alle scheinen überzeugt, für eine gute Sache zu kämpfen, wie das die Kirche propagiert. Doch es geht ihnen meistens nur darum, fette Beute zu machen. Rauben, Stehlen und Plündern, und sie schlagen sich dabei gegenseitig die Köpfe ein.«

Ich versuchte, den Mann in seiner Wut zu bremsen, doch mit steigender Erregung rief er aus: »Eine Drecksbande, ein Maß von Verkommenheit, die betroffen macht. Selbst in den Augen der Araber der letzte Dreck und das nicht nur wegen des falschen Glaubens. Christen bekämpfen heißt Palästina ausmisten«, so behaupten sie. Sie seien gefährlich in ihrem Fanatismus, ein Volk, das den Tod zu lieben scheint.«

»Ein nicht gerade schönes Bild von uns«, warf ich betroffen ein.

»Doch in der langen Zeit der Belagerung gab es auch andere Momente«, machte der Gast seinen Gefühlen weiter Raum, »Momente, in denen die Kämpfer die Waffen ablegten, Christen und Moslems sich kennenlernten und miteinander Gespräche führten. Die, die müde und des Kämpfens überdrüssig waren, sangen und tanzten, gaben sich der Freude hin. Ein Rausch von Irrsinn. Ein gruseliges Dampfbad von verwirrten Gefühlen.«

Er vermochte sich nicht mehr zu beruhigen angesichts der gesammelten, absurden Bilder einer nicht erklärbaren Kreuzfahrt, einer scheinbar verwirrten Christengemeinschaft.

Ich schwieg tief berührt und betreten.

»Es soll Schiffe gegeben haben, beladen mit abgeschnittenen Nasen und abgehackten Gliedmaßen, eine Spezialität der Kreuzfahrer. Sogar eine Lanze soll ausgehändigt worden sein, voll mit Türkenlippen und Türkennasen, gehandelt als eine außerordentliche Trophäe. Gefangene mit ausgestoßenen Augen. Nichts wurde ausgelassen, selbst in den Gedärmen der Gefallenen soll man nach Gold und Edelsteinen gesucht haben.«

Unser Gast beruhigte sich gar nicht mehr.

»Ich bin es so leid, so verdammt leid«, stöhnte er hilflos wie ein Kind.

Ich konnte es gut nachvollziehen.

»Da lobe ich mir die alten Zeiten«, sprach ich.

»Vater hatte erzählt, wenn das Heer vollzählig war, habe man zur Vorbereitung einer Schlacht einen Tag des gottesfürchtigen Fastens und Betens angeordnet. Man habe sich gegenseitige Beleidigungen verziehen und sich einander Hilfestellung gelobt, insbesondere den Heerführern gegenüber.«

»Dafür tragen wir heute noch Zwiebeln der wilden Gladiolen, Siegwurz, bei uns«, warf von Wallenrode ein, »diese Art von Amulett soll den Kämpfer hieb - und stichfest machen.«

»Es lässt sogar Wunden besser heilen«, rief von der Schewe dazwischen.

Ich ließ die Nacht am Feuer mit süffigem Wein und Liedern von der Laute ausklingen. Wir mussten uns jetzt ablenken.

Noch des Nachts dachte ich angestrengt darüber nach, ob uns dieser Mann vielleicht behilflich sein könnte. Einer, der von den Söldnern aus Antiochia und Tripolis zufällig aufgegriffen, und in unser Lager gespült worden war. Vielleicht wusste er, wo sich die Gesandte befand, und wäre in der Lage, uns zu ihrem Aufenthaltsort zu führen. Er wusste um die Lage der Zelte und kannte die Gefolgsleute des verstorbenen Friedrich von Schwaben.

Leopold V. von Österreich, so hatte er noch abschließend erwähnt, wurde als Nachfolger Friedrichs gehandelt. Mit seiner Ankunft wurde im Frühjahr dieses Jahres gerechnet.

»Mit ihm«, so hatte er voller Hoffnung betont, »wird sich unter Umständen einiges ändern.«

Ein Rechtsbruch wird vielleicht wieder als Rechtsbruch angesehen, kam ich weiter ins Grübeln. Der Plan für eine Befreiung der
Gesandten musste genauestens durchdacht sein.

Mit diesen Gedankengängen fiel ich in einen tiefen, traumlo-
sen Schlaf.

Kapitel XVIII

Das deutsche Spital
vor den Mauern von Akkon

Das von mir und meinen Kameraden gemeinsam mit den Männern der Gesandten erstellte Zwischenlager am Mittelmeer bot
uns immer mehr Schutz und Sicherheit.

Am nächsten Morgen gab ich meinem inneren Drang nach und
ging gemächlichen Schrittes auf das Zelt unseres Gastes zu. Als
ich endlich vor ihm stand, saß er gedankenversunken auf einem
Hocker vor dem Eingang. Ich wagte, ihn nach einem kurzen Moment anzusprechen, gerade als er zu mir heraufsah.

»Setzt Euch doch zu mir, werter von Grüningen.«

Ich sah ihn hoffnungsfroh an und versuchte ganz vorsichtig
zu formulieren: »Ich will Euch nicht zu viel zumuten nach Euren
Entbehrungen und Grausamkeiten, die Ihr im Kreuzfahrerlager
erdulden musstet. Nachdem Ihr hier etwas Ruhe gefunden habt,
würde ich Euch gern eine unglaubliche Geschichte erzählen und
hoffe, am Ende auf Eure Hilfe bauen zu können.«

Er schaute mich mit interessiertem Blick an und meinte: »Ich
glaube, auf diese Geschichte bin ich wirklich neugierig, nachdem
eine gewisse Nachricht von mir Euch in so einen Taumel versetzt
hatte.«

Mit meinen wenigen Worten, die nur eine Andeutung sein sollten, verließ ich sofort wieder sein Zelt. Es war bei Gott nicht die
Zeit, aufdringlich zu werden. Es war auch eine Frage der Höflich-
keit, da er ein Mann von adligem Geschlecht war.

Es vergingen einige Tage, draußen war es recht kalt geworden.

Für mich und meine Ritter höchste Zeit, die Felle umzulegen und für die Pferde ein festes Quartier aus Holz zu bauen, wie wir das bei den Gemeinschaftsbauten bereits getan hatten. Zumindest sollte aus dem Provisorium eine Unterkunft entstehen, die uns warmen Unterschlupf bot, so lange, bis die Gesandte zurückgekehrt war.

Nächtelang saß ich mit meinen Mitstreitern am Feuer, und wir berieten sowohl die Pläne für eine Befreiung als auch Vorhaben, die für unsere weitere Zukunft von Bedeutung sein könnten. Aufgrund unserer geballten Schlagkraft als Ritter mit den Resten unserer Männer – keiner wusste, wie viele es überhaupt noch waren –, war es ein Leichtes, eine Anstellung als Söldnertruppe zu erhalten. Gute Kämpfer wurden in diesen Zeiten überall gebraucht.

Unser Aufenthalt hier bei unseren Befreiern und als Gäste der Gesandten sollte ja nicht von Dauer sein. Er währte so lange, bis sie entweder zurück war oder wir einen brauchbaren Plan entwickelt hatten, sie aus dem Lager der Kreuzfahrer zu befreien. Meine Vermutung hatte sich bestätigt. Die Ritter um von Schwaben hatten, wie damals bereits angedeutet, die Gesandte offensichtlich als Geisel genommen, bis zu dem Zeitpunkt, wenn sie unserer wieder habhaft werden konnten. Wenn es nicht so wäre, hätte man nach dem Versterben Friedrichs bestimmt über ihre Männer ein Zeichen erhalten.

Nach den Berichten ihrer Leute mussten die Häscher von Schwabens davon ausgehen, dass wir mit ihrer Hilfe überlebt hatten.

Als unser Freund von Brühaven einigermaßen genesen war, suchten wir das Gespräch mit unserem Gast, der sich zwischenzeitlich gut eingelebt hatte und uns bei den täglichen Arbeiten fleißig zur Hand ging.

»Es ist schön, Euch allabendlich in unserer Mitte zu wissen«, begrüßte ich ihn wohlwollend. Er erwiderte ohne Umschweife: »Ich bin sehr froh, bei Euch als Gast aufgenommen worden zu sein. Ihr könnt sicher sein, dass ich das nicht so schnell vergessen werde.«

Es hatte sich mit der Zeit zu diesem Mann, der schon zur ersten Belagerungsbesatzung vor Akkon gehört hatte, fast ein freundschaftliches Verhältnis aufgebaut. Er war ein erfahrener Kämpfer und ein versierter Stratege, was militärische Aktionen anbetraf.

Eines Abends, als wir mal wieder im erlauchten Kreis zusammensaßen und uns einer Art Entspannung hingaben, durften wir den Geschichten unseres neuen Freundes lauschen.

»Ich gehörte zu den Männern, die schon sehr frühzeitig eingeteilt wurden, Akkon von der Seeseite her anzugreifen«, erzählte Hugo von Baysen, so lautete sein Name.

»Neben dem bekannten Turm der Fliegen gibt es noch einen weiteren, sehr widerstandsfähigen in der Hafenbucht. Man nennt ihn den verfluchten Turm. Er steht im Nord-West Teil der Befestigungsanlage in der Stadtmauer. Verflucht deshalb, weil nach einer christlichen Legende dort die dreißig Silberlinge des Judas Ischarioth gemünzt worden sein sollen. Es sei, wie es sei. Zu meiner Zeit galten sie jedenfalls beide als uneinnehmbar. Es mag auch daran gelegen haben, dass sich unser Heerführer Guido von Lusignan Ende August des letzten Jahres zu einem Angriff auf Akkon hat leichtfertig hinreißen lassen, und zwar ohne ausreichende Streitmacht und ohne jegliches Sturmgerät. Das Unternehmen schlug fehl und endete in einem Feldlager auf dem Berg Toron, wo wir auf Verstärkung warteten.«

Sein Gesichtsausdruck nahm fast verträumte Züge an, als er weiter ausführte: »Der Platz war gut gewählt. Er ist lediglich fünftausend Schritt in direkter Linie gerechnet von Akkon entfernt, so dass von dort alles zu beobachten war, was in der Stadt vor sich ging. Wasser vom Belus war vorhanden, ein kleiner Fluss, der den Hügel umspült, bevor er sein reines, klares Wasser ins Mittelmeer ergießt.«

Er sah sich im Kreis um und blickte in erwartungsvolle, spannungsgeladene Gesichter.

Ich nutzte diese sichtlich gute Stimmung aus und sprach zu der Runde.

»Meine edlen Herren, das Schicksal hat uns so zusammengeführt, dass ich vorschlage, uns untereinander mit dem Du zu begegnen, es würde mich freuen.«

»Keine Frage«, ergriff von der Schewe sofort das Wort.

»Wir sind eine verschworene Kampfgemeinschaft geworden, da geziemt es sich, in gebotener Freundschaft miteinander umzugehen.«

Ich blickte in die Runde und sah nur Zustimmung in den Gesten.

»Erzähl uns jetzt von deinen Kampferfahrungen«, verlangte von Brühaven. Hugo von Baysen holte tief Luft und setzte seine Schilderung fort: »Als ein typisches Beispiel für die verkommene Moral und die Verlogenheit dieser christlichen Glücksritter gilt für mich auch Guido von Lusignan, unser Heerführer. In der Schlacht von Hattin hatte Saladin ihn damals gefangen genommen. Bald schenkte er ihm jedoch die Freiheit, unter der Bedingung, er möge nie wieder Waffen gegen seine Person führen.«

Von Baysen räusperte sich kurz, steckte sich und berichtete weiter: »Selbstverständlich entschloss sich Guido von Lusignan, kurzfristig wieder gegen Saladin weiterzukämpfen, und zog von hier nach Akkon. Als Saladin ihm daraufhin Eidesbruch vorwarf, kam er auf eine perfide Idee und in einem Anfall von Borniertheit darauf, diesem zu erklären, er trage ja gar keine Waffen. Sein Schwert hänge immer noch hinten an seinem Sattel. Den Helm habe er dort nur ausschließlich zum Schutz gegen feindliche Pfeile befestigt. Als in einer weiteren Auseinandersetzung um Akkon ein Großmeister des Templerordens, der einen ähnlichen Eid wie von Lusignan abgegeben hatte, Saladin wieder in die Hände fiel, muss man Verständnis dafür hegen, dass Saladin dem Mann des Templerordens daraufhin ohne weitere Erklärung den Kopf abschlug.«

Von Baysen machte auf mich den Eindruck eines sehr feinfühligen Menschen, der sich in den langen Jahren seiner Kampfeinsätze nun mit moralischen Fragen nach dem »Warum« auseinanderzusetzen schien.

Er nickte zur Bekräftigung seiner Eindrücke und ereiferte sich: »Das Wort Treulosigkeit dominiert bei allen Versuchen von Abmachungen zwischen den Beteiligten. Sein Wort zu brechen, scheint guter Brauch zu sein. Die Araber setzen das Gerücht in Umlauf, die Franken schlössen einen Waffenstillstand, wenn es ihnen an den Kragen gehe, und brechen ihn wieder, sobald sie sich erstarkt fühlten. Angeblich sei dies überhaupt ein guter Ton der Christenmenschen in Palästina.«

Er bewegte angewidert sein Haupt hin und her. Die Zuhörer gingen schweigend in sich. Wer war nicht versucht, bei diesen Geschehnissen die Moral der kämpfenden Parteien in Frage zu stellen?

Hugo von Baysen zeigte sich tief erschüttert, als ich ihm dann die Geschichte von der infamen Gefangennahme durch die Gefolgsleute von Friedrich von Schwaben erzählte. Ich berichtete von den unerträglichen Verhältnissen in der Haft und zeigte ihm die Verwundungen, die jeder von uns durch die Schergen erfahren hatte.

»Das Ganze nur«, erläuterte ich, »um den Eindruck zu verhindern, dass wir unter Umständen mit dem Rückzug unserer Leute aus dem Kreuzfahrerheer dieses nicht nur geschwächt, sondern darüber hinaus, sich weitere Teile der kämpfenden Heeresteile angespornt gefühlt hätten, es uns gleich zu tun, von Antiochia den Rückzug in das Abendland anzutreten.«

Er erwiderte nachdenklich: »Eines verstehe ich nicht. Als Ihr mit Euren Leuten und dem Heer weitergezogen wart und wieder weit vom Hafen in Antiochia entfernt, hätte man die gesamten Maßnahmen einstellen und Euch wieder in das Heer eingliedern können.«

»Sie hatten wohl nach den Vorkommnissen mit den Folterungen in der Gefangenschaft höchste Bedenken«, antwortete ich, »dass wir das ohne weiteres so hinnehmen und uns mit unseren Leuten rächen würden. Deshalb gebührt dem Gesandten unser aller Dankbarkeit und Respekt. Er hat es mit seinen Leuten gewagt, uns vor Akkon zu befreien. Er ließ durch seine Männer dafür sorgen, dass unsere Ketten von den Belagerungstürmen abgetrennt wurden. Ich werde nicht eher gehen, bis wir unseren Lebensretter unversehrt in unserer Mitte begrüßen dürfen.«

Die anderen Ritter betonten lautstark ihren Willen, es mir gleich zu tun.

Jetzt trug ich von Baysen die alles entscheidende Frage an, mit der ich solange gewartet hatte: »Hast du etwas von einem Gesandten aus Antiochia oder Tripolis im Lager der Kreuzfahrer mitbekommen?«

Schweigend schaute ich ihn an, meine Spannung war mir wohl ins Gesicht geschrieben.

Er überlegte lange und schluckte.

»Ja, es gibt ihn noch. Er bewohnt ein eigenes Zelt auf dem Befehlshaberhügel. Dort, wo die bedeutenden Leute untergebracht sind, ganz am Rande des Kreuzfahrerlagers. Unter dem Schutz seiner Bannerträger und offensichtlich unter der Bewachung der Krieger des Oberbefehlshabers. Bis vor kurzem noch Friedrich.«

»Wie geht es ihm?«, bedrängte ich von Baysen weiter.

»Von einem schlechten Gesundheitszustand ist mir nichts bekannt«, stellte er sachlich fest.

»Das ging immer wie ein Lauffeuer durch unser Lager, wenn einer erkrankt oder gar gestorben war.«

Von Baysen erhob sich fast feierlich und gab jedem die Hand. Dabei erklärte er: »Eure unglaubliche Geschichte hat mich so erschüttert, dass ich Euch jede geeignete Hilfe anbiete. Ich kenne die aktuelle Lage aller Befehlshaberzelte und werde Euch, sobald Ihr das wünscht, dort hinführen.«

Ich ging zu allen hinüber, Tränen glitzerten teilweise in den Augen dieser harten Männer.

Wir schauten uns an und reichten uns wie zum Treueschwur die Hände. Die Erinnerungen hatten uns eingeholt, und hier waren wir auf einen zuvor wildfremden Mann gestoßen, der von unserer erlittenen Schmach erschüttert schien.

Nach einer längeren Pause und lähmender Sprachlosigkeit meldete sich von Baysen wieder zu Wort: »Ich kenne einen besonderen Ort vor den Mauern von Akkon, am Rande des Heerlagers, der sich Feldlazarett zu Akkon nennt. Es ist eine Begegnungsstätte zur Linderung der ärgsten Not. Es nennt sich auch Narratio. Es wurde von frommen Kaufleuten aus Lübeck und Bremen gegründet. Eine Art Spital.«

Ich sah hinüber zu ihm und hatte irgendwie das Gefühl, dass er etwas Besonderes, ja, Persönliches mit diesem Ort verband. Er bemerkte, dass ich überlegte. Ich sah es an seinem Blick, den er mir in diesem Moment zuwarf. Es war so eine Art geteilte Weltanschauung, besser wusste ich es nicht zu umschreiben.

»Man hat das Segel einer Kogge aufgespannt, um den Leidenden Schutz vor der Sonne zu gewähren«, fuhr er fort.

»Sie haben zwischenzeitlich auch dafür gesorgt, dass diese Einrichtung mit dem Notwendigsten für die Kranken und Verwundeten ausgerüstet wird. Ein gewisser Sibrand ist Vorsteher dieses Feldlazaretts. Man hört nur Gutes von diesem Ort der Ermutigung und Hoffnung.«

Ich wusste, jetzt würde er von seiner eigenen Erfahrung berichten.

»Aus vorstehendem Grunde hatte ich dieses Lazarett selbst einmal aufgesucht, um mich nach einer Verwundung dort versorgen und verbinden zu lassen. Ich kenne genug Menschen, die dort Tag für Tag fromme Arbeiten verrichten, unter anderem eben den Magister Sibrand. Es wäre an uns, erst einmal diesen Ort des Friedens zu erreichen, um von da aus Informationen über den Verbleib des Gesandten zu erhalten. Euer Ritter von Brühaven ist nach wie vor verletzt, so dass wir das als Beweggrund nutzen könnten, um dort um Hilfe zu ersuchen.«

Von Brühaven, der sich von einer weiteren Untersuchung sehr viel versprach, erklärte sich sofort einverstanden:»Ich bin bereit, trotz meiner Behinderung dabei mitzumachen.«

Auch von Wallenrode zeigte sich von dieser Idee beeindruckt und rief aus: »Ich habe von diesem Ort gehört. Es ist eine Stätte, wo wahrhaft Frieden herrscht und jedem Bedürftigen Hilfe zuteilwird.«

Die Männer des Gesandten, die sich mit einer offiziellen Aufforderung einer Herausgabe ihres Befehlhabers bisher zurückgehalten hatten, wurden umgehend eingeweiht.

Zur Klarstellung erklärte der Vertreter Lütfi Bey: »Die formelle Aufforderung an den Oberbefehlshaber des Kreuzfahrerheeres, bisher Friedrich, hätte sich zu schwierig gestaltet. Wir hätten uns zuerst mit den Unterführern Saladins auf einen Rückzug des Gesandten mit seinem Gefolge einigen müssen. Darüber hinaus musste man davon ausgehen, dass sich zwischenzeitlich bei den muslimischen Kämpfern herumgesprochen hat, dass Kampfeinheiten von Antiochia und Tripolis nun doch an dem Angriff auf die Stadt teilgenommen haben.«

Er holte tief Luft, als würde ihn das Problem erdrücken.

»Das, obwohl wir dem Kreuzfahrerzug ja abgeschworen hatten. Ohne jeden Zweifel eine feindselige Handlung. Ich sah es daher als zwingend an, sich zurückzuhalten. Solange, bis der Gesandte zurückgekehrt ist. Für einen Waffengang mit den Muselmanen des Sultan Saladin hätten unsere Kräfte niemals gereicht.«

Es war eben auch strategisch eine nicht gerade unkomplizierte Situation.

Die Männer des Gesandten hatten ihre ganz eigene Meinung dazu, wie ich das erkennen musste. Ihr Vertreter, Lütfi Bey hielt sich nicht zurück, als er in der Frühe des Tages in unserer Runde erklärte: »Wie Ihr wisst, edle Ritter, sind wir über das Meer hier angekommen. Nach langen, teilweise hitzigen Gesprächen unter uns, sehen auch wir es als beste Chance an, wenn ein kleines Kontingent versuchen würde, über den Hafen von Akkon an die Stadtmauer zu gelangen. So haben wir bereits zwei unserer Männer aus Antiochia damit betraut, die Fischer über drei Tage zu beobachten, wann und auf welche Art und Weise sie sich bei ihren Fangunternehmungen auf dem Meer bewegen. Danach, so waren sie angewiesen, sollten sie ein gewöhnliches Fischerboot ausleihen oder kaufen, das ausreichend Platz für zehn Kämpfer bietet.«

»Eine hervorragende Idee«, ließ ich meiner Begeisterung freien Lauf.

Etwas später kamen die Männer sofort nach ihrer Rückkehr vom Strand zu uns an das Zelt.

»Es erscheint äußerst sinnvoll«, so ihr Vorschlag, »an einem frühen Abend gemeinsam mit den anderen Fischerbooten fangbereit hinauszufahren, um sich dann so nah wie möglich an die Hafenanlagen von Akkon heran treiben zu lassen. Wir haben es geschafft, ein Boot zu erwerben, und haben es sofort einsatzbereit am Strand platziert.«

»Das ist gut gelungen«, erklärte ich in Übereinstimmung mit den anderen.

Einige Tage vor Beginn des Unternehmens erfolgte die letzte Besprechung mit vier Gefolgsleuten des Gesandten, den fünf Rittern und ihrem Gast von Baysen.

Ich erkannte das Leuchten in den Augen der Anwesenden, die nach diesen langen Tagen der erzwungenen Ruhe voller

Tatendrang schienen, und erklärte ihnen: »Wir werden uns übermorgen in den frühen Abendstunden mit dem Karren an den Strand heranfahren lassen und lediglich die Schwerter bei uns führen. Die werden wir unter der Takelage und den Netzen im Boot verstecken. Ebenso unsere Kettenhemden in wasserdichte Schweineblasen.«

Noch immer leuchtete es in ihren Augen.

»Alle Männer, die uns begleiten, werden wie wir, zur Tarnung die Kleidung der hiesigen Fischer tragen. Zwei Männer werden das Boot führen. Die anderen sollen sich bis zur Ankunft in Akkon auf Befehl in der Takelage an Bord verstecken.«

»Das hört sich gut an«, rief von der Schewe dazwischen.

»Wir müssen von außen wie ein gewöhnliches Fischerboot erscheinen. Es gilt, so nah wie möglich an die äußeren Hafenanlagen am Deich heranzukommen. Es wird schwer genug, da es dort zahlreiche, gefährliche Klippen gibt. Deshalb sind wir auf die besondere Hilfe unserer Gastgeber angewiesen.«

Ich blickte zu den vier Männern unserer Befreier herüber und nickte.

»Ihr habt vier Eurer besten Seemänner für dieses Landungsmanöver abgestellt. So bitte ich die Seeleute, das Boot entsprechend vorzubereiten und den Karren zur rechten Zeit bereitzuhalten.«

Kapitel XIX

Die Hafeneinfahrt von Akkon

Schon kurze Zeit später kletterten wir vorsichtig auf den Karren, der, von zwei Pferden gezogen, Richtung Küste fuhr. Kleidung und Waffen hatten wir sicher verstaut. Wir waren elf Männer – einer musste ja den Karren ins Lager zurückbringen – die vor allem bereit waren, ihre gesamte Leidenschaft und Kampfkraft für die Befreiung der Gesandten einzusetzen.

Ich bestieg mit meinen Kampfgenossen bei widrigen Wetterverhältnissen das Fischerboot, das überraschend viel Platz bot und gut ausgerüstet war. Der Wind schnitt eiskalt in mein Gesicht. Meine Hände wurden kalt und steif. Als die Fischer ihre Boote auf das Meer hinauszogen, fanden auch wir uns bereit, den Kahn an einem langen Seil in das Wasser zu lassen. Ich watete durch die Fluten und sprang hoffnungsvoll ins Innere des Bootes. Die Wellen klatschten an das nasse Holz und an meinen Körper. Mir wurde elend kalt und nass. Fröstelnd versuchten die Männer, sich unter der Takelage einzurichten. Nur ich, von Baysen und zwei Seeleute aus Tripolis blieben oben.

Ich glaube, alle anderen waren verdammt froh, auf diese Weise dem eiskalten Wind etwas ausweichen zu können. Wir folgten den Fischerbooten auf das Meer hinaus. Die Wasseroberfläche schimmerte grau und abstoßend. Es hatte für mich immer etwas Bedrohliches und Befremdliches gehabt. Ich musste zugeben, ich hasste das verfluchte Wasser. Es erinnerte mich an Übelkeit und Gestank. Ich konnte mich einfach nicht daran gewöhnen. Die Küste blieb als Orientierung immer im Sichtfeld. Es herrschte absolute Stille.

Nur das Geräusch der gleichmäßig eintauchenden Ruder begleitete uns. Der Wind riss die Takelage immer wieder hoch, die von mehreren Händen gleich wieder heruntergezogen wurde. Der Horizont verschwamm zerstückelt in Wolkenfetzen vorne am Bug.

Von Baysen, überlegte ich, war damals mit einer der ersten Gruppen von Kreuzfahrern auf einer Galeere in Akkon angelandet. Er konnte sich bestimmt noch schwach an die Hafenanlagen erinnern. Uns würde genügen, im Schatten des Deiches an Land zu gehen, sodass wir den inneren Teil des geschützten Hafens nicht zu erreichen brauchten.

Nach einer langen, unangenehmen Fahrt mit hohen Wellen, eisigem Wind, nassen Kleidern und gefrorenem Gesicht, sahen wir endlich in der Ferne die Halbinsel. Es wurde verdammt noch einmal Zeit, endlich Land zu erreichen. Lodernde Feuer ließen die Hafeneinfahrt immer näher und deutlicher erscheinen.

Die Umrisse der Altstadt und die starke Deichmauer wurden sichtbar.

Jetzt erkannte man auch den Wall mit den Wehrtürmen, der die Stadt gegen das Festland hermetisch verschloss.

Aufgrund der unangenehmen Windverhältnisse und des hohen Wellengangs waren uns keine feindlichen Schiffe begegnet.

Die Seeleute, die für die Umschiffung der gefährlichen Klippen gewonnen worden waren, versuchten mit all ihren Erfahrungen unsere Gruppe gesund ans Ufer zu bringen.

Ich rief ins Innere des Bootes: »Macht euch fertig, wir haben die Küste bald erreicht. Bei dem Seegang wird es besser sein, die Kleidung und die Waffen in ein Netz zu schnüren, um sich erst an Land umzukleiden und einzurüsten. Los, vorwärts!«

Es gestaltete sich äußerst schwierig, bei diesen hohen, brechenden Wellen das Boot sicher an Land zu bringen. Es war besser, es nach Verlassen hinaus auf das Meer treiben zu lassen. Reste eines unbekannten Schiffskörpers an der Mauer würden sofort Alarm auslösen. Deshalb entschlossen wir uns nach kurzer Diskussion, insbesondere nach dem klugen Rat unserer Seeleute aus Tripolis, die Holzschale schwimmend zu verlassen. Zur Sicherung verknoteten wir unsere Körper mit Tauen und zogen das Netz mit der Kleidung und den Waffen, so gut es ging, hinterher.

Dieses Manöver nötigte uns unsere gesamten körperlichen Kräfte ab.

Einer machte den Anfang, als das Boot, getragen in der Gischt einer hohen Welle, auf die Küste stieß. Die anderen sprangen hinterher, so dass es unter gegenseitiger Hilfe endlich gelang, die Männer an Land zu bekommen. Das Netz mit der Kleidung und den Waffen wurde schwer und schwerer. Wir benötigten übermenschliche Anstrengungen, es endlich an das Gestade zu ziehen.

Als fast alle Männer am Strand lagen und keuchten, hörten wir plötzlich Hilferufe aus den Wellen.

»Verdammt, einer fehlt«, schrie ich in den Lärm der ohrenbetäubenden Gischt.«

Ich zählte schnell die Kämpfer durch.

»Dahinten«, schrie von der Schewe verzweifelt. Der noch immer verletzte von Brühaven war wohl als Schlussmann unbemerkt abgetrieben worden. Ohne mit der Wimper zu zucken, warfen sich unsere Seeleute aus Antiochia in die Fluten. Sie schwammen hinter den schwankenden Bootskörper. Ihre Köpfe tauchten immer wieder in den starken, klatschenden Wellenbergen auf. Nichts war zu finden. Plötzlich schrie von Barnheim: »Dort, eine Bewegung an dem Felsvorsprung da hinten.«

Ja, jetzt sah ich ihn auch. Von Brühaven klammerte sich verzweifelt fest. Wir warfen ein Tau in seine Richtung, und mit Hilfe der Männer aus Antiochia schafften wir es, ihn gemeinsam an Land zu ziehen.

Ich warf mich mit den anderen der Reihe nach schwer keuchend auf den steinigen Boden. Hautabschürfungen am ganzen

Körper nahm ich jetzt in Kauf. Ich musste mir Zeit lassen, zumindest so lange, bis ich, einigermaßen beruhigt, tief und ausreichend atmen konnte. Von Brühaven, so begriff ich schnell, würde etwas länger brauchen, um wieder zu Kräften zu kommen.

Unter meinen wachen Augen wurde das Boot endlich in das offene Meer getrieben. Ich jubelte gedämpft, als ich seine Umrisse am Horizont nicht mehr zu sehen vermochte.

»Seht zu, dass ihr die nassen Kleider vom Körper bekommt und tauscht sie mit den trockenen aus den Schweineblasen. Jeder nimmt seine Waffe an sich, dass ihr so schnell wie möglich kampfbereit seid«, keuchte ich erleichtert.

Ich war mit der gelungenen Landung zufrieden.

»Männer«, flüsterte ich, »jetzt haben wir etwas Zeit. Wichtig ist, dass wir unentdeckt bleiben. Von Baysen wird uns jetzt führen. Achtet auf jedes Handzeichen von ihm.«

Sobald ich mich wieder einigermaßen eingerichtet hatte, befiel mich sofort wieder diese Unruhe, wenn ich an meine geliebte Gesandte dachte. Was hatte sie für mich in Kauf genommen, welche Entbehrungen hatte sie erleiden müssen? War ihr das von Anfang an bewusst, oder war sie von diesem Unbill völlig überrascht gewesen?

War das Kreuzfahrerlager ein sicherer Unterschlupf, oder wurde sie bedroht oder gar gefoltert? Letzteres traute ich selbst den Schergen des verstorbenen Friedrichs nicht zu. Das hätte mit Sicherheit Konsequenzen. Noch mussten seine Ritter davon ausgehen, dass wir überlebt hatten, denn wir waren es, die man mit der Geiselnahme treffen wollte. Über die Gesandte wollte man an uns kommen.

Gleichzeitig spürte ich ein Wohlgefühl in mir hochsteigen. Ein Gefühl voller Liebe und Zärtlichkeit. Sie war gewachsen, immer mehr, die anfängliche Zuneigung. Es hatte mich weggerissen, als sie mir das erste Mal offenbarte, wer tatsächlich hinter dieser

Verkleidung steckte. Als ich mit unbeschreiblicher Überraschung in Sefuras weibliches Antlitz schaute. Als ich sie in den Besprechungen wiedersah, ja darauf brannte, in ihre Nähe zu gelangen, hatte es mich endgültig gepackt. Dann die Nächte voller Grübeln, die großen Zweifel, ob ich mir nur einbildete, mehr als ein Mitstreiter zu sein.

Ich war verrückt darauf, ihrer Stimme bei den Vorträgen zu lauschen. Jedes Wort sog ich in mir auf, jede Bewegung hielt ich fest. Meine Augen ließen nicht von ihr ab, keinen Augenblick ihrer Anwesenheit. Dann das Begehren, ihr körperlich nah zu sein. Die überschäumende Freude, hinter ihr zu stehen und ihren Körper unter dem Kettenhemd zu spüren. Mit allen Sinnen die Schläge ihres Herzens wahrzunehmen und die flüchtige Berührung ihrer zerbrechlichen Hände.

Ja, verdammt, ich liebte sie, dieses Weib in Rüstung, wollte sie besitzen, diese Frau, die mich verzaubert, die mir den Schlaf entrissen und meine Gedankenwelt für sich eingenommen hatte.

»Von Grüningen«, hörte ich aus weiter Ferne, »edler Ritter, bist du eingeschlafen, oder können wir noch mit dir rechnen?«

Die Stimme von Barnheims riss mich aus den Träumen, brachte mich sofort wieder auf die Füße.

»Wir wären dann so weit, wir sind abmarschbereit und wild entschlossen«, sprach er in ruhigem, konzentriertem Ton.

Von Baysen trat an meine Seite und machte ein Zeichen, sodass alle Anwesenden ihre Köpfe zusammensteckten.

»Ich führe euch nun zum Spital am Rande des Heerführerlagers vor der hohen Stadtmauer von Akkon. Friedrich von Schwaben war bei seiner Entdeckung über so eine enorme deutsche Tatkraft hocherfreut«, bemerkte er und fuhr von Stolz erfüllt fort: »Er lobte die Verwaltung des kleinen Lazaretts durch die Bremer und Lübecker.«

»Ja, die Idee einer solchen Einrichtung, ist nicht schlecht«, bemerkte von Brühaven.

»Ob die ihre Stiftung als mildtätige Gabe oder als eine Art Dauereinrichtung sehen wollten oder nur als einen vorübergehenden Behelf in Notfällen, ist mir nicht bekannt«, führte von Baysen weiter aus.

»Von Schwaben jedenfalls nahm es sofort unter seine Obhut und war angesichts solcher gezeigten Barmherzigkeit überzeugt, sie zu einer Dauereinrichtung ausbauen zu müssen. Guido von Lusignan plante bereits schon ein festes Haus dafür in Akkon, in der Stadt, die noch nicht einmal erobert war.«

»Manchmal leiden sie an tatsächlicher Wirklichkeitswahrnehmung, diese sogenannten Feldherren«, schmunzelte von der Schewe, der sich offensichtlich für diese Einrichtung begeistern konnte.

Von Baysen hüstelte, um dann ohne Umschweife weiter auszuführen: »Von Lusignan, mein ehemaliger Befehlshaber, hatte auch, wie man mir damals erzählte, dort ein bestimmtes Haus im Blickfeld. Ein Gebäude, in dem die Armenier einzukehren pflegen. Vermutlich ist es so eine Art armenisches Hospital. Es soll sogar eine Gründungsurkunde von Guido von Lusignan geben, dem Verlierer von Hattin und dem König von Jerusalem. Er ging so weit, dass er bestimmte, dass für den Fall, dass sich diese Schenkung nicht verwirklichen lassen sollte, er den Deutschen als Ersatz ein Grundstück daneben zueignen würde. Darauf sollten sie eine Krankenanstalt ganz nach ihrem Belieben bauen dürfen.«

Sein Gesicht strahlte vor innerer Freude.

»Darüber hinaus sollte das Spital noch ein zusätzliches Stück Land erhalten. Es lässt sich wohl nicht genau sagen, wann dieses Lazarett genau gegründet worden ist.«

»Gott sei Dank soll es ja Urkunden für solche Fälle geben«, bemerkte von Wallenrode besserwisserisch. Von Baysen störte sich keinen Deut daran.

»Es könnte bereits Ende August 1189 gewesen sein, als wir gerade mit der Belagerung von Akkon begonnen hatten. Bruder

Sibrand, der Vorsteher des Spitals, hatte sich auf Nachfragen sehr sicher gezeigt, dass es eine entsprechende Schenkungsurkunde von Guido von Lusignan gab.«

»Ja, das meinte ich doch vorhin«, erwiderte von Wallenrode mit siegessicherem Lächeln.

Die neun Kämpfer hatten den Ausführungen von Baysens in aller Ruhe und mit großem Interesse zugehört.

»Aufgeschlagen wurde das Spitalszelt hinter dem Nikolaifriedhof am Toronhügel, einem Friedhof, nordöstlich, außerhalb der Stadtmauern Akkons gelegen. Der hatte immer schon als Totenacker gedient. In seiner Erde ruht neuerdings so manch kostbare, honorige Kreuzfahrerleiche.«

Er sprach's und drehte sich abrupt um, gürtete sein Schwert und flüsterte fordernd: »Folgt mir, ich führe Euch hin.«

Mit diesen Worten setzte sich die Gruppe Bewaffneter in Bewegung. Nach vorheriger gewohnter Einteilung wurden alle Seiten militärisch ordnungsgemäß in Marschformation gesichert. Ich fand es beklemmend, das Gefühl, wieder zurück im alten Lager zu sein. Ein Feldlager, das zwischenzeitlich, den Berichten nach, so viel Elend hatte erleben müssen.

Es war tiefschwarze Nacht geworden. Nur die Lagergeräusche drangen über den Wind getragen an mein Ohr. Hier und dort hörte ich das Bellen eines Hundes oder das Schreien und Wimmern von verletzten oder kranken Menschen.

Äußerst vorsichtig schritt ich am Rande des Lagers an Zelten und Unterkünften vorbei, bemüht, jedem Kontakt aus dem Wege zu gehen. Jetzt in dieser Phase durfte nichts mehr schief gehen.

Plötzlich blieb von Baysen stehen. Er deutete auf ein riesiges, knisterndes Feuer, ein paar hundert Schritt entfernt. Im Hintergrund sah man deutlich die Umrisse eines großen gespannten Segels.

»Dort liegt es, das Spital, von dem ich sprach, welches in dieser Zeit des Hungerns und Dahinsiechens bestimmt an Bedeutung gewonnen hat. Ich schätze, die Herren Guido von Lusignan und Friedrich von Schwaben hatten recht, was die Wichtigkeit dieser Einrichtung für die Kreuzfahrer anbetrifft. Ich gehe davon aus, dass nach der geschilderten Brutalität dieses Mannes Euch gegenüber, er sich in den letzten Monaten seiner Krankheit besonnen hat. Er hat sich bestimmt bereit gemacht für den nahen Auftritt vor seinem Herrgott. Es immer dasselbe bei diesen hohen Herren. Bevor sie abkratzen, entdecken sie die Barmherzigkeit, Güte und Großzügigkeit wieder, die so lange verschollen schienen. Im Antlitz des Todes will man so manches Unrecht wieder gut machen.«

»Es könnte tatsächlich so gewesen sein«, überlegte von Wallenrode laut mit.

»Er war bestimmt sehr dankbar dafür, für seine Person diese besondere Qualität von menschlichen Neigungen im Spital zu spüren.«

Von Baysen, der schon einen Gedanken weiter war, sagte laut und bestimmt: »Ich werde sofort Kontakt zu Magister Sibrand aufnehmen, der mir bestens bekannt ist. Wartet hier im Schatten der Zelte, bis ich ein Zeichen gebe.«

Von Baysen, ein Mann, den der Zufall in das Lager der Gesandten von Antiochia und Tripolis gespült hatte und das genau zur rechten Zeit, dachte ich voller Dankbarkeit bei mir.

Wir Ritter bildeten mit den Männern der Gesandten einen Kreis und versuchten, uns mit Gesprächen wach zu halten. Hier und da trug der kalte, schneidende Wind Gesprächsfetzen vom Spital herüber, unterbrochen durch das Klagen und Weinen der Kranken.

»Es ist eine unheimliche, unwirkliche Stimmung hier im Lager«, gab ich nachdenklich meine Gefühle preis.

Nach geraumer Zeit war es dann soweit. Von Baysen kam in Begleitung eines weiß gewandeten Mannes zu uns. Der setzte sich, ohne zu zögern, in unsere Mitte.

»Ich grüße Euch, edle Ritter, mein Name ist Magister Sibrand. Ich bin der Vorsteher dieser gottesfürchtigen, barmherzigen Einrichtung. Eine Zuflucht für Kranke, Verwundete und Verfolgte. So wie Ihr es zu sein scheint, musste ich mit Erstaunen von Bruder von Baysen hören. Seid nochmals willkommen geheißen, auch im Namen Gottes. Ich führe Euch jetzt zu unserer bescheidenen Unterkunft. Sie ist zuletzt etwas erweitert worden. Dort könnt Ihr ein Zelt für Euch beziehen. Den verletzten Ritter von Brühaven bitte ich, mir direkt zu folgen. Ich werde mir umgehend in Ruhe die Wunde anschauen. Fühlt Euch aufgenommen und geborgen. An diesem geheiligten Ort Gottes wird Euch nichts geschehen.«

Das Rasseln der Kettenhemden begleitete uns bei jedem Schritt in Richtung Spital. Doch dieses abschreckende Geräusch des Krieges schien Bruder Sibrand überhaupt nicht zu stören.

»Ihr dürft Euch bis auf Weiteres dort aufhalten, bis Ihr zu einem Entschluss gelangt seid. Das habe ich Bruder von Baysen versprochen.«

»Wir bedanken uns auf das höflichste für Eure zuvorkommende Behandlung, Magister Sibrand«, erwiderte ich, »wir werden Euch über alle geplanten Schritte vorab unterrichten. Wir wären Euch sehr dankbar, wenn Ihr uns mit Eurem Rat weiterhin zur Seite stündet.«

Er nickte verständnisvoll und verließ das Zelt.

Anschließend setzten wir uns zusammen und besprachen das weitere Vorgehen.

Von Baysen überlegte: »Da wir den großen Vorteil besitzen, in unseren Reihen Mitglieder aus Antiochia und Tripolis zu haben, sollten diese vorsichtig das Lager mit mir durchkämmen. Wir müssen sicherstellen, wo sich der Gesandte zurzeit aufhält. Wenn sich in der Nähe dieser Unterkunft Gefolgsleute befinden, so würde ich dazu raten, dass Ihr mit denen Kontakt aufnehmt«, richtete er sich gleichzeitig an die Leute von Antiochia und Tripolis.

Ich fuhr etwas ungeduldig dazwischen: »Wir müssen sie wissen lassen, dass eine Befreiung geplant ist. Unseren Aufenthalt sollten wir keinesfalls preisgeben. Zurzeit ist im Lager leider Verrat gang und gäbe. Auch darf man nur solche Leute ansprechen, die absolut vertrauenswürdig sind.«

Ein Kämpfer aus Antiochia antwortete: »Der Vorschlag ist akzeptabel. Es könnte gut sein, dass uns bekannte Gesichter unter den Wachleuten oder den Bannerträgern begegnen werden.«

Bereits gegen Mittag bei hochstehender Sonne brachen von Baysen und ein Kämpfer aus Antiochia sowie ein Kämpfer aus Tripolis auf, um das Verbleiben des Gesandten herauszufinden.

»Ich muss dabei sein«, hatte ich darauf gedrängt, unbedingt mitgehen zu dürfen.

»Das Ganze sollte erst einmal so unauffällig wie möglich gestaltet werden«, riet von Baysen ab.

»Ich verspreche Euch, ich werde mich zurücknehmen«, bat ich demütig geworden.

»Dann kommt mit, in Gottes Namen.« Von Baysen meinte es gut mit mir.

Weder er noch die Männer aus der Levante würden erheblich auffallen oder einen Grund für Panik bei den Lagerinsassen auslösen. Auch ich vermummte mich dergestalt, dass man mich nicht erkennen konnte.

Hinzu kam, dass sich nach den schlimmen Seuchen und den Hungerkatastrophen die Menschen zurückgezogen hatten, um mit ihrem eigenen Schicksal zu kämpfen. Die militärische Funktionalität schien sich fast aufgelöst zu haben, so dass wir vier Fremden nicht unbedingt auffielen. Es war eine fühlbare Resignation eingetreten, die offensichtlich beide Lager ergriffen hatte. Sowohl in der Stadt Akkon als auch im Lager der Christen, der Kreuzfahrer hier, war die Stimmung auf den Nullpunkt gesunken. Man dachte eher an Weltuntergang als an eine Erneuerung durch kommende Kräfte.

Es waren viele Bischöfe und Edelleute gestorben. In der Not waren die Menschen gleich, ob Grafen, Fürsten, Ritter oder Fußvolk. Sie litten höchste Qualen und sahen keine Hoffnung mehr.

In diesem Chaos suchten wir nach dem Aufenthalt der Gesandten aus Antiochia und Tripolis.

An der Stelle, an der das Befehlshaberzelt mit dem Banner einmal gestanden hatte, fand von Baysen es nicht mehr. »Verschwunden, einfach weg«, schien er zu resignieren.

Verzweifelt suchten wir weiter. Auch intensives Nachfragen brachte anfänglich keinen Durchbruch.

Bis zu dem Augenblick, als der Kämpfer aus Antiochia ausrief: »Da, dort hinten ist ein Hund, der mir bekannt ist. Ein Akbas.«

Es durchzuckte mich, als wäre ich auf eine Schlange getreten. Wahrhaftig, da lief einer dieser Rassehunde. Ich vermochte es nicht zu fassen.

»Er entstammt der Hundestaffel der Wachmannschaft um den Gesandten«, versicherte uns der Kämpfer sofort, der ihn zuerst ausgemacht hatte.

»Ich schlage vor, dass wir seine Spur aufnehmen, vielleicht bringt er uns zur Unterkunft.«

Es war eine unglaubliche Odyssee, die wir gemeinsam durchleben mussten, als wir dieses Tier verfolgten. Ich lernte alle Abfallplätze des Lagers kennen. Wir zogen durch Müll und abgelegte Leichenhaufen, durchschritten Kot und Tierkadaver. Etwas Schrecklicheres hatte ich in meinem bisherigen Leben noch nicht gesehen. Dazu kam ein Gestank, der unerträglich wurde. Es schien das Ende jeder Zivilisation, ja das Ende der Welt zu sein. Ich sah keinen in meiner Nähe, der sich nicht irgendetwas vor die Nase hielt.

Als der Hund scheinbar seine tagtägliche Runde gedreht hatte, zog es ihn zu einer Ansammlung von Zelten, die offensichtlich dem Befehlshaberbereich zuzuordnen waren.

Nicht ein Zelt, sondern alle waren von Wachleuten umstellt. Ein dichter Ring von undurchdringlichen Wächtern, welcher keinen Zutritt, wohin auch immer, zuließ.

Wir suchten eine Position in der Nähe, die uns den Ausblick auf das Sammelsurium von Herrscherzelten ermöglichte.

Jede kleinste Bewegung sog ich sehr sorgfältig auf, bis mir ein gewisser Rhythmus der Wachvorgänge klargeworden war.

Es dauerte bis in die frühen Abendstunden, als der Kämpfer aus Antiochia plötzlich bemerkte: »Dort drüben an einem Zelt erkenne ich einen Bannerträger von uns. Er ist gerade dabei, ein Gefäß in ein Zelt zu tragen.«

Er zeigte aufgeregt mit dem Finger dorthin.

»Wir müssen ihm ein Zeichen geben. Ein Laut oder dergleichen, der ihn an unser Land erinnert. Vielleicht versuche ich es mit dem Pfiff, den wir in Antiochia benutzen, um unseren Akbas Kommandos zu geben.«

Wir warteten, bis sich die betreffende Person im Bereich des Zeltes wieder zeigte. Ein gellender, durchdringender Pfiff zerriss die Stille. Neben den Köpfen einiger Wachleute vor Ort, riss auch der besagte Mann aus Antiochia seinen Kopf herum.

Er richtete sich lauthals an die Wachleute.

»Dort scheint ein Bekannter aus meiner Heimat eingetroffen zu sein. Ich gehe hinüber.«

Der Kämpfer, der gepfiffen hatte, tastete sich aus seiner Deckung heraus und sie liefen freudig aufeinander zu. Ich rückte vorsichtig näher, um sie zu belauschen.

Die Wachen schienen ihr Gespräch ohne jegliche Reaktion zuzulassen.

Die Männer begrüßten sich, und ich bemerkte, wie sie ein Gespräch begannen. In dem Moment trat eine mächtige Gestalt im Kettenhemd aus dem Zelt heraus und schien einem Wachsoldaten einen Befehl zu geben.

Sofort lösten sich Männer aus der Gruppe und schritten auf die zwei zu. Unversehens zogen die Wächter ihre Lanzen und durchbohrten ohne jegliche Vorwarnung die Krieger aus Antiochia. Es war ein schreckliches Bild voller unvermittelter Grausamkeit. Es war mir klar, es wirkte immer anders, wenn einer von uns betroffen war.

Von Baysen und ich als auch die anderen Kämpfer duckten sich schreckensbleich, und wir verließen vorsichtig nach hinten sichernd den Ort des Grauens.

Es war ein schockierender Anblick von roher Gewalt gewesen. Abstoßend und aufwühlend. Von Baysen versuchte, mich zu beruhigen, als ich mein Schwert aus der Scheide ziehen wollte.

»Jetzt noch nicht, Alexander, es ist zu früh und zu gefährlich für das ganze Unternehmen, du hast es mir versprochen.«

Ich stellte fest, dass es dem Kämpfer aus Tripolis nicht anders erging. Ich legte ihm beruhigend die Hand auf die Schultern.

Als es noch dunkler geworden war, drängte es uns noch einmal an den Tatort.

Zu meinem Erstaunen lagen dort immer noch die Leichen der Ermordeten. Man hatte sich noch nicht einmal die Zeit genommen, sie wegzuschaffen.

Als ich in sicherer Entfernung aus meinem Versteck sah, wie von Baysen sie näher untersuchte, stellte er offensichtlich fest, dass sich unser Kämpfer noch bewegte. Der Mann aus Tripolis rückte ran und sprach ihn wohl in seinem Landesdialekt an. Ich konnte es nur aus der Ferne erahnen. Der Wind verschluckte jedes Wort. Heimlich schlich auch ich mich näher heran. Er schlug plötzlich die Augen auf und stöhnte: »Ich habe es herausgefunden, der

Gesandte lebt. Er befindet sich in einem der Zelte, streng bewacht. Die meisten unserer Kämpfer sind zwischenzeitlich an Seuchen gestorben.«

Ein Schwall Blut unterbrach seinen Redefluss. Er stöhnte: »Alle außer drei Männern, die bei dem Gesandten geblieben sind. Sie werden streng bewacht. Sie sind völlig bewegungsunfähig.«

Ein weiterer Blutschwall quoll aus seinem Mund, rann über sein Hemd und bildete auf dem Boden eine kleine rote Pfütze. Als er nach großer körperlicher Anstrengung wieder zu sprechen versuchte, sackte sein Kopf auf die Brust, und er verschied in den Armen seines Mitkämpfers aus Tripolis.

Eine unfassbare Wut erfasste mich ob dieses brutalen Mordes. Ich riss mich zusammen und begab mich mit den zwei anderen zwischen die Zelte und Unterkünfte in Deckung und schlich dann mit ihnen zurück zum Spital.

Als ich aufgeregt und ergriffen von dem schrecklichen Vorfall berichtete, sahen sich die Versammelten entschlossen an. Ich rief außer mir vor Wut: »Männer, es ist höchste Zeit zu handeln, ergreift eure Waffen. Wir brechen in den Morgenstunden auf. Legt euch früh nieder, damit ihr ausgeschlafen seid. Morgen werden Köpfe rollen, und zwar gnadenlos.«

Ich hatte eine ruhelose Nacht. Tausend Gedanken zogen wieder vorbei. Bilder in allen Schattierungen. Und der unendliche Verdruss kam in mir hoch. Wut über die rücksichtslose Folterung aller beteiligten Ritter, Wut über die Geiselnahme während des Marsches auf Akkon.

Mich hielt nichts mehr in meinem Zelt. Ich besorgte mir schnellstens ein Pferd und ritt gegen alle Vernunft durch das Feldlager. Grenzenloser Hass trieb mich an, wenn ich an das Anketten an die Belagerungstürme dachte. Betäubende Ohnmacht, die überging in einen brennenden Vergeltungsdrang, wenn ich an die Geiselnahme der Gesandten dachte.

Als ich mich unversehens den Stadtmauern von Akkon näherte, traf ich auf einen Wächter, der wohl zur Sicherung der Außengrenzen des Kreuzfahrerlagers dort postiert war. Als er das Pferd mit Reiter sah, griff er sofort nach seinem Bogen. Noch im Vorbeireiten schoss er auf mein Tier. Ich hörte das hinterhältige Zischen in meinem Ohr und musste hilflos mit ansehen, wie der Pfeil hart und unwiderstehlich in die Brust des Pferdes eindrang. Noch in der Vorwärtsbewegung strauchelte der mächtige Wallach. Mit einem beherzten Sprung konnte ich gerade noch verhindern, von dem riesigen Körper erdrückt zu werden.

Ich rollte vornüber und beobachtete noch in der Bewegung, was der Wachposten jetzt vorhatte. Ich sah, wie er auf das röchelnde Pferd zulief. Ein erbärmlicher, hilfloser Anblick, der mich rasend machte. Ich musste etwas tun, zum Teufel. Er durfte jetzt keinen Hilferuf absetzen. Ich griff zu meinem Schwert. Meine hellen Knöchel hoben sich vom Knauf meiner Waffe ab. Meine Hand verkrampfte sich in unbändiger Wut. Dann rammte ich meinem Gegner nach kurzem Kampf mein Schwert erbarmungslos in die Brust. Ich durfte nicht riskieren, dass das Feldlager in einen Alarmzustand versetzt wurde. Der Zeitpunkt war zu früh und die Folgen unabsehbar.

Ich ließ mich in den stinkigen Abfällen auf dem Boden nieder und überlegte. Mein Atem ging schnell und heftig. Dann sprang ich hoch und legte mir die Leiche über die Schultern. Der Kerl war verdammt schwer. Hätte es nicht ein leichter sein können? Ich machte mich daran, den Körper in den Bergen aus Abfall am Lagerrand zu vergraben, und begab mich sofort auf den Rückweg zum Spital.

Jetzt musste ich bei all diesen verständlichen Gefühlsaufwallungen einen klaren Kopf bewahren. Es galt, hochkonzentriert zu einem Gegenschlag auszuholen. Die Gesandte musste freikommen, koste es was es wolle. Es war keiner unter den Anwesenden in unserer Unterkunft, der anders dachte als ich. Ich legte mich für die paar Stunden bis zum Morgengrauen noch nieder und schlief auch sofort ein.

Mit der Ruhe eines routinierten Kämpfers zog ich mir in den frühen Morgenstunden das Kettenhemd mit der Kapuze an. Darüber stülpte ich das Gewand mit dem roten Kreuz, damit wir uns nicht allzu sehr von den anderen unterschieden. So fielen wir am wenigsten auf.

Der Angriff in Rüstung zu Pferde verbot sich. Ich wollte zuerst in Stille mit den Männern die Gesandte befreien, bevor wir unter Umständen im Heerlager Rache nehmen würden.

Wie viele von Friedrichs Häschern wirklich übriggeblieben waren, wer in den Wirren dieser Zeit durch Seuchen oder Krankheiten zu Tode gekommen war, vermochte ich noch nicht zu überschauen.

Es verbot unser strategisches Geschick, dass wir schon in diesem frühen Moment Unruhe in das Lager der Kreuzfahrer tragen wollten. Ich hasste mich in diesem Moment dafür, dass gerade ich es war, der noch am Abend zuvor gegen jeden Verstand ein so riskantes Manöver mit dem unverzeihlichen Ausritt gewagt hatte. Da waren die Pferde mit mir durchgegangen. Ich war jetzt verdammt froh, dass es anscheinend keiner bemerkt hatte.

Von Baysen ging mit den restlichen drei Kämpfern aus Antiochia und Tripolis voran. Er wies uns den Weg.

Nie vorher hatte ich ihn so aufgebracht gesehen wie am Abend zuvor, als ich von dem gnadenlosen, grundlosen Mord an unserem Begleiter berichtet hatte.

»Los«, rief ich.

»Wir verteilen uns zwischen den Zelten, und zwar so unauffällig wie möglich. Keiner soll mitbekommen, dass wir auf dem Weg zum Befehlshaberhügel sind.«

Ich stutzte.

»Das Heerlager scheint ruhig, ja, fast verlassen zu sein.«

Wir schauten uns verdutzt an. Doch bald erfuhr ich den wahren Grund für diese Stille.

Ein ungeheurer Lärm drang plötzlich an mein Ohr, als wir uns dem Befehlshaberhügel näherten. Menschen sangen und lachten, seit langem wohl zum ersten Mal.

Es erschien mir wie ein riesiges Spektakel, ja fast wie eine Art Gottesdienst.

Zehn Fanfarenstöße ließen mich endgültig aufhorchen.

Als ich Sicht über die Anhöhe erhielt, wo die Befehlshaber- und Herrscherzelte standen, wurde es mir schlagartig klar.

Leopold von Österreich war gerade in Begleitung frischer Truppen gelandet, inmitten seiner Bannerträger und Gefolgsleute. Ihm wurde vom Kreuzfahrerlager gehuldigt wie einem Messias. Die Menschen am Rande seines Einzuges waren euphorisch und im Freudentaumel.

Manche Pilger stimmten Kirchenlieder an. Andere schrien ihre Freude nur so heraus. Dieser Mann brachte wieder Hoffnung mit. Nach all den Wochen der Wirren und Gräuel, der Seuchen und Sterbegesänge, tat sich ein weites Tor der Hoffnung auf, das bei den verzweifelten Menschen Glücksgefühle auslöste.

Der neue Feldherr zeigte sich freundlich und volksnah. Er hielt da und dort sein Pferd an und sprach mit den Menschen, die sich um ihn versammelt hatten. Ich versuchte, ihm in dem Gedränge, ganz nah zu kommen. Als wir zu ihm vorgestoßen waren, zügelte er sein Pferd. Wir waren immerhin eine größere Ansammlung von Kreuzfahrern, die noch gepflegt und nicht so verkommen und verhungert aussahen. Als er auf meiner Höhe war, hielt er das Pferd zurück, stellte sich in die Steigbügel und rief: »Seid gegrüßt, Kreuzfahrergemeinde. Ihr habt so viel Schande und Leid ertragen müssen. Hört, diese Zeiten sind vorbei. Ich bin Euer neuer Feldherr nach dem Tode von Friedrich von Schwaben. Ich werde Euch nun in eine neue, segensreiche Zeit führen. Euer Durst, Euer

Hunger werden bald gestillt werden. Seuchen und Krankheiten werden Eure Körper für immer verlassen. Euer Leid soll nicht vergeblich gewesen sein.«

Die Menschen tobten und jubelten ausgelassen.

»Und noch etwas sage ich Euch. Sobald das Wetter offener wird, werden über den freien Küstenstreifen Schiffe anlanden. Mit ihnen Getreide und Güter jeder Art. Dann gibt es wieder das, was euer Herz begehrt. Hunger und Traurigkeit werden vergessen sein, so wahr ich Leopold V. von Österreich bin. Unter meiner Führung wird es endlich aufwärts gehen. Die Christenheere werden zu den Erfolgen von früher zurückkehren. Wir werden das erobern, was uns die Seldschukenhorden Saladins entrissen haben. Gott steht uns bei. Und noch etwas, ich soll euch die frohe Botschaft übermitteln, dass auch König Philipp Auguste von Frankreich und Richard Löwenherz von England auf dem Weg hierhin sind. Dann sage ich, Saladin, hab acht, das wird dein Untergang.«

Seine letzten Worte gingen in einem Gewirr von Jubelgeschrei, von Singen und Tanzen unter. Die Leute fielen sich in die Arme und weinten vor Freude.

Ich stand da wie benommen. Der Zug unter den Fanfarenklängen zog weiter, waffenstrotzende, aufrechte Kämpfer mit entschlossenen, mutigen Gesichtern. Mit Leopold schien eine andere, eine neue Zeit, eingezogen zu sein.

Als Leopold von Österreich im Befehlshaberbereich angelangt war, wurde er von Rittern empfangen, die ich noch gar nicht kannte. Überall erschienen neue Gesichter.

Wir schafften es gerade, uns in dem Chaos der Begrüßungsszenerie nah an die Zelte der Befehlshaber heranzupirschen.

Plötzlich drängte sich ein Mann aus Antiochia zu mir durch, der einen unserer Begleiter wiedererkannt hatte.

Ich verharrte sofort und stellte mich dichter an ihn heran, als er den Landsmann ansprach: »Bist du dem Schlachtfest entkommen?

Unsere restlichen Leute aus Antiochia sind alle von den Rittern von Saasheim, von der Rüden und von Schlieben niedergemetzelt worden. Ich vermochte mich gerade noch früh genug zu verstecken, als ich dem Gesandten einen Korb mit Brot vorbeibringen sollte. Ich habe das Schreien und das Betteln um Leben noch im Ohr. Sie wollten alle vernichten. Es sollte keine Zeugen für die Geiselnahme unseres Gesandten mehr geben. Als die ersten Fanfarenstöße von Leopolds Zug zu hören waren, rafften sie alle Sachen zusammen und flohen.«

Das Grauen war in sein Gesicht geschrieben.

»Sie sind mit ihren Männern auf Pferden vielleicht dreißig an der Zahl. Niemand konnte sie aufhalten. Sie ritten in ihren Rüstungen hochbewaffnet alles nieder. Auf einem Pferd befand sich der Gesandte in schwarzes, freudloses Tuch gehüllt. Er trug schwere Ketten an den Händen. Er wird ihnen wie vorher als Geisel dienen. Der Ring um diese Verbrecher war immer enger, Friedrich von Schwaben durch seine Krankheit immer schwächer geworden. Er schien wie verwandelt. Er wollte bereit sein, unschuldig und rein vor seinen Gott zu treten. In dieser plötzlich aufkommenden Frömmigkeit befahl er, den Gesandten mit seinem Gefolge sofort freizusetzen. Es waren nur noch beklagenswerte Reste. Doch die Ritter verweigerten seinen Befehl. Sie missachteten ihn, ohne mit der Wimper zu zucken. Alle brüllten, sie seien bereit für das letzte Werk, wenn sie untergehen müssten, dann nur gemeinsam mit ihrer Geisel, dem Gesandten von Antiochia und Tripolis.«

Er starrte uns immer noch in Angst verloren an.

»Sie würden diese Schande niemals vergessen. Mit Hilfe des Gesandten hätten schuldige Verbrecher und überführte Deserteure ihre Freiheit gefunden. Sie waren in ihrer grenzenlosen Wut unberechenbar und gnadenlos grausam geworden. Friedrich in seinen Fieberträumen hatte dem nichts mehr entgegenzusetzen. Gestern, als sich die ersten Nachrichten herumsprachen, Leopold sei auf dem Weg ins Heerlager, gerieten sie in Panik. Sie entschlossen sich, angesichts dieser wachsenden Ausweglosigkeit, mit den Zeugen abzurechnen und sie erbarmungslos zu massakrieren.«

Er stockte, elendiges Schluchzen drückte ihm die Kehle zu. Er fiel seinem Landsmann um den Hals. Weinkrämpfe schüttelten seinen ausgemergelten Körper.

Der Kämpfer und seine Mitstreiter aus Tripolis versuchten, ihn zu trösten. Ich trat an sie heran.

»Kommt, schließt Euch meinen Männern an und begleitet uns.«

Sein Wissen um die aktuellen Vorgänge im Lager könnte von höchster Bedeutung sein. Keiner sagte ein Wort dagegen.

Wir mussten uns fangen. Das konnten wir nur in unserer Ruhe- und Rückzugzone, im Spital, an den Mauern von Akkon, dort am Rande des Kreuzfahrerlagers.

Wieder stand ich vor vollendeten Tatsachen. Wo hatte sie der Weg hingeführt? In welche Richtung waren sie geflohen und zu welchem Ort? So eine große Auswahl gab es nicht.

Die Stadt Akkon mit ihren festen Mauern war nach wie vor dicht und uneinnehmbar. Das Lager mit seinem Außenbereich war übersichtlich. Der Ring, den Sultan Saladin darum geschlossen hatte, war ebenfalls unüberwindbar.

Ich musste mich sammeln. Jetzt standen neue Überlegungen und neue Planungen an.

Kapitel XX

Eine Spur ins Jenseits?

Meine brennende, unerfüllte Liebe wurde auf eine harte Probe gestellt. So langsam schien das Bild der Gesandten zu verblassen.

Es war eine Ewigkeit her, dass ich sie gesehen hatte. Zuletzt in weiter Entfernung, als sie mit ihren Bannerträgern in das Kreuzfahrerlager eingezogen war.

Auch die Liebe schien immer mehr unter meinem grenzenlosen Hass zu verblassen, einem unbändigen Hass auf die Menschen, die mein Leben so gnadenlos verändert hatten.

In langen Nächten berieten wir uns, wie es wohl weitergehen könnte.

Wir bildeten inzwischen eine Einheit, ja so etwas wie eine Bruderschaft, zwischen den altbekannten Mitkämpfern und den Hinzugekommenen, von Baysen sowie auch den zwei Kämpfern aus Antiochia und aus Tripolis.

Bruder Sibrand, den Spitalvorsteher, baten wir, sich umzuhören, wie es aktuell im Kreuzfahrerlager weitergehen sollte, nachdem Leopold die Heeresführung übernommen hatte.

Gleichzeitig versuchte ich heimlich, abwechselnd mit den anderen und sehr vorsichtig das Lager zu durchstreifen, um nach unseren Männern Ausschau zu halten.

Als ich eines Abends bei untergehender roter Sonne durch die Zelte am Kommandantenhügel schlich, erkannte ich von weitem Dietrich, einen meiner führenden Leute, dem ich zuletzt in der großen Schlacht um Akkon begegnet war. Der Einzige, der die schreckliche Wahrheit um unsere Gruppe wirklich kannte.

Ich näherte mich vorsichtig, bis ich dann Auge in Auge vor ihm stand.

Erschrecken und Freude standen gleichzeitig in seinem hager gewordenen Gesicht. Er umarmte mich still und drückte mich eng an sich. Ich sah das Glitzern in seinen Augen. Er freute sich offensichtlich, mich wiederzusehen.

»Dietrich, mein alter Freund, es ist schön, dich hier zu treffen. Wir haben es endlich geschafft, uns abzusetzen und wieder in das Kreuzfahrerlager zurückzukehren. Ich habe den Einzug des neuen Oberbefehlshabers Leopold hautnah miterlebt.«

»Mein edler Ritter und Befehlshaber, wie haben wir Euch die ganze Zeit vermisst. Es waren verdammt harte Monate. Wir haben Hunderte von guten Leuten durch Krankheiten verloren. Ich habe nur die führenden Leute der Rittergeschlechter eingeweiht, als ich von Euch die Wahrheit erfahren habe. Wir schworen, uns in Treue mit unseren Führern zu verbinden. Wir haben uns stets abwechselnd informiert. Ich gehe davon aus, dass kein Außenstehender im Heer von der Gefangennahme und Folter etwas mitbekommen hat. Genauso wenig von Eurer Flucht durch den Belagerungsring. Wir gingen einheitlich immer davon aus, dass Ihr uns nicht im Stich lassen würdet, Ritter von Grüningen.«

Jetzt war ich es, der bemerkte wie Tränen in meine Augen schossen. Ich umfasste seine Schultern.

»Dietrich, nimm sofort zu den anderen Führungskräften der Bannerheere von Wallenrode, von der Schewe, von Brühaven und von Barnheim Kontakt auf. Berichte, wir seien inzwischen alle gesund im Kreuzfahrerheer eingetroffen. Wir würden den genauen Aufenthaltsort noch geheim halten. Es gäbe die Überlegung, uns dem neuen Befehlshaber zu offenbaren. Dich persönlich bitte ich, vorsichtig bei den neuen führenden Rittern um Leopold vorzusprechen.«

Ich schaute in seine erwartungsvollen Augen, die mir ein Fünkchen Hoffnung offenbarten. »Berichte dort von unserer

Demütigung, von der Gefangenschaft mit Folter und von der Geiselnahme des Gesandten. Sollte uns Gehör gewährt werden, werden wir uns verabredungsgemäß einfinden. Ich rate dir, nimm bitte die anderen Unterführer der Truppenkontingente mit, das überzeugt sie noch mehr.«

Dietrich sah mich lange an.

»Ich denke, wir werden es schaffen, bei den neuen Herren Verständnis zu wecken. Gemeinsam wird das besser gelingen. Das entspricht auch meiner Erfahrung. Bedenkt dabei, Ritter von Grüningen, dass von dem ehemaligen Gesamtkontingent von sechstausend Männern vielleicht noch knapp dreitausend übriggeblieben sind. Die Seuchen im Kreuzfahrerlager waren verheerend für uns.«

Ich drückte ihn zum Zeichen meines Mitgefühls noch einmal an die Brust und schlug ihm anerkennend auf die Schultern.

»Ich vertraue dir, Dietrich, du hast das sehr gut verwaltet. Die Wahrheit war als Geheimnis bei dir gut aufgehoben. Nachdem der Initiator Friedrich von Schwaben verstorben ist und seine unseligen Knechte von Saasheim, von Rüden und von Schlieben mit der Geisel vor einigen Tagen geflohen sind, denke ich, dass sich die Situation in der Heeresführung grundlegend geändert hat. Es wird höchste Zeit, die brutale Wahrheit der Inhaftierung und Folter zu offenbaren. Gerade du, Dietrich, warst Zeuge, wie man in der Schlacht mit uns umgesprungen ist. Wir waren schlechter dran als der Feind. Das Anketten an die Belagerungstürme hätte unter normalen Bedingungen unseren sicheren Tod bedeutet. Nur dem unverzüglichen Eingreifen der Soldaten des Gesandten verdanken wir unser Leben. Dietrich, halte Augen und Ohren offen, wenn sich eine Spur, wohin auch immer ergeben sollte. Teile das den Anderen auch mit. Je mehr davon wissen, umso besser. So beeile dich, grüße die Männer von mir und sage ihnen, die Ritter und ich wären in Gedanken immer bei ihnen.«

Dietrich nickte betroffen und machte sich auf den Weg.

Ich kehrte nach diesem Gespräch zu den anderen Männern zurück, sammelte sie im Spital sofort um mich und berichtete von den Neuigkeiten.

Auch Bruder Sibrand half mit, Informationen zu beschaffen. Wenn einer etwas mitbekam, dann er. Die Kapazitäten des Spitals stießen an ihre Grenzen, so dass wir darauf erpicht waren, so schnell wie möglich offen in das Kreuzfahrerlager zurückzukehren. Das machte aber nur unter der Voraussetzung Sinn, dass man uns anhörte und uns Gerechtigkeit widerfahren ließ.

In der Zwischenzeit ging ich jeder Spur nach. Auch die anderen unserer Gruppe hörten sich überall um. Unseren Aufenthaltsort hielten wir nach wie vor geheim.

Das brachte mich aber nicht davon ab, zu jeder Tages- und Nachtzeit durch das Lager zu streifen, um mir persönlich Erkenntnisse zu verschaffen.

Eines Abends, als ich mich mal wieder auf Entdeckungstour durch das Lager befand, hörte ich eine leise Stimme hinter mir. »Ritter von Grüningen?« Ich drehte mich herum und sah in das fein geschnittene Gesicht einer Frau. Was für eine atemberaubende Erscheinung.

Ich versuchte, sie im Halbdunkel näher zu betrachten. Hatte ich dieses schöne Gesicht schon einmal irgendwo gesehen? Dann wurde es mir schlagartig bewusst. Es war die armenische Schönheit. Die Lagerhure, die mich innerlich so berührt hatte und die ich lange nicht vergessen konnte.

»Sie sind endlich weg, von Grüningen, die Ritter, die Euch und Euren Ritterfreunden so viel Elend angetan haben. Ich habe einiges erfahren.«

Sie ging auf mich zu und weinte bitterlich. Ich umschloss ihren zuckenden Körper mit meinen Armen und versuchte, sie zu beruhigen.

Dann riss sie sich wieder los und besann sich. Ihre Stimme gewann auf der Stelle wieder an Kraft.

»Auch Männer plaudern wie die Weiber, doch prahlen tun nur sie«, klärte sie mich auf.

»Die ganze Drecksbande hat mich nur benutzt. Ich musste ihnen ständig zur Verfügung stehen. Sie haben mich beschimpft und beschmutzt. Ich war ein Dreck für sie. Nachdem sie meinen Aufenthaltsort im Lager kannten, vermochte ich ihren zügellosen Trieben nicht mehr zu entkommen. Sie holten mich, wann sie wollten. Zu jeder Tages- und Nachtzeit.«

»Warum habt Ihr Euch keine Hilfe bei den anderen Weibern geholt? Sie hätten Euch verstecken können.« »Die anderen Weiber?«, fragte sie spöttisch.

»Die verkriechen sich doch sofort.«

Sie schüttelte ihren Kopf, so heftig, dass ihre Haare wild durch ihr Gesicht flogen.

»Nachdem sich Saladins Belagerungsring endgültig um das Lager geschlossen hatte, war ich ihnen auf Gedeih und Verderb ausgeliefert. Edler Ritter von Grüningen, in dem Bewusstsein, von Euch Beistand zu erfahren, durchstreifte ich verzweifelt das Lager. Ihr hattet es mir versprochen. Doch ich fand Euer Zelt leer. Niemand wusste um Euren Aufenthalt. Umso verzweifelter belauschte ich die Dreckskerle bei ihren Saufgelagen. Mir wurde schnell bewusst, dass mit Euch und den anderen Rittern etwas Schreckliches passiert sein musste. Sie prahlten und hetzten. Es war nicht mit anzuhören.«

Ich versuchte, sie erneut in die Arme zu schließen, doch sie stieß mich in ihrer Aufregung von sich. Ihre Augen füllten sich erneut mit Tränen, und stockend fuhr sie fort: »Als ich einmal bei einem ihrer Besäufnisse Euren Namen erwähnte, setzte mir von Saasheim seinen Dolch an die Kehle. Er drohte, mir die Zunge herauszuschneiden, sollte ich noch einmal Euren Namen nennen.

Ich konnte mich gerade noch losreißen und aus dem Zelt fliehen.«

»Wohin bist du denn gegangen?«

»Ich hielt mich abwechselnd bei den anderen Lagerhuren versteckt. Sie schienen endlich verstanden zu haben, wie ernst es war. Trotz intensiven Suchens gelang es den Verbrechern nicht, mich ausfindig zu machen.«

»Wie ist dir das denn gelungen?«

»Dabei half mir unter anderem eine Liebelei mit einem Wachsoldaten an einem Wehrturm zu Akkon. In besonders dunklen Nächten ließ er mich manchmal hinter die Stadtmauern. Wenn es mal wieder brenzlig wurde, fand ich da guten und sicheren Unterschlupf. Ich hatte anscheinend für die Schurken so einen hohen Stellenwert, dass sie bis zuletzt bewaffnete Reiter durch das Lager schickten. Sie ahnten, dass ich so viele Informationen aufgesogen hatte, dass ich ihnen mit meinem Wissen äußerst gefährlich werden konnte.«

Ich musste mich erst einmal auf einen Hocker in der Nähe setzen, so beeindruckten mich die Schilderungen dieser Frau. Als ich bemerkte, dass sich ihre Schultern von einem Weinkrampf schüttelten, stand ich auf und nahm sie erneut schützend in meine Arme. »Dir wird nichts mehr geschehen«, besänftigte ich sie, »beruhige dich, meine Schönheit, solange ich da bin, wird dir keiner mehr etwas antun.«

Ihr Weinen ging mir verflucht ans Herz.

Sie hörte gar nicht mehr auf zu schluchzen.

»Diese Dreckskerle, was haben sie bloß mit dir gemacht.«

»Beruhige dich bitte«, redete ich mit gedämpfter Stimme immer wieder auf sie ein.

»Sie sind seit ein paar Tagen mit der Geisel auf und davon. Wir suchen sie überall. Ich verspreche dir, wir werden sie finden und töten.«

»Ich verstehe«, murmelte sie, als wäre sie ganz weit weg.

»Bitte tue mir einen Gefallen, versuche für uns herauszufinden, wo sie sich aufhalten könnten. Ich verrate dir meinen Zufluchtsort, weil ich dir vertraue.«

Sie schaute zu mir hoch und lächelte.

»Du erreichst mich oder einen meiner Gefolgsleute im Bremer und Lübecker Spital an der Mauer von Akkon, am Rande des Heerlagers«, gab ich ihr zu verstehen.

»Wenn wir umgezogen sind, frage dort den Vorsteher, Magister Sibrand. Er wird dir Rede und Antwort stehen, das verspreche ich dir.«

Sie umarmte mich zärtlich, und ich drückte sie an meine Brust. »Du wirst nie mehr Angst haben müssen.« Mit diesen Worten verabschiedeten wir uns und sie verschwand im Dunkel der hereingebrochenen Nacht.

Dann kam endlich der Tag als Dietrich und einige der informierten Unterführer der anderen Ritter zusammentrafen. Es war ein unglaubliches Gejohle. Ein Gemisch aus Staunen und Wiedersehensfreuden. Dafür hatten alle sehr viel erleiden müssen. Man herzte und umarmte sich.

Mein Dietrich ergriff das Wort: »Edelleute, Ritter und Soldaten, wir haben uns endlich wiedergefunden. Gestern sprachen wir und die Unterführer der Kontingente bei den führenden Rittern und Beratern von Leopold vor. Sie hörten sich überrascht, aber auch hochinteressiert unsere Ausführungen an. Die Geiselnahme vor Antiochia. Die unglaubliche Inhaftierung der Bannerritter mit ihren Folterungen. Das Anketten an die Belagerungstürme bei der Schlacht um Akkon und die Befreiung mit Hilfe des Gesandten von Antiochia und Tripolis.«

»Das ist ja nicht zu glauben!«– »Frechheit«–»Verbrecher«–»Rache!« Alle schrien durcheinander.

»Ja, ich verstehe Euch, doch lasst mich ausreden«, bat Dietrich um Ruhe.

»Die edlen Ritter Leopolds konnten es nicht glauben. Da es Zeugen der Abläufe gibt, hegten sie zuletzt keinen Zweifel mehr an dem Wahrheitsgehalt unserer Behauptungen.«

»Das wäre ja noch schöner« erregten sich die Zuhörer erneut. Dietrich erhob seine Stimme: »Sie versprachen sofort, Leopold von Österreich als Heerführer und Verantwortlichem Bericht zu erstatten, um in gebotener Eile eine Konferenz abzuhalten. Man wird uns verständigen. Man hat versprochen, Euch jederzeit freies Geleit zu geben, ohne irgendwelche Repressalien. Im Gegenteil. Durch die Geiselnahme des Gesandten von Antiochia und Tripolis fürchtet man erhebliche politische Konsequenzen. Ihnen ist nach Durchsicht der Botschaften klar geworden, dass die beiden Outremer mit ernsten Konsequenzen gedroht haben, falls ihr Botschafter nicht augenblicklich unbehelligt zurückkehrt.«

Ich trat einen Schritt auf meinen Dietrich zu.

»Ich danke dir, Dietrich. Es ist ein Neuanfang. Ich bin stolz auf dich und die vielen anderen, die treu bis zum heutigen Tag an unserer Seite gestanden haben. Das, obwohl so viel unfassbares Leid, so unglaubliche Schmerzen durch Seuchen und Todesfällen auf Euch lasten. Wir sind wieder da, wir brauchen Euch. Sobald die Schiffe mit der frischen Verpflegung hier angelandet sind, werden wir ein rauschendes Fest eines Neubeginns feiern.«

Die Worte gingen in dem Jubel der Männer unter. Jeder hier hatte begriffen, dass es nur noch ein Vorwärts gab.

Ich zog mich mit den Rittern und Kameraden unseres Bündnisses zurück und wir gelangten alsbald in die ruhigen Gefilde des Spitals.

Es war selbstverständlich, dass meine Kameraden und ich Bruder Sibrand als Gegenleistung für die kostenlose, uneigennützige Unterbringung im Spital zur Hand gingen. Bei dem Zustrom von Leidenden und Gebrechlichen konnte er helfende Hände an jeder Stelle gebrauchen.

Aufgeregte Stimmen sprachen durcheinander. Plötzlich hörte ich in einem Zelt nebenan jämmerliches Rufen: »Hier stirbt einer, bitte helft, bitte.«

Ich sah wie mehrere Kämpfer um ein Strohlager herumstanden und sich niederbeugten. Ich trat näher heran.

»Bitte lasst mich einmal sehen.«

Jetzt lag vor mir ein Mann, der mich aus nassen Laken mit glänzenden, fiebrigen Blicken anschaute. Er war nicht mehr in der Lage, mit seinen spröden, zerrissenen Lippen zu sprechen. Er sah mich nur stillschweigend an und griff spontan zu meinen Händen, erwischte meine rechte und streichelte sie. Immer und immer wieder. Ich fühlte mich veranlasst, sie zu nehmen und auf mein Herz zu drücken. Immer wieder suchte ich seine Blicke. In seinen Augen spiegelte sich, so schien es mir in diesem Moment, das ganze grausame Elend des Krieges. Was hatten diese Augen ertragen müssen! Morden und Zerfleischen. Schreien und Wehklagen. Unzählige Menschen, die durch Gewalt oder Krankheiten dahingerafft wurden. Welchen Gestank hatte er ertragen müssen. Den Gestank des Krieges, nach Blut, Urin und Erbrochenem. Ich hielt inne, als ich plötzlich bemerkte, dass sein Griff nachließ, seine Hand die meine losließ und sie leblos ins Stroh rutschte. Seine Augen waren starr geworden. Doch in seinem Gesichtsausdruck erschien ein Leuchten, eine Entspannung, die ich niemals mehr vergessen werde. Ich drückte ihm ergriffen die Lider zu und verließ schweigend den Ort des Friedens.

Abends, bevor wir uns zurückziehen wollten, setzte sich Bruder Sibrand zu uns. Er schaute uns neugierig an.

»Ihr kennt doch alle die Ritter des Ritterordens, die Templer oder auch Johanniter? Eine Gemeinschaft, die gekennzeichnet ist, durch ein Leben in Armut, Gehorsamkeit und Keuschheit. Sie widmet sich inzwischen insbesondere dem bewaffneten Pilgerschutz und den kriegerischen Einsätzen gegen äußere und innere Feinde.«

Er unterbrach und räusperte sich, um eindringlicher fortzufahren: »Sie sind bekannt für ihren ausgesprochenen Mut und Gotteseifer, die ersten, die in Feindes Hand zu Tode kommen, weil sie so gnadenlos für ihren Glauben kämpfen. Die Ordensmitglieder haben in einer Ahnenprobe ihre adlige Abstammung zu beweisen und unterliegen einer strengen, hierarchischen Ordnung. Großmeister stehen an ihrer Spitze. Sie waren allesamt in der Gründungsphase Spitalorden, eine Arbeit und Aufgabe wie wir sie hier genauso wahrnehmen. Sie alle, sogar viele kleinere Orden haben die päpstliche Anerkennung erhalten und eigene verbindliche Ordensregeln. Genau das wünsche ich mir für diese Einrichtung.«

Bruder Sibrands Augen füllten sich mit Tränen, und ich bemerkte plötzlich, wie ernst ihm dieses Anliegen war.

Ich versicherte ihm: »Bruder Sibrand, wir werden Euch in jeder Hinsicht bei Eurem Anliegen unterstützen.«

Ich lernte im Spital mit Verwundungen umzugehen, praktizierte das Anlegen von Verbänden und die gebräuchlichen Eingriffe einer notwendigen Versorgung. Hier herrschte weit ab vom Schlachtengetümmel Ruhe und Geborgenheit. Hier fand man Barmherzigkeit und Frieden. Man ahnte, warum dieses Ansinnen bei Guido von Lusignan und Friedrich von Schwaben so ungeheure Unterstützung gefunden hatte.

Bruder Sibrand war erfüllt von dem Glauben, im Namen Gottes, Gutes zu tun.

Aber auch wir bemühten uns jetzt, die Idee eines neuen Deutschen Ordens in die Welt hinauszutragen.

Er nahm sich sogar Zeit für uns, um im Rahmen unserer Gemeinschaft, die Urkunden vorzuzeigen, die die Schenkungen an das Lazarett bestätigten. Es war in naher Zukunft damit zu rechnen, dass Regenten, Edelleute, Bischöfe und ähnliche Honoratioren, denen dort Gutes widerfuhr, sich mit üppigen Geschenken weltlicher Art nicht zurückhalten würden. Da es auch um die

Fürsorge für Schutzbefohlene ging, würde die Bedeutung dieser Einrichtung in Zukunft noch höher sein. Bruder Sibrand, Magister und geistlicher Herr, war ein ausgezeichneter Leiter und Förderer dieser einmaligen, karitativen Organisation. Es erinnere vieles, so meinte er, an das deutsche Haus in Jerusalem, welches mit seiner Eroberung durch Sultan Saladin verloren gegangen war, aber hier an diesem Ort im Geiste eine Auferstehung erfahren hatte.

Der Bezug zu Akkon schien unerschütterlich, wobei Bruder Sibrand festen Glaubens war, dass man diese Einrichtung bald innerhalb der Stadtmauern an versprochenem Ort wiederfinden würde.

Er pries die günstige Lage in der Nähe des Nikolai-Tores und zitierte die entsprechende Urkunde: »Von den beiden Aufgängen des durchbrochenen Turms bis zur öffentlichen Straße, welche nach dem St.-Nikolaus-Tor führt. Von da die Straße hinauf bis zur Gasse und dem Hof der Armenier. Von dieser Gasse bis zur Stadtmauer, bis zu den vorher erwähnten Aufgängen.«

Bruder Sibrand hatte sie konkret im Kopf, die Baupläne. Es sollte auf diesem Stück Land das eigentliche Spital und eine Kirche mit Wohngebäude entstehen. Er wiederholte mit Nachdruck: »Es wird sich Hospitale sancte Marie domus Theutonice in Jerusalem nennen. Ich sage Euch, es wird nicht mehr lange dauern, bis zu dem großen Augenblick seiner echten Existenz innerhalb der Stadtmauern von Akkon.«

Meinem Segen und unserer Unterstützung durfte er sich sicher sein.

Da das Spital von der wachsenden Bedeutung in dieser Umgebung lebte und sein guter Ruf sich schnell über die ganze Region verbreitete, kam es nicht von ungefähr, dass auch Schwerkranke aus den Mauern von Akkon dort manchmal Einlass fanden, um aus den beschworenen Heilungen ihren Nutzen zu ziehen. Es fragte keiner, woher man kam und wohin man wollte. Dafür sorgte die barmherzige Einstellung von Bruder Sibrand.

.Ich zermarterte mir immer noch das Hirn über die körperliche Verfassung der Gesandten. Hatte man ihre Unversehrtheit respektiert oder war sie wie wir Opfer von Gewalt und Folter geworden? Diese üblen Gedanken versuchte ich zu verdrängen, stürzte mich in Aufgaben im Spital oder widmete mich dem notwendigen Wiederaufbau meiner Truppe.

Ich hatte viele Männer, auch in führenden Positionen, verloren, Panzerreiter, Feld und Hauptleute, Bogen und Armbrustschützen, Männer, die bereits meinem Vater und unserem Hause ehrenvoll gedient hatten. Es galt jetzt, die Aufgaben neu zu verteilen und nach Landung der angekündigten Schiffe für Aufrüstung mit neuen Waffen zu sorgen. Ich war jeden Tag ruhe- und rastlos unterwegs, meinen Kriegern wieder Mut zuzusprechen, um sie für zukünftige Kampfeinsätze zu motivieren. Sie hatten unglaubliches Elend erleben müssen, und langsam, ganz langsam wuchs in ihnen die Freude, dieses Desaster endlich überstanden zu haben. Ich versuchte, ihnen mit all meinen Redekünsten, Zuversicht für die Zukunft zu geben. Es gestaltete sich schwieriger, als ich dachte.

Für Proviant und taugliche Waffen waren wir nun allesamt, die führenden Ritter der einzelnen Bannerheere, verantwortlich. Auch der Bedarf an guten, kampftauglichen Pferden war nach dieser Katastrophe dringlich geworden.

Kapitel XXI

Die Stunde der Genugtuung

Dietrich traf mit der Botschaft bei uns ein, man möge sich morgen am frühen Abend im Zelt des Oberbefehlshabers Leopold einfinden, um die Angelegenheit einer Rehabilitierung umfänglich zu besprechen.

Ich war hocherfreut, meinten wir doch, sicher sein zu können, dass sie unmittelbar bevorstand.

Ich legte mein Kettenhemd an und marschierte mit meinen Männern, angeführt von unseren Bannerträgern, zu dem Ort der Versammlung. Mit uns meine befreundeten Bannerritter mit ihren Männern.

Leopold V. Herzog von Österreich und der Steiermark begrüßte uns in gebotener, militärischer Manier.

Er nahm sich, umringt von seinen Rittern, Zeit, jedem meiner Kameraden die Hand zu schütteln und tief in die Augen zu schauen. Dann trat er einen Schritt vor.

»Ich begrüße Euch in dieser Runde, edle Ritter. Ich bin Leopold von Österreich und neuer Oberbefehlshaber des Kreuzfahrerheeres. Nachfolger des verstorbenen Friedrich von Schwaben. Aber insbesondere Nachfolger meines alten Kampfgefährten Kaiser Friedrich Barbarossa, zu dem ich engen Kontakt pflegte und den ich auf dessen sechstem Italienzug begleiten durfte. Gott sei seiner verstorbenen Seele gnädig. Ich sehe in dieser Runde Ritter von Barnheim, den ich ebenfalls als nahestehenden Kampfgenossen Barbarossas wiedererkenne. Auch Ritter von Brühaven, ein exzellenter militärischer Stratege und Berater des verstorbenen Kaisers.«

Ich war angetan, dass hier Männer in meiner Gruppe waren, die persönliche Kontakte zu dem neuen Oberbefehlshaber gepflegt hatten. Ich ahnte und hoffte inständig, dass uns das zum Vorteil gereichte. Der neue Heerführer machte auf mich einen wirklich gewinnenden Eindruck. Ein respekteinflößender Mann, der geradeheraus schien und ein guter Beobachter der Kriegsereignisse war. Er stand kerzengerade in seiner beeindruckenden Kampfkleidung, ausgesprochen muskulös, ein offensichtlich geübter Kämpfer.

»Meine edlen Ritter«, fuhr er fort »ich war höchst überrascht und äußerst bestürzt, als man mir schilderte, wie man Euch schweres Unrecht zugefügt hat. Nicht nur die Inhaftierung, sondern die Verstümmelungen, die Folgen einer rechtswidrigen und nicht hinnehmbaren Folterung. Auch die Nötigung vor Antiochia. Euch von den Befehlsträgern Eurer Truppenkontingente und Bannerheere abzuschneiden, war eine schreiende Ungerechtigkeit. Das Schlimmste jedoch, ein Kriegsverbrechen außerordentlicher Qualität, war das Anketten an die Belagerungstürme. Ein klarer Verstoß gegen alle Regularien der Kämpfermoral. Ein frevelhafter Akt, der Euch zu Tode bringen sollte. Ich muss mich angesichts der besonderen Schwere dieser Straftaten im Namen der Heeresführung bei Euch entschuldigen. Ihr werdet hiermit umgehend rehabilitiert, Eure Ehre öffentlich wiederhergestellt.«

Ein Stein fiel mir vom Herzen. Endlich, diesen ersten Schritt hatten wir geschafft. Wir durften uns wieder frei bewegen.

Er trat vor und deutete mit einer kurzen Bewegung eine Dankesbekundung an. Dann verkündete er mit klarer, deutlicher Stimme: »Ihr erhaltet ab sofort wieder das Recht, Eure Leute unter dem Banner Eurer Häuser zu befehligen. Ich bitte Euch inständig, trotz des erlittenen Unrechts, Euch unter meinem Oberbefehl wieder in das Kreuzfahrerheer einzugliedern. Das Leid, das dem Gesandten von Antiochia und Tripolis geschah und noch immer geschieht, ist eine politische Katastrophe. Es liegen unzählige Botschaften vor, die von uns die Übergabe des festgesetzten Gesandten fordern. Zuletzt unter Androhung aller diplomatischen Konsequenzen bis hin zur offenen Gewaltandrohung unter Fristsetzung. Ich bin sprachlos, wie so etwas unter der Führung eines deutschen Oberkommandos geschehen konnte. Dem Gesandten, meine Herren, habt Ihr Euer Leben zu verdanken, das steht unerschütterlich fest. Die Kriegsverbrecher sind zur Festnahme ausgeschrieben. Sie werden der gerechten Strafe nicht entgehen.«

Mir schien, es war ihm bitterer Ernst. Er schätzte die Lage um die Gesandte genauso dringlich ein wie wir.

Er machte bewusst eine längere Pause, um der Wirkung seiner Worte noch mehr Raum zu verschaffen, schaute über die Menge der dort versammelten tapferen Kämpfer.

»Ich kann mir vorstellen, dass es auch Euch ein persönliches Anliegen ist, diese Verbrecher zur Rechenschaft zu ziehen. Ich bedanke mich, dass Ihr meine Entschuldigung annehmt und Eurer Verpflichtung vor Volk und Kaiserreich wieder nachkommt. Mit der baldigen Ankunft von Schiffen rechnen wir jeden Tag. Wir sind mit den frischen Truppen dabei, uns einen Küstenstreifen zurückzuerobern, und das auf Dauer. Wir sind damit in der Lage, auf einen Schlag hier im Feldlager den Hunger und den Durst der letzten Tage zu befriedigen.«

Das schien eine ernste, sichere Einschätzung der Lage zu sein, was gerade aus seinem Munde große Hoffnung verbreitete.

»Mit der Ankunft der Könige Philipp Auguste von Frankreich und Richard Löwenherz aus England wird das Heer der Kreuzfahrer wieder so erstarken, dass unsere Kampfkraft Sultan Saladin hinwegfegen wird.« Er unterbrach seine Rede wieder, um seinen Worten noch mehr Kraft und Würde zu verleihen.

Dann blickte er uns mit den scharfen Augen eines zuversichtlichen Feldherrn an, um anzuheben: »Ihr, meine Herren, habt bereits in der Vergangenheit für Euren verstorbenen Kaiser mutig und aufopferungsvoll gekämpft, so dass ich davon ausgehe, dass Ihr auch in Zukunft mit Eurer Moral und Einsatzbereitschaft Euren Beitrag dazu leistet. Dann wird das deutsche Kontingent unter meinem Oberbefehl die gesetzten Kriegsziele erreichen. Akkon wird fallen und in Zukunft für die Christenheit ein Beispiel setzen für die Zurückeroberung der heiligen Stätten in Palästina. Ich vermag mir gut vorzustellen, dass diese Stadt eine besondere Bedeutung für das gesamte Heilige Land erlangen wird. Gott segne Euch und das Kreuzfahrerheer!«

Wir sahen gerührt zu Boden. Von Barnheim war es, der als Erster seine Stimme wiederfand und entgegnete: »Mein Herzog, Leopold von Österreich, seid Euch gewiss, dass wir die Form Eurer schnellen und grundlegenden Rehabilitierung dankend zur Kenntnis nehmen. Man hat uns auf eine verbrecherische Art und Weise die Ehre abgeschnitten. Wir sind erfreut, dass die neue Heeresführung sie wiederhergestellt hat. Wir fühlen uns geehrt, dass Ihr unsere Dienste wieder in Anspruch nehmen wollt. Zuletzt noch die Bemerkung an Euch persönlich. Ihr seid ein Mann mit Ehre, an dessen Seite ich in der Vergangenheit oft kämpfen durfte. Ihr habt Euch den Beinamen Leopold der Tugendhafte redlich verdient. Gott segne Euch.«

Herzog Leopold ließ es sich nicht nehmen, jedem Ritter persönlich die Hand zu reichen.

Zum Dank klopften wir an die Wappen auf unserer Brust und verließen hoffnungsfroh den Versammlungsraum.

Draußen vor dem Zelt des Oberbefehlshabers erlebte ich eine unvergessliche Überraschung. Sämtliche Bannerheere waren in voller Ausrüstung und in Marschformation angetreten. Ein imposantes, großartiges Bild. Immerhin fast dreitausendfünfhundert Kämpfer mit freudigen, entschlossenen Gesichtern.

Wir wurden mit Jubelstürmen und Fanfarenklängen empfangen,

eine Vorführung, die auch den neuen Oberbefehlshaber des Kreuzfahrerheeres begeisterte.

Es trieb mir die Tränen in die Augen. Meine, unsere Ehre war
wiederhergestellt. Wir waren zurück.

Ein großer Augenblick der Genugtuung. Wir hatten gemeinsam
alles erreicht. Das Unrecht abgeworfen, was uns über Monate bedrückt und fast mein Leben zerstört hätte. Ich fühlte mich veranlasst, uns bei den angetretenen Kriegern zu bedanken, und rief:
»Bannerträger, Panzerreiter und Gefolgsleute, ich danke Euch für
die gezeigte Treue. Meine Kameraden und ich sind außerordentlich
stolz, Euch weiterhin gemeinsam mit dem Kreuzfahrerheer in
die notwendigen Schlachten führen zu dürfen. Gott sei mit uns.
Danke.«

Kapitel XXII

Eine Stadt gibt ihr Geheimnis preis

Es war ein erhebendes Gefühl, den normalen Rhythmus des Lagerlebens wieder zu spüren, die Runde am Lagerfeuer mit langen Diskussionen und freudigen Gesängen zu genießen.

Das Rasseln der Kettenhemden mit dem metallischen Klang der Waffen, wenn sich die Wachleute vor meinem Zelt mit dem Dienst ablösten, gab mir das Gefühl von Sicherheit und Geborgenheit. Ich war mir plötzlich bewusst, dass ich tatsächlich zurückgekehrt war.

Wir hatten von morgens bis abends sowohl das Heerlager als auch die Regionen in seiner engeren Umgebung abgesucht. Der neue Oberbefehlshaber hatte eigene Suchtrupps zusammengestellt. Das gab mir Zuversicht und Hoffnung, dass wir die Häscher mit ihrer Geisel kurzfristig aufgreifen könnten. Doch zurzeit gab es einfach keine Spur der Kriegsverbrecher. Sie blieben wie vom Erdboden verschluckt.

Eines Abends hörte ich lautes Stimmenwirrwarr vor meinem Zelteingang. Als ich nach draußen trat, wurde mir klar, warum. Mit hochrotem Kopf stand dort meine armenische Schönheit und verlangte dringend, bei mir vorsprechen zu dürfen.

Es war ein schöner Anblick, sie so energisch auftreten zu sehen. Ihre schwarzen Pupillen zogen sich zusammen, und ihr Blick schien noch durchdringender und aufreizender.

Ich hatte den Eindruck, dass auch meine Männer davon begeistert waren. Es bestätigte meine Auffassung, wie sie auf Männer wirkte. Sie löste ohne Zweifel Begehrlichkeiten aus. Ich winkte sie zu mir.

»Meine Schönheit, ich weiß, dass niemand dich aufhalten könnte, wenn du dir etwas in das hübsche Köpfchen gesetzt hast.«

Ich schaute tief in ihre Augen. Sie berührte mich noch immer.

»Komm zu mir in mein Zelt.«

Ich zog einen Hocker heran, bot ihr einen Schluck des köstlichen Weines, der Dank meiner Abwesenheit unberührt geblieben war.

Sie sah mich mit ihren kohlrabenschwarzen Augen an und lächelte aufgeregt.

»Wie ich erzählt habe, biete ich meine Liebesdienste seit langem auch außerhalb des Heerlagers hinter den Stadtmauern von Akkon an. Die Grenzen haben sich in der Zeit der Wirren und des unendlichen Leidens kurzfristig verschoben. Insbesondere in der Wachmannschaft an einem Stadttor von Akkon besitze ich einen Verehrer, dem ich ab und zu meine Liebe anbiete.«

»Ich sehe«, unterbrach ich sie, »du verfügst über ein Netz von Kontakten, Samelia, unfassbar.«

»Als ich gestern mit dem gewissen Wächter sprach, versuchte ich, herauszufinden, ob eine Gruppe Fremder in letzter Zeit in die Stadt gekommen sei. Er wehrte mich plötzlich brüsk ab und verweigerte jedes weitere Gespräch. Ein untrügliches Zeichen, dass meine Vermutungen richtig waren. Eine solch große Gruppe hätte sich weder im Lager noch in der Nähe unbemerkt aufhalten können. Es blieb als Fluchtpunkt nur Akkon.«

»Meine schöne Samelia«, bemerkte ich.

»Ich kenne dich inzwischen ausgesprochen gut. Eine Frau wie du hat ein Gespür für außergewöhnliche Vorkommnisse. Ich schätze, du liegst bei deinen Überlegungen genau richtig. Auch ich glaube inzwischen fest daran, dass sie Unterschlupf in Akkon gefunden haben. Ich werde deine Vermutungen mit Magister Sibrand besprechen. Er hält ebenfalls engen Kontakt zu einigen Bürgern von Akkon, zumindest mit denen, die wegen des guten Rufes seines Spitals durch die Mauern gesichert sind.«

Ich streichelte ihr zärtlich über die schwarze Haarpracht und verabschiedete mich: »Samelia, bitte bleib an deinen Nachforschungen dran. Ich werde diese Verbrecher finden, da bin ich mir sicher. Gehe hin in Frieden und melde dich alsbald, wenn du mehr herausfinden konntest.«

Im Frühdunst des Morgens drangen Fanfarenklänge an meine Ohren.

Ich lag wie betäubt auf meiner Bettstatt. Wie in Trance rieb ich den Restschlaf aus meinen Augen. Dann kleidete ich mich hastig an und trat vor mein Zelt. Die Sonne ließ mich blinzeln. Meine Männer, die wohl das Erstaunen in meinen Augen erkannten, riefen: »An dem freigekämpften Streifen an der Küste sind endlich Schiffe angelandet. Das Lager ist seitdem in Aufruhr.«

Ich ging zu den Zelten der anderen und ließ sie wecken. Dann ritt ich mit ihnen und einem Teil unserer Gefolgsleute Richtung Strand.

Mit großer Freude beobachtete ich, wie die ersten Männer, bis zur Brust im Wasser stehend, Lebensmittel und Güter jeder Art an Land schleppten.

»Beeilt Euch«, rief ich unseren Männern zu, »helft da sofort mit.«

Schon fanden sich mehrere Hände. Menschenketten wurden gebildet und die Waren wurden von Mann zu Mann durchgereicht. Es war ein Singen und ein Jauchzen im gesamten Heer. Gruppen tanzten am Strand voller Freude. Die Zeiten des Grauens und der Hungerkatastrophen schienen endgültig vorbei zu sein.

»Habt Ihr gehört?«, riefen einige zu uns herüber.

»Mit den Gütern haben die Männer auf den Schiffen die Nachricht überbracht, dass die Ankunft der Könige von Frankreich und England bevorsteht.«

Die Stimmung im Lager in den nächsten Tagen hätte nicht besser sein können. Ich schämte mich deswegen ein wenig, denn in mir brannte die Sehnsucht nach einer wunderschönen Frau in der Gestalt eines Ritters, der Gesandten von Antiochia. Ich machte mir nach wie vor Gedanken, ob man ihre körperliche Unversehrtheit respektierte oder ob die brutalen Gesellen ihr Leid zugefügt hatten. Was mich dabei aufrecht erhielt, war die feste Überzeugung, dass nur eine unverletzte Geisel ein echtes Pfand in den Händen der Entführer sein konnte.

Es verging kein elender Abend, an dem nicht über die verfluchte Geiselnahme und die Ergreifung der Häscher gesprochen wurde.

»Bald ist es so weit«, pflegte von der Schewe immer durch das lodernde Feuer zu mir herüber zu rufen, wenn er in der Nacht schwankenden Schrittes auf sein Zelt zuwankte.

Die anderen Ritter hielten wie ich engen Kontakt zu den beauftragten Männern um den Herzog von Österreich, der höchstes Interesse an der Lösung dieses politischen Konflikts mit dem Gesandten besaß. Eine Selbstverständlichkeit, sich untereinander ständig mit aktuellen Informationen zu versorgen.

An einem Abend lösten die Ritter endlich ihr Versprechen gegenüber ihren Soldaten ein. Ein Kontingent der neuen, angelandeten Fässer mit Wein wurde in unser Lager gerollt und der süffige Stoff unter unsere Leute verteilt. Aber ich glaube, in diesem Taumel der neuen Zuversicht hätte uns jedes Gesöff gemundet.

Wir Ritter der Bannerheere mischten uns zwischen die Männer, die so treu und brav bis zuletzt zu uns gehalten hatten und sichtbar erfreut waren, ihre Befehlshaber gesund zurückerhalten zu haben.

Ein Jubel und ein Singen legten sich über die Zelte des Feldlagers, und endlich zeigten sich rund um mich herum fröhliche Gesichter, die wieder an sich und an die Freuden des Lebens glaubten.

Die restlichen verbliebenen Lagerhuren machten das Geschäft ihres Lebens. Auch sie befanden sich in Hochstimmung. Bis in die frühen Morgenstunden hörte man das Gegröle und Jauchzen der angetrunkenen, frohgestimmten Männer.

Der frühe Morgen gestaltete sich umso schrecklicher. Viele, die den Alkohol nicht mehr gewöhnt waren, krochen in ihre Schlaflager und fühlten sich wie besinnungslos.

Mir ging es nicht anders. Ich hatte lange nicht mehr so viel gesoffen. Mein Kopf war kurz vor dem Zerbersten. In Mengen ließ ich von meinen Burschen Gallonen voll Wasser heranschleppen, die ich in ungestümen, hastigen Zügen herunterschluckte oder mir über den Schädel goss.

Eines Abends gesellte sich Magister Sibrand zu uns an das Feuer. Er schien gekommen zu sein, um uns Neuigkeiten zu überbringen. Im Normalfall hätte er niemals sein Lazarett allein gelassen.

Wir begrüßten ihn überschwänglich in dem Bewusstsein, dass dieser Mann, dieser heilige Samariter, es gewesen war, der auch uns gerettet hatte.

Magister Sibrand bedankte sich und erzählte: »Mir ist über einen Bürger Akkons, der sich zurzeit bei uns im Spital zur Pflege aufhält, etwas berichtet worden. In dem Steinhaus, welches uns als festes Gebäude für unsere Einrichtung empfohlen wurde, soll eine größere Gruppe von Männern Unterschlupf gefunden haben. Das Gemäuer, in welchem Armenier einzukehren pflegen, wird ebenfalls wohl als eine Art armenisches Hospital geführt. Genau dasjenige, was in der Schenkungsurkunde wegen seiner ausgezeichneten Lage am St. Nikolaus-Tor gepriesen wird. Es ist mehr als seltsam.«

Alle Teilnehmer der abendlichen Gesprächsrunde erstarrten. Ich rief forsch dazwischen, als man wegen des Durcheinanders nichts mehr verstehen konnte.

»Haltet ein, Ihr Ritter, jetzt beginnt die Zeit der Planungen, wie man diese Verbrecher am besten stellen kann.«

Es wurde tiefe Nacht, und ich hatte gerade wegen der Kälte das Gewand noch enger um meinen Körper geschlungen, als endlich unser gemeinsamer Entschluss feststand. Leicht vom Alkohol gezeichnet, stand ich dort etwas unsicher vor den züngelnden Flammen.

»Ich, Ritter Alexander von Grüningen, werde mit der Hilfe der schönen Lagerhure Samelia versuchen, in die Altstadt von Akkon einzudringen. Vor Ort werde ich erkunden, ob es sich um die gesuchte Gruppierung handelt. Dann werde ich feststellen, welche Möglichkeiten eines Angri...Angri... Angriffes sich dort bieten.«

Mit einem lauten Scheppern fiel mir der Krug aus der Hand. Ein unwiderstehlicher Wind beugte mir den Rücken und ließ mich in seiner Wucht bis hin in den Schein des Feuers rollen.

»Gott segne den besoffenen Kreuzfahrer«, klang es in meinen Ohren.

Bruder Sibrand, der Mann Gottes, hatte uns schon lange vorher verlassen. Er pflegte sich sehr selten lange von seinen kranken Schäfchen zu entfernen.

Kapitel XXIII

Im Haus der Armenier

Nachdem wir – ich dieses Mal in nüchternem Zustand – nochmals durchgesprochen hatten, wie wir vorgehen wollten, blieb nur eine Möglichkeit, nämlich die, die wir bereits ins Auge gefasst hatten.

Ich wies meine Männer an, sofort nach der Armenierin zu suchen.

Ich hatte schon tags darauf das große Glück, dass sie in Begleitung zweier meiner Wachmänner vor dem Zelt stand.

»Meine Schöne, ich habe zwischenzeitlich von dem Verwalter des Spitals erfahren, dass sich anscheinend eine größere Gruppierung von Männern im Haus der Armenier, eine Art Lazarett, in Akkon eingefunden hat. Es ist keinesfalls sicher, dass es sich um die Gesuchten handelt. Um das herauszufinden, bitte ich, dich heimlich nach Akkon begleiten zu dürfen, um bei dieser Gelegenheit Näheres zu erforschen.«

Sie lächelte.

»Keine Frage, dass Ihr mich begleiten dürft. Ich habe höchstes Interesse daran, dass diese Verbrecher ihre gerechte Strafe bekommen.«

»Bei deinem Geschick gehe ich davon aus, dass es dir gelingen wird, deinen Liebhaber bei den Wachposten abzulenken. Samelia, ich bin dir außerordentlich dankbar, dass du mir deine Hilfe anbietest. Gib mir umgehend Nachricht, wann ich mich bereithalten soll.«

Sie lächelte, und ihre weißen Zähne schienen dabei ein Leuchten in mein Zelt zu zaubern. Ihre zarten Hände umschlossen meinen Nacken und zogen mich hinunter an ihren Mund. Sie küsste mich in ihrer eigenwilligen Art. Es machte mich rasend.

»Was ist mit dir los?«, schien mir eine Stimme zuzuflüstern. »Du bist vergeben. Deine Liebe gehört einzig der Gesandten aus Antiochia.«

Ich unterband jäh ihre Liebkosungen, sah sie mit ernstem Ausdruck an und flüsterte: »Samelia, ich würde dir ohne zu zögern meine Schlafstatt anbieten, aber mein Herz ist noch nicht zur Ruhe gekommen. Ich habe diese Schmach, diese Haft mit der Folter, noch nicht verwunden. Ich bin erst wieder frei, wenn ich diese Bande erledigt hab. Solange, habe ich geschworen, werde ich allen weltlichen Freuden entsagen.«

Sie federte mit ihrem drahtigen Körper leicht zurück und sah mich mit dem verführerischsten Lächeln an, was ich je erleben durfte.

»Männer«, rief sie verächtlich aus, »Männer, sind so berechenbar. Wenn ich wollte, würdest du deine tausend Eide vergessen und mit mir eine Nacht verbringen.«

Sie hob ihren Kopf, und mit einer stolzen Gebärde ließ sie von mir ab.

»Versprich mir, von Grüningen, Spielverderber, dass wir diese Nacht nachholen werden, wenn du die Rechtsbrecher beseitigt hast.«

Ich war überrascht von diesem offenen, freizügigen Angebot und sagte: »Du kennst mich genau und du hast Recht, dass ich dir nicht widerstehen könnte, wenn du es darauf anlegen würdest. Aber ohne dir weh tun zu wollen, bitte ich dich, bis zu dem Zeitpunkt der Rache zu warten, diese brennende Rache, die du auch in deinem Inneren trägst. Du weißt, dass du etwas ganz Besonderes für mich bist und dass ich um jede Hilfe von dir verlegen bin.«

Ich zögerte nicht, ihren Kuss zu erwidern und verabschiedete sie angemessen. Ich brauchte sie so dringend. Ohne ihre Unterstützung würde ich nie hinter die Mauern von Akkon gelangen.

Als sie draußen war, spürte ich eine besondere Art von Erleichterung. Ich war zum ersten Mal in meinem Leben standhaft geblieben. Darauf war ich in diesem Moment sehr stolz, bemerkte aber gleichzeitig, wie recht sie hatte, meine Schönheit. Lange wäre ich nicht mehr in der Lage gewesen, ihrem Charme zu widerstehen und das wusste sie genau. Wenn jemand die Männer und ihre Eigenarten kannte, dann meine süße Lagerhure Samelia. Sei's drum, jetzt galt es, sich für höhere Aufgaben bereitzuhalten.

Nicht lange nach unserem Treffen fand sich Samelia wieder ein. Meine Wachen kannten sie schon. Auch ihnen, so schien es mir, gefiel ihr Anblick außerordentlich.

In ihrer Aufgeregtheit sprach sie: »Herr von Grüningen, mein edler Ritter, heute könnte es gelingen. Ich habe mich zum Wachwechsel mit dem Mann verabredet. Hüllt Euch in ein dunkles Gewand und folgt mir. Ich versuche, den Wächter beim Öffnen des Tores abzulenken, damit Ihr in der Lage seid, hinter unserer beider Rücken in die Stadt zu gelangen.«

Ich bat sie, kurz zu warten. Ich kleidete mich in leichtes, dunkles Tuch und ergriff mein Schwert. Darauf wollte und konnte ich nicht verzichten.

»Bitte, von Grüningen, begleitet mich und haltet vorsichtshalber etwas Abstand«

Wir bewegten uns unaufhaltsam in Richtung eines der Stadttore von Akkon an Zelten und Müllhalden vorbei, bis wir den Ort ihrer Verabredung erreicht hatten.

Die Mauern zeichneten sich dunkel und drohend vom Horizont ab. Eine undurchdringliche hohe Wand. Ich hielt mich in Samelias Schatten etwas im Hintergrund. Sie versuchte, durch Pfeifen und Lichtzeichen mit einem der Wachleute Kontakt aufzunehmen. Es schien eine Unendlichkeit zu dauern bis sich etwas rührte. Der Wind strich an den hohen Mauern vorbei und erzeugte dabei einen eigentümlichen, beunruhigenden Klang. Hier schien die Welt versperrt und zu Ende zu sein. Plötzlich hörte ich das Knarren einer unscheinbaren, kleinen Tür. Sie war in dem großen, hölzernen Stadttor geschickt integriert. Der Wachmann tat einen Schritt heraus, und Samelia lief ihm stürmisch entgegen. Er war so abgelenkt, dass es Samelia gelang, beim Passieren des Einganges die Tür einen kleinen Spalt offenzulassen.

Sie begrüßte ihn überschwänglich herzlich und lenkte ihn mit den Waffen einer Frau so ab, dass es mir gelang, durch den Spalt das Innere der Stadt zu erreichen. Dort wartete ich an der verabredeten Stelle. Es dauerte eine gewisse Zeit, bis auch sie sich einfand.

»Das ist uns gelungen«, murmelte sie, »ein Zurück wird ungemein schwerer. Wir müssen uns für eine gewisse Weile in Akkon aufhalten. Dort in einem Frauenhaus werde ich ein Versteck für uns organisieren.«

Ich nickte zum Zeichen meines Einverständnisses und zeigte mich mit der Durchführung des Planes für diesen Moment sehr zufrieden.

Wir schlichen vorsichtig durch die Gassen der Altstadt von Akkon, und ich verbrachte die Nacht in einem Raum voller stinkender Wäschehaufen, still und zusammengekauert, während ich in der Nähe das Geplapper meiner Freundin mit anderen, ihr wohlbekannten Frauen ertragen musste.

Selbst tagsüber hielt ich mich im Keller dieses ominösen Frauenhauses sicher versteckt. Sobald ich Stimmen hörte, verbarg ich mich sofort wieder in einem dieser verfluchten Haufen.

Als der Abend hereinbrach, hörte ich das Rascheln von Frauengewändern. Samelia erschien, um die weiteren Pläne mit mir zu besprechen. Ich verließ einen der Wäscheberge, und sie rutschte zu mir an den Haufen. Der Gestank schien sie nicht weiter zu stören.

»Ich war zwischenzeitlich nicht untätig. Ich habe dieses Steinhaus in Akkon besucht. Es ist ein armenisches Spital. Trotz meiner Herkunft wurde ich als Frau nicht eingelassen. Dort werden nur

Männer geduldet. Als ich dort auf der Lauer lag, konnte ich mehrere Menschen beobachten, die die Anlieferung von Lebensmitteln durch Händler organisierten. Dabei meine ich, von Saasheim erkannt zu haben, als er laut und hitzig mit einem dieser Dienstleute lamentierte. Ich weiß, auf welcher Seite der Haupt- und der Nebeneingang liegen. Das könnte uns helfen.«

»Ich bin begeistert von deinem Wagemut«, erwiderte ich und streichelte zärtlich über ihre schwarze Haarpracht.

»Wir werden uns gleich dort hinbegeben und die Örtlichkeit näher und intensiver beobachten. Wir müssen auf den richtigen Moment warten. Vielleicht haben wir Glück. Vielleicht gelingt es ja, jemanden der Gruppe abzulenken, wenn du dich zeigst. Sie würden höchst alarmiert sein. Das geht aber nur mit größter Vorsicht. Ich möchte nicht, dass du dich gefährdest.«

Ein breites, wunderschönes Lächeln war ihre Antwort, schweigend hob sie ihr Gewand, wobei sie die Sicht auf einen Dolch freigab.

Wir bewegten uns durch die engen Gassen auf das armenische Spital am Nikolai-Turm zu. Dort legten wir uns hinter eine Hecke, um die Vorgänge am und um das Haus genauer zu beobachten.

Zwei Lagerfeuer wurden ständig von einem Mann, den ich schwer erkennen konnte, mit Brennmaterial bestückt, sodass ihr Schein große Schatten an die Steinmauer warf. Es herrschte ein Kommen und Gehen. Bekannte Gestalten oder Gesichter waren bisher nicht darunter.

Die Zeit verging, sie schien uns immer mehr zu lähmen.

Samelia tippte mich an den Arm und flüsterte: »Dort hinten zwischen den Steinen der Mauer kannst du einen Ausblick in den Garten und den Hinterhof erhaschen. Vielleicht sollten wir uns dort postieren.«

Wir bewegten uns ganz vorsichtig auf den Mauerspalt zu, und ich versuchte verzweifelt, in der Dunkelheit etwas zu erspähen.

Der Hof mit dem angrenzenden Garten lag im undurchdringlichen Schatten. Und doch hörte man plötzlich von dort Stimmengewirr. Wir versuchten in einem Anflug von Verzweiflung zu verstehen, wer dort redete und was im Einzelnen gesprochen wurde.

»Von Saasheim«, bemerkte Samelia plötzlich, »eindeutig seine grässliche Stimme.«

In diesem Moment erhellte ein Feuerschein die Umgebung. Man hatte sich wohl entschlossen, wegen der aufkommenden Kälte der Nacht auch dort ein Feuer zu entzünden.

Da saßen sie, die flüchtigen Ritter, direkt in der Nähe der auflodernden Flammen. Und im Hintergrund, in der Nähe von zwei Wachleuten, stand die Gesandte von Antiochia. Mein Herz begann, sofort höher zu schlagen. Sie war von schwarzem, seidenem Tuch verhüllt, sah immer noch aus wie ein Mann.

Wir steckten unsere Köpfe zusammen, und Samelia kam dicht an mein Ohr.

»Ich versuche jetzt hinter dem Mauerspalt meine Stimme zu erheben, um von Saasheim zu beschimpfen. Ihr solltet Euch währenddessen dem Gesandten nähern, um bei der Ablenkung einen Befreiungsversuch zu unternehmen.«

Ich nickte und begab mich zur Mauer. Sie umgab den Garten mit dem Innenhof und war gut zu erklimmen, weil die Bäume mit ihren schützenden Ästen teilweise herüber ragten. Als es mir gelungen war, an den hinteren Teil des Geländes in die Nähe der Gesandten zu klettern, gab ich von der Höhe der Mauer ein Zeichen, worauf Samelia begann, mit einer lauten Schimpfkanonade von Saasheim anzufeinden.

Ich beobachtete im Schein des Feuers, wie er vom Donner gerührt in die Richtung schaute, aus der die Stimme zu vernehmen war. Alle Blicke folgten den seinen. Einige trauten scheinbar ihren Ohren nicht und drängten näher zur Mauer. Auch die Wachleute, die neben der Gesandten standen, strebten hinüber. In dem

Moment, als sich alle entschlossen hatten, auf den Mauerspalt zuzugehen, sprang ich hinunter. Ich hastete zur Gesandten, die ebenfalls gespannt in die andere Richtung schaute, ergriff sie und legte sie mir auf die Schultern. Mit einem gewaltigen Anlauf gelangte ich mit dem leichten Körper ohne Weiteres wieder auf die Mauer hinauf. Ich balancierte, so gut ich konnte, über die Mauerkrone und kletterte mit Hilfe der herabhängenden Äste wieder auf die andere Seite. Ich hatte sie endlich sicher auf meinen Schultern. Ein unbeschreibliches Glücksgefühl. Bis hierher hatte ich mein Ziel erreicht.

Die Gesandte war offenbar dermaßen überrascht und erschrocken, dass sie keinen Laut von sich gab. Ich rannte auf die Spalte an der Mauer zu, wo Samelia inzwischen das Gezeter eingestellt hatte, und gab ihr ein Zeichen. »Komm schnell, nur weg hier«, rief ich ihr während des Laufens zu. Sie hatte begriffen und begann zu rennen. Ich hatte die Gesandte auf ihre Füße gestellt, wobei sie schnell erkannte, wer sie aus dem Garten entführt hatte.

»Alexander von Grüningen«, murmelte sie erleichtert, als sie die Situation näher zu begreifen schien.

Für längere Gespräche blieb keine Zeit. Mehrere Männer waren mit Saasheim über die Mauer gesprungen und verfolgten uns.

An einer Weggabelung übergab ich die Gesandte an Samelia, und sie bewegten sich in aller Eile zu unserem bekannten Versteck im Frauenhaus. Ich wartete an einer Weggabelung, bis von Saasheim erschien. Als er stehen blieb, um sich zu orientieren, welche Gasse die Fliehenden genommen hatten, trat ich mit gezücktem Schwert auf ihn zu.

»Du wirst dieses Treffen mit mir nicht überleben«, schrie ich ihn an.

»Hier ist dein schmutziger Weg zu Ende, du Dreckskerl. Was habe ich diesen Augenblick herbeigesehnt. Du wirst für deine Schandtaten büßen, die du mir und meinen Rittern angetan hast.«

Mit einer Finte wich er meinem ersten Schwerthieb aus und versuchte seinerseits, mich mit der Spitze seiner Waffe zu erwischen. Ich drehte mich um meine Achse und erwischte ihn mit der linken Hand so heftig, dass er einen blutigen Klumpen Zähne ausspuckte. Ich sah in sein hasserfülltes, fratzenhaftes Gesicht. Der Geifer troff aus seinem Mund heraus. Ein Schlag von ihm streifte meinen Oberarm. Mein Wams färbte sich rot. Es schien für ihn ein Zeichen für Schwäche zu sein, dieser leichte Treffer. Er wurde unvorsichtiger, weil er immer wieder Schwerthiebe anzusetzen versuchte, die jedoch ihr Ziel verfehlten. Adern traten an seiner angestrengten Stirn hervor, und sein wildes Gebrüll hallte durch die Gassen von Akkon.

Es hieß sich zu beeilen, weil ich auch die anderen Männer herbeihasten sah. Dann bemerkte ich, wie von Saasheims Augen im Dunkeln zu funkeln schienen. Blanker Hass war darin zu erkennen.

Ich grinste ihn noch einmal an und sprach: »Edler Ritter von Saasheim, hier und jetzt schlägt deine letzte Stunde. Grüß die Hölle, wenn du gleich einfährst.«

Als von Saasheim zu einem gewaltigen Hieb ausholte, sprang ich zur Seite, duckte mich und stieß ihm von unten mein Schwert durch die Brust. Röchelnd fiel er zusammen. Sein schwerer Körper sackte zu Boden. In einem Schwall von Blut, der aus seinem Mund troff, lösten sich die Flüche für immer und ewig auf, und nach den letzten Zuckungen fiel sein Kopf zur Seite.

Die Wachmänner, die jetzt auch herangeeilt waren, schlug ich nach einem kurzen Gefecht nieder. Ihre Gesichter kannte ich alle. Verfluchte Folterknechte, die uns jeden langen Tag gequält hatten. Diese Hunde, jeder Einzelne von ihnen, so hatte ich geschworen, würden meine Rache zu spüren bekommen. Es blieb mir nichts anderes übrig, als sie mit meinem Schwert für immer zum Schweigen zu bringen. Ich spürte eine unendliche Genugtuung.

Verflucht, wie lange hatte ich auf diesen Augenblick gewartet. Ich hielt kurz inne, atmete tief durch, sprang hoch und rannte über die groben Pflastersteine hinweg, immer weiter dem Frauenhaus von Akkon entgegen.

Mein Herz pochte bis zum Hals. Wie würde mich die Gesandte im Beisein von Samelia empfangen? Was würde sie sagen? Ich beschloss, das Ganze mit einem tiefen Dank für ihre Befreiungstat vor Akkon beginnen zu lassen. Was dann weiter geschah, befand sich nicht unter meiner Kontrolle.

Nach jeder Weggabelung sicherte ich mich nach hinten ab, bis ich mir sicher darüber war, dass ich die Verfolger abgeschüttelt hatte.

Ich rang schwer nach Luft. Die Flucht und der Kampf hatten viel Kraft gekostet. Ich kniete mich nieder und betete. Der Herrgott hatte mich erhört. Ich hatte sie endlich wieder. Die Frau, die mein Leben in kürzester Zeit auf den Kopf gestellt hatte.

Dann näherte ich mich äußerst vorsichtig dem Versteck. Als ich am üblen Geruch der Wäschehaufen erkannte, dass ich unseren Zufluchtsort erreicht hatte, umarmten mich zwei Hände aus der Dunkelheit heraus. Gehörten sie der Gesandten, oder waren es die Hände meiner süßen Helferin Samelia?

Als sich meine Augen allmählich an die Dunkelheit gewöhnt hatten, erkannte ich die Umrisse einer Person. Verdammt, wer war es denn nun? Im gleichen Moment verschlossen mir zwei Hände zärtlich den Mund und ich hörte das Rascheln von Seide. Das klang eindeutig nach der Gesandten. Ich hörte den Klang ihrer klaren Stimme, die ich lange, sehr lange, nicht mehr vernommen hatte.

»Ritter von Grüningen, ich bedanke mich für Eure heroische, mutige Tat. Ich dachte, Ihr hättet nach diesen unendlich langen Monaten mein Schicksal schon vergessen.«

Ich verschloss ihr mit meiner Hand behutsam den Mund und schob mit der anderen ihre Hände leicht zur Seite.

»Es war allein Eure Tat, die unvergessen bleibt«, flüsterte ich, eine Tat, die nachweislich fünf dem Tode geweihten Rittern das Leben zurückgab. Eine Tat, bei der Ihr selbst Euren Tod und erhebliche, politische Konflikte in Kauf nahmt. Ich danke Euch dafür.«

Sie bewegte ihren Kopf leicht nach vorn, und ich fühlte, wie sich zwei Lippen auf meinen Mund pressten. Es war so ein schönes, berauschendes Gefühl, dass ich ihre Hingabe sofort erwiderte und wir uns eng umschlungen in den Wäschehaufen wiederfanden.

»Ich nehme jeden Gestank in Kauf, solange du bei mir bist, mein edler Ritter. Ich habe mich Hals über Kopf in dich verliebt als du so hoffnungsvoll vor meinem Regenten standest und offensichtlich für alle um Asyl gebeten hast.«

Meine Hand schob ich leicht vor ihren Mund und zog sie zu mir herunter, küsste sie und konnte sie einfach nicht mehr loslassen. Doch sie wollte es zu Ende bringen. Sie schien es die ganze Zeit über still in sich aufbewahrt zu haben. Jetzt musste ihre Geschichte wohl endlich heraus.

»Werde dich nicht daran hindern, mir alles zu erzählen, was dich bewegt, Sefura. Ich will alles von dir wissen: wo du herkommst, wer deine Eltern sind, wer dich zu dem gemacht hast, was du bist und das Wichtigste, wie du zu mir stehst. Wir hatten bisher nie, in keinem Augenblick, die Möglichkeit, ungestört Worte miteinander auszutauschen. Ich bin so verdammt froh, dass jetzt die Gelegenheit gekommen ist. Ich will dich einfach näher kennenlernen, jede Faser deiner begehrenswerten Person.«

Sie küsste mich, drückte in der Dunkelheit meinen Kopf eng an ihren Körper.

»Ich war wie erschlagen«, fuhr sie fort, »als ich Wochen später den gleichen Mann ausgezehrt, mutlos und völlig erschöpft bei Friedrich von Schwaben wiedersah. Machtlos, in irgendeiner Art und Weise einzugreifen. Ich überredete meinen Regenten, den Kreuzzug als Beobachter weiter begleiten zu dürfen. Dies, obwohl wir das Gelübde abgegeben hatten, nicht unterstützend einzugreifen. Nur unter dieser Bedingung ließ er mich ziehen. Schwierig wurde es, als es bis zur Grenze von Antiochia keine Gelegenheit mehr gab, etwas zu bewegen.«

Sie unterbrach kurz ihren Redeschwall und rang nach Luft. Sie küsste mich inniglich. Es schien auf meiner Haut zu brennen, wenn ich fühlte, wie sie mich mit ihren schönen Augen ansah.

»Als die Lage im Kreuzfahrerheer immer brenzliger wurde, überredete ich auch die Söhne Bohemunds, mich als stillen Beobachter unter dem Banner von Tripolis mitreisen zu lassen. Ich kannte sie seit frühester Jugend. Sie waren es auch, die mir ohne weiteres Männer zur Begleitung mitgaben. Sie sollten meine Sicherheit garantieren.«

»Das konnte nicht gutgehen«, rief ich dazwischen.

»Die Verbrecher um von Schwaben waren einfach zu brutal und rücksichtslos. Machtbesessen und skrupellos. Dazu völlig unberechenbar. Keiner war ihnen gewachsen.

»Ich spürte, wie sie zärtlich durch meine Haare strich, um mich zu beruhigen. Ich sprach leise: »Verdammt, ich brauche dich so!«

»Es war ein glücklicher Zufall«, sprach sie mit ruhiger Stimme weiter, »dass mir von Saasheim in seiner prahlerischen Art mitteilte, was man mit den Verrätern vorhatte. Also mit Euch.

»Das ist vorbei«, flüsterte ich, »endgültig vorbei.« Wie in einem Ausbruch von ewiger Befreiung umarmte ich sie heftig und schämte mich meiner Tränen nicht.

Sie küsste mich wieder und immer wieder, um sich dann aufzuraffen.

»Von Saasheim war nach einer der Lagebesprechungen bei Friedrich sehr angetrunken. Dabei teilte er mir so nebenbei mit, was sie mit Euch an den Belagerungstürmen vorhatten. Daraufhin habe ich sofort reagiert. Ich instruierte heimlich meine Männer, die dann erfolgreich eingreifen konnten.«

Ich nahm ihren Kopf in meine Hände und brachte sie durch einen langen, zärtlichen Kuss zum Schweigen.

»Herr und Frau Gesandter«, fragte ich mit entschlossener Stimme, »mein innerlichster Wunsch. Darf ich mein Leben mit Euch teilen? Ich möchte das an Eurer Seite tun, solange ich mein Schwert noch zu halten vermag.«

Sie schaute mich durch die Dunkelheit mit großen Augen an, und ich bemerkte ein breites Lächeln, das ihren Mund umspielte.

»Ja, mein geliebter Ritter, ich bin bereit dazu. Es war schwer genug, meine Maskerade in dieser Form aufrechtzuerhalten. Mein Werdegang hatte mich dazu gezwungen.«

»Wieso? Warum gerade als Mann verkleidet?«

»Alexander, du musst meine Geschichte unbedingt erfahren. Ich vertraue dir.«

Ich hielt sofort meinen Mund, weil ich endlich wissen wollte, wer sich nun tatsächlich so eine Verkleidung ausgedacht hatte.

»Ich bin die Enkelin eines Kreuzfahrers aus dem Heiligen Römischen Reich, der mit dem zweiten Kreuzzug damals nach Antiochia gespült wurde. Er ehelichte verbotenerweise eine schöne Muslimin, meine Großmutter. Das war damals nur in dem neu entstandenen Outremer möglich. Dort gab es gezwungenermaßen ein Nebeneinander der Religionen, ohne die nichts, ja überhaupt nichts funktioniert hätte.«

»Das ist ja fast nicht zu glauben«, rief ich verwundert aus.

»Doch, Alexander, mein Vater war wie sein Vater in den Diensten der Regentenfamilie Bohemund. Sie entschlossen sich, mir ebenfalls eine politische Karriere am Hof zu ermöglichen. Das ging aber nur in Männerkleidern. Meine Mutter war als Muslimin strikt dagegen. Doch der Vater setzte sich durch, bestärkt dadurch, dass mein Mut und mein Geschick mit Waffen umzugehen, eine solche Laufbahn begünstigten.«

»Meinen besonderen Glückwunsch hierzu, ich liebe Euch, verehrte und bewunderte Gesandtin«, brachte ich gerade noch heraus, bevor mir ihre köstlichen Lippen wieder den Mund verschlossen.

»Ich glaube, Samelia hat etwas bemerkt«, flüsterte sie.

»Sie kennt das Wesen einer Frau nur zu genau. Das Glänzen in meinen Augen war nicht zu übersehen. Sie war bewusst so taktvoll, mich mit dir allein zu lassen, obwohl ich gemerkt habe, dass sie dir auch sehr nahesteht«, sprach sie und sah mich strahlend an.

»Ich weiß, sie ist eine wunderbare Frau, ohne ihre Hilfe wäre das in dieser Form hier nicht möglich gewesen«, erwiderte ich.

»Männer erobern die Welt, Frauen beherrschen sie«, fügte ich schnell hinzu.

Es war schon ein schwieriges Stück Überwindung, sich an diesem speziellen Ort versteckt zu halten, aber eine Alternative gab es nicht.

Samelia kehrte bald zurück und brachte uns einige Brocken Brot mit, die wir hungrig verschlangen.

Ich war mit der Gesandten so verblieben, dass wir ihr Geheimnis noch nicht preisgeben wollten.

Samelia kam mit der Nachricht zu uns, dass es in der Stadt zu Unruhen gekommen sei. Doch niemand wusste Genaueres.

Wir hatten ein Problem. Auf welchem Wege sollten wir aus dieser wiedererweckten, feindlichen Stadt entkommen?

»Es gibt nur zwei Möglichkeiten«, erläuterte ich.

»Entweder über die heimliche Verbindung mit dir, Samelia, so wie wir auch hereingekommen sind, oder über eine offizielle Anfrage des Herzogs von Österreich. Letztere wäre unter Umständen erfolgreich, weil man auch dort mit Sicherheit mitbekommen hat, dass die Könige von Frankreich und England mit großer Streitmacht unterwegs hierher sind. Da es sich vorwiegend um eine Auseinandersetzung auf höchster politischer Ebene handelt, könnte eine Anfrage Leopolds mit der Unterstützung von Antiochia und

Tripolis vielleicht. Erfolg haben. Auch Saladin müsste dann eingeweiht werden.«

Sefura und Samelia sahen mich mit großen, staunenden Augen an.

»Samelia, meinst du, du könntest den Rückweg über den Wachposten nehmen, und zwar erst einmal ganz allein, wenn dieser das Spielchen bei der entstandenen Unruhe überhaupt noch mitmachen würde? Ich weiß, dir steht nicht unbedingt jetzt der Sinn danach. Wir müssen aber überlegen, wie wir aus dieser verdammten Feindesstadt rauskommen. Es wäre unter diesen Umständen wünschenswert, meine Männer anzusprechen. Dietrich könnte über die anderen Ritter den Wunsch an Leopold herantragen, einen Auslieferungsantrag für die politische Gefangene aus Antiochia in meiner Begleitung zu stellen. Die Übergabe müsste mit den Bannerträgern Antiochias und Tripolis vonstattengehen. Gleichzeitig sollte an Saladin eine Botschaft gerichtet werden, damit dieses Unterfangen auch von diesem auf diplomatischer Ebene unterstützt wird. Es ist seine Stadt. Wenn der Antrag in der Welt ist und den Stadtoberen vorliegt, werden sie nicht umhinkommen, den Gesandten als offiziellen Gast mit bevorzugter Unterbringung zu behandeln. Er ist nachweislich unrechtmäßig verschleppt worden. Die gesamte Situation ist bereits jetzt für die Stadtoberen äußerst prekär und unangenehm. Es ist bis heute nicht bekannt, warum man diesen Kriegsverbrechern mit einer Geisel überhaupt Einlass gewähren konnte. Lief das offiziell, oder sind sie auf geheimem Weg ohne Wissen der Stadtoberen in Akkon eingesickert? Bei dem aktuellen Kriegszustand ist höchste Vorsicht geboten. Es kann nicht ausgeschlossen werden, dass die Stadt sich entschließen könnte, sogar uns als Geiseln zu nehmen.«

Sefura, die meinen Überlegungen schweigend zugehört hatte, mischte sich nun ein: »Es ist keine Frage, dass hier ein Problem besonderer Art entstanden ist. Unter Berücksichtigung des

Kriegszustandes und der Zuspitzung des Konfliktes durch die zu erwartende Verstärkung der Christen rate ich momentan von einer offiziellen Lösung im politischen Sinne ab. Die Fronten sind derart verhärtet, dass die diplomatischen Wege vorerst blockiert sein dürften. Das Vorhaben über den Wachposten würde ich möglichst noch einmal angehen, vielleicht ein wenig verändern, als man eine Belohnung einplant, um den Wachmann bei Laune zu halten. Du, Samelia, solltest deine diesbezüglichen Versuche eines Durchschlupfes intensivieren. Es gehört in dieser verfahrenen Situation viel Vertrauen dazu, einem Mann Mut zu machen, hier mitzuziehen. Das geht nur in einem Moment, wo noch nichts offiziell oder amtlich geworden ist.«

»Die wahren Hintergründe scheinen noch nicht durchgesickert zu sein«, bemerkte Samelia.

Sefura seufzte ob dieser ziemlich verfahrenen Gesamtentwicklung.

Auch Samelia schaute nicht sehr hoffnungsvoll angesichts der Problematik, die sich auf einmal entwickelt hatte. Ihr ansonsten sonniges Gemüt schien einen starken Dämpfer erfahren zu haben. Sie begriff gerade, dass sie sich, wie wir alle, auf ein Spielchen eingelassen hatte, das uns den Kopf kosten könnte.

Deshalb sah ich mich veranlasst, Mut zu verbreiten und doch auf eine schnelle Lösung zu setzen.

»Eines dürfte klar sein«, bemerkte ich, »wir müssen jetzt handeln, bevor die Aktionen und die Hintergründe an die Öffentlichkeit dringen. Wir sollten unserem Mann einfach kurz entschlossen eine Belohnung anbieten, die er nicht ausschlagen kann. Verbunden damit, sollten wir mit Konsequenzen drohen, falls er sich weigern sollte, da mitzuspielen. Man muss ihm vor Augen halten, dass es erhebliche Folgen für ihn persönlich haben könnte, wenn der Kontakt zu einer feindlichen Lagerhure einschließlich deren Einsickern hinter die Stadtmauern rauskommt. Das könnte den Tod für ihn bedeuten.«

Samelia nickte nachdenklich und sagte: »Es bleibt nach allem der einzig gangbare Weg.«

Noch am Abend desselben Tages verließen wir unser Versteck, um im Schatten der Gebäude und engen Gassen sehr vorsichtig den Weg zum betreffenden Tor anzutreten.

Da sowohl der Gesandte als auch ich nicht über Münzen verfügten, waren wir vorerst auf die Hilfe von Samelia angewiesen, die ihren gesammelten Liebeslohn zumindest zur Hälfte absprachegemäß würde anbieten können. Sefura und ich versteckten uns, mit Blick auf die Vorgänge am Tor.

Samelia schritt langsam, aber bestimmt auf den Wachposten zu.

Ich hielt mich mit Sefura weiter im Hintergrund, wobei ich nur vereinzelt Gesprächsfetzen mitbekam.

Zuerst, so kam es mir vor, zeigte sich der Angesprochene äußerst unwillig, doch als Samelia, so wirkte es auf mich, über die persönlichen Konsequenzen belehrte, schien er einzulenken.

Als er auf ihr beharrliches Drängen hin das Tor widerwillig geöffnet hatte, nahm er die angebotenen Münzen entgegen. Samelia wandte sich uns zu, winkte, um uns mitzunehmen. Doch dann zögerte der Wächter plötzlich.

Er ergriff völlig unerwartet seine Lanze und durchbohrte wie rasend ihren Körper mit gnadenlosem Hass. Samelia geriet ins Stolpern, griff ungläubig nach dem Holz der Lanze, die sich todbringend in ihren Unterleib geschoben hatte. Ich sah, wie ihre Hände die Lanze umfassten, bis ihr Blick gläsern wurde und schließlich kraftlos ins Nichts fiel. Ihr Körper taumelte mit der Lanze leblos zu Boden. Der Griff zum Dolch gelang ihr nicht mehr.

Sefura schrie auf.

»Was tut er da, was um Himmels willen soll das bedeuten?«

Pures Entsetzen und große Betroffenheit nahmen mir den Atem.

Als ich endlich begriff, zögerte ich nicht, sofort aus dem Versteck zu stürzen.

Ich zog mein Schwert und schlug dem Wächter mit einem gewaltigen Hieb den Kopf ab. Eiskalte Wut hatte sich meiner bemächtigt.

Der Verräterlohn fiel klimpernd auf den steinernen Boden am Stadttor. Ich bückte mich und verstaute die Münzen in meinem Gürtel. Sefura war zwischenzeitlich zu Samelia gelaufen und nahm ihren Kopf in die Hände. Verzweifelt versuchte sie, Samelia hochzureißen, bis sie begriff, dass das Leben längst aus ihrem Körper gewichen war.

Ich zog die Gesandte an mich, umarmte sie und sprach beruhigend auf sie ein: »Wir kommen zu spät, hier vermögen wir nichts mehr auszurichten.« Sie schaute an sich herunter, wischte gedankenverloren ihre blutverschmierten Hände an ihrer Kleidung ab. Ich nahm unter ihrer Mithilfe den Leichnam auf meine Schultern, und wir schleppten uns wie betäubt durch den Türspalt in die Freiheit.

Im Bereich der Torwache war die Nacht ruhig geblieben, noch hatte man den Toten nicht entdeckt.

Wir entfernten uns immer weiter von der Stadtmauer, schlichen schweren Herzens dem Feldlager der Kreuzfahrer entgegen.

Als ich Sefura anschaute, erkannte ich Traurigkeit in ihrem Gesicht.

Samelia hatte sich geopfert. Nur ihrem unbändigen, selbstlosen Einsatz konnten wir es verdanken, dass wir dieses Abenteuer in Akkon schadlos überlebt hatten.

Sie war eine überragende Frau gewesen, mit einem Herz voller Wärme und Barmherzigkeit. Sie war von einer ausgesuchten Schönheit und Hilfsbereitschaft. Ein Mensch voller Widersprüchlichkeiten. Ich hatte ihr, seit dem ersten Augenblick unserer Begegnung, sehr nahegestanden. Sie war nicht so wie andere

Lagerhuren, die nur um des Lohnes willen ohne Empathie unterwegs waren.

Samelia war klug und sprachgewandt gewesen. Ein Kind gebildeter Eltern, die in den Wirren unserer Zeit gezwungen war, sich
durch Liebesdienste ihr Überleben zu sichern.

Sie würde auf ewig als eine besonders ausgeprägte Persönlichkeit in meinem Herzen bleiben. Wir schuldeten ihr noch hier vor
Ort eine angemessene Totenfeier und ein stilles, ehrendes Begräbnis.

Das war jetzt das Wichtigste. Wir schaufelten unter Tränen
eine Gruft in der Nähe der Stadtmauer von Akkon und in Sichtweite zum Spital, wo sie für ewig ihre letzte Ruhe fand. Wir weinten gemeinsam und sprachen ein Gebet.

»Wir danken dir, lieber Herrgott, dass es diesen wunderbaren
Menschen für uns gegeben hat.«

Wir standen noch lange schweigsam dort, um uns würdevoll zu
verabschieden.

Kapitel XXIV

Das Heer vor dem letzten Angriff auf Akkon

Wo sollte ich jetzt zuerst mit der Gesandten hin? Zum Oberbefehlshaber, dem Herzog von Österreich, oder erst zu meinen Freunden? Ich entschied mich für die letzte Variante. Dort an unserem Sammelplatz waren die Männer, die Sefura ihr Leben verdankten. In einer Befreiungsaktion, die lebensgefährlich war. Ihre Männer hatten dafür ihr Leben gegeben. Sie hatte sich bewusst der Gefahr einer Geiselnahme ausgesetzt, die auch mit ihrem Tod hätte enden können. Mut und Tollkühnheit zeichneten diese Frau aus.

Dass es auch die Liebe gewesen war, die sie und mich antrieb, davon wusste keiner etwas. Dieses Geheimnis teilten nur wir beiden miteinander.

Wir hatten Glück. Obwohl es bereits tiefe Nacht war, saßen um das Lagerfeuer noch übrig Gebliebene unserer gewöhnlichen Gesprächsrunde herum.

Eine gewisse Ausgelassenheit war zu verspüren.

Als ich überraschend mit der Gesandten in den Feuerschein trat, herrschte plötzlich Totenstille auf dem Platz.

Zweifelnde Blicke schauten erst mich, dann die Gesandte an.

Sie meinten offensichtlich, sie hätten eine Erscheinung.

Als Erster schien von Barnheim begriffen zu haben, was hier vor sich ging. Erst stutzte er, doch dann sprang er auf und rannte auf die Gesandte zu.

Er umarmte sie heftig, und es störte ihn nicht im Geringsten, als ein lautes Schluchzen die Stille durchbrach. »Mein Retter«, sprach er ergriffen das aus, was alle in diesem großen Moment dachten.

Wie auf ein Zeichen sprangen von der Schewe und von Brüha-ven auf und wechselten sich mit dem Umarmen der Gesandten ab. Sie lagen sich lange in den Armen, und ich genoss diese Bilder der besonderen, inniglichen Danksagung. Dank an einen Menschen, der sich mit all seiner persönlichen Kraft für die Rettung dieser Männer, eingeschlossen meine Person, aufgeopfert hatte. Der selbst den eigenen Tod in Kauf nahm, nur um das Leben einiger Kreuzritter zu retten, Männer, die rein zufällig ihren Lebensweg gekreuzt hatten. Ich allein wusste mehr und empfand dabei ein unbeschreibliches, stilles Glück.

Helle Freude wich der Verwunderung, woher ich mit der Ge-sandten so plötzlich gekommen war.

Die Gesandte konnte sich nicht verschließen, in dieser Runde den neuen, frisch angekommenen Wein zu genießen.

Die Nacht wurde lang mit all den Geschichten, die die Anwe-senden verbanden. Aber es musste sein. Sefura genoss es, in unse-rer Runde den frisch angelandeten Wein zu probieren. Ich erhob mich vom Sitz und hob meinen Becher.

»Dies ist eine Feier, meine Freunde, die einer echten Wieder-auferstehung gleicht, einem Freudenfest, das seine absolute Be-rechtigung hat.«

Auch die anderen waren aufgestanden und hoben zum Dank ihre Becher. Ich blieb stehen und erklärte ergriffen: »Aber nicht unerwähnt und unvergessen soll in dieser Runde die heldenhafte Tat von Samelia bleiben. Eine bemerkenswerte mutige Frau, ohne die diese Rettung niemals möglich gewesen wäre.«

Ich schilderte ihnen den genauen Hergang der Befreiung in Ak-kon. Die Befreiung des Gesandten und den Tod des verhassten Ritters von Saasheim und die schrecklichen Umstände, die zum Tod von Samelia geführt haben. Ich bemerkte, wie allen diese Ge-schichte zu Herzen ging.

Um den Schein zu wahren, hatte ich meine Wachmänner angewiesen, ein weiteres Bettlager vorzubereiten. Ich freute mich insgeheim wie verrückt auf den Augenblick, an dem ich eine unverhüllte Gesandte in die Arme schließen durfte.

Gegen Morgen blickten wir mit leeren Augen in die Glut, die nur noch wenig Wärme abgab.

Ich verabschiedete mich mit Sefura von der in Auflösung befindlichen Runde und strebte dem Befehlshaberzelt zu.

Das Banner meines Hauses flatterte leicht im Wind.

Wir betraten das Zelt und zogen ganz bedächtig unsere Kleidung aus.

Ich stutzte einen Moment, ging zur Gesandten herüber und zog ihr mit Geschick und höchstem Genuss die Unterkleider aus.

Sie ließ es mit Freuden geschehen, wobei sie mich mit ihren dunklen, tiefgründigen Augen ununterbrochen ansah. Ein glückliches Lächeln huschte über ihr Gesicht, als ich geschickt ihre schönen Brüste freilegte.

Sie besaß einen makellosen, knabenhaften Körper. Ich vermochte meine Augen nicht mehr von ihr loszureißen.

Sie genoss es offensichtlich, sich vor dem Unbill der Welt mit mir unter der warmen Fuchsdecke zu verstecken.

»Davon habe ich seit langem geträumt, liebste Sefura. Die Gedanken an dich haben mir die Kraft gegeben, diese schreckliche Zeit zu überstehen. Am schlimmsten jedoch waren die Zweifel, Liebste, dass ich mit meinen Gefühlen falsch liegen könnte und du nicht das Gleiche fühltest wie ich. Ich habe darunter gelitten, dass ich nicht ein Wort mit dir wechseln konnte, ja nur ein Wort, das mir alle Zweifel genommen hätte.«

»Willst du mir damit sagen, liebster Alexander, dass ich zu wenige Zeichen meiner Zuneigung und wachsenden Liebe zu dir gezeigt hätte?«

Sie schmunzelte.

»Ich habe alles gemacht, was in meiner Macht lag, um dir meine Gefühle zu zeigen. Du bist schon von Natur aus ein großer Zweifler, glaube ich.«

Ich schaute in ihre dunklen, tiefgründigen Augen und küsste sie. Anschließend rollten wir uns lachend über meine Bettstatt.

Im Taumel einer ersten Liebesnacht vergaßen wir alles um uns herum. Bis zu den frühen wärmenden Sonnenstrahlen liebkosten wir uns.

Es war mir völlig egal, was meine Wachleute dachten. Sie gingen eher nicht davon aus, dass ich plötzlich Männer liebte. Darüber hinaus standen sie unter strengster Schweigepflicht. Unbotmäßige Schwatzerei hatte schon manchen die vorlaute Zunge gekostet.

Wir hatten so viel erleiden müssen, dass wir es uns nun gönnten, einmal ausgiebig die Freiheit zu genießen. Es war an diesem Morgen strengstens untersagt, sich dem Befehlshaberzelt auf unter fünfzig Schritt zu nähern.

Ich genoss Sefuras Körperwärme, ihre fordernde Zunge, die meine Ohrläppchen umspielten. Ihr lautes hemmungsloses Lachen. Ihre so berauschende, unersättliche Lust auf Zweisamkeit. Einfach alles, was diese Person ausmachte. Zum ersten Mal in meinem jungen Leben spürte ich so etwas wie Glückseligkeit. Ich schien nach einem langen Weg auf der Suche nach Lebensglück endlich angekommen zu sein. Danke dafür, du Abgesandte des Himmels.

Ich wollte dieses Geschöpf für immer behalten, wollte nah bei ihr sein, wollte jeden Augenblick ganz intensiv genießen. Mit ihr lohnte es sich, gemeinsam durch das Leben zu ziehen, Kinder zu haben. Es war nicht vorschnell gewesen, dass ich ihr im stinkenden Wäschehaufen im Frauenhaus von Akkon ein neues, gemeinsames Leben angeboten hatte. Ich fühlte diese Gewissheit in mir aufsteigen, die mir immer wieder sagte: Junge, du hast endlich in deinem Leben etwas richtig gemacht.

Gegen Mittag, nachdem wir manch neckische Spielchen getrieben hatten, entschlossen wir uns, im vollen Ornat beim Oberbefehlshaber des Heeres, Herzog Leopold, vorzusprechen.

Da sich die Reste der Leute Sefuras noch außerhalb des Belagerungsringes von Saladin befanden, ritt die Gesandte von Antiochia und Tripolis unter meinem Banner zum Herzog, geleitet von dreißig meiner Gefolgsleute.

Meine Ritter wollten es sich nicht nehmen lassen, uns unter ihren jeweiligen Bannern mit ihren Gefolgsleuten zu eskortieren.

Es war ein eindrucksvolles Bild, als die Gesandte unter Begleitung von Fanfarenstößen von ihrem Pferd stieg und unter meinem Geleit auf Leopold zutrat.

»Edler Herzog von Österreich und Herzog der Steiermark«, begann ich meine Rede.

»Durch glückliche Umstände und die Hilfe einer bemerkenswerten Frau, die ihr Leben dafür gab, ist es uns gelungen, den Gesandten in der Altstadt von Akkon, im Haus der Armenier, aufzuspüren und aus den Händen seiner Entführer zu befreien.«

Ich musste eine kurze Pause machen, weil die Gedanken an Samelia, diese tapfere Frau, mir plötzlich die Stimme nahmen.

Bestürzt versuchte ich mich zu sammeln und rief bewegt: »Der Kriegsverbrecher Eberhard von Saasheim und zwei seiner Schergen erhielten durch mein Schwert ihre gerechte Strafe. Die anderen Verbrecher scheinen sich noch in Akkon aufzuhalten. Ich hoffe, sie werden nach der Eroberung von Akkon ihrer Strafe nicht entgehen. In meiner Begleitung darf ich vorstellen den ehrenwerten Gesandten von Antiochia und Tripolis, der mit seinem ungewöhnlichen, heldenhaften Einsatz das Leben der Ritter Wendt von Wallenrode, August von der Schewe, Berthold von Brühaven,

Dietrich von Barnheim und das meinige gerettet hat. Wir stellen uns hiermit offiziell unter Ihren Schutz als Oberbefehlshaber des Kreuzfahrerheeres.«

Der Herzog trat einen Schritt vor seine Ritter.

»Ich danke Euch, Ritter von Grüningen. Ihr selbst habt mit Eurem heldenhaften, beherzten Einsatz in Akkon höchstes Lob verdient. Durch Euer Eingreifen habt Ihr schwere politische Turbulenzen vermieden. Ich werde umgehend Boten nach Antiochia und Tripolis schicken, die diese frohe Nachricht verkünden dürfen: Der Gesandte lebt und ist offenkundig wohlauf.«

Das hintergründige Lächeln des Gesandten ist dabei nicht zu übersehen, dachte ich bei mir.

Mit solchen ruhmvollen Ehren bedacht, zog ich mich zurück. Es machte mich bei all dem Glück unendlich traurig, das neue, luxuriöse Zelt der Gesandten besichtigen zu dürfen, denn mit Beginn ihres offiziellen Daseins war unsere traute Zweisamkeit erst einmal beendet, zumindest gestört. Mein Zelt gefiel uns viel besser.

Dann kam schnell der Abend des Abschieds.

Als sich für Ende des Frühlings die Ankunft des Königs aus Frankreich ankündigte, fand die Gesandte, meine Geliebte, es an der Zeit, in das Heerlager hinter dem Belagerungsring zurückzukehren, um dort auf mich zu warten. Saladin war angesichts der ungeheuren, christlichen Verstärkungen immer gesprächsbereiter geworden. Das erlaubte es Sefura, in Begleitung meiner Leute hinter die Linien zu gelangen. Auch meine Rückkehr wurde erlaubt.

Wir saßen noch in gewohnter Runde am Feuer.

Ich hatte mich entschlossen, mit den Männern, die sich dazu bereitfanden, dem Regenten von Antiochia zu dienen.

Mir war bewusst, dass ich Bohemund sehr viel zu verdanken hatte, und ich erhoffte mir, dass er mir den Segen zu der Hochzeit mit seiner Gesandten geben würde. Vielleicht wäre die Tatsache, dass sie eine Frau war, keine so ganz große Überraschung für ihn. Herrscher waren ihren Untergebenen in ihrem Wissen und ihrer Klugheit manchmal einen Schritt voraus.

Ich erklärte es meinen Kameraden in dieser Runde, die sich bis zur letzten Schlacht um Akkon alle Optionen freihielten. Das mit der Hochzeit natürlich noch nicht. Die Auflösung dieses Geheimnisses oblag einzig und allein der Gesandten und ihrem Regenten.

Wir hatten beide bereits nach dem ersten Monat seit der Rettung gespürt, dass wir füreinander bestimmt waren. Es konnte keinem der hier Anwesenden entgangen sein, mit welchen Blicken und Gesten wir uns tagtäglich begegneten, doch niemand sah sich veranlasst, die geringste Bemerkung zu machen.

Insgeheim wusste jeder der hier Anwesenden, welcher wahre Grund uns noch bewegte, uns in die Schlacht von Akkon zu stürzen. Auch der Letzte dieser Kriegsverbrecherbande sollte endlich für die Schmach bezahlen.

Bevor Philipp Auguste von Frankreich eintraf, brach ich mit Sefura auf, um sie in ihr Lager am Mittelmeer zu eskortieren.

Zu Pferde hatten wir in ein paar Tagen die Strecke schnell überwunden und zogen unter Begeisterungsstürmen in das Lager ein.

Die Männer hatten keine Qualen, kein Leid erfahren müssen. Die Versorgung war problemlos mit Schiffen aus Tripolis erfolgt.

Auch dort, wo wir in geselliger Runde mit den Befehlshabern aus Antiochia und Tripolis leben durften, hatten wir viel Hilfe und Beistand erfahren dürfen. Ich zeigte bei meiner Ankunft die tiefe Freundschaft, die mich und die anderen Ritter mit diesen Menschen verband.

»Liebe Freunde«, sagte ich bei der Verabschiedung, »Ihr wart alle bereit gewesen, für unser Leben einzustehen, dafür noch einmal großen Dank von mir und meinen Kameraden.«

Am nächsten Tag nahm ich sehr lange meine Gesandte in die Arme.

»Liebste Sefura, ich beschwöre die Stunde meiner Rückkehr und den Beginn eines neuen, gemeinsamen Lebens in Antiochia.«

Anders als gedacht verlief die Rückreise ohne Störungen. Sultan Saladin hatte Wort gehalten. Ihn beschäftigten zu dieser Zeit wohl andere Probleme.

Ende des Monats traf Philipp Auguste ein. Ein König mit Hofstaat, der auffällig seine Machtansprüche demonstrierte. Er wusste selbstverständlich um die nahe Ankunft Richards von England und bemühte sich, so schnell wie möglich neue Belagerungstürme bauen zu lassen.

Die Herrschaft über den Meereszugang zu Akkon ging jetzt ganz schnell wieder auf die Christen über. Nun war es die Stadt, die gänzlich von ihren Feinden abgeriegelt war.

Mit der Verstärkung des Gesamtkontingents stiegen unsere Erfolgschancen gewaltig. Es machte sich überall das Gefühl einer kommenden Überlegenheit bemerkbar.

Zu Beginn des Sommers setzte auch Richard Löwenherz seinen Fuß an Land. Er war unterwegs etwas aufgehalten worden, da er en passant, unbegreiflich leichtfertig angesichts der Situation vor Akkon, noch Zypern erobern wollte.

Das brachte noch einmal ungeheuren Schwung ins Kreuzfahrerlager, mit der spürbaren Folge eines emsigen Treibens beim Bau an den Kriegsgeräten. Jeder versuchte, sich an Eifer zu übertreffen.

Ich stand mit meinen Kameraden mitten auf dem Platz, wo wir gemeinsam an den neuartigen Belagerungsgerätschaften bis hin zu Greifleitern und Steinschleudern arbeiteten.

»Ein unfassbarer Lärm«, schrie ich hoch zu von der Schewe, der mit einigen Rittern Befehle zum Bau eines Belagerungsturmes gab. Er ließ das Arbeitsgerät fallen und stieg vom mächtigen Turm zu mir herunter. »Alexander, noch kämpfen wir hier unter dem Oberbefehlshaber Leopold. Wenn Richard mit seinen kräftemäßig stärkeren Truppen sich hier eingelebt hat, wird sich das schnell ändern, sage ich dir.«

»Deine Einschätzung teile ich«, antwortete ich.

Angriffsversuche Saladins wurden immer wieder zurückgeschlagen. Denn wir hatten uns zu gut verschanzt. Ich hielt mich dabei mit unseren Rittern vorzugsweise an die Zernierung der Stadtmauern. Mit jedem neuen Anrennen wurden die Verteidiger noch zermürbter.

»Da sind sie wieder«, schrie ich herüber durch den Schlachtenlärm, »die Fahnen-Zeichen mit den Pauken und Trompeten von den Mauern der Stadt. Letzte erbärmliche, hoffnungslose Aufrufe an Sultan Saladin, umgehend Entlastungsangriffe zu führen. Das Bombardement mit Steinen und Großpfeilen auf die Stadtmauern zeigt langsam Wirkung.«

»Englische und französische Schiffe haben zwischenzeitlich die absolute Seeherrschaft von den Arabern errungen, Alexander«, rief von Wallenrode begeistert vom Belagerungsturm.

»Du wirst sehen«, mischte sich nun auch von Barnheim ein, dass in Akkon in Kürze Lebensmittel, Waffen und Munition knapp werden.«

»Anfang Juli«, rief jetzt auch von Brühaven vom Belagerungsturm herunter, »erreichte ein letzter, verzweifelter Hilferuf aus Akkon die Araber unter Saladin. Aber der Sultan, das sag ich Euch, ist unfähig zu handeln. Die christliche Übermacht ist einfach zu stark geworden.«

Endlich war die Zeit gekommen.

»Die arabische Garnison sieht sich gezwungen, einen Waffenstillstand auszuhandeln«, so berichtete uns ein aufgeregter reitender Bote.

»Die Versuche Saladins, seine Leute zum Durchhalten zu bewegen, sind endgültig gescheitert.«

Mitte Juli war es auch für uns so weit. Meine Ritter und ich gehörten zu den Ersten, die in die Stadt Akkon eindrangen. Ein Wille, ein Streben beherrschte uns.

Wir jagten erbarmungslos die Ritter, die uns so viel Schande und körperliches Leid zugefügt hatten.

Ich trug nur mein Kettenhemd mit der Kapuze wie die anderen auch, um beweglicher zu sein. In den Gassen konnte man die schwere Rüstung nicht tragen.

Mein Ziel war das Steinhaus der Armenier. Der Ort, an dem ich sie zuletzt gesichtet hatte. Sie sollten büßen für das Leid, das sie nicht nur uns Rittern, sondern der Gesandten und in Folge auch der Lagerhure Samelia zugefügt hatten.

Im Steinhaus von Akkon, das immer noch als armenisches Lazarett geführt wurde, fand ich nichts. Keine einzige Spur.

Wir durchsuchten jeden Winkel. Wir waren verzweifelt. Da sah ich in einer Gasse dieses Tier.

»Das da, dort hinten«, stotterte ich und zeigte wild fuchtelnd auf einen Hund, »ist ein Akbas!«

Diese spezielle, auffällige Hunderasse, die unserem Mitkämpfer und seinem Landsmann aus Antiochia damals auf dem Befehlshaberhügel zur Falle wurde.

Wie der Zufall so spielen konnte.

»Folgt dem Hund«, schrie ich, als hätte ich den Teufel gesehen.

Ich sprang vom Pferd und heftete mich mit den Rittern unseres Freundesbundes an seine Spur, folgte ihm durch Gärten, Gassen und über Plätze hinweg.

Nichts, nur der elende Gestank nach Abfall und Verwesung. Gasse um Gasse, Platz um Platz.

Dann blieb er plötzlich winselnd an einem uralten Steinhaus in einer schäbigen Gasse von Akkon stehen. Ich sah meine Ritter an.

Es war ein seltsamer Moment. Würde ich hier etwas finden? Eine kleine Spur würde genügen.

Bevor sein durchdringendes Heulen die Bewohner hätte aufrütteln und warnen können, gab ich das Zeichen, den Eingang und die Nebengelasse mit sechs Mann zu umstellen.

»Auf geht's, Männer«, flüsterte ich.

Als sich die hölzerne, morsche Tür knarrend bewegte, trat ich sie mit meiner ganzen Kraft ein.

Eine Gestalt schrie hysterisch auf und suchte sich hastig einen Weg nach hinten. Inzwischen hatte auch von Brühaven den Raum im Inneren erreicht.

Von allen Seiten drangen wir unaufhaltsam ein, bis wir vor den menschlichen Überresten von Gregor von Rüden und Clemens von Schlieben standen. Der Fieberwahn hatte sie gezeichnet. Grauenvoll abgemagert bis auf die Knochen leisteten sie keinen Widerstand mehr.

Als wir ihre kranken Körper gemeinsam mit unseren Schwertern durchbohrten, war es eher Erlösung als Rache.

Hier war unser gemeinsamer Weg zu Ende. Ich sah, wie die zwei mit grotesk verdrehten Gliedern übereinanderlagen. Ein erbärmlicher, armseliger Anblick, genauso armselig, wie sie mit mir und den anderen umgesprungen waren.

Die Schmach, die man uns angetan hatte, war gerächt. Meine Blicke gingen über die Reste einer Einrichtung, die nur noch aus Schrott bestand, mit Bergen von blutiger, dreckverklumpter Wäsche. Ein beißender Geruch nach Blut und Urin. Nur noch ein abstoßendes verfluchtes Krankenlager auf dem vorgezeichneten Weg zur Hölle. Ekel stieg in mir auf. Meine Blicke blieben an meinen Kameraden hängen, die genauso hatten leiden müssen wie ich. Sie schienen enttäuscht, dass man nicht auf mehr Gegenwehr gestoßen war. Sich an gesunden Männern zu rächen, wäre befriedigender gewesen. Ich glaube, alle dachten in diesem Moment so wie ich. Aber ich sah neben der Enttäuschung auch die stille Freude in ihren Augen. Auch die Genugtuung, dass man die Verbrecher erwischt hatte, dass das Ende der Schrecken mit ihrem Tod erreicht war.

Schweigsam verließen wir den Ort des Elends, gefangen in den Bildern von Krankheit und Tod.

Echte Befriedigung empfand keiner. Unser Inneres hatte aber so etwas wie Ruhe gefunden.

Die Helfer, Spießgesellen und Vollstrecker der Bande um von Schwaben waren entweder tot oder wurden von unseren Männern unter der Führung Leopolds und den heranstürmenden Truppen der Kreuzfahrer aus England und Frankreich massakriert.

Ich suchte mir mit den Kameraden zwischen dem allgemeinen Gemeuchel und Gemetzel einen Weg zurück in das Kreuzfahrerlager.

Als direkt vor uns Herzog Leopold von Österreich vom Pferd stieg, zeigte sich sein Waffenrock nach der Einnahme von Akkon durch die Kämpfe blutrot. Er hatte den Gürtel abgenommen. Nur dort, wo er einst gesessen hatte, war ein weißer Streifen zu erkennen.

Herzog Leopold befahl umgehend seinen herumstehenden Leuten: »Hängt endlich mein Banner an den Turm. Dort an eine der markantesten Stellen der von uns eroberten Stadt Akkon. Los!«, rief er aufgeregt.

»Zieht es endlich hoch. Es soll flattern von allen Seiten aus sichtbar.«

Im gleichen Moment ritt König Richard von England mit einer Gruppe seiner Ritter vorbei und brachte bei diesem Anblick sofort sein Pferd zum Stehen. Die Männer um ihn herum in Kettenhemden oder in glänzenden Rüstungen verharrten regungslos.

Er stieg mit hochrotem Kopf vom Pferd. Sein Gesicht verfinsterte sich. Mit vor Wut aufgerissenen Augen bedeutete er seinen Männern, das Banner sofort wieder zu entfernen.

»Los, verflucht, weg damit!«, brüllte er, »was bildet Ihr Euch ein, österreichischer Herzog, Ihr seid ein Mann niederen Ranges, ein Nichts neben den Königen aus England und Frankreich. Ihr hattet Gelegenheit genug, Akkon bis zu unserer Ankunft mit Eurem Heer einzunehmen, Ihr habt schlicht versagt. Ihr würdet bis heute noch im Belagerungszustand vor den Mauern dieser muslimischen Hochburg liegen, wenn nicht Phillip und ich mit rasantem Streich nach zwei Jahren endlich dieses Bollwerk gesprengt hätten. Euer Anteil an diesem Sieg beträgt nichts und aber auch gar nichts. Euer Banner gehört hier nicht hin.«

Ich sah, wie Richard vor Wut innerlich schäumte. Ein Mann, der gewohnt war, dass man ihm ohne Widerspruch gehorchte. Ein Mann, der einerseits Respekt einflößte, andererseits Ängste auslöste, dass er in ungezügelter Empörung die Grenzen seines Tuns nicht mehr beherrschte.

Mit diesen Worten rissen seine Männer das Banner aus der Verankerung und schleuderten es zu Boden in den Dreck der Gasse.

Als Leopold uns sah, schrie er: »Bitte, ihr Ritter aus deutschen Landen, helft mir. Richard, der gottverdammte Engländer hat mich schwer beleidigt. Zum Zeichen unseres gemeinsamen großen Sieges über die Stadt Akkon gehört mein Banner an einen Turm dieser eroberten Stadt. Wir sind das Heer der Kreuzfahrer, wir kämpfen gemeinsam für eine Idee, wir siegen und verlieren nur gemeinsam.«

Leopold war außer sich vor Wut. Er zitterte am ganzen Körper, und sein Gesicht zeigte ein Farbenspiel zwischen puterrot im einen und leichenblass im nächsten Moment. Seine Knöchel, die sein Schwert umschlossen, verkrampften sich um den Griff. Er nahm es in beide Hände und warf es neben das abgerissene Banner in den Dreck der eroberten Stadt Akkon.

Da wir nach unserem gelungenen Rachefeldzug gegen die Häscher Friedrich von Schwaben eine besondere innere Ruhe ausstrahlten, gelang es uns, Leopold ein wenig zu beruhigen und in unsere Mitte zu nehmen.

Von Barnheim erläuterte: »Es ist Tatsache und nicht zu übersehen, dass die derzeitigen Kräfteverhältnisse keine interne Auseinandersetzung gleich welcher Art zulassen. Ein Waffengang verbietet sich. Haltet still, edler Herzog, vielleicht kommt die Gelegenheit, sich in anderer Weise für diese empfundene Schmach zu revanchieren.«

Damit wollten wir aufbrechen, um die blutigen Gassen von Akkon endgültig zu verlassen.

Doch es dauerte noch eine Weile, bis man sich in der deutsch-österreichischen Heerführung gemeinsam etwas beruhigt hatte. Richard hatte zwischenzeitlich wieder sein Ross bestiegen. Er vermittelte nicht den Eindruck, dass er sich von irgendwas oder irgendwem von seiner Meinung abbringen lassen würde, ritt auf mich zu und forderte mich auf, meinen Namen zu nennen.

»Ritter Alexander von Grüningen, Söldnerführer im Kreuzfahrerheer des Kaisers Friedrich Barbarossa.«

»Und ehemaliger Gefangener des Nachfolgers Friedrich von Schwaben, ich habe von dieser unglaublichen Geschichte gehört. Ich danke Euch für die spontane Vermittlung. Ihr werdet noch von mir hören, edler Ritter von Grüningen.«

Mit diesen Worten gab er seinem Pferd die Sporen, machte für seine Mitstreiter ein Zeichen und verließ ohne weitere Gesten den Schauplatz.

Leopold war immer noch außer sich vor Wut. Niemand vermochte ihn zu beruhigen. Auch er bedankte sich bei unserer Gruppe für die Anteilnahme und dafür, dass unser Eingreifen für eine gewisse Beruhigung gesorgt hatte.

»Ich danke Euch, Ihr Ritter, es hätte ohne Euch vielleicht ein Unglück gegeben.«

Leopold wäre ohne weiteres in eine körperliche Auseinandersetzung geraten, die er nie hätte gewinnen können.

Ich ging, ohne zu zögern, zu Magister Sibrand, der nach dieser großen Schlacht alle Hände voll zu tun hatte, die Verwundeten zu versorgen. Er freute sich, dass wir uns entschlossen hatten, uns zum Dank für seine große Hilfe unter die Helfer zu mischen und tatkräftig bei der Versorgung der Verwundeten mitzuhelfen. Ich rief ihm zu: »Es ist vollbracht, Bruder Sibrand, ich habe genau wie die anderen endlich innere Ruhe gefunden. Es gibt hier jetzt viel zu tun. Wir werden mit all unseren Kräften versuchen zu helfen.«

Er trat sofort zu uns und reichte jedem still die Hand.

»Gott sei mit Euch, fühlt Euch von allen Lasten befreit. Ich habe es gespürt, wie diese Sache Euch Tag ein, Tag aus bedrückt hat. Geht hin in Frieden und tut Gutes bei unseren armen Seelen hier im Spital.«

Als mein Unterführer Dietrich in dem Durcheinander des überbelegten Spitals vorbeikam, befahl ich: »Sammle die Männer, lasst Euch im Lager versorgen und haltet Euch zum baldigen Abmarsch bereit.«

Es reichte, wir waren lang genug vor Ort gewesen.

Am nächsten Tag erreichte uns die Nachricht, dass unser österreichischer Oberbefehlshaber bereits wutschäumend seine Heimreise angetreten hatte.

Als ich schon früh am Morgen die Arbeiten im Spital gerade wieder aufgenommen hatte, trat ein aufgeregter Dietrich an mich heran.

»Richard Löwenherz, der eigentliche Sieger von Akkon, hat, so wurde berichtet, kurze Zeit nach der Eroberung mit der Besatzung und Saladin vereinbart, dass eine horrende Lösegeldzahlung für den Abzug und die Freilassung der Stadtbevölkerung zu zahlen sei. Wie wir bei unserer Arbeit im Lager mitbekommen haben, sind dafür Fristen gesetzt worden.«

Einige Tage später, wir hatten unseren Einsatz im Spital gerade beendet, saßen wir in einer kurzen Pause erschöpft mit Bruder Sibrand noch zum Abschied zusammen. Plötzlich vernahmen wir schmetternde Fanfarenklänge. Wir traten vor das Zelt der Verwundeten und beobachteten, wie eine große Anzahl von Kreuzrittern an den Mauern von Akkon vorbeiritten.

Es war gerade mal eine Woche seit der Einnahme vergangen.

Mit sehr gemischten Gefühlen mussten wir mit ansehen, wie die Kämpfer Richards unter seiner Führung Gefangene, auch Frauen und Kinder der Stadt Akkon, aus den Mauern heraus scheuchten und etwa auf unserer Höhe vor der Mauer antreten ließen. Es nahm kein Ende, so viele Menschen wurden in brutalster Art wie eine Viehherde zusammengetrieben.

In nie erlebter Form mussten wir mit ansehen, wie die Menschen niedergemetzelt wurden, nur weil sich ihr Anführer, Richard Löwenherz, offenbar in einen Wutanfall hineingesteigert hatte. Er hatte für den freien Abzug der Stadtbevölkerung Akkons ein Lösegeld mit Fristen mit Saladin vereinbart. Weil wohl noch keine Bewegung in die Sache mit der Lösegeldforderung gekommen war, meinte er wohl, zu solch drastischen Maßnahmen greifen zu müssen.

Von der Schewe schien entsetzt, als er ausrief: »König Richard ist mitten unter ihnen. Ein unermessliches, unerträgliches Blutbad. Immer wieder schlagen die mörderischen Schwerter auf Unbewaffnete ein. Ein unbeherrschter Mensch, wenn er erst einmal in Rage gekommen ist.«

»Dort hinten«, berichtete von Brühaven aufgeregt, »werden sogar die Leichen zerschnitten und nach Reichtümern durchsucht, nur weil Richard seine verdammten Krieger im Blutrausch nicht im Griff hat.«

»Seht Euch das mal an!«

»Kein Wunder«, rief ich, ebenfalls fassungslos, »er macht es doch selbst vor.«

Von Baysen, der dem ganzen Schauspiel zugesehen hatte, schüttelte angewidert den Kopf. Er bemerkte spöttisch: »Sultan Saladin hingegen, so wurde erzählt, hätte noch vor knapp vier Jahren bei der Eroberung und Übergabe Jerusalems, die christlichen Einwohner teilweise beschenkt und sie unter sicherem Geleit außer Reichweite seiner Truppen bringen lassen. Mit dem Ergebnis, dass die Leute auf der Höhe von Tripolis von ihren eigenen Glaubensgenossen überfallen und ausgeplündert worden sein sollen. Was ist das für eine verkehrte Welt?«

Ein Grauen unvorstellbarer Art befiel mich. Ich wollte nur noch weg. Kein Zweifel, auf allen Seiten war eine Verrohung der Sitten bemerkbar. Sowohl auf christlicher als auch auf Seiten der Muselmanen.

Mit derartigen Spielregeln der Macht wollte ich bei Gott nichts mehr zu tun haben. Zu oft hatte ich mit ansehen müssen, wie karrenweise abgeschnittene Nasen und Köpfe ausgetauscht, wie menschliche Körper von Geräten über die Mauern geschleudert wurden. Ich konnte es einfach nicht mehr ertragen.

Ich verabschiedete mich, noch in Kampfkleidung, unter Tränen von meinen Freunden.

»Männer, edle Ritter, ich zieh mit meinen Kämpfern nun gen Antiochia. Ich hoffe, wir sehen uns irgendwo auf dieser Welt noch wieder. Ihr bleibt auf ewig unvergessen. Gott segne Euch.«

Ich hob mich auf mein Pferd Rosine und nahm mit den Resten meiner Gefolgsleute, etwa eintausend Mann meines Bannerheeres, den Weg in Richtung des Lagers des Gesandten von Antiochia und Tripolis. Einige dieser engsten Freunde ahnten wohl, warum es mich so sehr nach Antiochia drängte.

Wer würde uns in diesem Moment noch angreifen wollen?

Von Sultan Saladins Truppen keine Spur mehr. So gelangten wir unbehelligt in das kleine Heerlager am Mittelmeer.

Kapitel XXV

Eine herbe Enttäuschung

Mein Herz pochte, und die Sehnsucht übermannte mich, als ich durch das Lager schritt. Je näher ich zum Zelt meiner Angebeteten kam, desto unruhiger wurde ich.

Doch als ich voller Erwartung die Plane zurückwarf, starrte mich eine schockierende Leere an.

Es war ein Gefühl, als würde mich eine eiskalte Hand umklammern.

»Verdammt«, keuchte ich verzweifelt, »verdammt, wo ist sie?«

Schreckliche Ahnungen überfielen mich. Ich rannte hinaus und traf auf zwei Gefolgsleute der Gesandten, deren Gesichter mir bekannt waren.

»Wo ist er, der Gesandte? Ich war mit ihm verabredet«, stotterte ich und nahm eine drohende Haltung an.

»Mir ist verdammt nicht zum Spaßen. Ich habe meine ganzen Männer mit hierhergeschleppt.«

Sie nahmen mich eilig zur Seite. Einer war der mir vertraute Selcuke Lütfi Bey.

»Edler Ritter von Grüningen, wir sind ermächtigt, Euch kundzutun.«

»Was soll das heißen, kundtun, was ist denn geschehen?«

»Der Gesandte hat im Auftrag der Grafen von Tripolis und des Fürsten von Antiochia König Richard von England aufgesucht, um ihn bei den Vertragsverhandlungen mit Saladin zu unterstützen. Er wird nur von zehn seiner besten Leute begleitet, um nach außen sichtbar zu machen, dass es sich lediglich um vermittelnde Tätigkeiten der vertretenen Outremer handelt. Richard hat wohl von dem Verhandlungsgeschick und der Vielsprachigkeit des Gesandten erfahren. Er forderte beratende Unterstützung bei den Unterredungen mit Saladin. Ihr, edler Ritter von Grüningen, werdet gebeten, unmittelbar mit ihm Kontakt aufzunehmen und im Feldlager König Richards vorzusprechen.«

»Was soll das schon wieder?«

Ich schäumte vor Wut und musste erst einmal Halt an einer Zeltstange suchen.

»Geht es denn nie zu Ende!«, schrie ich heraus und ließ meiner grenzenlosen Empörung freien Lauf. Ich wurde von einem unbeschreiblichen Gefühl der Ohnmacht übermannt. Die zwei Gefolgsleute hatten schweigend das Weite gesucht.

Ich stand da wie ein dummes Kind. Nach ein paar Augenblicken der Besinnung ließ ich sofort Dietrich kommen, der mich ein wenig beruhigte.

»Von Grüningen, ich gebe den Männern drei Tage Ruhe. Dann packen wir die Karren und ziehen zurück in das Heerlager vor den Toren von Akkon.«

»Ja, Dietrich, das sagst du so dahin. Die Männer müssen doch glauben, ich sei ein Idiot.«

Es kostete mich unendlich Geduld und Beredsamkeit, meine Männer von der Wichtigkeit dieser Mission zu überzeugen. Niemand wusste, wohin uns dieser neue Weg führen würde.

Als wir nach einem Drei-Tagesritt ohne besondere Störungen wieder im Feldlager der Kreuzfahrer eintrafen, drängte es mich zuerst zum altbekannten Platz mit dem Lagerfeuer, wo ich meine Ritter-Freunde vermutete. Dietrich kümmerte sich sofort um die Unterbringung meines Bannerheeres.

Meine Rittergruppierung befand sich offensichtlich noch im Kreuzfahrerlager.

Als ich abends wieder zu ihnen an das Feuer trat, sah ich die Überraschung in ihren Augen.

»Was ist das denn für eine Erscheinung?«, rief von Barnheim aus.

Die anderen drehten ihre Köpfe und schauten ungläubig in meine Richtung.

»Was willst du denn schon wieder hier, du hattest uns doch gerade erst verlassen?«, stellte von der Schewe belustigt fest.

Ich bemerkte, dass einige noch unter Alkoholeinfluss standen, Alkohol, dem sie am Vorabend wohl reichlich zugesprochen hatten.

Von Brühaven erhob sich ziemlich wacklig von seinem Hocker und erzählte: »Es lebt sich als Eroberer nach der Einnahme von Akkon hier zwischenzeitlich sehr gut. Der Wein fließt in Strömen und die Mädchen in Akkon sind ausgesprochen hübsch.«

»Ja«, mischte sich Wendt von Wallenrode ein: »Hier lässt es sich vortrefflich in Saus und Braus leben.«

Es blieb mir nicht verborgen, dass meine Kameraden immer mehr Abstand zum Kriegshandwerk bekommen hatten.

Es wurde dringend Zeit, sie wieder zu disziplinieren und auf neue, sinnvollere Ziele einzustimmen, obwohl ich zugegebener maßen selbst kriegsmüde war und mich so sehr auf mein neues Leben mit der Gesandten in Antiochia vorbereitet hatte.

Ich umarmte jeden einzelnen meiner Freunde und erklärte: »Meine lieben Freunde, auf Geheiß und Bitten des Gesandten von Antiochia und König Richards soll ich ihn hier im Lager aufsuchen, um die zukünftigen Pläne zu besprechen, wie es hier mit dem Heer weitergehen soll. Ich werde Euch dann sofort berichten.«

Die anwesenden Ritter standen auf und erklärten ihre spontane Bereitschaft, mich auch auf diesem neuen Weg zu begleiten, ganz egal wohin. Die Freude übermannte mich.

Doch bei all meiner Glückseligkeit war mir klar, dass ich viel Überredungskunst würde verwenden müssen, um sie von einem bevorstehenden Waffengang zu überzeugen.

Nachdem wir uns wieder im Lager eingerichtet hatten, – mit dem Gefühl, nie weg gewesen zu sein – befahl ich Dietrich, zehn Leute auszusuchen, die mich als Sonderkommando zum englischen König in das Oberbefehlshaberzelt begleiten sollten.

Ich war äußerst gespannt, wie sich die Situation dort darstellen würde.

Morgens am nächsten Tag ritt ich mit meinen Leuten in das Feldlager von Richard Löwenherz.

Als uns seine Wachmannschaft empfing, hatte ich das Gefühl, dass man uns schon lange erwartet hatte.

Meine Männer blieben an einem von mir zugewiesenen Ort zurück, und ich wurde von dem Wachhabenden zum Zelt des Königs geführt. Es unterschied sich in seiner prachtvollen Dekoration deutlich von den anderen Zelten der Befehlshaber.

Ich hatte den Eindruck, die Leute Richards waren angewiesen, besonders freundlich mit uns umzuspringen.

Als ich durch den Zelteingang schritt, wurde ich sowohl von der Gesandten aus Antiochia als auch von Richard ausgesprochen herzlich empfangen.

Trotzdem kam innerlich erheblicher Missmut bei mir auf, dass ich meine Geliebte nicht offen und gebührend begrüßen durfte. Das Versteckspiel begann also von Neuem. Meine Geliebte war wieder zu einem männlichen Gesandten geworden, und wir verfielen wieder einmal in das alt gewohnte Rollenspiel. Sie schien es an meinem Gesichtsausdruck zu merken, dass ich dieses Spiel so verdammt satt hatte.

Ich bekam bei ihrem aufkommenden, hintergründigen Lächeln den Eindruck, dass es ihr höchste Freude bereitete, mich so ausgesprochen brummig zu sehen.

An all ihren Gesten vermochte ich aber sehr schnell zu erkennen, dass sie mir sehr zugetan war. Ich meinte zu spüren, wie ihr unsere Körperlichkeit fehlten. Bei jeder Gelegenheit sprachen ihre Augen und bedeuteten mir, ihren Handlungsweisen zu vertrauen.

»Seid gegrüßt, edler Ritter von Grüningen. Der Gesandte hat Euch in höchsten Tönen gelobt. Er hat mir Euren aufrechten Kampf gegen die Machenschaften des verstorbenen Friedrich von Schwaben geschildert. Ein Kampf, den der Gesandte zuletzt ja hautnah durch dessen Schergen mitbekommen hatte. Es ist absolut demütigend und bedauerlich. Aber nun zu meinem persönlichen Anliegen. Nach Austausch mit dem Fürsten von Antiochia und den Grafen von Tripolis sollte die begonnene Mission des Gesandten als begleitender Beobachter und Berater im Dritten Kreuzzug weitergeführt werden. Was bei Barbarossa und Friedrich so hervorragend gelungen ist, sollte auch dem König von Frankreich und meiner Wenigkeit weiterhin zugutekommen. Da stimme ich mit den edlen Herren völlig überein. Auch sie beteuern ihr erhebliches politisches Interesse an der Entwicklung des Dritten Kreuzzuges. Obwohl sie aus bekannten Gründen nicht offiziell in den Krieg eintreten wollen, so schlägt ihr Herz nun für die Kreuzfahrer, denen sie eindeutig ihre Existenz wie ihr Überleben zu verdanken haben.«

»Das kann ich gut verstehen, mein König«, stellte ich mich erst einmal einsichtig.

Er wirkte jetzt etwas nachdenklicher.

»Die Folgen für die Handelswege nach jeder kriegerischen Bewegung des Kreuzzuges sind auch für die Outremer von höchstem Interesse. Auch wenn Ihr, edler Ritter von Grüningen, nach dem Versterben Eures Herrschers Barbarossa eine Phase schweren Leidens durchstehen musstet, so hoffe ich doch, dass Ihr weiter bereit seid, für unsere gemeinsame Sache zu kämpfen. Der Kreuzzug ist erst beendet, wenn Saladin besiegt ist und sich Jerusalem mit seinen heiligen christlichen Stätten wieder in unseren Händen befindet.«

»Das wird sicherlich so sein«, murmelte ich und stellte mich nachdenklich.

»So lautete von Anfang an die Aufgabenstellung. Ich wäre Euch und Eurer Rittergruppierung, die ebenfalls viel Leid ertragen musste, sehr dankbar, wenn Ihr weiterhin Teil dieses großen Kreuzfahrerheeres bleiben könntet. Der Gesandte hier an meiner Seite betonte aufrichtig, welch ein mutiger Mann, ausgezeichneter Stratege und sprachliches Genie in Euch stecken.«

Er schaute mich forschend an.

»Ihr seid aus einem Holz geschnitzt, mit dem man nicht nur Schlachten, sondern ganze Kriege entscheiden kann«, lachte er siegesgewiss, in der Überzeugung, mich bereits überredet zu haben, und betonte: »Es würde sich so wunderbar zu den Qualitäten des Gesandten finden, der ebenfalls sehr sprachgewandt ist. Insbesondere ist er mit der Denk -und Lebensweise der arabischen Welt vertraut.«

Ich sah zu der Gesandten hinüber und hatte den Eindruck, dass dieses Lob ihr sichtlich guttat.

»Ein Feldherr wie ich, dürfte sich glücklich und vom Schicksal höchst beschenkt fühlen, solche bedeutenden Männer in seinen Reihen zu wissen. Bitte tut mir diesen Gefallen. Ich sichere Euch jegliche Freiheiten zu, sowohl in persönlichem Umgang als auch in Bezug auf Eure Ritter und Eure Bannerheere. Ein Vorteil, den Ihr bekanntermaßen unter der Führung von Friedrich nie besessen habt.«

Die Gesandte schaute mich mit stolzen, anerkennenden Augen an. Ich hatte bemerkt, wie sie den Worten des Königs nicht nur höchst interessiert zugehört hatte, sondern seinen letzten Ausführungen sogar offensichtlich Zustimmung zollte.

Was sollte ich tun? Sie vertraute mir. Sie wusste, dass ich trotz meines immer noch jungen Alters kampferprobt und für mich der Weg eines ruhmsuchenden Kreuzritters noch nicht zu Ende war. Sie spürte, dass ich auf dem angedachten Posten eines Wachkommandanten in Antiochia in Kürze unruhig und unglücklich werden würde. Vielleicht hatte sie ja sogar recht.

Ich verabschiedete mich mit den Worten: »Edler König von England, Richard Löwenherz, ich werde Eure Worte überdenken und die offenbarten Hintergründe Eurer Gedankenspiele meinen Rittern überbringen. Ihr werdet in gebotener Kürze meine Entscheidung erfahren.«

Richard nickte geschäftig und meinte abschließend: »Ihr wisst vielleicht, dass ich ein sehr ungeduldiger Mensch bin, edler Ritter von Grüningen?«

Ich verließ das Zelt und wartete draußen sehnsüchtig auf das Erscheinen Sefuras, ob das dem Wachhabenden Richards gefiel oder nicht.

Endlich erschien sie über das ganze Gesicht strahlend.

»Los, Alexander, ich befehle dir, mir unverzüglich in mein Zelt zu folgen.«

Ich sagte zum Wachhabenden: »Teilt meinen Männern nur mit, dass ich noch etwas Zeit benötige.«

Ich hatte den Eindruck, dass er sich etwas mürrisch den Weg durch die Zeltstadt bahnte.

Es herrschte wunderbare Stille, als wir das Zelt von Sefura betraten. Ich hatte es erhofft, doch insgeheim nicht erwartet. Sie riss sich die Kleider vom Leibe und zwang mich, es ihr gleich zu tun. Dann warf sie mich auf die Bettstatt, und wir liebten uns, bis uns der Atem wegblieb. Ich war vor Glück überwältigt und schwor ihr, nie mehr von ihr zu lassen.

Als wir uns unter der Felldecke in den Armen lagen, war mir schlagartig klar, dass ich dieser wundervollen Frau einfach überallhin folgen musste.

Kapitel XXVI

Eine bittere Überraschung

Meine Männer warteten gespannt, als sie mich wieder in Empfang nahmen. Sie spürten, es ging endlich weiter.

Mit wachsender Ungeduld begegneten mir meine Ritterkameraden bei meiner Rückkehr ins Feldlager. Ich hatte bereits bei meiner Verabschiedung vor Wochen den Eindruck gehabt, dass sie nicht so recht wussten, was sie in Zukunft antreiben würde, geschweige denn, welche neuen Aufgaben sie angehen wollten. Jetzt kam erschwerend hinzu, dass sie begonnen hatten, sich in eine Lethargie hineinzuleben.

Doch unstreitig war das Kriegshandwerk ihr Zuhause, das war schon immer ihr Leben gewesen.

Sie brauchten in diesem Moment zweifellos Führung. Das galt sogar für die Kameraden, die weit älter und erfahrener waren als ich.

Als sich alle gemeinsam vor einem der Befehlshaberzelte versammelt hatten, ergriff ich das Wort: »Liebe Freunde, edle Ritter, vielleicht war ich etwas zu vorschnell, als ich vor Wochen mit meinem Bannerheer dieses Lager verließ, mit der Absicht, in Antiochia meine Dienste anzubieten und dort auf ruhigere Zeiten zu setzen.«

Ich lächelte, um ihnen die Anspannung etwas zu nehmen.

»Ich meine, die Enttäuschung in einigen Gesichtern gesehen zu haben, als ich mich mit diesen Gedankengängen für meine Zukunft von Euch verabschiedet habe. In Euren Augen war eine gewisse Leere zu erkennen. Das habe ich wohl fälschlicherweise als Kriegsmüdigkeit interpretiert. Ich glaube inzwischen, eines

Besseren belehrt, dass dies lediglich eine Verlorenheit war, weil Ihr Eure Aufgaben als erfüllt angesehen habt.«

»Na, jetzt übertreibst du aber, Alexander«, warf von Brühaven dazwischen. Doch ich ließ mich jetzt nicht irritieren.

»Ich weiß, dass ich mich widersprüchlich verhalte, wenn ich nunmehr dafür plädiere, unseren ursprünglich mit unserem Kaiser angedachten Weg nach Jerusalem wieder aufzugreifen. Mit dem Kreuzfahrerheer weiterzuziehen, bis unsere Aufgabe endgültig erfüllt ist.«

»Erinnert Euch, wir haben diese Idee nur aufgegeben«, meldete sich von der Schewe nun, »weil wir die mangelnden Führungsqualitäten seines Nachfolgers Friedrich von Schwaben erkannt haben, so sehe ich das für mich, weil keiner von uns diesen Mann als kompetenten Heerführer respektierte. Jetzt, nach Eintreffen der französischen und englischen Kontingente unter Führung kampferfahrener Könige und Feldherren, sieht die militärische Konsequenz ganz anders aus.«

Ich ließ sie einen Moment zur Ruhe kommen und bemerkte, wie sie immer nachdenklicher wurden.

»Jetzt haben wir die berechtigte Hoffnung«, fuhr ich in meiner Rede fort, »mit neuer Kampfkraft, Entschlossenheit und Überlegenheit die Befreiung Palästinas neu anzugehen. Ich habe meine Bereitschaft hierzu bei dem Gespräch mit Richard angedeutet, wollte mich aber erst endgültig entscheiden, bis ich Eure Meinung dazu gehört habe. Mir ist bei meiner Rückkehr bewusst geworden, dass Ihr die Lebenslust und Feierlaune an diesem Ort wiederentdeckt habt. Doch irgendwann ist auch dies zu Ende, so schön es tatsächlich auch sein mag.«

Ich schaute in die Runde und sah deutlich die etwas verquollenen Gesichter und die Körper, die dem Saufen und Fressen offensichtlich etwas mehr zugesprochen hatten als üblich.

»König Richard wird gemeinsam mit dem französischen König gen Jerusalem weiterziehen. Das hat er mir gestern klar gemacht. Das Lager wird in Kürze abgerissen, und neue Herausforderungen werden vor uns stehen. Ein Zurückbleiben unter diesen Umständen und in guter Laune mit Wein und Weibern in Akkon kann und darf nicht unser Ziel sein.«

Von Brühaven war der Erste, der den aufkommenden Stimmungswechsel zu begreifen schien. Er erhob sich und rief in die Runde: »Wer dafür ist, unsere Kräfte in die Dienste dieses neuen Heerführers König Richard zu stellen, der hebe die Hand zum Zeichen des Einverständnisses.«

»So einfach ist das nicht«, mischte sich von der Schewe ein.

»Nach dem Versterben unseres Herrschers und Anführers Barbarossa war für uns der Kreuzzug sinnentleert. Lediglich eine erzwungene Beteiligung durch das Verbrechen des von Schwaben führte uns bis hierhin vor die Mauern von Akkon.«

»Tatsächlich«, rief von Wallenrode, »so muss man es klar sagen, wären wir mit den ersten Schiffen von Antiochia aus in unsere Heimat zurückgekehrt.«

»So ist es aber nicht gekommen«, sprach von Barnheim in seiner bekannten besonnenen Art.

»Wir säßen mit unseren Bannerheeren jetzt in der Heimat und würden verzweifelt nach Aufgaben suchen. Dort herrscht aber jetzt Ruhe, weil das ganze Abendland zurzeit nach Palästina schaut. Hier ist nämlich das bedeutende Kampfgebiet, hier wird über unsere Zukunft entschieden. Die gesamte Christenheit schaut auf Akkon, die Stadt, die zwei Jahre vergeblich von uns belagert wurde. Jetzt nach ihrer Eroberung richtet sich ihr Blick auf Jerusalem.«

»Ja«, übernahm ich wieder die Redegewalt.

»Weder der Herzog Leopold von Österreich, noch Phillip von Frankreich, der bereits im April angekommen war, hatten bis dahin

Erfolge erzielen können. Nun fragt mich mal in dieser Runde, ob ich angesichts dieses großen Sieges Richards irgendeinen Zweifel daran habe, mich diesem grandiosen Feldherrn anzuschließen.«

Von der Schewe warf ein: »Wir dürfen bei all den Glaubensbekenntnissen doch nicht vergessen, warum wir uns damals nach Palästina aufgemacht haben. Es gilt nach wie vor, Beute zu machen. Damit unsere Bannerheere in Zukunft überleben können. Damit man mit dem erzielten Ruhm unsere militärischen Dienste auch weiterhin in Anspruch nehmen will.«

»Ohne noch groß zu lamentieren«, mischte sich nun auch wieder Wendt von Wallenrode ein, »unser Freund von Barnheim hat absolut recht. Hier ist der Platz, an dem wir zurzeit ruhmvoll agieren können. Hier ist der Platz, der in Folge Reichtümer verspricht. Ich darf nicht daran denken, was uns in Jerusalem erwartet, wenn wir als Befreier durch die berüchtigten Gassen ziehen. Auch dort wird uns der Wein schmecken und werden uns die Weiber verwöhnen. Zwar leben hier in Akkon wunderschöne Frauen, doch das hat die Welt an anderen Orten auch zu bieten.«

Ich schaute jedem lange in die Augen und zeigte mich zum Bündnisschwur bereit. Alle Arme flogen mir entgegen, und sie legten der Reihe nach mit festem Blick ihre Hände in die meinigen mit den deutlichen Worten: »Mit König Richard von England auf nach Jerusalem.«

Es dauerte nicht lange und wir hatten unsere Bannerheere wieder aufgerüstet und unsere Plätze im Feldlager und an der Seite der kämpfenden Truppen von Richard und Philipp eingenommen.

Für die Umsetzung der Kapitulationsvereinbarung von Akkon hatte Richard tausend muslimische Verteidiger gefangen genommen, um sie als Geiseln zu halten, bis alle Forderungen von Saladin erfüllt waren.

Er war ein harter, kompromissloser Verhandler, er duldete keinen Widerspruch, erst recht nicht von seinem alten Gegner, König Philipp Auguste von Frankreich.

Die Auseinandersetzungen zwischen ihnen, so hörte ich von Sefura, wurden immer aggressiver.

Die Kunde sprach sich schnell im Lager herum. Es dauerte nicht lange, und Dietrich stand aufgeregt vor mir.

»Habt Ihr schon gehört, werter von Grüningen, der französische König ist fest entschlossen abzureisen. Als Grund dafür nannte er zwar das seiner Gesundheit angeblich unzuträgliche Klima und dass er sich um die Herrschaftsnachfolge in der Grafschaft Flandern kümmern müsse, da der bisherige Herrscher Philipp I. von Elsass kinderlos gestorben sei. Doch jeder im Lager weiß es. Es sind eindeutig die wachsenden Konflikte mit dem englischen König. Das wird uns erheblich schwächen.«

Es geschah, wie Dietrich es berichtet hatte. Der Franzose reiste ab. Damit gelangte Richard Löwenherz fortan zum uneingeschränkten Führer der Kreuzfahrerkontingente.

Uns verblieben etwa zehntausend bis fünfzehntausend Mann, darunter auch zahlreiche Franzosen und Burgunder, die sich weiterhin an ihren Eid als Kreuzfahrer gebunden fühlten.

Aus Anlass dieser gewaltigen Veränderung im Kreuzfahrerheer sahen wir Ritter uns genötigt zusammenzukommen. Den drängenden Wünschen meiner Kameraden gehorchend, lud ich zu diesem Treffen die Gesandte von Antiochia ein.

Die Arbeit im Feldlager und die strategischen Entscheidungen in der Führung hatten ihr wenig Zeit gelassen, sich bei mir sehen zu lassen. Doch es war mir nicht entgangen, dass sie ihre Aufgaben liebte und sie mit höchstem Engagement wahrnahm.

Ihre sprachlichen Fertigkeiten machten sie zu einem hervorragenden Bindeglied zwischen der Führung und den mehrsprachigen Truppenkontingenten im Heer. Außerdem war sie als Berater bei jeder Besprechung Richards mit Saladin dabei. Für den englischen König war sie unverzichtbar geworden. Ich teilte ihren Ehrgeiz, konnte ich mir doch sicher sein, von ihren guten Beziehungen zu profitieren. Das betraf selbstverständlich nicht nur meine Stellung, sondern galt für alle Ritterkameraden, die mir nahestanden.

Wir achteten weiterhin darauf, dass das Geheimnis um das wahre Geschlecht der Gesandten unentdeckt blieb.

Da ich mit dem Wissen Richards ein besonderes Verhältnis zur Gesandten pflegte, waren unsere offiziellen Begegnungen in meinem Befehlshaberzelt zur Gewohnheit geworden.

Wir saßen eines Abends voller Spannung um das Lagerfeuer an unserem Sammelplatz herum, denn wir hatten die Gesandte gebeten, unsere drängenden Fragen zu erörtern.

»Mir ist bewusst, dass das Massaker Richards an den muslimischen Gefangenen von Euch als rücksichtslos und brutal angesehen wird«, begann sie.

»Das wird von den meisten so empfunden, da dürft Ihr sicher sein«, rief von der Schewe erregt dazwischen.

Sefura nickte verständnisvoll.

»König Richard erklärt dazu, dass dieses Vorgehen absolut den Gepflogenheiten des Abendlandes entsprochen habe. Allein um sich endgültig den notwendigen Respekt seiner Feinde sowie seiner Männer zu erwerben. Für die schnelle Durchsetzung der Lösegeldforderung sei diese Vorgehensweise darüber hinaus einfach unerlässlich gewesen.«

Sie unterbrach kurz ihren Vortrag, um ernst und nachdenklich weiter zu berichten: »Meine persönliche Einschätzung ist, dass er mit dieser von ihm gewählten Vorgehensweise das gesamte Heer in Kollektivhaft nehmen wollte, indem er gezeigt hat, dass künftig keine Gnade vom Feind zu erwarten sein dürfte. Das heißt, jedem von Euch muss bewusst sein, dass Saladin bei zukünftigen Auseinandersetzungen mit Euch auch keine Gnade mehr walten lässt.

Richard bestätigte damit gleichzeitig, dass er nicht bereit gewesen ist, irgendwelche Kompromisse einzugehen. Man hörte von der anderen Seite, dass Trauer und Verzweiflung die Krieger Saladins ergriffen haben, da Richard nur Männer von Ansehen und Rang verschont hatte und solche, die körperlich robust und leistungsstark waren, um bei den zwingenden Aufbauarbeiten zu helfen.«

Dann schloss Sefura den Bereich der aktuellen, brennenden Fragen erst einmal ab, um gleich fortzufahren: »Ich habe mir auch in Eurem vermuteten Sinne Erkenntnisse darüber beschafft, wie dieser Mann wirklich einzuschätzen ist und was für einen Werdegang er bisher hatte.«

Sie hielt kurz inne und holte ein Schriftstück aus ihrem Lederwams, welches sie als Leitfaden für die aufgezeichneten Eckdaten des Königs gefertigt hatte. Sie schaute kurz darauf und setzte ihren Vortrag fort: »Wie man mir berichtete, waren Richards Lebensjahre bis zu seinem Regenten-Antritt durch erhebliche Konflikte mit seinem Vater Heinrich II. und mit seinen Brüdern um das Erbe gekennzeichnet.«

»Ja«, warf von Wallenrode ein.

»Erst durch ein Bündnis mit dem französischen König Philipp vermochte er sich den englischen Königsthron zu sichern.«

Sefura trat einen Schritt zurück, um den Becher entgegenzunehmen, den ich ihr gereicht hatte. Nach einem tiefen Schluck schaute sie hochkonzentriert in die Runde.

»Sein ererbter Herrschaftsbereich umfasst das angevinische Reich mit England, der Normandie und weiten Teilen Westfrankreichs.«

Sefura griff kurz nach einer Pergamentrolle unter ihrem Arm und breitete auf dem Boden vor uns eine Karte aus, um die genauen Umrisse der Herrschaftsbereiche des englischen Königs zu veranschaulichen.

»Das stammt aus dem Kartenarchiv Richards, was ich mir für den heutigen Abend entleihen durfte«, erklärte sie lächelnd.

»Durch diverse Eheschließungen seiner Vorfahren gab es sehr enge Beziehungen zum französischen Herrschaftsbereich.«

»Und trotzdem scheinen sie sich nicht zu verstehen«, schrie von Barnheim dazwischen. Die Lacher waren auf seiner Seite.

»Als drittgeborener Sohn war Richard zunächst nicht in der Thronfolge berücksichtigt. Sein Vater Heinrich übertrug die Erziehung seiner Söhne seinem Kanzler Thomas Becket, an dessen Hof die Kinder von verschiedenen kultivierten Geistlichen unterrichtet wurden.«

Sie hielt kurz inne, um einen weiteren, tiefen Schluck aus dem Weingefäß zu nehmen. Dann fuhr sie geschäftig fort: »Richard hielt sich vorwiegend in der Nähe seiner Mutter Eleonore auf, mit der er viele Reisen unternahm. Neben seinem Aufenthalt in der Normandie war er mit seiner Mutter im Süden Frankreichs unterwegs. Dort lernte er die Sprache und die Musik Aquitaniens kennen.«

»Was für eine nette Familie«, rief dieses Mal von der Schewe dazwischen, was wieder für einige Lacher sorgte.

Es tat mir in der Seele weh, wenn ich daran dachte, was für eine schöne Frau sich hinter dieser Männerkleidung verbarg. Wie hervorragend würde sie erst in Frauenkleidern wirken. So sehr ich mir das wegen des Anblickes wünschte, es würde auch sofort in dieser überwiegenden Männergesellschaft mit Sicherheit Begehrlichkeiten wecken. Allein deshalb war es gut so, wie es war.

Sefura blickte zu mir herüber, als hätte sie Gedanken lesen können. Dann nahm sie den Bericht wieder auf: »Da Richard sich gegen opponierende Adlige in Aquitanien durchsetzen musste, kam er sehr früh zu militärischen Ehren. Dabei ging es besonders um die Belagerung und Zerstörung einer Vielzahl von Burgen. Das, würde ich sagen, ist der Teil seines Werdeganges, der uns bestärkt, bei der Eroberung Jerusalems auf ihn als Feldherrn zu setzen«, kommentierte sie fachkundig und erläuterte: »Er schaffte es, nach dem Tod seines Vaters mit der Unterstützung wichtiger Barone, in London zum englischen König inthronisiert zu werden. Anlässlich der Krönung kam es auch dort zu Judenverfolgungen, die teilweise sogar zu Pogromen eskalierten, nachdem Richard ins Heilige Land aufgebrochen war.«

»Habt Ihr Kenntnisse über Richards Reise bis Akkon, edler Gesandter von Antiochia, insbesondere über die Eroberung von Zypern?«, fragte von Brühaven wissbegierig.

Der Gesandte bat um einen weiteren Schluck Wein, bevor er seinen Bericht fortsetzte: »Neben den Kreuzzugsvorbereitungen ging er ein Ehebündnis mit Berengaria von Navarra ein, um die iberischen Beziehungen zu intensivieren, zwecks Schutzes seines aquitanischen Herzogtums.«

Wir drängten uns auf ein Zeichen der Gesandten alle nach vorne, folgten Sefuras Fingerzeig auf der Karte und sie konkretisierte: »Richard traf im September 1190 auf Sizilien ein, was als Großereignis im Hafen von Messina gefeiert wurde. Die Ankunft des französischen Königs eine Woche zuvor war hingegen fast unbemerkt geblieben.«

»Das ist so typisch für Richard«, warf von Wallenrode ein.

»Der König hat ein Händchen für große Inszenierungen. Das erkennt man immer wieder.«

Sefura nickte und fuhr fort: »Als es zwischen den englischen und französischen Kreuzfahrern und der einheimischen Bevölkerung vor Ort zu Konflikten kam, eroberte er kurzentschlossen Messina.«

»Er scheint ein Mann schneller Entscheidungen zu sein«, rief Wendt von Wallenrode dazwischen.

»Ja, davon ist wohl auszugehen. Das zeigte sich auch im Fall von Zypern. Als Richard Messina mit einer Flotte von mehr als zweihundert Schiffen verließ, strandeten einige, abgetrieben durch einen Sturm, in Zypern.«

»Was für ein Zufall«, rief von der Schewe.

»Als die Zyprioten die Besatzungen entwaffneten und unter Bewachung stellten, richtete sich Richard unmittelbar gegen Zypern.«

»Da sieht man es deutlich«, erhob sich von Brühaven, »der Mann fackelt nicht lange.«

Sefura nickte und erläuterte: »Innerhalb eines Monats eroberte er die Insel und nahm die Herrschaftsclique gefangen. Einige Eingeweihte in der Nähe des Königs meinen, es habe einem strategischen Plan Richards entsprochen, um anlässlich der Gefährdung der Kreuzfahrer in Palästina, eine gesicherte Basis für eine gefahrlose Rückkehr zu garantieren.«

»Wer das nicht glaubt, ist ein wenig verblödet«, rief von der Schewe wieder.

»Dort soll er seine Verlobte Berengaria von Navarra geehelicht haben, bevor er Anfang Juni Zypern Richtung Akkon verließ«, kam der Gesandte langsam zu Ende.

»Er setzte zwei aus der Gruppe seiner Befehlshaber als Gouverneure ein. König Richard erwähnte bei einem Gespräch im Befehlshaberzelt, dass die Beute aus Zypern einen erheblichen Beitrag zur Finanzierung seines Feldzuges im Heiligen Land leisten würde.«

Die anwesenden Ritter waren über diesen Bericht der Gesandten so angetan, dass sie mit Hochrufen verabschiedet wurde.

Sie verschwand anschließend zu einer weit entspannteren Besprechung in meinem Zelt, und ich genoss unsere Zweisamkeit bis in die frühen Morgenstunden.

Kapitel XXVII

Das Heer setzt sich wieder in Bewegung

Nach Abschluss der Lösegeldformalitäten und Kapitulationsvereinbarungen verließ ich mit meinem Bannerheer, den Heeren meiner Freunde und den anderen Männern um König Richard die Hafenstadt Akkon, die endlich wieder in christlicher Hand war. Richard entschloss sich zu einem weiteren Vormarsch entlang der Küste.

»Von Grüningen«, sagte er mittags vor dem Aufbruch zu mir, »ich stehe nun vor dem Erschwernis, dass meine Leute das schöne Leben in Akkon lieben gelernt haben. Es ist ein Problem. Ich muss sie zur Räson bringen. Die Verführungen, die diese Stadt bietet, müssen ein Ende haben. Als ich die Truppe zum Abmarsch sammelte, fanden sich in erster Linie nur die disziplinierten und hoch motivierten Ritter der Johanniter und Templer ein. Alle übrigen waren nur sehr mühevoll zum Aufbruch aus der Lasterhöhle zu bewegen. Edler Ritter von Grüningen, ich bitte Euch inständig, gebt bei dieser Sachlage einer um sich greifenden Disziplinlosigkeit mit Euren Männern ein gutes Beispiel. Zeigt Euren Leuten Eure persönliche hohe Motivation und bittet Eure anführenden Ritterkameraden, es Euch gleich zu tun. Ihr werdet es nicht bereuen, ich versichere es Euch.«

Richard war, so wie es seine Art war, überraschend in meinem Zelt aufgetaucht, welches ich gerade vorher zum Abbruch freigegeben hatte. Typisch für ihn. Es zeigte mir mal wieder, welch eine persönliche Einsatzbereitschaft und unbeirrbare Willenskraft diesen Feldherrn auszeichneten. Er betonte noch, es sei ihm bewusst, dass jede seiner Bewegungen von Spähern Saladins beäugt würde, der mit seinem zahlenmäßig überlegenen Heer die Schmach von Akkon vergessen machen wolle.

Bei einer abendlichen Lagebesprechung kurz vor dem Abmarsch bat er neben der Gesandten von Antiochia auch unsere Rittergruppierung in sein Zelt.

Er wollte uns in kurzen Worten seine kriegerische Zielsetzung erläutern.

»Anwesende Ritter und Kreuzfahrer, ich freue mich, dass Ihr mir auf dem beschwerlichen Weg gen Jerusalem folgen wollt. Das, obwohl die Abreise Philipps einige erhebliche Löcher in unsere Reihen gerissen hat. Es muss jedem hier in dieser Runde klar sein, dass wir es nach wie vor mit einem überlegenen, starken Gegner zu tun haben. Saladin lässt uns nicht aus seinen Augen. Er beobachtet jede Bewegung von uns. Da wir im Hafen von Akkon das Gros von Saladins Flotte erobern konnten, plane ich, einen Hafen im Süden zum Angriff auf Jerusalem zu nutzen. Ich meine Jaffa, nur drei Tagesritte von der Heiligen Stadt entfernt. Das wäre dafür der geeignete Standort. Dafür müssen wir so eng wie möglich am Mittelmeer entlang ziehen. Saladin wird versuchen, unsere Heereslinien zu durchbrechen. Es darf keinesfalls zu einem Aufreißen der lang gezogenen Heeressäule kommen. Das hämmert Euren Männern in die Köpfe. Unter keinen Umständen dürfen wir scheitern.«

Ein großes Gemurmel setzte unmittelbar ein, ohne dass sich irgendwo eine Stimme des Widerspruchs hören ließ. Mir wurde bewusst, man traute den Entschlüssen dieses neuen Feldherrn.

König Richard verabschiedete sich mit den hoffnungsfrohen Worten: »Gott segne Euch, meine Herren, ich zähle auf Euch. Auf ein Wiedersehen in Jerusalem.«

Die neue Heeresführung verschwand im Dunst des Abends, bereit für einen neuen Waffengang.

Wie Richard es befohlen hatte, marschierten wir am nächsten Morgen am Mittelmeer entlang. Die Männer wateten teilweise knietief durch das Wasser. Wir kannten das ja. Der größte Gegner war die Sonne. Eine unerträgliche Hitze machte mir sehr bald zu schaffen. Insbesondere die schwere Bewaffnung und Ausrüstung quälten mich tagtäglich. Immer mehr unserer Leute starben ohne Feindberührung vor Erschöpfung. Linksseitig hielten wir Anschluss an das Mittelmeer, rechtsseitig wehrten wir die Angriffe unserer Feinde ab, höchst bedacht darauf, unsere Linien nie durchbrechen zu lassen. Es galt, durchgängig wehrhaft und diszipliniert zu marschieren.

»Hier ist wieder einer umgefallen«, schrie jemand vor mir. Ich stieg sofort vom Pferd und kümmerte mich mit zwei meiner Soldaten um den Mann. Ich zog ihm den Waffenrock aus, nahm den Helm vom Kopf und zuletzt das Kettenhemd. Er war kurz vor einem Hitzschlag.

»Einen Karren hierher, schnell«, schrie ich. Dann schleppten wir ihn in den Schatten.

Einer meiner Leute fächerte ihm Luft zu und schüttete ihm zwei Eimer Wasser über den überhitzten Körper. Das Meer war ja nicht weit. Was nur störte, war das verfluchte Salz in dem Wasser. Es verklebte die Kleidung, und die Kristalle boten der Sonne eine neue Angriffsfläche. Jeder Strahl wurde zur Qual. Immer mehr Männer kippten um.

Männer, die vor Erschöpfung hinschlugen und tot waren, wurden sofort an Ort und Stelle begraben. Kraftlose ließ der König an Sammelstellen und von parallel zur Marschrichtung eingesetzten Schiffen zum nächsten Haltepunkt bringen. Dabei war sich Richard nie zu schade, an vorderster Front mitzuhelfen. Er wollte Vorbild für seine Männer sein, gleichzeitig wollte er ihnen Respekt einflößen, indem er sich überall zeigte.

Er befand sich daher ständig in Bewegung und schonte sich nicht. Das konnte ihm keiner nachsagen. Er war immer vorne mit dabei. Mitten unter seinen Männern.

»Los, lass den Kahn ran kommen«, schrie er dann oft.

»Hier besteht noch Hoffnung, er braucht nur etwas Erholung.«

Wenn das Schiff mit den Erschöpften den Strand erreichte, winkte er aufgeregt, watete durch das Wasser entgegen und schleppte mit eigenen Händen die Männer zum Boot.

»Geht in den Schatten Männer, versteckt Euch«, pflegte er dann zu rufen.

Es dauerte nicht lange, und wir befanden uns wieder mitten im Schlachtgetümmel von Arsuf. Der Herbst hatte begonnen. Wir ritten mit unseren Bannerheeren Seite an Seite mit den englischen und französischen Kontingenten, die unsere Schlagkraft erheblich verbesserten.

Sefura blieb in unmittelbarer Nähe der königlichen Befehlshaber. Ich bemerkte mit aufkommendem Entsetzen, dass die Pfeile und Bolzen nirgends so dicht wie in diesem Kampfabschnitt flogen. Sie töteten Männer und Pferde gleichzeitig. Ich schrie nach allen Richtungen: »Duckt Euch weg, hebt Eure Schilde, verdammt, schützt die Pferde.«

Ich wusste gar nicht, wo ich zuerst hinlaufen sollte. Auch König Richard schien nicht gefeit davor, getroffen zu werden. Als er mit seinem Pferd den Geschossen ausweichen wollte, traf ihn plötzlich ein Pfeil. Er rutschte langsam vom Pferd, schien aber noch bei Sinnen zu sein.

Blankes Entsetzen ergriff unsere Männer. Als von Brühaven heraneilte, stöhnte der König leise und kraftlos. Wir befreiten ihn von der Rüstung und legten sie in Einzelteilen neben ihn.

Von Brühaven untersuchte die Wunde mit erfahrenem Griff und winkte wild gestikulierend mit dem Ruf: »Der König lebt, der König lebt, vorwärts Männer, es geht gleich weiter.«

Es zeigte sich schnell, dass es, Gott sei Dank, nur eine leichte Verwundung war. Brühaven legte ihm einen ordnungsgemäßen Verband an. Das hatte er ja bei Bruder Sibrand zur Genüge geübt.

»Auf das Pferd mit dem König!« schrie er die Knappen um ihn herum an und Richard war bald in der Lage, wieder selbstständig sein Pferd zu besteigen. Sein Überleben sprach sich wie ein Lauffeuer im ganzen Heer herum und die Gläubigen sahen es als ein Zeichen Gottes an, welches sie ungemein anspornte und wieder nach vorne trieb.

»Der König lebt, er lebt.«

Entsprechend motiviert erreichten wir Arsuf, gut ein halber Tagesritt vor Jaffa. In Eilmärschen durchquerte unser Heer dann das dortige Waldstück, so dass Saladins Krieger nicht mehr anzugreifen vermochten.

Die letzte Chance, uns Kreuzfahrer zu stellen, bot die Ebene zwischen der Stadt und dem Wald. Wahrhaftig griff Saladin dort unsere Nachhut an. Die bisher nicht gekannte Disziplin, die Richard von der Truppe gefordert hatte, war plötzlich auferstanden, und in breiter Front gingen die zermürbten Kreuzfahrer zum Gegenangriff über.

»Für Richard!«, schallte es aus tausend Kehlen, »für Richard!«

Dem verwundeten König blieb nichts anderes übrig, als sich der Masse anzuschließen, um seine Autorität zu wahren. Er gab seinem Pferd die Sporen und ritt wie der Teufel in die vordersten Reihen. Von Brühaven hatte sicherheitshalber seitlich mit seinem Pferd aufgeschlossen und versuchte verzweifelt, ihm Deckung zu geben. Ich konnte es von meinem Standort in der Nähe des Waldstückes gut beobachten.

Ich kämpfte mit meinen Männern bis zur Erschöpfung gegen die Heerscharen von Saladin, vermochte sie aber nicht endgültig zu vernichten. Meine Rüstung war von den Kämpfen zerbeult, und einige Stücke verloren immer mehr ihren Halt. Ich musste dringend zum Plattner gehen, der sich für solche Arbeiten ständig bereithielt. Noch wollte ich durchhalten. Immer wieder stieß ich mit eingelegter Lanze in die Reiter auf den Wüstenpferden.

Manches Mal musste ich von Rosine steigen und mir mit dem Schwert den Weg freiräumen. Ich schwitzte am gesamten Körper und geriet immer mehr ins Taumeln. Die langen Märsche in der unerträglichen Hitze machten sich jetzt bemerkbar. Es wurde Zeit, dass es hier ein Ende fand. Ich bemerkte von Wallenrode neben mir, der ebenso erschöpft, wie ich Schlag um Schlag austeilte. Endlich hörten wir die Fanfarenklänge von Weitem. Die Schlacht war geschlagen. Ich eilte zu meinem Freund Wallenrode und wir umarmten uns in unbändiger Freude, aber auch mit den letzten Kräften. Ich warf Teile meiner Rüstung im hohen Bogen ins Gras und ließ mich einfach niedersinken. Rosine hielt ich am langen Zügel. Sie schnaubte laut, als hätte sie auch das Maul voll. Wallenrode, der neben mir lag, schaute mich mit blutunterlaufenen Augen an.

»Alexander, es ist erst einmal wieder geschafft. Lange halte ich nicht mehr durch, mein Körper ist ziemlich am Ende. Saladin hat große Verluste erlitten«, rief er mit belegter Stimme, »aber die Kräfte lassen sichtbar nach. Wir schaffen es nicht mehr, ihn zu verfolgen. Der große Sieg ist unserem Heer nicht mehr vergönnt!«

»Auch ich, mein Freund«, war meine Antwort, »kämpfte neben meinen Rittern in vorderster Front bis zur vollkommenen körperlichen Ermüdung.«

Er nickte und schwieg.

»Die Panzerreiter berichten von allen Ecken, dass uns der große Triumph leider nicht vergönnt war«, verkündete Richard noch auf dem Schlachtfeld, als er mit seinem Pferd bei uns vorbeiritt.

Richard war sich, trotz unseres bemerkenswerten Einsatzes, kurze Zeit später absolut bewusst, dass Saladins Heer intakt geblieben war. Das wurde uns von der Gesandten aus Antiochia bestätigt, die ein entsprechendes Schriftstück lesen konnte.

»Es ist richtig«, sagte sie, »trotz der Robustheit Richards und seiner Art, manches leicht wegzuwischen, bemerke ich bei ihm ·hohen körperlichen Verschleiß. Er wird zunehmend lustloser. Er scheint etwas kriegsmüde zu sein.«

Als ich mit dem Heer in Jaffa einzog, hört ich schon von vorn aus den Reihen die ersten Flüche: »Sie haben alles zerstört. Kein Stein steht mehr auf dem anderen. So ein Drecksmist.«

Es erwies sich bei Gott nicht als das von Richard erhoffte große Ziel, was als Basis ideale Bedingungen versprochen hatte, da Sultan Saladin die Befestigungsanlagen vorab hatte schleifen lassen.

Ich musste mich danach wie gewohnt in unserem Feldlager auf die Überwinterung einstellen, wobei es mir Ehre und Genugtuung war, meinen kalten Hintern am Körper der Gesandten aufzuwärmen.

Manchmal passierte es, dass ich mitbekam, wie Richard missmutig durch das Feldlager schlenderte. Auch heute war wieder so ein Tag, der ihn aus dem Befehlshaberzelt trieb. Ich trat zu ihm hin.

»Werter König, wir vermögen im Moment nichts auszurichten. Wir sind verdammt zu warten.«

»Richtig, von Grüningen, und Saladin liegt immer noch in einiger Distanz auf Lauer wie ein Löwe in seiner Höhle. Übrigens, wo ich Euch schon mal hier antreffe. Greift nicht immer in die Planungen des Gesandten ein. Ich mag es nicht, wenn meine Kreise gestört werden. Ich brauche ihn jetzt dringender als je zuvor. Ich muss mich strategisch neu aufstellen, hört Ihr!«

Im Laufe der Zeit hatte ich immer intensiver mitbekommen, dass es dem König gar nicht gefiel, dass Sefura und ich so engen Kontakt unterhielten. Aufgrund seiner gegebenen Befehlsgewalt nahm er jetzt in unangenehmer Weise zunehmend Einfluss auf unsere privaten Planungen.

Das führte dazu, dass wir uns immer weniger sehen konnten. Andererseits war dem König auch klar, dass er sich zumindest offiziell gut mit mir stellen musste, um die Beteiligung der deutschen Truppenteile nicht zu gefährden.

Im Januar huschte endlich die Gesandte wieder heimlich in mein Zelt.

Sie umarmte mich zärtlich und küsste mich lange, mehr als sonst. Dann kuschelte sie sich an mich und berichtete geschäftsmäßig: »König Richard plant in Kürze einen Vorstoß auf Jerusalem.«

»Das ist ja mal eine gute Nachricht«, rief ich begeistert aus.

»Es besteht nach wie vor politischer Kontakt mit Saladin. Ich habe zwischenzeitlich die Position einer persönlichen Übersetzerin. Im letzten Gespräch schlug Richard sogar eine Heiratsverbindung zwischen Saladins Bruder Malik al Adil und seiner Schwester Johanna vor. Als Mitgift sind die Küstenstädte zwischen Akkon und Askalon im Gespräch.«

»Es ist erstaunlich, was sich neben den militärischen Überlegungen im Hintergrund auf der politischen Gesprächsebene so alles tut«, bemerkte ich mit einem ungläubigen Kopfschütteln.

Danach verschloss ich ihren begehrenswerten Mund mit meinen Küssen, und wir gaben uns unserer Liebe hin. Es schien mir, als würde auch sie diese stillen, berührenden Momente voll und ganz genießen.

Es waren diese Augenblicke, die mein Leben gerade lebenswert machten. Ich hatte mich damit abgefunden, dass meine Geliebte, ehrgeizig wie sie war, ihre hoheitlichen Aufgaben als Berater des Königs gefielen.

Unsere Bemühungen, die Hafenstadt Jaffa zu einer brauchbaren Nachschubbasis für den weiteren Feldzug auf Jerusalem auszubauen, misslangen. Zwar hatten wir die Befestigungen, die Sultan Saladin schleifen ließ, zwischenzeitlich wiederaufgebaut, doch bis zum Dezember hatten wir keinen Fortschritt bei der Sicherung der Nachschubwege bis ins Umland von Jerusalem geschafft. Als ich mitten zwischen den gewaltigen Steinen der umgestürzten Stadtmauer auf von Wallenrode traf, rief der mir schon von weitem zu: »Alexander, ich bin es so verdammt leid, reiten wir in eine

Stadt ein, war Saladin schon da und hat sie dem Erdboden gleich gemacht. Wir spielen hier eher einen Bautrupp.«

»Doch wir können hier bauen, was wir wollen«, antwortete ich, »die Nachschubwege, hat mir der Gesandte gesagt, sind nach wie vor nicht abgesichert. Saladin hat absolutes Hoheitsrecht außerhalb unserer direkten Operationsgebiete.«

Endlich hatte ich mich gemeinsam mit den anderen Rittern der Bannerheere für einen Waffengang gegen Jerusalem aufgerüstet.

Richard ritt ein letztes Mal durch unsere Schlachtreihen, um uns einzuschwören.

Heftiger Regen peitschte ihm ins Gesicht. Er versuchte krampfhaft, sich auf seinem Pferd zu halten, so stark waren die Windböen, die vom Mittelmeer her schwarze Regenwolken über uns ergossen. Der Wind riss ihm die Worte ungehört von den Lippen. Seine Stimme wurde daher immer lauter: »Männer, wir müssen es versuchen. Das war immer unser großes Ziel und jetzt stehen wir kurz davor. Jerusalem! Ich erwarte von Euch einen letzten beherzten Einsatz. Nicht mehr lange, und wir ziehen durch die Gassen dieser Stadt. Lassen uns bejubeln, sammeln Edelsteine und kostbares Geschmeide ein. Die Weiber werden uns zu Füßen liegen. Wir werden drei Tage nur saufen.«

Ich stand fast den ganzen Vormittag mit Rosine in Schlachtenreihe aufgestellt.

Immer wieder wehte der kräftige Wind durch unsere Aufstellung. Ein Wind, den ich selten erlebt hatte. Er war so stark, dass die Pferde auseinanderpreschten und nicht mehr gehalten werden konnten. Ich war inzwischen abgestiegen und hielt Rosine gemeinsam mit meinen Knappen eng am Zügel. Wir mussten vorsichtig vorgehen, weil immer wieder Pferde nach hinten ausschlugen oder auch samt Reiter durchgingen. Es bahnte sich zusehends ein Chaos an.

»Alexander von Grünigen«, schallte es plötzlich durch die Reihen, »zum König!«

Ich überließ dem Knappen mein Pferd und suchte zu Fuß einen Weg zu Richard.

Er stand in einer Ecke umringt von mehreren führenden Tempelrittern. Bekannten Großmeistern.

»Verehrter König Richard«, schrie einer gegen den Wind.

»Das ist ein Zeichen Gottes. Wir können jetzt nicht Jerusalem angreifen. Bei diesen widrigen Wetterbedingungen werden wir nicht weit kommen.«

»Ja, dem ist so«, riefen sie wie mit einer Stimme.

»Von Grüningen, wie seht Ihr das? Ich hoffe, Ihr könnt auch die Meinungen der anderen Eurer Ritter vertreten.«

»Mein König«, versuchte ich ihn zu beruhigen, »ich weiß, dass meine Männer geradezu versessen darauf sind, nach Jerusalem zu marschieren. An Mut und Entschlossenheit fehlt es bei ihnen nicht. Mein Unterführer, der noch einmal in das Feldlager musste, hat mir berichtet, dass unsere Zelte, ja, alle Aufbauten, Opfer des stürmischen Wetters wurden.«

»Die Tempelritter«, sprach König Richard, »haben, wie Ihr es gerade hörtet, abgeraten, jetzt nach Jerusalem zu marschieren. Hinzu kam deren Überlegung, ob unsere dezimierten Kräfte für die Eroberung der Stadt überhaupt reichen. Dann ist noch das ungelöste Problem mit den noch nicht gesicherten Nachschubwegen.«

Inzwischen waren auch die anderen Befehlshaber unserer Bannerheere hinzugetreten.

Von Wallenrode rief: »König Richard, bei diesem Wetter ist kein geordneter Angriff möglich. Solange dieser verdammte Sturm anhält und der heftige Regen niederprasselt, hat alles keinen Sinn.«

»Ich schlage vor«, trat von der Schewe zum König, »dass wir drei Tage warten. Sollte sich bis dahin nichts geändert haben, müssen wir den Angriff abbrechen. Denkt an die Folgen, wenn das christliche Heer wieder vor den Toren Jerusalems versagt.«

Damit zogen wir uns zurück und suchten Schutz, wo er gerade in diesem elenden Land zu finden war. Drei Tage prasselte ohne Unterbrechung heftiger, unerträglicher Regen auf uns herunter. Hinzu kam, dass der noch stärker angeschwollene Sturm von der Küste keinen gefahrlosen Schritt zuließ. Unsere Ausrüstung, die Pferde, einfach alles war feucht und klamm. Wir wurden Opfer des widrigen Wetters. Nach neu aufgenommenen, unendlichen Verhandlungen mit den Tempelrittern, rieten diese endgültig von einem Angriff auf Jerusalem ab. Es lag bei Gott nicht an der Kampfmoral unserer Männer. Im Gegenteil, die Vorfreude auf die bevorstehende Eroberung Jerusalems war allseits riesengroß. Als ich durch die Reihen meiner Männer ging, sah ich in ihre entschlossenen Gesichter. Doch es war ein armseliger Haufen. Pferde liefen nach wie vor durcheinander, Karren kippten um. Ein Lärm in dem tosenden Wind, der jede Unterhaltung unmöglich machte, geschweige denn einen geordneten Aufmarsch.

Nur einen viertel Tagesritt vor Jerusalem, die imposante Festung im Blick, ließ der König den Angriff abblasen. Es verbreitete sich wie ein Lauffeuer durch die Marschformationen bis hin zu meinem Ohr: »Der Angriff auf Jerusalem wird aufgegeben, fertigmachen zum Rückzug.«

Es war für mich und viele andere der Kreuzritter niederschmetternd. Bis hierhin, kurz vor die Tore der Heiligen Stadt waren wir gekommen. Das Ziel unserer Schwüre, das Ziel unserer Träume. Nichts blieb außer traurige, erbärmliche Gedanken an ein grandioses Scheitern.

In einer Besprechung noch vor Ort in einem Chaos von durchgehenden Pferden und hilflos umherirrenden Reitern, hob Richard beschwörend seine Hände: »Wenn wir uns an der Eroberung Jerusalems aufreiben, bei der verbliebenen, geringen Größe unseres

Kontingents, habe ich erhebliche Zweifel, ob wir diese wehrhafte Stadt einnehmen können. Sie dann zu halten, erachte ich im Hinblick auf die immer noch nicht gesicherten Nachschubwege für geradezu unmöglich. Ich möchte daher den Versuch nicht aufgeben, in Gesprächen mit Saladin tragbare Fortschritte zu erzielen.«

Jetzt war der Gesandte von Antiochia wieder gefragt, ein Mann, der unerlässlich für politische Kontakte dieser Art zu erwärmen war.

Als ich eines Abends endlich mit meiner Geliebten im Zelt beisammensaß, erklärte sie: »Die angestrebte Lösung mit der Heirat ist vorerst gescheitert. Wegen der bestehenden religiösen Unterschiede haben sowohl Johanna als auch Adil eine Verbindung abgelehnt. Wir suchen angestrengt nach einer anderen Lösung.«

»Die muss heute Abend aber nicht mehr gefunden werden«, flüsterte ich ihr ins Ohr und zog sie zu mir auf meine Bettstatt.

Die Tage vergingen mit Waffenpflege, Übungseinheiten und Besprechungen. Keiner zeigte sich mit den bisher erzielten Erfolgen in Bezug auf die Rückeroberung der Heiligen Stätten in Jerusalem zufrieden. Wir kamen immer mehr selbst zur Überzeugung, dass ein Waffengang gegen Jerusalem fast unmöglich schien.

So schickte uns Richard in eine Belagerung der Stadt Askalon, die wir sehr schnell erobern und unter unsere Kontrolle bringen konnten.

Von der Schewe sprang vor mir vom Pferd, kam mit enttäuschtem Gesicht zu mir.

»Auch hier müssen wir die Befestigungsanlagen, die der Sultan hatte zerstören lassen, sehr schnell wiederaufbauen. Schick deine Männer sofort her, damit sie mit meinen die notwendigen Arbeiten aufnehmen.«

»Natürlich, mein Freund«, lautete die wiederholte Antwort. Alle mussten gemeinsam anpacken.

Der Frühling verstrich mit weiteren Verhandlungen und kleineren Scharmützeln mit dem Feind.

Im April geschah für die Herrscher im Hinblick auf die Lösung Jerusalem etwas Unfassbares. Mit finsterer Miene kam Richard mal wieder an meinem Zelt vorbei, als ich gerade dabei war, meine Rüstung zur Reparatur beim Plattner auszulegen.

»Konrad von Montferrat, ein Anwärter auf den Thron des Königreichs Jerusalem, ist einem Attentat erlegen. Er war ein Gegner von König Guido von Lusignan, der immer noch seine Ansprüche auf Jerusalem geltend macht. Es ist unfassbar, von Grüningen, das bringt meine ganzen politischen Pläne durcheinander. Ich habe so viel mit diesem Mann vorgehabt.«

Ohne auf einen Kommentar oder eine Reaktion meinerseits zu warten, trottete er betrübt weiter durch das Lager.

Einige Tage nach diesem Unglück erzählte mir der Gesandte unaufgeregt: »Richard hat endlich einen Kompromiss gefunden, um sich aus der Schusslinie zu nehmen. Guido von Lusignan wurde die Herrschaft über Zypern angetragen. Zum neuen König von Jerusalem, statt seiner wurde Graf Heinrich von der Champagne, ein Neffe Richards, gewählt.«

Ich liebte diese Besprechungen in meinem Zelt, die zwar seltener, aber umso schöner und tiefsinniger wurden.

Ende Juni sollte ein neuer Vorstoß auf Jerusalem stattfinden. Doch daraus wurde wieder nichts. Richard, so erfuhr ich von meiner Gesandten, hatte erstmals Nachrichten aus seiner Heimat bekommen, wo sich sein Bruder Johann Ohneland anschickte, die Königsmacht an sich zu reißen, und der französische König Philipp zeitgleich Richards Lehen in Westfrankreich angriff. Meine Gesandte kommentierte die Situation mit den Worten: »Es ist unverrückbar, dass Richard dringend in seine Heimat zurückkehren muss, um vor Ort seine Interessen zu verteidigen. Saladin scheint die Probleme Richards zu kennen. Auch er hat große Schwierigkeiten. Seine Bevölkerung ist kriegsmüde und die Kampfmoral seiner Truppen auf dem Tiefpunkt.«

»Es ist absehbar«, erwiderte ich, »dass wir hier bald zum Ende kommen.«

»Ja, ein Ende des Kreuzzuges ist greifbar, Alexander. Ich freue mich endlich auf unseren gemeinsamen Weg nach Antiochia.«

»Es muss etwas Ruhe in unser Leben kommen, Sefura.«

»Ich möchte Kinder mit dir haben, Alexander.«

Sie schaute mich mit traurigen, aber auch auffordernden Augen an, sodass wir eine herrliche Nacht miteinander verbrachten.

Ich ritt Seite an Seite mit meinen Rittern. Dunkle Wolken schienen die hohen Mauern von Jaffa noch uneinnehmbarer zu machen. Wir befanden uns auf dem Rückzug. Seit Juli hatte Richard begonnen, sein Hauptheer aus dem Heiligen Land zurückzuziehen. Die Einsicht, Jerusalem im Falle einer schnellen Eroberung keinesfalls halten zu können, hatte sich bei ihm durchgesetzt. Die umkämpften Gebiete wurden von uns geräumt.

»Ein wahrhaft trauriger Tag«, sagte ich zu von Wallenrode.

»Es war alles umsonst. Wo haben wir nicht überall gekämpft, mein Freund, von Akkon bis fast nach Jerusalem. Das große Ziel, der große Wurf, wurde verfehlt.«

»Ja, Alexander, was haben wir an diesem Küstenstreifen gefochten. Blut, Schweiß und Tränen gelassen. Was wird von uns bleiben? Ein Haufen von Missgeschicken und Erfolglosigkeit.«

Als ich an der Seite meiner Freunde in der Nähe der Gesandten und König Richards ritt, kam plötzlich Unruhe auf. Ein Bote überbrachte eine dringliche Nachricht: »Saladin ist nach Abzug des Hauptheeres mit seinen Truppen gegen die nun entblößten Regionen vorgerückt und hat Ende Juli begonnen, die Stadt Jaffa zu belagern.«

Der König war entsetzt.

»Eine Stadt von höchster strategischer Bedeutung«, brüllte er aufgebracht. Diese Nachricht traf ein, als wir gerade wieder in Akkon hereingeritten waren.

Einer der ersten Kämpfer berichtete uns nach seiner Flucht von den Geschehnissen: »Saladins Leute haben die Stadtmauer untergraben und mit Belagerungsgeräten schwere Steine geschossen. Wir haben uns tapfer gewehrt, haben Gegenminen gegraben und zurückgeschossen. Als sie eine Bresche geschlagen hatten, schlossen wir diese mit einem massiven Schildwall und verschanzten uns dahinter. Die Truppen des Sultans kämpften nicht so wie gewohnt, eher halbherzig.«

»Warum denn das auf einmal«, fragte ich verunsichert.

»Nur die Aussicht auf Beute schien sie vorwärts zu treiben. Als wir Ende Juli Verhandlungen über eine Kapitulation anboten, akzeptierte der Sultan ein Lösegeld, das im Gegenzug den Christen erlaubte, unter Mitnahme des beweglichen Vermögens die Stadt im freien Abzug zu verlassen. Als Saladin seine Truppen, trotz dieser Absprache, von Plünderungen nicht mehr zurückhalten konnte, verschanzten sich einige unserer Verteidiger in der Zitadelle, wo sie sich mit Sicherheit bis jetzt noch befinden.«

»Das ist kaum zu glauben, dass sie da noch drin sind. Meint Ihr, sie könnten sich so lange dort halten?«

Der Mann atmete schwer, ihm waren die schweren Strapazen des Kampfes anzusehen. Doch er riss sich zusammen und berichtete weiter: »Ja, ich hoffe doch, Saladin war über das zügellose Verhalten seiner Truppen so bestürzt, dass er die Stadttore von seiner Mameluken-Garde absperren und den Plünderern sogar die Beute abnehmen ließ. Ich bin froh, zur rechten Zeit vor den radikalen Kämpfern des Sultans geflohen zu sein. Ich will diese verdammten Schurken im Dreck sterben sehen, gebt mir eine Chance dazu.«

»Hol dir neue Ausrüstung in der Waffenunterkunft und gliedere dich ein«, rief ihm einer der Kämpfer zu.

König Richard reagierte sofort. Er ließ uns in ein Regierungsgebäude von Akkon laden, wo wir gemeinsam die notwendigen Schritte besprachen. Meine Gesandte war wie immer dabei.

Richard forderte: »Stellt mir ein Kontingent von deutschen und englischen Kreuzrittern zusammen, das mir folgen soll, überschaubar, aber schlagkräftig. Sie sollen die verfügbaren Galeeren besteigen und sich eilends nach Jaffa einschiffen. Das Hauptheer«, so befahl er unmissverständlich, »soll unter dem Kommando des Grafen Heinrich von Champagne auf dem Landweg folgen.«

Wir brachen sofort auf, durften keine Zeit verlieren. Die letzten Christen der Stadtbevölkerung hielten sich in der Zitadelle verschanzt und mussten ausharren, bis wir kamen. Ob sie das schaffen würden, stand in den Sternen. Als wir nach halsbrecherischer Seefahrt vor der Küste von Jaffa eintrafen, sahen wir ein muslimisches Banner auf den Stadtmauern wehen, das uns zunächst glauben machte, die Stadt sei endgültig gefallen. Plötzlich drehten sich alle zur Seite. Ein Verteidiger war zu uns heraus geschwommen und kletterte die Bordwand hoch.

Er murmelte völlig erschöpft: »Werte, edle Herren Ritter, die Zitadelle wird noch von uns gehalten.«

Genau das, was uns der Geflohene in Akkon bestätigt hatte.

»Was für ein beispielloser Kampfeswillen«, rief Richard fasziniert aus und ließ sich, typisch für ihn, so nahe wie möglich an das Ufer bringen.

»Los vorwärts«, forderte er uns auf, sprang ins Wasser und watete mit uns durch die Wellen, um Saladins Truppen noch am Strand zur Schlacht zu stellen.

Ich kämpfte neben von Brühaven. Brandpfeile hatten die Wehrtürme der Stadt an einigen Ecken in eine Feuerbrunst verwandelt. In dem Moment, als wir Deckung suchten, öffnete sich der Spalt eines Tores der Zitadelle und spuckte hochmotivierte Kämpfer der Stadtwache von Jaffa aus. Die Schwerter blinkten im

Feuerschein und wir fochten bis zur Bewusstlosigkeit. Der Ausfall der Verteidiger aus der Zitadelle beschleunigte die Räumung der Stadt von Feinden, die jetzt in Scharen flohen.

Als ich mich zur Seite wendete, sah ich, wie drei Brandpfeile meinen Ritterkameraden zum Straucheln brachten.

Ich warf mich mit allem, was ich hatte, auf ihn und versuchte, die Flammen auszuschlagen. Vergeblich. In verzweifelter Ohnmacht schrie ich meine Angst, ja mein verdammtes Unvermögen hinaus. Es ging in den tosenden Wellen der Brandung unter. Ich musste mit ansehen, wie von Brühaven elendig in den Flammen verbrannte.

Danach rissen mich Saladins Kämpfer, Reste seiner Mameluken-Garde, von meinem Freund herunter. Ich musste mich selbst meiner Haut erwehren und hatte keine Möglichkeit, an ihn heranzukommen. Eine Masse von muslimischen Kriegern schien aus den Mauern dieser Stadt zu quellen und kämpfte wie besessen um ihre Rückzugswege.

Erst als meine Ritterkameraden sich zu mir freikämpften, ahnten wir, dass es uns gelingen könnte, gemeinsam einem Desaster zu entkommen.

Wir kämpften uns zu von Brühaven vor. Ich kniete mich über ihn und sah sofort, dass alles Leben aus seinem Körper gewichen war. Wir fielen uns weinend in die Arme. Es war still geworden. Die Brandung hatte nachgelassen. Die Wellen kräuselten sich nur leicht, als sie auf Land trafen. Ich legte mir den Körper unseres Kameraden auf die Schultern und trug ihn am Strand entlang zu einem geeigneten Platz.

»Versteck ihn dort hinter dem Dünengras«, sprach von Barnheim leise«, »wir bergen ihn etwas später, um ein ehrenvolles Begräbnis an diesem feindseligen Gestade auszurichten zu können.«

Wir zogen uns verlustreich zurück und waren froh, lebend aus diesem Irrsinn entkommen zu sein.

König Richard hatte befohlen, das Nachtlager vor den Toren der Stadt aufzuschlagen, da noch zahlreiche Leichen dort herumlagen. Auch die Stadtmauern sollten schnellstens repariert werden. Er gab dieses als Priorität noch vor dem Bergen der Leichen aus.

Inzwischen war auch Heinrich von Champagne mit wenigen Männern über dem Landweg eingetroffen. Das Hauptheer war auf dem Weg hierhin bei Cesarea auf ein muslimisches Heer gestoßen und so an einem schnellen Weitermarsch gehindert worden. Er führte nur fünfzig Ritter bei sich und etwa einige hundert Armbrustschützen. Sie alle kämpften als Fußsoldaten, da sie keine Pferde mitgeführt hatten.

Man berichtete später, Sultan Saladin wäre bereit gewesen, als er König Richard zu Fuß kämpfen sah, ihm Pferde anzubieten, um standesgemäß in die Schlacht zu reiten. Diese Geste betrachtete man als besonderes Zeichen gegenseitiger Wertschätzung und Ritterlichkeit.

Abends am Lagerfeuer pflegten wir unsere Wunden, die zahlreich wie nie unsere geschundenen Körper übersäten. Wir schleppten den Körper unseres toten Freundes heran.

Ich war unbeschreiblich traurig, unseren Ritterkameraden von Brühaven endgültig verloren zu haben. Es war nicht zu begreifen, dass es ihn noch kurz vor Kriegsende erwischt hatte.

»Schicksal«, sagte von Wallenrode kopfschüttelnd, »verfluchtes Schicksal.«

Die ausgezehrten Gesichter schienen kraftlos, ihre Körper ausgemergelt.

»Es ist auch zwecklos, darüber zu nachzudenken, ob seine erste schwere Verletzung am Belagerungsturm vor Akkon eine Mitschuld daran trägt«, blieb meine Feststellung unkommentiert. Wir sahen uns schweigsam an. Trauer hatte uns jedes Lächeln genommen.

Wir erhoben uns still, und ich sprach ein Gebet, wie es uns unser christlicher Glaube gelehrt hat. Wir begruben von Brühaven in der Nähe des Standortes an einem schönen Flecken Erde, so schien es uns, in unserer unendlichen Traurigkeit.

Der Mut hatte uns verlassen. Was schon nach der Eroberung von Akkon spürbar war, wurde jetzt für jeden von uns unmittelbar greifbar, das Gespenst der Gewissheit, endgültig an der Rückeroberung der Heiligen Stätten in Jerusalem gescheitert zu sein.

Ich war völlig erschöpft und der Verzweiflung nahe, das galt für alle meine Freunde.

Als ich gegen Abend in einen tiefen Schlaf gefallen war, wurde ich durch ein Zischen wach. Ich blinzelte durch meine schweren Lider und erkannte die Schemen eines Mannes vor mir. Müde setzte ich mich auf und tastete sofort nach meinem Schwert. Was war das für ein Mensch, wo kam er her? Ich flüsterte: »Wer seid Ihr, zum Teufel, dass Ihr mich so früh weckt?«

»Ich muss Euch dringend sprechen«, erklang eine gedämpfte Stimme, freundlich wie mir schien.

»Ich war ein Sklave Saladins, wurde als Christ von ihm verschleppt, als Jaffa beim ersten Angriff in muslimische Hände fiel.«

Ich entzündete eine Kerze, die immer griffbereit an meiner Bettstatt war, und betrachtete im Kerzenschein sein Gesicht.

»Das soll ich Euch glauben? Sprecht ein paar Psalmen aus der Bibel!«

Auch diese Prüfung bestand er, so dass ich ihn aufforderte, seine Geschichte zu erzählen: »Bitte Herr, ich habe bei Saladins Männern gelauscht.«

»Und was heißt das?«, fragte ich drängend nach.

»Ich kenne einen geheimen Plan des Sultans«, berichtete er mit zittriger Stimme: »Als Saladin von den Umständen um die Rückeroberung erfuhr, entschied er sich, an diesem, heutigen Abend bei Einbruch der Dunkelheit einen Überraschungsangriff durchzuführen, wohl um König Richard gefangen zu nehmen.«

Seltsam, ich hatte das Gefühl, diesem Mann trauen zu können.

Sein Gesicht hatte etwas Warmes, Herzliches. Ich brach sofort auf zu Richard, nachdem ich nur halb angekleidet war. Es schien höchste Eile geboten.

Ich schrie nach seinen Wachen: »Hört, Männer, weckt sofort den König. Er ist in Lebensgefahr. Saladin, so wurde mir gerade zugetragen, will ihn noch heute gefangen nehmen.«

König Richard stürzte sofort hinaus aus seinem Zelt, als er das vernahm.

»Lasst sofort die Truppen aufmarschieren, so heimlich und lautlos wie möglich. Und Ihr, von Grüningen, benachrichtigt bitte alle Eure Einheiten. Beeilt Euch.«

Ich beschränkte mich auf die Alarmierung meiner Männer und einen Teil der Armbrustschützen aus dem Bannerheer von Wallenrode. Es musste still und heimlich ablaufen. Das Ganze möglichst im Dunkeln und schnell.

Es war ein besonderes Schauspiel, als die Abteilung von Saladins Kavallerie unser Lager angriff und nun selbst völlig überraschend auf unsere kleine Truppe in Schlachtformation traf. Neben jedem zweiten abgesessenen Ritter oder Fußsoldaten wurde ein Armbrustschütze positioniert. Ich konnte gut erkennen, dass Saladins Truppe ins Stocken geriet, als sie in so kurzer Zeit ein weiteres Mal der geschlossenen Schlachtformation unseres Heeres gegenüberstand. Diese muslimischen Kämpfer waren selbst höchst überrascht und hatten mit Gegenwehr wohl gar nicht gerechnet. Sie warfen schreiend ihre Kurzsäbel in den Sand und flohen in alle Richtungen. Die Mameluken-Garde konnte nur ganz wenige Attacken auf uns Kreuzfahrer ausführen und erlitt durch den Beschuss unserer exzellenten Armbrustschützen erhebliche Verluste.

Saladin, so berichteten Boten anschließend, schien verzweifelt, als der Rest seiner Männer jeden weiteren Schritt auf dem

Schlachtfeld verweigerte, unter Hinweis auf die aus der Plünderung von Jaffa von ihm einbehaltene Beute. Die Bestrafung von Saladins Truppen in Jaffa schlug nun gegen ihn aus. Sultan Saladin habe sich auch unter diesen Umständen sofort zurückziehen müssen.

Die Schlacht von Jaffa war das letzte Gefecht, was unseren Kreuzzug anbelangte. Jeder im Lager schien es zu spüren. Mein Kopf war leer. Meine Schritte langsam und abwesend.

Ich schien das Ende meiner körperlichen Kräfte erreicht zu haben.

Von der Gesandten aus Antiochia erfuhr ich an einem der letzten Abende die Hintergründe von König Richards Entschluss.

Sie lag nackt in meinen Armen und schien sich sehr wohl zu fühlen.

»König Richard und Sultan Saladin sind jetzt mehrfach in meiner Anwesenheit zusammengetroffen. Beide scheinen höchstes Interesse an der Beendigung dieses Kreuzzuges zu haben. Sie sind zum ersten Mal entschlossen, in konstruktive Verhandlungen über einen Waffenstillstand zu gehen.«

Ein lautes Schmatzen unterbrach ihren Vortrag.

»Ich verspreche dir, dich erst weiter zu küssen, wenn du den offiziellen Teil endlich beendet hast, liebste Sefura.«

Lachend nahm sie wieder das Gespräch auf: »Richard und Saladin scheinen höchsten Respekt füreinander zu hegen. Sie schätzen einander in der Form besonderer Ritterlichkeit. Ich bitte dich, liebster Alexander, sei mir nicht böse, wenn ich in den nächsten Wochen keine Zeit mehr für dich habe.«

Sie hielt inne, als ich traurig, aber auch leicht wütend die Felldecke in die Ecke des Zeltes warf.

Sie wehrte sich: »Wir müssen es jetzt gemeinsam durchstehen. Richard ist wegen der Probleme um seinen Thron und seinen politischen Einfluss in seiner Heimat unter höchstem Druck. Der

Sultan ob der Unlust seiner Völker und seiner Garden. Liebster Alexander, sei dir meiner Liebe für immer sicher, ganz egal, was noch geschehen mag. Ich trage nicht nur dir gegenüber Verantwortung, sondern auch gegenüber den von mir vertretenen Herrschern Antiochias und Tripolis. Wir gehen unseren Lebensweg zusammen, koste es, was es wolle.«

Tränen stiegen in ihre schönen Augen, und ich umarmte sie zum Abschied lange und berührt. Ich flüsterte: »Wir sehen uns wieder und werden glücklich sein.«

Ich küsste sie zum Abschied und schaute ihr vorerst ein letztes Mal beim Ankleiden zu.

Als ich kurz darauf zufällig im Feldlager auf die Gesandte traf, hielt sie inne und ergriff meine rechte Hand.

»Alexander, es ist endlich geschafft, hörst du, geschafft! Anfang September haben Richard und Saladin mit dem Vertrag von Ramla einen Waffenstillstand auf drei Jahre und acht Monate beschlossen«, berichtete sie begeistert.

»Askalon, Darum und Gaza werden an die Muslime zurückgegeben. Die Küstenstädte von Jaffa bis Tyrus verbleiben bei den Christen. Jerusalem«, sie hielt kurz inne und schaute mich an, »bleibt endgültig unter der Kontrolle Saladins. Den christlichen Pilgern, das ist das Wichtigste«, betonte sie, »wird der freie Zugang zur Stadt und zu den Heiligen Stätten gestattet. Ich bin stolz, Alexander, dass ich bei der Ausarbeitung dabei sein konnte.«

Ich schaute sie ungläubig an.

»Ich kann es nicht fassen. Der Krieg ist zu Ende, nein, ich glaube es nicht.«

Ich umarmte sie vor Glück und fühlte mich von tausend Rüstungen befreit. Sie wartete, bis ich mich beruhigt hatte.

»Richard Löwenherz weiß insgeheim, dass er gescheitert ist, Alexander, das hast du doch auch so empfunden.«

»Durch den Abzug des französischen Königs hat Richard doch offenen Auges die Schwächung seines Kreuzfahrerheeres in Kauf genommen«, stellte ich unverrückbar fest.

»Auch Leopold hat Richard mit seiner Art brüskiert. Er hat das Heer zweimal vor die Mauern Jerusalems geführt, ohne tatsächlich einen Angriff zu wagen.«

Ich schien verzweifelt und ausgelaugt zu klingen, denn sie drückte meine Hand, die sie die ganze Zeit über gehalten hatte, ganz fest und deutete einen Kuss an.

»Für uns Ritter war der Vormarsch Richards entlang der Küste am Mittelmeer strategisch brillant. Auch die Entschlossenheit bei der Rückeroberung der Hafenstadt Jaffa sucht ihresgleichen. König Richard verdient trotz allem unseren höchsten Respekt.«

Ich allein hatte von der Gesandten von Antiochia unter strengster Geheimhaltung erfahren, dass der König von England wohl an Malaria erkrankt war. Das blieb bis jetzt unser stilles Geheimnis.

Kapitel XXVIII

Erzwungene Reisepläne

Obwohl die Aufgaben der Gesandten nach Beendigung der Friedensgespräche längst erledigt waren, ließ sich Sefura nicht blicken.

Langsam wurde ich unruhig, denn ich vermochte die wahren Hintergründe nicht zu entschlüsseln. Auch die Freunde von der Schewe, von Wallenrode, von Barnheim und von Baysen, die untereinander immer noch enge Beziehungen unterhielten, vermochten mir keine plausiblen Erklärungen zu liefern. Ich meinte, man könne sich jetzt so nennen, weil wir gemeinsam so unzählige Höhen und Tiefen durchlebt hatten.

Es war von Baysen, der als einziger nicht die Stellung eines Ritters innehatte, doch oft mit mir bis spät in die Nacht noch grübelnd vor meinem Zelt am Feuer saß.

»Weißt du übrigens«, sprach er mich an, »dass die Abreise Richards für morgen geplant ist?«

»Nein«, antwortete ich plötzlich tief beunruhigt. Ein nie gekanntes Gefühl der Ohnmacht stieg in mir auf.

»Was ist, wenn König Richard seinen Gesandten mit in das Abendland nehmen will? Er wird dich nicht nach deiner Meinung fragen. Sie waren ein sehr gut eingespieltes Gespann. Eine Arbeitsgemeinschaft auf höchster politischer Ebene.«

»Das kann und darf nicht sein!«

Ich sprang voller Emotion und Wut von meinem Hocker hoch.

»Dann klär sofort die Angelegenheit. Die Rückkehr mit einem Schiff stattfinden.«

Hatte er mir gerade einen Floh ins Ohr gesetzt, oder konnte an diesem Plan etwas dran sein? Wenn, dann würde das gegen ihren ausdrücklich geäußerten Willen geschehen, wie sie mir das jedes Mal bei unseren Treffen demonstriert hatte. Oder hatte sie nur gespielt? War sie plötzlich die heimliche Geliebte des Königs geworden? Ich wollte und konnte mir das nicht vorstellen. Schlimm war, dass ich diese Gedankengänge mit keinem der hier Anwesenden zu teilen vermochte. Sie war die Gesandte der Outremer Antiochia und Tripolis. Sie hatte im Abendland nichts verloren. Und wenn Richard sie einfach gegen ihren Willen verschleppen wollte? Er machte doch sowieso, wonach ihm gerade der Sinn stand. Das war nicht nur mir bekannt.

Meine Unruhe wurde immer größer.

»Komm, Alexander«, sprach er plötzlich, »geh hin zu seinem Zelt und frag ihn oder den Wachhabenden. Irgendeiner wird dir eine Antwort geben können. Vielleicht machst du dich nur verrückt und gleich steht er vor dir.«

Er hatte recht, ich hielt es nicht mehr aus. Ich war völlig angespannt. Von Baysen erklärte sofort, mich begleiten zu wollen. Das war nun mal seine Art. Er war ein gebildeter, höflicher Mensch. Ich meine, er ahnte, warum ich so unruhig war. Doch jetzt wollte ich ihn noch nicht darauf ansprechen.

Ich legte mein Kettenhemd an, und wir machten uns auf zu der Stelle, wo das Oberbefehlshaberzelt stand.

Als wir ziemlich erschöpft dort ankamen, stand dort kein Zelt mehr. Nichts. Alles war geräumt, nur leere Gallonen flogen vergessen herum. Der Wind von der nahen Küste spielte mit ihnen. Es roch nach fauligen Essensresten und schalem Alkohol.

Es brannte in mir wie Feuer. Wo war sie? Ich konnte es nicht begreifen. Von Baysen versuchte, mich zu beruhigen. Doch es half nichts. Er ahnte vielleicht, dass ich meinen Lebenstraum vor mir zerplatzen sah.

Er führte, kurz entschlossen, eilig die Pferde vor, und wir ritten Richtung Küste.

Wind und Regen peitschten in mein angespanntes Gesicht. Es war kalt und ungemütlich. Es passte genau zu meiner Stimmung.

Als wir am Hafen anlangten, sahen wir gerade noch, wie mehrere Galeeren unter englischem Banner die Anlage verließen. Ich sah wütend auf die schwarzen Punkte am Horizont, bis sie für das menschliche Auge nicht mehr sichtbar waren. Ich verfluchte ihn, diesen verdammten, eigenwilligen englischen Kraftprotz.

Als wir versuchten, am Kay einige Hafenarbeiter anzusprechen, konnte oder wollte uns keiner über Personen, die an Bord der Schiffe gegangen waren, Auskunft geben.

Ich war völlig verzweifelt. Sollte ich wieder einmal vor der Frage stehen, ob ich mein Lebensglück für immer verloren hatte?

Wir ritten zurück ins Lager. Ich fand keinen Schlaf mehr in dieser Nacht. Quälende Gedanken zermarterten mir das Hirn. Hatte er wirklich die Frechheit besessen, die Gesandte zu entführen?

Am nächsten Morgen rannte ich wie von Sinnen durch das Lager. Keiner konnte mir eine Antwort auf meine Fragen geben. Alle Ritter erkannten, wie verdammt schlecht es mir ging.

Jetzt war endlich die Zeit gekommen, das Geheimnis zu lüften, denn anders würde mir keiner helfen können. Angespannt erzählte ich in der Runde meine Geschichte. Die Liebe zu einem Gesandten, der in Wirklichkeit eine Frau war. Ich fand wie immer großes Verständnis bei meinen Freunden.

»Ich habe es gleich gewusst«, rief Hugo von Baysen, in die Runde.

»Die ewigen Treffen. Und jetzt diese unübersehbare Aufregung. Das kam doch nicht von ungefähr.«

»Ja, ich ahnte es auch«, kommentierte von der Schewe und schüttelte den Kopf.

»Was für ein Geheimnis.«

312

Auch von Wallenrode und von Barnheim hielten sich nicht mehr zurück.

»Was für eine schöne, geheimnisvolle Geschichte«, brummte von Barnheim.

»So ein zartes Persönchen und der ewige Schleier.«

Jetzt war bei allen ein Licht aufgegangen. Sie konnten sich endlich die vielen langen und intensiven Besprechungen mit dem Gesandten erklären.

Die neue Wende in meiner abenteuerlichen Liebesgeschichte machte auch sie sprachlos.

Wendt von Wallenrode meinte schließlich nachdenklich: »Alexander, handle jetzt klug und nicht überstürzt. Wenn sie diese Reise ins Abendland nicht wollte, wirst du ein Mittel finden, sie zurückzuholen. Wenn nicht, nimm dir hier eine schöne Lagerhure und versuche, darüber hinwegzukommen. Dann würden dir die Hände gebunden sein. Gegen die Liebe eines Königs anzutreten, hat noch keiner geschafft. Nach dem, was ich gesehen und jetzt von dir gehört habe, gehe ich nicht von einem Treuebruch aus. Das hättest du dann schon viel früher gemerkt, mein Junge.«

Von der Schewe riet sichtlich betroffen: »Lieber, honoriger Alexander, ich rate dir, brich bei deiner sichtbaren, verständlichen Unruhe sofort nach Antiochia auf. Offenbare dich Fürst Bohemund, dem du ja allemal deine Dienste anbieten wolltest. Frag ihn, ob es einen offiziellen Antrag von ihr gibt, ins Abendland reisen zu dürfen. Gibt es so ein Papier, hast du Klarheit. Sollte es so etwas nicht geben, und sie ist bei Nacht und Nebel ohne Wissen ihres Dienstherrn und Herrschers auf und davon, berate mit Bohemund, was zu tun sei. Du befindest dich dort in Antiochia zudem in einer bedeutenden Hafenstadt. Du kannst jederzeit ihre Spur aufnehmen. Vielleicht erhältst du Unterstützung von Bohemund vor Ort. Wie ich mich erinnere, schien er ein besonderes Verhältnis zu dem Gesandten, ich meinte zu der Gesandten zu haben. Da wir hier die Reisevorbereitungen unserer Bannerheere vorbereiten müssen, befinden wir uns noch länger im Heiligen Land. Ich könnte mir auch vorstellen, die Rückreise in Antiochia anzutreten. So wie wir das einmal wirklich vorhatten. Was meint Ihr, Ihr edlen Ritter?«

Ich war tief betroffen und überwältigt, als man mir allseits Hilfe zusicherte. Insbesondere das Angebot von der Schewes, meine Männer mit seinem Kontingent nach Antiochia zu begleiten, trieb mir Tränen in die Augen.

Hugo von Baysen, der meine Unruhe ja gestern hautnah miterlebt hatte, erklärte sich sofort bereit, mich persönlich zu begleiten. Er war zwar von Adel, aber weder Ritter noch verantwortlicher Führer eines Bannerheeres.

Was wollte ich mehr? Es tat einfach gut, solche Männer als Berater und Freunde um sich zu haben. Ich umarmte jeden einzeln und bedankte mich für die Anteilnahme und selbstlose Unterstützung. Wir verabschiedeten uns fürs Erste und gingen traurig auseinander.

Mit Dietrich, meinem Unterführer, besprach ich die Vorbereitungen und bat ihn, sich bis zu meiner Rückmeldung mit dem Ritter von der Schewe abzustimmen.

»Veranlasse, Dietrich, dass die Männer, die zurück ins Abendland wollen, sich dem Bannerheer von der Schewes anschließen und zu meinem Vater zurückkehren. Den Rest, insbesondere die, die mit mir in Antiochia in den Diensten des Regenten bleiben wollen, lässt du dort Quartier nehmen. Ich spreche das mit Bohemund ab, wenn es geht. Gott segne dich!«

Noch mitten in der Nacht ließ ich die vier Pferde und drei Packpferde mit der notwendigen Ausrüstung herrichten.

Hugo von Baysen stand schon bereit, als ich ihn vor seinem Zelt abholte. Wir bestiegen die Pferde und ritten in die dunkle, sternenlose Nacht hinaus. Diesmal kam der kühle Wind von hinten und blies uns auf die berüchtigte Hafenstadt Antiochia zu.

Das eintönige Hufgetrappel in der ansonsten stillen Nacht beruhigte mein angespanntes Nervenkostüm. Von Baysen tat das Übrige, mir mit seiner überlegten Art Mut zuzusprechen und meine Laune etwas zu verbessern.

»Denk dir, Alexander, wir wären auf dem Weg in die Hölle. Was würdest du mitnehmen wollen?«

Ich überlegte kurz.

»Nur mein Pferd, Hugo, nur mein Pferd.«

Wir mussten beide laut lachen.

Wir ritten wie die Teufel. Doch mit unseren Packpferden und der Ausrüstung darauf durften wir es nicht übertreiben. Wir mussten die notwendigen Pferdewechsel vornehmen und uns Zeit für ihre Versorgung nehmen. Sie waren unser wichtigstes Gut, deshalb mussten sie tunlichst pfleglich behandelt werden.

Wir ritten bei Tag und bei Nacht, vermieden größere Menschenansammlungen von mehr als zwei Personen und hielten uns bei der Übernachtung an stille, abseits gelegene Örtlichkeiten.

Nach anfänglichen Schwierigkeiten hatten wir nach drei Tagen endlich unseren Rhythmus gefunden. Wir versteckten uns meistens in bäuerlichen Unterkünften oder Stallungen. Jede Bretterbude war uns recht, sie sollte nur einsam und menschenleer sein.

Unterwegs erzählte mir Hugo viel über sein Leben vor dem Kriegseinsatz in Akkon.

»Ich stamme aus Mainz, und du wirst es nicht glauben, Alexander, ich träume jede Nacht von der wunderbaren Kühle des Rheintals. Von den schönen, zugänglichen Weibern. Von dem köstlichen Wein an den sonnigen Hängen, wo die Reben üppig wachsen. Wo ich in manchem Weinkeller gesoffen habe, bis es mir aus den Ohren kam. Von Burganlagen in einer Fülle, von der du als Ritter träumen würdest. Wuchs mit sieben Geschwistern auf, sollte das väterliche Weingut übernehmen.«

»Wie, was?«, rief ich plötzlich überwältigt und rückte sofort näher an ihn heran.

»Hugo«, das solltest du mir jetzt näher beschreiben.«

»Ja, wir machen den besten Wein in der Umgebung von Mainz«, erzählte Hugo stolz, »das kannst du mir glauben. Aber in den Hängen zur Erntezeit eine mühselige Arbeit. Zerrissene Hände, schwere Füße. Wir haben sogar noch Rebstöcke aus Römerzeiten.«

So nutzte ich jede Gelegenheit, ihn näher kennenzulernen. Die Tiere durften wir nicht treiben. Wenn wir im Schritt gingen, vermochten wir uns von Pferd zu Pferd gut zu unterhalten. Ich liebte diese Abwechslungen.

Abends, wenn wir eine einsame Bleibe gefunden hatten, gab es auch so manche Mußestunde.

»Weißt du, Alexander, meine Eltern waren sehr belesen und betrieben neben ihrem Handwerk als Winzer auch eine kleine Herberge. Es hatte sich eingebürgert, dass die Kinder Instrumente spielen mussten. An so manchem Abend nach getaner Arbeit machten wir in der Familie Musik. Da ich als Nachfolger auf dem Weingut neben meinen älteren Brüdern nicht mehr in Betracht kam, zog ich als Heranwachsender als Bänkelsänger von Burg zu Burg, um mich umzuschauen. So lernte ich die Ritter kennen, die auf Turnieren ihre Kräfte maßen. Ich habe viel bei ihnen gelernt, was Waffentechnik anbetraf. Da zog ich mit, bis ich in der Rheingegend so bekannt war, dass ich bei Turnieren kämpfen und auch aufspielen durfte. Übrigens: Richard, dein spezieller, neuer Freund, ist auch sehr musikalisch. Er soll sogar Verse schreiben.«

Letzteres überhörte ich geflissentlich.

»Hugo, was hast du ein für ein traumhaftes, romantisches Leben geführt? Und jetzt verschlägt es dich aus dem Paradies direkt in die Hölle des Morgenlandes. Ich fass es nicht.«

»Das verdanke ich meinem Bruder, der immer neue Abenteuer suchte. Ich habe mich mit ihm bei einer Art Söldnerheer verdingt.«

»Wo ist er geblieben?«, fragte ich interessiert. »In der Hölle von Akkon. Er ist schon an den ersten Tagen der Belagerung an den Mauern dieser elenden Stadt krepiert.« »Was für ein Schicksal«, brach es aus mir heraus.

»Auch ich, als einer der Jüngeren in der Familie, sah es als einzige Möglichkeit an, die heimatliche Burg zu verlassen. Die Nachfolgeregelungen in den Erbschaften waren verteilt. Mir blieb nur das Morgenland, um Reichtümer bei Feldzügen anzuhäufen. Ein Verfluchter des Kriegshandwerks, geschützt und gefördert durch meinen mächtigen Vater, den Markgrafen.«

Nach 23 langen Tagen durch Hitze, Regen und Wind standen wir in der Mittagssonne endlich vor den Stadtmauern von Antiochia.

Unsere Pferde waren schweißnass. Sie brauchten dringend Pflege.

Die Turmwächter erfragten unsere Namen und es dauerte nicht lange, bis der Führer der Torwache vor uns stand.

»Wir gehören zum Kreuzfahrerheer Barbarossas, zuletzt unter dem Oberbefehl des Königs von England, Richard Löwenherz. Wir bitten, zu Fürst Bohemund vorgelassen zu werden. Der Edelmann und Bänkelsänger Hugo von Baysen und der Kreuzritter Alexander von Grüningen.«

Hugo konnte sich ein schiefes Grinsen nicht verkneifen.

Ich ging davon aus, dass mein Name von den Zeiten des Asylgesuchs noch bekannt sein musste. Auch die Aktivitäten bei der Grabzeremonie unseres Herrschers Barbarossa mussten noch in seiner Erinnerung sein.

Völlig unschlüssig war ich bei der Frage, ob mich der Gesandte bei Bohemund gesprächsweise erwähnt hatte oder nicht.

Das würde sich alles in Kürze aufklären, dachte ich bei mir, als ich neben Hugo am großen Stadttor stand und wir die schweißnassen Pferde beruhigen mussten.

Endlich war es so weit. Nach fast einer Stunde Wartezeit wurde uns von oben bedeutet, dass man das große, eisenbeschlagene Stadttor öffnen würde.

Fünf Knechte nahmen uns geschäftig die Pferde ab, und der Leiter der Stadtwache begleitete uns zu dem herrschaftlichen Stadtpalast, der mir noch gut in Erinnerung war.

Er führte uns durch die hohen Räume zu den Empfangsräumen von Bohemund und bat uns, ein wenig zu warten.

Es war ein erhebendes, traumhaftes Gefühl. Hier hatte alles angefangen. Hier hatte sich der Gesandte zum ersten Mal offenbart. Wie Schuppen war es mir damals von den Augen gefallen, als ich feststellte, dass sich hinter dieser Verkleidung eine wunderschöne Frau versteckte. Hier hatte sich meine Liebe wie ein Flächenbrand entzündet. Mein Herz schlug mir bis zum Hals, als ich an diesen Augenblick zurückdachte. Hugo sah mich schweigend, aber mitfühlend an.

Dann sprach die Stimme eines Dieners: »Bitte, meine edlen Herren, folgt mir.«

Da stand er, Bohemund. Eine nach wie vor imposante Erscheinung. Durchdringende, listige Augen unter buschigen Brauen mit leichter Bräune im herrschaftlichen Gesicht.

Er fragte zweifelnd und forschend zugleich: »Alexander von Grüningen?«

»Ja, edler Fürst«, antwortete ich, »so lautet mein Name.«

»Ich kenne Euch noch sehr gut aus Zeiten, die viel schlechter waren als jetzt. Ein verzweifelter Asylsuchender und das als ein Kreuzritter, den man anschließend über Monate gequält und gedemütigt hat. Ja, Edler von Grüningen, ich kenne Eure Geschichte sehr genau. Ihr dürft ebenso davon ausgehen, dass ich das Geheimnis meines Gesandten kenne.«

Ein leichtes, wissendes oder auch mitfühlendes Lächeln erhellte sein Gesicht.

»Ich habe lange nichts mehr von ihr gehört«, fuhr er fort.

Es traf mich wie ein Schwerthieb. Die alte, rasende Unruhe stieg wieder in mir auf.

Bohemund schien zu bemerken, dass mich das sehr mitnahm. Er schaute mich mit mitleidigen Blicken an.

»Zuletzt bat sie mich, als Berater von Richard, dem König von England, zu fungieren, in unserem eigenen politischen Interesse. Sie hätte schon lange nach Erfüllung ihres Auftrages bei mir vorsprechen müssen. Mir wurde kundgetan, dieser edle Herr habe das Heilige Land verlassen. Ich pflege zu ihrer hochherrschaftlichen Familie enge Beziehungen und bin ausgesprochen froh, so einen talentierten Menschen für meine diplomatischen Dienste gewonnen zu haben. Sie macht ihre Aufgabe hervorragend.«

Er lächelte vielsagend, wohl in Erinnerung an die persönlichen Erlebnisse, die ihn mit Sefura verbanden.

»Es ist nicht verwunderlich, dass auch meine Söhne, die Grafen von Tripolis, sich von ihr vertreten lassen«, fuhr er in seinem Vortrag fort.

Ich sah in rasender Reihenfolge die Bilder von ihr vor mir. Wie sie sich auch als Gesandte von Tripolis vorgestellt hatte. Wie sie Vorträge gehalten hatte, wie sie mich immer angeschaut hatte mit ihren dunklen Augen. Ich schloss die Lider, als würde ich die Vorstellung damit verdrängen können.

»Dieses zur offiziellen Version. Sie war übrigens auch in einer privaten Angelegenheit bei mir vorstellig geworden, Edler von Grüningen. Sie bat mich, ihr zu erlauben, sich bei bester Gelegenheit hier in Antiochia mit Euch vermählen zu dürfen. Ich hatte Euch ja bereits kennengelernt. Da mich meine Menschenkenntnisse für gewöhnlich nicht im Stich lassen, habe ich sofort mein Einverständnis erklärt. Ich habe das selbstverständlich auch aus Eigennutz gemacht, da sie gleichzeitig erwähnte, dass Ihr Euch mit der Absicht tragen würdet, in meine Dienste zu treten, werter Alexander von Grüningen.«

Ich bemerkte, wie mir heiß wurde. Ich war mir sicher, dass die gewisse Röte einer peinlichen oder auch positiven Berührung langsam meinen Hals hinaufkroch. Doch das war mir im Moment völlig egal.

»Deshalb stehe ich, zugegebenermaßen, mit höchstem Erstaunen vor Euch, da ich erwartet hatte, dass Ihr gemeinsam mit ihr, begleitet von Ihrem Bannerheer, hier eintreffen würdet«, beendete Bohemund vorerst seine Ausführungen.

»Ja, edler Herrscher Bohemund, ich glaube, es gibt einiges aufzuklären. Mit dem Ausfahren der königlichen Schiffe ist auch die Gesandte verschwunden. Ich bin hier bei Euch, um zu erforschen, ob sie im Auftrage Eures Hauses vielleicht ihre Beratungstätigkeit im Abendland fortsetzen sollte«, bemerkte ich.

»Davon war absolut keine Rede, edler Ritter von Grüningen. Hier warten die neuen Aufgaben der Gesandten, nicht im Abendland. Ich bin äußerst froh, dass Ihr mich in dieser Angelegenheit aufgesucht habt und zur Aufklärung beitragt. Die Gesandte ist gemeinsam mit den zehn Männern in ihrer Begleitung lautlos verschwunden. Ich habe ihr jeden Wunsch erfüllt. Insbesondere, was die Rettung Eurer Person anging. Sie hatte die Möglichkeit, nach dem Erkennen ihrer Liebe Euch überallhin zu begleiten. Ihr allein wart ihr Ziel und ihr Ansporn. König Richard war dabei nur Nebensache.«

»Das hört sich sehr aufbauend an, werter Fürst.«

Hugos Gesicht schien bei diesen Worten leicht zu lächeln.

»Dann kann man nur davon ausgehen, dass sie als Geisel samt ihrer Begleitung ins Abendland gezwungen wurde.«

Bohemunds Zornesfalten schienen tiefer zu werden, als er ausrief: »Was zum Teufel bildet sich dieser englische König eigentlich ein! Er ist als gescheiterter, kranker Mann nach Hause gefahren. Was soll meine Gesandte dort?«

Jetzt war es an mir, ihn zu beruhigen und zu versprechen: »Ich schwöre bei Gott, dass ich sie aufspüren und zurückbringen werde, Fürst Bohemund.«

Der Herrscher nickte dazu und sprach: »Edler Alexander von Grüningen, Ihr seid jederzeit an meinem Hof ein gern gesehener Gast. Bringt mir meine Gesandte lebend zurück. Ich werde mich an den Auslagen beteiligen. Ich versichere Euch darüber hinaus, dass Ihr bei erfolgreicher Rückkehr eine lukrative Anstellung erhalten werdet, mit Euren Männern wie auch ohne sie. Tut bitte alles, was notwendig ist, diese kluge und schöne Frau zurück zu holen. Meine guten Wünsche begleiten Euch.«

Ich kniete spontan und ergriffen zum Gelübde nieder, und ich schwor bei Gott und bei allem was mir heilig war, nur in Begleitung der Gesandten nach Antiochia zurückzukehren.

Die Aufgabe war klar vorgezeichnet. Die herrschaftliche Unterstützung gab neuen Mut und Kraft. Ich wollte es gleich angehen.

Die Galeeren von König Richard würden für die Überfahrt ins Abendland mit Sicherheit, so dachte ich, Wochen benötigen.

»Die Häfen in Südfrankreich und in Italien«, erklärte ich Hugo, »sind Feindesland für Richard. Sie gehören entweder zum Einflussgebiet von Philipp Auguste, Kaiser Heinrich oder dem Grafen von Toulouse, mit denen Richard Löwenherz nicht gut kann. Das weiß ich aus den langen, abendlichen Gesprächen mit meiner Geliebten, die es für sehr sinnvoll hielt, mich immer über den aktuellen Stand der politischen Ereignisse auf dem Laufenden zu halten. Auch das spricht eher für das Treueversprechen, das sie mir gegeben hat. Es beruhigte mich. Ich wusste auch von ihr, dass Richard zwar als Kreuzfahrer unter besonderem Schutz der Kirche stand, doch darauf wurde keinerlei Rücksicht genommen. Er würde die Rückreise mit aller gebotenen Vorsicht angehen, um nicht an einem feindseligen Gestade zu landen.«

»Die direkte Heimreise über das Mittelmeer und den Atlantik«, erklärte Hugo, »ist nach meiner eigenen Erfahrung wegen der drohenden Winterstürme nahezu ausgeschlossen. Das wird für uns ebenso ein riesiges Problem werden. Es muss Richard in erster Linie darum gehen, entweder zurück in das avinginische Reich in der Normandie zu gelangen oder nach Aquitanien, Alexander.«

Hier setzten für uns die Planspiele ein. Durch Bohemunds Vermittlung trafen wir uns im Hafen von Antiochia an den Anlagen von Seleukia Pieria mit mehreren Schiffsführern, die die Tücken einer Überfahrt ins Abendland zur Genüge aus eigener, seemännischer Erfahrung kannten. Alle kamen überein, man müsse die Route über das Meer auf der Adria nach Norden nehmen.

Von Schifffahrt hatte ich naturgemäß keinerlei Ahnung. Mich hatte immer nur interessiert, wie schnell ich wegkam und ob ich sicher landete. Die letzte Überfahrt mit den Pferden im Schiffsbauch reichte mir noch, um in meinem Kopf gruselige Bilder auferstehen zu lassen. Dazu ein unerträglicher Duft nach Pferdemist, Urin, Kot und Erbrochenem. Mir drehte sich schon jetzt der Magen um.

Die Galeere stand bereit. Ein schlanker, flacher Rumpf, eine Reihe Riemen an den Seiten, eine Hilfsbesegelung und ein Überwasserrammsporn am Bug. Die weiterentwickelten antiken Kriegsschiffe der Phönizier und Griechen, erklärte man uns, waren lange, offene Boote. Ein alter Seemann, der schon Jahre im Einsatz war, erläuterte verständnisvoll: »Ein gerudertes Schiff ist vom Wind unabhängig und kann im Gefecht beliebige Manöver durchführen. Ein Schiff dieser Bauart besticht im Übrigen durch seine Wendigkeit in einem so stark gegliederten Seegebiet wie dem Mittelmeer.«

Der alte Seebär schien etwas mürrisch, ja mehr gelangweilt zu blicken. Dann fuhr er nachdenklich fort: »Unsere christlichen Schiffe unterscheiden sich nur durch gewisse Dekorationselemente von den osmanischen Flotten. Wenn Ihr mehr über den Aufbau erfahren wollt, dann beschreibe ich es etwas genauer«, erläuterte er. Wir bejahten eifrig, da wir von nun an sicherlich der Kunst und Erfahrung der Seemänner ausgeliefert waren.

»Der längste Teil des Schiffes ist der zentrale Laufgang mit den seitlichen Ruderbänken, so an die dreißig Stück oder auch mehr. Im Zentrum ist eine Kochstelle. Ganz vorn am Bug befindet sich der Rammsporn für das Entern, der ist gleichzeitig Abort für die Mannschaft.«

»Und wie ist so die Stimmung an Bord?«, warf Hugo ein.

»Das Leben an Bord ist verdammt hart und voller Entbehrungen«, erklärte der Alte angestrengt. Die Befehlshaber suchen sich nachts meist eine Unterkunft an Land. Da stinkt es weniger.« Er lachte plötzlich laut auf, weil er an diesem Teil seines Berichtes wohl besonderen Gefallen gefunden hatte. Wir haben die kleineren Galeeren von uns mit achtzig Ruderern ausgestattet, ansonsten auch mehrere hundert Ruderer.«

Sein stolzer Blick überzeugte die Runde. Er nickte selbstbewusst und führte fort: »Es gibt bei diesen Leuten, die verdammt hart ranmüssen, Sklaven, Kriegsgefangene oder auch Freie, die gegen Bezahlung rudern, wie bei uns. Im Übrigen kann man sie äußerlich deutlich unterscheiden. Die Sklaven und Sträflinge sind glattrasiert. Kriegsgefangene dürfen Zopf tragen, die Freien natürlich ihr normales Haar. Ja, früher waren die Männer angekettet, schliefen dabei auf den Ruderbänken und mussten dort auch ihre Notdurft verrichten. Gerudert wurde manchmal über zehn Stunden, ein entbehrungsreiches Leben, sag ich Euch. So, ich hoffe, ich konnte einiges vermitteln. Wir sehen uns bei der Einschiffung.«

Damit erhoben sich die Seeleute und ließen uns äußerst nachdenklich zurück.

»Der Alte wusste, wovon er sprach«, bemerkte Hugo zufrieden.

»Er strahlt eine enorme Sicherheit und Erfahrung aus«, meinst du nicht auch, Alexander?«

»Das kann ich nur bestätigen, ich hoffe, im Einsatz auf dem Meer auch«, gab ich meiner Zuversicht Ausdruck.

Wir mussten uns jetzt gedulden. Zuerst sollte zumindest mein Bannerheer unter der Führung von der Schewes eintreffen, bevor wir überhaupt weiterkonnten. Es war keine Frage, dass das mit größerem Zeitaufwand verbunden war als unser Ritt mit den Packpferden am Seil.

Doch die Unbilden der stürmischen Meere in den Wintermonaten waren eher ein gefährliches Spiel mit dem Zufall als eine planbare, sichere Mission.

Ich kam vorab mit Bohemund überein, dass er für Unterkunft und Verpflegung für die Truppenkontingente meines Bannerheeres Sorge tragen sollte. Meine Männer waren frei, sich zu entscheiden, mit den Heeren von der Schewes, von Wallenrodes und von Barnheims in die Heimat überzusetzen. Auch hier unterlag ich zwingend der klugen Beratung durch die Seemänner Antiochias, die versprachen, umgehend die entsprechenden Schiffe zu stellen.

Die genaue Zeitplanung musste ich allein ihren fachmännischen Erkenntnissen überlassen.

Hugo erklärte sich in einem Gespräch sofort bereit, an meiner Seite zu bleiben.

»Alexander, ich bin noch überaus ergriffen, in welcher Form ich in deiner Gruppe aufgenommen wurde. Ein Mann, zwar von Adel, aber ohne Heer und Planung. Ein Vagabund und Söldner im Waffengeschäft, abgehärtet durch den langjährigen Kriegseinsatz vor Akkon. Meine Zukunft ist ungewiss. Doch dir in deiner dunkelsten Stunde beizustehen, ist mir Pflicht und Herzenswunsch zugleich. Nimm mein Angebot einer erfahrenen, bewaffneten Begleitung an, mit der Hoffnung, auch ein weiteres Mal die Frau deiner Träume lebend wiederzufinden.«

Ich nahm ihn dankbar in meine Arme und erwiderte: »Hugo, du warst in der ganzen Zeit unseres Zusammenseins eine große Hilfe. Ich weiß nicht, wie ich das jemals wieder gut machen kann.«